JUDE DEVERAUX es la autora de más de cuarenta best sellers que han entrado en las listas del *New York Times*, la mayor parte de ellos publicados por los distintos sellos de Ediciones B. Su saga Montgomery es una de las más conocidas y apreciadas por las lectoras de novelas románticas. Entre sus títulos se cuentan *La seductora, El corsario, El despertar, La doncella* y *El caballero de la brillante armadura.*

Jude Deveraux lleva vendidos más de sesenta millones de ejemplares y ha sido traducida a numerosos idiomas.

D1739012

Título original: *Heartwishes*
Traducción: Ana Isabel Domínguez Palomo
y María del Mar Rodríguez Barrena
1.ª edición: junio, 2015

© Deveraux, Inc., 2011
© Ediciones B, S. A., 2015
   para el sello B de Bolsillo
   Consell de Cent, 425-427 - 08009 Barcelona (España)
   www.edicionesb.com

Printed in Spain
ISBN: 978-84-9070-098-3
DL B 12296-2015

Impreso por NOVOPRINT
            Energía, 53
            08740 Sant Andreu de la Barca - Barcelona

Anhelos del corazón

JUDE DEVERAUX

1

Gemma solo sabía que deseaba tanto el trabajo que habría matado por conseguirlo.

En fin, tal vez no mataría, pero desde luego que rompería algún que otro brazo o alguna pierna.

Mientras estaba junto a la señora Frazier, con la vista clavada en el trastero lleno de cajas viejas y sucias apiladas en las estanterías de madera, supo que en la vida había visto nada tan bonito. «Fuentes originales», le gritaba su cabeza. Estaba mirando cajas llenas de documentos que nadie había tocado en cientos de años.

La señora Frazier, alta y de porte majestuoso, miraba a Gemma con expresión altiva, a la espera de que dijera algo. Sin embargo, ¿cómo podía expresar con palabras lo que sentía? ¿Cómo describir la fascinación que siempre le había provocado la Historia? ¿Cómo decirle que esos documentos representaban para ella una aventura hacia el descubrimiento? ¿O cómo explicarle la emoción que suscitaba la posibilidad de encontrar nueva información, nueva...?

—Tal vez es un poco abrumador —dijo la señora Frazier al tiempo que apagaba la luz, una señal inequívoca de que Gemma tenía que dejar atrás las valiosísimas cajas y su misterioso contenido.

A regañadientes, Gemma la siguió hasta la acogedora sala de estar. Incluso la casita de invitados donde viviría quien consiguiese el trabajo era preciosa. Contaba con un espacioso salón, con cocina incorporada en un extremo, un enorme dormitorio con baño privado y el trastero que acababan de ver. En la parte delantera de la casa se encontraba una preciosa y amplísima biblioteca a través de cuyas cristaleras se accedía a un florido y extenso jardín. En el exterior, justo al otro lado del aparcamiento cubierto, se emplazaba un garaje con cabida para tres coches que estaba lleno del suelo al techo con muchísimas más cajas de documentos sin catalogar.

A Gemma le daba vueltas la cabeza por la magnitud de la tarea. Cuando el director de su tesis le mandó un correo electrónico en el que le comunicaba que le había conseguido una entrevista para un trabajo temporal en el pueblecito de Edilean, Virginia, se llevó una alegría. Sin embargo, después le explicó que la mujer que quería contratar a alguien para que revisara los documentos familiares y escribiera su historia era una antigua alumna de su universidad. Gemma resopló ante la idea. ¿Qué quería decir eso? ¿Otra historia de cómo la bisabuela había llegado a Ellis Island de jovencita? Menudo aburrimiento.

Ese mismo día se había pasado por su despacho para ofrecerle una respuesta en persona. Se disculpó con él, pero le dijo que una vez terminadas las prácticas, tenía que concentrarse en su tesis para poder conseguir el doctorado.

—Creo que deberías ver esto.

Su director de tesis le ofreció una carta impresa en un papel muy caro y grueso. En él se explicaba que la señora de Peregrine Frazier había adquirido de la propiedad de su marido en Inglaterra varios cientos de cajas llenas de documentos que se remontaban hasta el siglo XVI. La mujer ofrecía trabajo a alguien que pudiera catalogarlos y que escribiera una historia a partir de sus descubrimientos.

Gemma lo miró por encima del escritorio. Algo que incluía frases como «siglo XVI» y «varios cientos de cajas» no podía encuadrarse en un árbol genealógico normal.

—¿Quién más ha visto esos documentos?

—Las ratas y los ratones —contestó su director de tesis al tiempo que levantaba un sobre muy grueso—. Se halla todo aquí dentro. Los documentos han estado en el ático de una casa inglesa desde que la construyeron allá en tiempos de Isabel I. La familia... —Sacó una hoja del sobre y la miró—. Eran los condes de Rypton. Vendieron la casa en la época de la Revolución americana, pero, una generación después, la familia consiguió comprarla de nuevo. Hace poco el lugar volvió a ser vendido, pero en esta ocasión acabó en manos de una empresa que quería despejar el ático, de modo que subastaron el contenido.

Gemma se sentó. De hecho, casi se dejó caer en la silla que había delante del escritorio.

—Así que la tal señora Frazier...

—Fue a Inglaterra y compró hasta el último documento que había estado guardado en la casa durante todos esos siglos. No sabemos cuánto pagó por todo, solo que fueron cientos de miles de dólares. Al parecer, hubo una guerra de pujas durante la subasta, pero la señora Frazier logró hacerse con todo. Tengo la impresión de que es una mujer formidable. Consigue todo lo que quiere.

Gemma miró la carta que tenía en la mano.

—¿Y nadie sabe lo que hay?

—No. La empresa encargada de la subasta lo sacó todo del ático y lo dividió en lotes. El hecho de que no abrieran las cajas fue lo que provocó la guerra de pujas. Es posible que las cajas estén llenas con libros de contabilidad doméstica, de modo que tendrían poco interés para las personas ajenas a la familia. El número de vacas que compró el conde en 1742 tal vez fascine a sus descendientes, pero a nadie más. Desde luego, no fascinará a la comunidad científica. —Hizo una pausa—. Pero es posible que haya algo más guardado que sea de interés general —añadió con una sonrisa.

Gemma intentaba asimilar la información.

—¿Cuánto tiempo calcula esta mujer que le llevaría a una sola persona, sin ayudantes, revisar los documentos y escribir la historia familiar?

—Ofrece dos años para empezar, y eso incluye alojamiento gratuito en la propiedad familiar, el uso de un coche y veinticinco mil dólares anuales de sueldo. Si no se acaba en dos años...

—Se encogió de hombros—. Creo que el trato es que se tardará todo el tiempo necesario. Si no tuviera mujer e hijos, yo mismo solicitaría el puesto.

Ella seguía intentando asimilarlo todo. Si la información era veraz, podría basar su tesis en algo de lo que encontrase en ese pozo de información. En ese momento, ni siquiera se le había ocurrido el tema de su tesis, mucho menos había empezado con la investigación.

—¿Dónde está la trampa?

—Te enfrentas a una competencia feroz.

A juzgar por el titubeo, Gemma supo que no serían buenas noticias.

—¿Quiénes?

—Kirk Laurence e Isla Wilson.

Su cara reflejó la sorpresa que sentía. Los tres eran más o menos de la misma edad y estaban terminando sus doctorados, pero salvo por esos detalles, no se parecían en nada más.

—¿Por qué iban a querer semejante trabajo? Un pueblecito en Virginia, que requiere vivir en la casa de invitados de otro. Y encima años de investigación. No me cuadra con ninguno de ellos.

—Tengo entendido que hay tres hijos mayores. Solteros. Ricos.

Gemma gimió.

—Eso explica lo de Isla, pero ¿qué me dices de Kirk?

—Según me han contado, el fondo fiduciario de su difunto padre solo lo financia mientras esté estudiando. Le bastaría con convencer a lady Frazier de que lo contrate para retrasar su graduación durante años. Tengo entendido que si no consigue un trabajo nada más acabar, se espera que participe en el negocio familiar de hacer puertas y ventanas. —La miró—. Estos documentos podrían ser una buena oportunidad para conseguir que te publiquen.

Gemma se quedó sin aliento al escucharlo. Conseguir que publicasen un estudio, más allá de una disertación, era lo que cimentaba o destrozaba una posible carrera académica. Que lo publicaran podría significar que Kirk no tuviera que entrar en el negocio familiar y tal vez Isla no estuviera tan desesperada por encontrar a alguien que la financiara.

Al pensar en la sofisticación y elegancia de Kirk y de Isla, no le cupo la menor duda de que serían capaces de encandilar a una mujer de un pueblecito perdido. Pero aunque no tuviera la menor oportunidad de ganarles, lo intentaría con todas sus fuerzas.

—¿Cómo ha llegado mi nombre a oídos de la señora Frazier?

—Parece ser que el presidente de la universidad es un viejo amigo suyo. Hace un par de meses, el presidente le pidió al Departamento de Historia que le mandasen varias recomendaciones para el puesto. Todos enviamos unas cuantas, y la señora Frazier lo redujo a tres candidatos a los que quería entrevistar, y tú eres una de dichos candidatos. Por cierto, escribí una recomendación magnífica afirmando que tú harías el mejor trabajo posible.

—Y estoy segura de que alguien, seguramente media docena de personas, escribió lo mismo acerca de Kirk y de Isla.

—No me cabe la menor duda —replicó él—. La diferencia es que la mía es cierta. Vas a ir a la entrevista, ¿verdad?

—Por supuesto. Como mínimo, me gustaría ver los documentos. —Abrió la puerta del despacho y se volvió para mirarlo—. Supongo que te das cuenta de que si la tal señora Frazier tiene una propiedad extensa, habrá clubes de campo con campos de golf y cenas con un montón de cubiertos. Kirk e Isla son la clase de personas a las que querrá tener cerca, no a Gemma Ranford, que...

—Que trabaja más en una semana que esas dos mariposas en todo un año.

—Gracias —dijo Gemma al tiempo que se colgaba el pesado bolso del hombro.

Él se alegraba de que intentara conseguir el trabajo. Si alguien se merecía un respiro, era Gemma. Jamás había visto a un estudiante que trabajase con más ahínco que ella.

—Bueno, ¿adónde vas ahora?

—Adivina.

Él sonrió.

—¿A darles caña a los chicos?

—Eso mismo. Algo tengo que hacer para asegurarme de que aprenden.

Al salir del despacho, Gemma metió el sobre en el bolso.

Esa noche, cerró la puerta de su dormitorio, se metió en la cama y comenzó a revisar los documentos que la señora Frazier había preparado. Leyó sobre la subasta en Inglaterra y sobre el pueblo de Edilean (que se encontraba a unos quince kilómetros de Williamsburg y de la universidad William and Mary College), y comenzó a darle vueltas al asunto. A las once, una de sus compañeras de piso entró entre risillas tontas y tropezones con los muebles. Tanto ella como su nuevo novio se metieron en el dormitorio, dando paso a otra serie de ruidos.

Gemma se cubrió la cabeza con las mantas y siguió enfrascada en los documentos gracias a su linterna. Había fotografías de la propiedad de los Frazier. Se trataba de una enorme casa emplazada en una propiedad de unas diez hectáreas, con dos casas de invitados y extensas arboledas. Los Frazier poseían cuatro enormes concesionarios de coches en Virginia, y había un folleto de otro en Richmond. «Lo más grande» era la expresión más utilizada para describir el lugar.

Sin embargo, a ella no le interesaba el folleto publicitario. Lo que le interesaba era la idea de revisar los viejos documentos y ver lo que nadie había visto en siglos.

Se escuchó un fuerte golpe en la habitación de su compañera de piso, como si alguien se hubiera caído de la cama.

—Y la paz y la tranquilidad para hacerlo sin distracciones —dijo Gemma en voz alta.

Cuando los ruidos del revolcón se hicieron más intensos, se cubrió la cabeza con una almohada. No podía pagarse un piso para ella sola. El dinero que ganaba impartiendo clases a los miembros de los equipos deportivos de la universidad estaba destinado a sus estudios. El hecho de que hubiera llegado tan lejos con tan poco la asombraba incluso a ella.

En ese momento, se enfrentaba a una fase muy seria, ya que tenía que trabajar en su tesis... y le preocupaba el dinero. La investigación en profundidad era cara. Si elegía un tema relacionado con la Historia y que hubiera sucedido lejos de la universidad, algo que debía hacer si quería algo novedoso, los gastos incluirían viajes, y eso implicaba comida y alojamiento. Después, tenía que pensar en libros, material e incluso fotocopias. A lo largo del último año le había estado dando vueltas a cómo costearlo todo. Pero terminar el doctorado marcaría la diferencia entre conseguir un puesto de profesora en una universidad menor o en una de las importantes. Si pudiera basar su tesis en los documentos de los Frazier, al menos en parte, todos esos problemas desaparecerían.

Los ruidos del otro lado del pasillo aumentaron de volumen, de modo que se tapó las orejas con la almohada.

—Voy a intentarlo —susurró—. Seguramente pierda contra las mariposas, pero voy a poner toda la carne en el asador.

De modo que por eso se encontraba en ese momento en la casa de invitados con la autoritaria señora Frazier. Eran las once, hacía una bonita mañana primaveral. Acababa de llegar desde el aeropuerto y la señora Frazier le había dicho que Isla y Kirk ya estaban allí. Gemma se dio cuenta de que debería haber supuesto que llegarían un día antes de la fecha de la entrevista, ya que eran muy competitivos. Y a esas alturas, seguramente la señora Frazier ya estaría enamorada de ellos, pensó Gemma. Al fin y al cabo, Kirk e Isla eran famosos por su encanto. «Esos dos son la alegría del Departamento de Historia», escuchó una vez a un profesor en una fiesta para alumnos. «Inteligentes e instruidos. No se puede pedir más», fue la réplica. Gemma lo escuchó porque llevaba en las manos una bandeja con bebidas: otro de sus trabajos adicionales.

—Han llegado a recogerme —dijo la señora Frazier, con la vista clavada en la ventana del salón.

Acababa de llegar una camioneta con caja en la parte de atrás. Al volante se encontraba un hombre muy guapo.

—¿Quiere conocer a mi hijo? —preguntó la señora Frazier.

Gemma sabía que el protocolo dictaba que saliera para conocer al hijo, pero detestaba salir de la casa de invitados, dejando su tesoro atrás.

—¿O prefiere quedarse aquí un rato? —preguntó la señora Frazier en voz baja, como si le hablara a un niño pequeño.

—Aquí —consiguió decir Gemma.

—De acuerdo —convino la señora Frazier mientras se dirigía a la puerta—. El almuerzo se sirve a la una y se tarda unos diez minutos andando hasta la casa... ¿o prefiere que envíe a alguien para que la recoja?

—Iré andando —contestó Gemma, que vio cómo la mujer subía a la camioneta y se alejaba.

Suspiró, aliviada, y casi tropezó en sus prisas por volver a la enorme biblioteca. A juzgar por el olor a pintura fresca, acababan de remodelar la estancia. Tres de las paredes estaban cubiertas por bonitas estanterías de cerezo, con cajones en la parte inferior. Delante de las cristaleras se emplazaba un enorme y antiguo escritorio con adornos de latón en los bordes. Aunque no era una experta en muebles, supuso que compraron el escritorio en la misma subasta que los documentos. El suelo estaba cubierto por una moderna moqueta de color crema, que debía simular el efecto de tejida a mano. Encima, había una antiquísima y desgastada alfombra oriental que parecía haber sido pisada durante siglos. Los dos cuadros que colgaban de las paredes a ambos lados de la puerta representaban a hombres montados a caballo, con los perros ávidos por comenzar la cacería.

La estancia le parecía un trocito de cielo. Con el jardín a plena vista gracias a las cristaleras y los estantes llenos de documentos vírgenes, quería quedarse allí para siempre.

Dio una vuelta por la estancia, reparando en todo. En los estantes había cajas de madera y de cartón, cestas que parecían a punto de desintegrarse, un par de tubos metálicos y un montón de papeles sujetos por una cinta vieja. En el suelo había dos baúles de cuero, un asiento de madera con una tapa con bisagras y varios cofres más pequeños, uno cubierto con tachuelas.

No tenía la menor idea de por dónde empezar. Con miedo, y con manos temblorosas, bajó lo que parecía una sombrerera de los años veinte... y deseó fervientemente que no contuviera un sombrero. La historia de la moda no era su tema predilecto.

Cuando vio las cartas que contenía, se quedó sin aliento. Las cartas y los diarios eran dos de sus cosas preferidas. Había un sillón muy bonito y con pinta de cómodo junto a las cristaleras, pero pasó de él y se sentó en la alfombra, tras lo cual sacó el primer montón de cartas. Estaban atadas con una gruesa cinta de seda de color oscuro. Liberó la primera carta y la desdobló.

Faltaba parte de la carta, pero lo que quedaba estaba escrito con una caligrafía de trazos fuertes y enrevesados que costaba leer. Parecía que alguien se había esforzado mucho por conservar la parte final de la carta.

Aunque ya soy una anciana y he visto más de lo que nadie debería ver, sobre todo la odiosa guerra que casi dividió nuestro país, lo que recuerdo con más lucidez, y con más pena, es lo que pasó a nuestros queridos Julian y Winnie. Jamás me creí las lágrimas de esa mujer cuando dijo que la muerte de Julian fue accidental. Lo peor de todo, creo que Ewan tampoco la creyó. Te voy a contar un secreto que creía que iba a llevarme a la tumba: ¿Recuerdas la histeria que se desató cuando desapareció la cajita deseada? La busqué como la que más, pero supe que nadie la encontraría porque me la llevé a Inglaterra aquel lejano verano. Quería su magia por motivos egoístas, pero acabé pidiendo un deseo para Winnie. Nunca se lo había contado a nadie, pero creo que la Piedra les concedió aquel preciosísimo bebé. La semana pasada escribí la historia y la guardé a buen recaudo. Ojalá que la familia Frazier la lea y descubra lo que su pariente político le hizo a la familia Aldredge. Ojalá que algún día los descendientes de esa mujer pierdan la propiedad. ¡No se la merecen! Ahora tengo que dejarte. Mis viejas articulaciones no me permiten escribir durante demasiado tiempo.

Te quiere,

TAMSEN

—¡Vaya! —exclamó Gemma en voz alta. Ya había descubierto un misterio y una historia de amor. Miró el reloj, se dijo que tenía tiempo de sobra antes de la hora de comer, se tumbó boca abajo en el suelo y comenzó a leer.

2

Colin Frazier estaba frunciendo el ceño. Tenía al menos cincuenta cosas pendientes para ese día, pero allí estaba, conduciendo hasta la casa de invitados para recoger a uno de los estudiantes de su madre. Los otros dos se encontraban ya en la mansión de los Frazier, charlando de forma tan amigable con su madre que más bien parecían miembros de la familia recién encontrados después de una larga ausencia. La chica, Isla, repetía sin cesar que todo era «exquisito», mientras que el chico había tratado de congraciarse con Lanny, el hermano de Colin, hablando de coches. Puesto que Lanny reconstruyó su primera transmisión cuando tenía ocho años, era evidente que Kirk, el aspirante al puesto de trabajo, no tenía la menor idea sobre el funcionamiento de cualquier vehículo con ruedas.

Su hermano pequeño, Shamus, observaba la escena desde un lateral de la estancia, jugueteando con la moneda que tenía entre los dedos. Puesto que era el artista de la familia, sus padres le habían prohibido que cogiera los lápices y el papel por temor a que hiciera alguna caricatura espantosa de los estudiantes y avergonzara a la familia. O más bien a su madre. Porque su padre tenía la costumbre de reírse de todo lo que Shamus dibujaba.

Todo comenzó unos tres años antes, cuando la señora Frazier descubrió que el último conde de Rypton, un pariente lejano de su marido, había muerto sin descendencia, de modo que el título iba a desaparecer. La madre de Colin se preguntó entonces si se podía reclamar el título de manera que su marido fuera conde, y ella, condesa.

La noche que planteó dicha cuestión, la familia se encontraba en el salón y sus tres hijos estallaron en carcajadas. Shamus, que por aquel entonces ya estaba en secundaria, cogió su cuaderno de dibujo y pronto tuvo lista una caricatura muy poco halagüeña de su madre con una corona.

Podría decirse que a la señora Frazier no le hizo mucha gracia.

Alea Frazier abandonó la estancia con la barbilla en alto.

—Ahora sí que la has liado —dijo su marido—. Me pasaré semanas durmiendo en el sofá. ¡Lanny! Borra esa sonrisa de tu cara y empieza a preparar tu disculpa. —Miró furioso a su hijo menor—. Y tú, jovencito, ese dibujo... —Guardó silencio como si el castigo que tuviera en mente fuera demasiado cruel como para exponerlo. Se levantó de su sillón favorito con un enorme suspiro para ir en busca de su esposa. Al llegar a la puerta se detuvo—. Esto significa mucho para vuestra madre, así que no quiero que os burléis más de ella. Si quiere ser una aristócrata, bien puede serlo. ¿Entendido?

Después de que se marchara, el silencio se prolongó durante un par de minutos hasta que los chicos estallaron de nuevo en carcajadas.

Lanny, el tercer hijo de la familia, se volvió hacia Colin, el primogénito, al ver que este no se reía.

—Vamos, alégrate. ¿No te parece desternillante todo esto?

Colin enarcó una ceja.

—Me gustaría saber qué planea hacer mamá para descubrir si papá puede convertirse en conde.

Peregrine, el segundo hijo de la familia al que todos llamaban Pere, preguntó:

—¿Creéis que convencerá a papá de que le compre un castillo?

—¿Con foso y todo? —añadió Lanny.

Pere fingió tener una espada en una mano con la que atacó a Lanny.

—¿Se convertirán los hermanos en enemigos acérrimos y lucharán los unos contra los otros para conseguir heredar el título?

Shamus, que estaba dibujando una caricatura de su hermano blandiendo la espada y luchando, ni siquiera levantó la vista para comentar:

—Colin será el siguiente en heredar el título. Vosotros tendréis que matarlo si queréis quitárselo.

Tras escucharlo, tanto Pere como Lanny se volvieron hacia Colin con los brazos extendidos como si empuñaran sendas espadas. Colin estaba sentado en un extremo del largo sofá.

—Será fácil —aseguró Lanny, que se lanzó a por él.

Colin se puso en pie en un abrir y cerrar de ojos. Acto seguido, agarró a Lanny por la cintura y se lo echó al hombro. En ese momento, regresó el señor Frazier.

—Niños, como rompáis algo, se repondrá con el dinero de vuestras mensualidades.

Colin soltó una carcajada mientras dejaba a su hermano de nuevo en el suelo. Su padre se dirigía a ellos como si fueran pequeños, pero Colin acababa de cumplir veintisiete años. Lanny y Pere tenían veinticinco y veintiséis respectivamente.

—¿Cómo está mamá? —quiso saber Colin.

—Bien —respondió el señor Frazier al tiempo que miraba a su primogénito con una expresión que dejaba claro que el asunto solo acababa de empezar.

Cuando su mujer se empeñaba en algo, se convertía en una fuerza desatada de la naturaleza, como un tornado que asolara la tierra, arrastrándolo todo a su paso. Al parecer, el asunto del conde de Rypton iba a ser su siguiente proyecto.

Habían pasado ya tres años desde que tuvo lugar la escena descrita, pero hacía muy poco tiempo que se había puesto en venta la mansión que los condes poseían en Inglaterra, y al señor Frazier le había costado la misma vida convencer a su mujer de no comprarla. A cambio, había llegado al acuerdo de permitirle comprar todos los documentos («de nuestra historia», en sus propias palabras) hallados en la mansión y que se habían enviado a Virginia.

Cuando la señora Frazier regresó de su viaje en solitario para asistir a la subasta, y antes de que llegaran las facturas, la familia pensó que posiblemente habría comprado seis o siete cajas rebosantes de documentos antiguos. En cambio, llegaron seis camiones de una compañía de mudanzas que procedieron a descargar cestas, cajas, baúles e incluso maletas llenas de papeles tan antiguos que se rompían al tocarlos.

Al señor Frazier no le hizo ni pizca de gracia tener que sacar del garaje de la casa de invitados dos coches antiguos para guardar allí todo lo que su esposa había comprado.

—Alea —dijo echando mano de toda su paciencia mientras contemplaba la colección—, ¿quién va a catalogar toda esta... esta...?

—Cariño, no te preocupes, ya me he encargado de todo. He llamado a Freddy, y hemos hablado largo y tendido sobre la mejor forma de proceder. Se le ha ocurrido un plan maravilloso.

—¿Freddy? —le preguntó el señor Frazier. Frederick J. Townsend era el presidente de la universidad donde su esposa había estudiado... y su antiguo novio. El hombre con quien Alea había estado a punto de casarse—. ¿Y cómo está el bueno de Freddy? —añadió, con los dientes apretados.

—Estupendamente, como siempre. Va a enviarme los currículos de varios alumnos que cumplen los requisitos para encargarse de este trabajo, seguramente estudiantes de algún doctorado. Yo me encargaré de seleccionar a cuatro o cinco que vendrán aquí para ser entrevistados. ¿Crees que son muchos? Tal vez debería reducirlo a tres. Sí, es una buena idea. Freddy ha prometido enviarme a los mejores alumnos que la universidad puede ofrecer. ¿Qué te parece, cariño?

El señor Frazier miró a su esposa con los ojos entrecerrados. Sabía muy bien cuándo lo estaban embaucando. Alea se había reservado mucha información, como el sueldo que habría ofrecido y el tiempo que esa persona pasaría trabajando para ellos. Y como había insistido en guardar todas las cajas en la casa de invitados, sospechaba que esa sería la residencia del estudiante en cuestión.

—Creo que tú y yo vamos a sentarnos —contestó despacio— para que me cuentes exactamente qué estás tramando.

—Por supuesto, cariño —replicó ella con una sonrisa—. Me encantará ponerte al día.

Aquella misma noche informaron a la familia del plan de contratar a una persona que viviría en una de las casas de invitados y que pasaría dos años o más leyendo y catalogando los documentos procedentes de Inglaterra.

—¿Dos años? —preguntó Pere, asombrado.

Lanny dijo:

—Aseguraos de que sea una chica. Y de que sea guapa.

—Creo que con las tres novias que tienes es suficiente —comentó el señor Frazier, si bien Lanny se limitó a sonreír.

La señora Frazier se dirigió a su primogénito:

—Colin, ¿qué opinas?

La familia sabía que Colin se reservaba siempre sus opiniones. Su madre solía decir que su primogénito era un chico independiente desde que nació, que iba donde quería, cuando quería. Su padre añadía que a Colin le había tocado la china desde que nació. A los tres años de edad ya tenía dos hermanos que reclamaban toda la atención de sus padres a pleno pulmón. Puesto que el señor Frazier trabajaba setenta horas a la semana y su esposa tenía que encargarse de dos niños exigentes, Colin aprendió a ocuparse de sí mismo. Y a no molestar a los demás para conseguir lo que necesitaba.

—Creo que el proyecto será bueno para ti —contestó él, hablando despacio.

Shamus, el benjamín de los cinco hermanos, se marcharía a la universidad en cuestión de un año y su madre se sentiría muy sola. Solo Colin vivía en Edilean, y pasaba tanto tiempo en el pueblo que era como si viviese en otro estado. Sería estupendo que su madre contara con la presencia de alguien que viviera en la casa de invitados y que pudiera entretenerla con las historias del pasado familiar. Tal vez de esa forma lograra olvidar por momentos que todos sus hijos estaban repartidos por el país.

Colin regresó al presente. Habían pasado meses desde aquella cena y deseaba haberse involucrado más en el proceso de selección de una persona que iba a pasar años conviviendo con la familia. Había conocido a dos de los aspirantes al puesto y no le gustaban ni pizca. Ambos eran altos y delgados, y vestían ropa elegante y cara. La chica miraba a Lanny como si ya viera la tarta de la boda delante de sus ojos. En cuanto al chico, lo había visto coger un plato y darle la vuelta para ver quién era el fabricante. De momento, ninguno había mirado ni un libro y no parecían tener el menor interés en las cajas polvorientas guardadas en la casa de invitados.

Colin se imaginaba el futuro a la perfección. El estudiante contratado se limitaría a pasearse libremente por la propiedad y buscaría un sinfín de excusas para unirse a la familia. Su madre lo permitiría porque era una mujer generosa por naturaleza. Ya veía a dicha persona mudándose a la mansión, donde seguiría viviendo después de veinte años. Su madre diría: «Pero mis hijos me han abandonado, ¿por qué no voy a dejar que Kirk me haga compañía?»

En resumen, Colin comenzaba a ver el proyecto como un desastre.

En cuanto a la última aspirante al puesto, ni siquiera había aparecido para almorzar. Lanny, que estaba encantadísimo con la chica que ya conocían, se había ofrecido a ir en su busca. En su opinión, cuantas más mujeres hubiera, mejor.

Cuando le preguntó a su madre por la tercera candidata, ella respondió:

—Dejadla tranquila.

Sus palabras hicieron que Colin gruñera por lo bajo. Al parecer, su madre ya había decidido a quién contratar y no necesitaba saber más sobre la otra aspirante. Sin embargo, Colin esperaba que la chica estuviera interesada en otra cosa que no fueran las posesiones de la familia.

—Madre —le dijo Colin mientras se disponían a almorzar—, creo que la otra chica debería estar aquí también para que hablaras con ella.

—Ya sé todo lo que debo saber sobre ella. Vamos a disfrutar de un almuerzo agradable, ¿sí? Kirk e Isla son muy graciosos, ¿verdad?

—Sí, graciosísimos —contestó él al tiempo que su madre se adelantaba. Cuando la alcanzó, dijo—: Es que creo...

Su madre se volvió hacia él.

—Si tanto te interesa la otra chica, ve a buscarla. La he dejado en la casa de invitados, y supongo que seguirá allí. —Su madre entró en el comedor.

Colin hizo ademán de seguirla, pero se detuvo en el vano de la puerta. En la mesa se había dispuesto la mejor vajilla y el ama de llaves, Rachel, llevaba su uniforme blanco. Lo miró a los ojos y se encogió de hombros, dejándole claro que había sido cosa de su madre.

Los padres de Colin ocuparon sus sillas a ambos extremos de la mesa. El señor Frazier tenía pinta de querer estar en cualquier otro lugar del mundo. Lanny estaba sentado al lado de la preciosa señorita Isla y del atractivo Kirk.

En el otro lado de la mesa había tres cubiertos, uno para Shamus, otro para Colin y otro para la tercera candidata.

La señora Frazier le hizo un gesto a su primogénito para que ocupara su lugar.

Colin dio un paso al frente, pero no pudo sentarse.

—Yo... —dijo—. Voy a... —Señaló por encima del hombro en dirección a la casa de invitados, y procedió a escapar. Se subió en un coche y pisó el acelerador.

Cuando llegó a la casa de invitados, fruncía el ceño con tanto ahínco que sus cejas oscuras casi se rozaban por encima de la nariz. Aparcó el coche y caminó por el césped hacia los escalones de la entrada. Después de haber visto a los otros dos estudiantes, creía conveniente echarle un ojo a lo que tramaba la tercera candidata. Al menos no vio su coche aparcado en las cercanías ni estaba metiendo todo lo que podía llevarse en el maletero. ¿En qué estaba pensando su madre para dejar a una desconocida sola en la casita? Estaba llena de valiosas antigüedades, todas ellas procedentes de Inglaterra, de donde habían llegado en una furgoneta semanas antes de que lo hicieran los documentos.

Colin acababa de aferrar el pomo de la puerta de la biblioteca para entrar sin avisar cuando vio a la chica. Estaba sentada en la vieja alfombra, con la espalda apoyada en los armarios que se instalaron la semana anterior. A su alrededor se encontraban seis cajas de documentos adquiridos por su madre.

Aunque tenía la cara vuelta, Colin se percató de que era menuda y delicada. Llevaba ropa holgada y una melena rubia oscura le rozaba los hombros. Tenía un bolígrafo sujeto en una de las mangas, otro en una mano y otros tres más de distintos colores en el suelo. Al lado de una rodilla descansaba un grueso cuadernillo en el que había estado tomando notas.

Mientras la observaba, la chica se inclinó hacia delante para dejar en el suelo lo que parecía una carta antigua y comenzó a escribir en el cuaderno. Después, anotó algo en el margen con un color distinto.

Al alzar la vista, Colin creyó que lo había visto a través del cristal, pero sus ojos tenían una expresión vidriosa y comprendió que estaba distraída con sus pensamientos.

El movimiento le permitió verle mejor la cara. Era guapa, no tanto como su amiga Jean, ni tampoco poseía una belleza etérea como su prima Sara, pero sí que tenía un agradable atractivo. Nada más verla pensó que esa chica encajaba a la perfección en... en una biblioteca. Una chica que iría los domingos al servicio dominical y que los lunes prepararía un asado.

Lo más sorprendente de todo fue que jamás había visto a alguien tan... feliz. Daba la impresión de que estaba en el lugar preciso haciendo justo lo que debía hacer. Si Shamus pudiera retratarla, titularía el dibujo «Satisfacción».

El ceño desapareció de su semblante. Eso era lo que había imaginado cuando su madre le contó que quería contratar a alguien para investigar la historia familiar.

Abrió la puerta con una sonrisa en los labios. Ojalá no se asustara cuando lo viera...

El sonido de la puerta al abrirse hizo que Gemma saliera del trance. Cuando alzó la vista, descubrió a un hombre muy corpulento que la miraba desde el vano de la puerta. Era muy guapo con esas cejas oscuras y el mentón cuadrado.

Llevaba una camisa que tal vez le quedara un poco estrecha,

ya que se ceñía a sus músculos. Pensó que sabía perfectamente qué tipo de ejercicios realizaba. Había pasado cuatro años trabajando con atletas, así que era muy consciente de lo mucho que costaba conseguir un cuerpo como el que tenía ese hombre.

Además, lucía la misma expresión que había visto en «sus» atletas. Cuando conocían a alguien, guardaban las distancias hasta comprobar cómo reaccionaban ante su tamaño. Suponía que ese hombre, con sus pobladas cejas y su corpulencia, intimidaba a la gente a menudo.

Pero no a ella. La verdad era que gracias a «sus chicos» ese hombre le parecía conocido, alguien con quien se encontraba cómoda, todo lo contrario que le había sucedido con la señora Frazier y sus pendientes de diamantes.

Gemma se levantó y esbozó una sonrisa sincera.

—Hola. ¿Has venido para llevarme a almorzar? —Le echó un vistazo al reloj de pulsera. Era la una media—. ¡Vaya por Dios! Me lo he saltado, ¿verdad?

—Pues sí —contestó Colin mientras cerraba la puerta al entrar. Señaló las cajas del suelo con la cabeza—. ¿Has encontrado algo interesante?

—Amor, tragedia y algo que creían que era magia —contestó ella.

Colin se sentó en el sillón situado junto a la puerta.

—¿Has descubierto todo eso en tan poco tiempo?

Gemma se volvió y extendió los brazos en dirección a las estanterías. El gesto hizo que los pantalones se le ciñeran un poco y Colin pudo apreciar mejor su figura. No se conseguían esas piernas estando todo el día sentada.

—Todavía no estoy segura —reconoció ella—. Pero creo que puede haber un tesoro real oculto en estos papeles. —Lo miró—. ¿Eres uno de los hijos de la señora Frazier?

—El mayor. Colin. —La observó mientras ella comenzaba a recoger los papeles del suelo para devolverlos a las estanterías. Esa mujer transmitía una serenidad que le gustó.

—Yo soy Gemma, y supongo que lo he estropeado todo con tu madre, ¿a que sí? —le preguntó en voz baja mientras colocaba una antigua sombrerera en la estantería—. Perderme el almuerzo ha sido una grosería por mi parte. Isla y Kirk jamás...

—Están demasiado ocupados haciendo un inventario de la plata como para fijarse en los demás —la interrumpió Colin.

Gemma se volvió para mirarlo, sorprendida.

—El chico por lo menos está haciendo sus cálculos —siguió él—. La chica está a punto de decirle a mi hermano la talla de anillo que tiene.

—Eres muy perspicaz, ¿verdad?

—No. Solo soy un antiguo futbolista grandullón y lento de entendederas.

Gemma se percató de que detrás de la broma se escondía una pregunta.

—¿Grandullón? —replicó—. ¿Estás de broma? Soy la tutora del equipo de fútbol de la universidad y dos de mis alumnos parecen armarios empotrados de dos puertas.

Colin sonrió.

—Deberías conocer a mi hermano pequeño. Todavía está creciendo y, al paso que va, acabará con la envergadura de un Hummer.

—¿La familia ha pensado matricularlo?

—No, pero a veces le obligamos a llevar luces de gálibo.

Ambos se echaron a reír.

Colin estaba a punto de hablar cuando lo llamaron por teléfono. Metió la mano en el bolsillo del pantalón, sacó el móvil y tras mirar quién era, contestó.

—No habréis acabado de almorzar, ¿verdad? —Guardó silencio—. Sí. Claro. ¿Aquí? ¿Ahora? No, la verdad. Es que iba al pueblo y pensaba comer allí. —Miró a Gemma mientras escuchaba—. Lo siento, mamá. Te veré durante la cena. —Cortó la llamada—. Todos vienen para acá. Me voy. ¿Quieres acompañarme y comer algo?

—Me encantaría, pero creo que ya he ofendido a tu madre, así que mejor me quedo. Pero gracias por la invitación. —Gemma echó un vistazo por la estancia para asegurarse de que lo había devuelto todo a su sitio. Al volverse, miró a Colin, que seguía sentado en el sillón—. Será mejor que te vayas pronto. Creo que los oigo acercarse.

—Mejor me espero un poco —dijo él—. Quieres conseguir el trabajo, ¿verdad?

—¡No sabes cuánto! En serio.

—Creo que me hago una idea. En otra época, yo también quise conseguir algo con todas mis fuerzas.

—¿Lo conseguiste?

—Sí —contestó él.

Gemma le sonrió, pero no imaginaba qué podía desear un hombre tan rico como él que se equiparara a lo que ella quería. Al escuchar la risa aguda de Isla, miró por las cristaleras. La señora Frazier caminaba entre Isla y Kirk como si se conocieran de toda la vida. Era evidente que la mujer no compartía la opinión de su hijo con respecto a esos dos. Una lástima que fuera ella quien elegiría la persona que obtendría el puesto.

Gemma dio un paso hacia la puerta, pero Colin llegó antes, de modo que la abrió e invitó a su madre a pasar.

—Colin —dijo la mujer, sorprendida—. Creía que te habías ido a almorzar al pueblo.

—No he logrado apartar a Gemma de los documentos, así que se me ha ocurrido esperar.

—¿Ah, sí? ¿Os habéis hecho amigos?

—A Gemma solo le interesan tus viejos y aburridos papeles —respondió él al tiempo que abría más la puerta para dejarles paso a los otros dos.

—Hola de nuevo —lo saludó Isla con alegría, como si lo conociera desde hacía años—. Gemma, querida, te has perdido un almuerzo delicioso. —Isla se acercó y la besó en la mejilla.

Gemma abrió los ojos de par en par. No se movía en los mismos círculos que Isla y jamás habían intercambiado un beso.

—Gemma —la saludó Kirk, que también la besó en la mejilla—, ¿a que es un lugar maravilloso?

—Sí —contestó ella.

—La decoración es divina —le dijo Isla a la señora Frazier—. Por favor, dígame que no lo ha hecho usted y que tiene un decorador profesional.

—He comprado unas cuantas antigüedades que pertenecían a la familia de mi marido —dijo la señora Frazier con modestia.

—Madre, has comprado todo lo que es susceptible de haber sido tocado por el primer Frazier —apostilló Colin.

—Shamus —dijo Gemma, y todos la miraron.

—Sí, es mi hijo pequeño —comentó la señora Frazier—. No sabía que lo conocieras.

Kirk añadió:

—Un chico estupendo. Soy un gran admirador suyo.

—Creo que Gemma se refiere al primer Shamus —señaló Colin—. Al que ayudó a fundar Edilean.

Todos miraron a Gemma de nuevo, y ella asintió con la cabeza. Estaba tan nerviosa que apenas podía hablar. Deseaba tanto el trabajo que los nervios le impedían hablar.

—¿Dónde has oído hablar de él? —quiso saber la señora Frazier.

Gemma respiró hondo.

—Encontré su nombre en la página web de Edilean, en el apartado donde se narra la historia del pueblo, y también en el árbol genealógico de su familia. He querido averiguar por qué la familia se separó en la generación posterior, así que investigué en internet y descubrí que la antigua mansión familiar fue adquirida de nuevo en el siglo XVIII por Shamus y Prudence Frazier, que ya nacieron en Estados Unidos. Sin embargo, abandonaron el apellido Frazier y adoptaron el de Lancaster, perdiéndose el primero por completo. ¿El motivo de la separación familiar fue la distancia entre Estados Unidos e Inglaterra o sucedió algo que provocó una disputa?

Cuando dejó de hablar, se percató de que la señora Frazier, Isla y Kirk la estaban mirando sin pestañear. Tras ellos, Colin la observaba con una mirada reluciente, como si se lo estuviera pasando en grande.

Gemma retrocedió un paso.

—Lo siento. No era mi intención fisgonear. Es que me picó la curiosidad, nada más.

—Sí, bueno —dijo la señora Frazier, que se volvió hacia Isla—. En cuanto a tu pregunta, no he utilizado los servicios de un decorador de interiores.

—Pues parece el trabajo de un profesional. ¿Le importa que

vea de nuevo el salón? —Isla miró a Gemma indicándole que acababa de perder el puesto.

—Por supuesto. —La señora Frazier salió de la estancia en primer lugar con Isla pisándole los talones.

—Has metido la pata, ¿eh? —le preguntó Kirk antes de marcharse.

Cuando estuvieron a solas en la estancia, Gemma miró a Colin.

—Soy una bocazas. ¿Por qué no le he preguntado por la alfombra o por el escritorio?

—Porque te importan un pimiento.

—Cierto, pero debería haber fingido que... —Hizo una pausa—. Voy a ir tras ellos para intentar demostrar a tu madre que no soy la persona más maleducada del mundo. —Se detuvo al llegar a la puerta—. ¡Rápido! Dime algo que le guste.

—Ahora mismo, la familia aristócrata de mi padre es su gran pasión.

—Pero si acabo de... —Puso los ojos como platos.

—Exacto. Has preguntado por ellos y has demostrado que has investigado un poco por tu cuenta.

Gemma se quedó donde estaba, mirándolo en silencio.

—Pero parece más interesada en hablar de decoración con Isla.

—Yo también lo pensaba, hasta que he visto la cara que ha puesto mientras te escuchaba. Mi madre detesta que alguien descubra lo que trama. Permíteme leer tus notas.

—Pero...

—Confía en mí.

Gemma no entendía qué pretendía, pero sacó el cuaderno de su enorme bolso y se lo ofreció, tras lo cual se apresuró a seguir a los otros hasta el salón.

—Este pueblo parece encantador —decía Isla—. Si consiguiera el puesto, me encantaría formar parte de la comunidad.

—Yo estoy deseando empezar a leer documentos —afirmó Kirk—. La emoción del descubrimiento, de seguir el hilo de una historia. La posibilidad de hallar algo que nadie conoce...

Kirk hablaba con una expresión soñadora que Gemma ja-

más le había visto durante los cuatro años que habían compartido clases. Nunca habían estado en el mismo grupo de estudio
porque el apretado horario de Gemma hacía imposible coinci-
dir con sus compañeros.

—No puedo estar más de acuerdo —comentó Isla—. Será
muy interesante empezar a catalogar los documentos. Si no estuviera disfrutando tanto de la compañía de su familia, me pondría manos a la obra ahora mismo.

—¿Y tú qué dices? —le preguntó a continuación la señora
Frazier a Gemma.

—Ya lo ha hecho —respondió Colin mientras le entregaba a
su madre el cuaderno de Gemma.

La señora Frazier ojeó las páginas. La diminuta letra de Gemma solo cubría cinco de ellas, pero era evidente que había mucha
información.

—¿Te ayuda utilizar bolígrafos de distintos colores?

—Yo utilizo ocho colores a veces —terció Kirk, antes de que
Gemma pudiera responder.

—Yo uso un código basado en puntos de colores —dijo
Isla—. ¡Ay, qué divertido será empezar a catalogarlo todo!

—¿Tú opinas lo mismo, Gemma? —preguntó la señora Frazier—. ¿Que será divertido?

—Creo que la palabra que mejor lo define es «intenso» —contestó ella—. Supongo que la mayor parte de los documentos,
posiblemente el ochenta por ciento, no será de utilidad para
escribir la historia familiar, ya que son registros domésticos. Si
quiere investigar la historia financiera de la familia de su marido, le sugiero que busque un contable forense.

—Creo que Gemma se refiere a... —comenzó Kirk.

Sin embargo, la señora Frazier le indicó que guardara silencio levantando una mano.

—¿Solo estás interesada en catalogar el veinte por ciento de
los documentos?

Gemma tuvo la impresión de que acababa de meter la pata de
nuevo, pero cuando miró a Colin, este asintió con la cabeza para
alentarla.

—Sí —respondió ella con firmeza—. Lo primero que haría

sería analizar el contenido de todas las cajas y catalogarlo. Después, almacenaría los documentos que no pudiera usar y dejaría en la biblioteca los diarios, las cartas y los documentos personales para empezar a trabajar con ellos.

La señora Frazier miró a Gemma un instante y después se volvió hacia Isla.

—¿Y cómo empezarías tú?

—De la misma forma —respondió Isla—. Es el procedimiento habitual.

Gemma miró a Isla al instante. No había un «procedimiento habitual» para lidiar con documentos antiguos. Cada investigador tenía su propio método de trabajo.

La señora Frazier miró a su hijo.

—Creo que voy a dormir una siesta. ¿Qué te parece si yo vuelvo a la casa con Isla y Kirk mientras tú llevas a Gemma a almorzar? Debéis de estar muertos de hambre. Ya que vas al pueblo, ¿por qué no le enseñas tu oficina? —Se dio media vuelta y le devolvió el cuaderno a Gemma sin decir ni una sola palabra. Después, miró a Isla y a Kirk—. Ayer ordené que aumentaran la temperatura del agua de la piscina. Quizás os apetezca nadar un rato.

Colin y Gemma se quedaron solos en la casa de invitados en cuestión de segundos.

—Vaya —dijo Gemma mientras se sentaba en el sofá—. No sé si le caigo bien a tu madre o si me odia. —Miró a Colin—. ¿Ir contigo es un castigo o una recompensa?

—No lo sé. Ahora mismo podría ser cualquiera de las dos cosas. No está muy contenta conmigo porque anoche le dije que me preocupaba la idea de dejar que un desconocido viviera en la casa de invitados. Al principio, me gustaba la idea, pero cuando conocí a Isla y a Kirk... En fin, digamos que si mi madre pudiera haberme dado unos azotes, lo habría hecho encantada. —Miró a Gemma—. ¿Quieres ir a almorzar al pueblo?

—Sí, por favor —respondió ella.

—Entonces sígueme hasta el coche y me aseguraré de que nadie nos vea. No quiero tener pegados a esos dos haciéndome la pelota. —La guio hasta salir de la casa de invitados y después se internó entre los árboles que se alzaban junto al prado cubierto de césped.

Cuando pasaron junto a la enorme mansión, Gemma vio que un chico muy corpulento, un adolescente, los observaba desde una cristalera. Al final, llegaron a la fachada delantera de la casa principal, donde estaban aparcados seis coches, incluyendo el que Gemma había alquilado. Parecía una empresa de alquiler de vehículos.

Colin se sacó las llaves del bolsillo.

—Supongo que el que estaba mirando por la cristalera era tu hermano.

—Seguramente —replicó Colin mientras caminaba hacia un Jeep que parecía haber subido y bajado muchas montañas—. Eso significa que nos van a traicionar.

—¿Es un chivato? —le preguntó Gemma.

—Mucho peor. Es un artista.

Ella lo miró por encima del capó con expresión interrogante.

—Mi hermano lo cuenta todo, de la misma manera que lo cuentan los escritores. Para esta noche seguro que tiene más de doce o trece caricaturas nuestras. Seguro que nos dibuja saliendo a hurtadillas para escapar de Isla y de Kirk.

La veracidad de sus palabras le arrancó a Gemma una sonrisa mientras se sentaba a su lado en el Jeep. Colin salió dando marcha atrás, maniobrando con gran soltura para evitar a los tres coches que le cerraban el paso.

Cuando llegaron a la avenida de entrada, dijo:

—¿Te apetece un sándwich?

—Me apetece cualquier cosa que no tenga que cocinar yo.

—Adiós a mi teoría del asado.

—¿De qué estás hablando?

—Nada más verte creí que eras del tipo de mujer capaz de preparar un asado para cenar.

—No sé muy bien en qué lugar me deja eso, pero te aseguro que no me gusta que me encasillen.

Colin la miró de reojo mientras salían a la carretera principal, preocupado por si la había ofendido.

—Rollo de carne al horno —dijo Gemma.

—¿Cómo?

—Mi rollo de carne al horno está de muerte.

—¿De muerte de la buena o de la mala?

Gemma sonrió.

—Ah, es un secreto —contestó.

Se mantuvieron en silencio mientras Colin atravesaba el pequeño pueblo de Edilean. Las calles estaban dispuestas alrededor de una plaza donde se alzaba un enorme roble. Gemma había leído en la página web del pueblo que el roble era supuestamente un descendiente del que plantó cuando llegó de Escocia la mujer que le daba nombre al pueblo.

Como historiadora, Gemma no pudo menos que admirar los edificios que rodeaban la plaza. Algunos eran modernos, lo que quería decir que se habían construido después de la Segunda Guerra Mundial, pero la mayoría eran mucho más antiguos, anteriores a la Guerra de Secesión seguro. Al parecer, la estrategia letal de Sherman no había afectado a ese pequeño pueblo.

Gemma miró a Colin.

—¿A qué oficina se refería tu madre? ¿Tienes trabajo?

Él la miró con una expresión hosca.

—¿Me estás preguntando si me gano la vida o si vivo del negocio de mi padre?

Gemma se puso colorada al instante. Eso era exactamente a lo que se refería.

—Es que...

—No pasa nada. Todo el mundo se lo pregunta y dos de mis hermanos trabajan para mi padre. En mi caso, hace muy poco que fui elegido sheriff de Edilean.

—¿En serio? —Gemma abrió los ojos de par en par—. ¿Tienes oficina y un agente a tu cargo, y un armario lleno de armas? ¿Qué tipo de delitos se cometen en este pueblo?

Colin se echó a reír.

—¿Siempre eres tan curiosa con todo o solo te pasa conmigo?

—Con todo. Con cualquier cosa. Contéstame.

—Tengo todas esas cosas, y mi jurisdicción comprende gran

parte de la zona boscosa que rodea Edilean, así que siempre estoy ocupado. Te enseñaré mi oficina después del almuerzo.

Gemma titubeó.

—¿No pensará tu madre que soy como Isla y que voy detrás de uno de sus hijos?

—Mi madre no se mete en nuestras vidas privadas. Dime, ¿has dejado a algún novio para venir aquí?

—Corté con el último hace seis meses.

Colin había atravesado el pueblo y enfiló una calle estrecha. Las ramas de los árboles la cubrían como si fuera un dosel, dando la impresión de que se estaban internando en la espesura.

—¿Qué me dices de los jugadores de fútbol a los que les das clase? ¿Ningún novio entre ellos? —le preguntó él.

—Me ven como si fuera su madre.

—¿Por qué será que lo dudo?

—No, de verdad. Me llaman señorita Gemma y me cuentan sus problemas.

—¿Qué tipo de problemas?

—Me parece que no soy la única curiosa aquí.

—Es deformación profesional —replicó Colin al tiempo que aparcaba frente a un supermercado.

El establecimiento no se parecía a la típica tienda con la puerta de entrada de cristal. Era un edificio bajo y alargado, con un alero en el tejado que conformaba una especie de porche en la parte delantera. Parecía un pabellón de caza para millonarios sacado de las Adirondacks. De no ser por la gente que salía con los carros de la compra, jamás habría imaginado que se trataba de un supermercado.

Colin había apagado el motor y estaba sentado tras el volante, mirándola como si tuviera la intención de seguir en el coche hasta que le contestara.

Gemma se encogió de hombros.

—Digamos que he tenido que estudiar a fondo los distintos métodos anticonceptivos y las consecuencias de no utilizarlos. Las lecturas recomendadas para los chicos suelen ser panfletos sobre cómo aprender a vivir lejos de casa. A veces me siento como una profesora de educación sexual.

—Si impartes clases sobre algún tema especialmente creativo, dímelo —le soltó Colin con seriedad.

—¿Para que puedas aleccionar a tus electores?

—Por supuesto —respondió Colin—. Puesto que ellos son quienes me eligen, me preocupo por ellos y creo que es mi deber educarlos. —Sonrió mientras salía del coche y después esperó hasta que ella hizo lo propio para entrar juntos en la tienda.

El interior del establecimiento estaba fresco y contaba con una iluminación suave. A la derecha se encontraban los expositores, llenos de colores y ordenados a la perfección. Siguió a Colin, que se dirigía al fondo del supermercado.

—¡Colin! —lo llamó una mujer, haciendo que se detuviera.

Era una chica joven que parecía llevar un tiempo sin dormir adecuadamente. Lo que era comprensible. Llevaba de la mano a un niño de unos dos años que parecía estar a punto de hacerse pipí encima. En la cadera llevaba a una niña que no tendría más de seis meses y que estaba comiéndose un panecillo.

Colin cogió a la pequeña con una agilidad fruto de la práctica. La madre cogió al niño en brazos mientras sonreía para agradecerle el gesto y salió corriendo.

—¿Cómo está usted, señorita Caitlyn? —le preguntó Colin a la niña, que lo miró con una sonrisa.

Con la niña en brazos, siguió caminando hacia el otro extremo del supermercado. Caitlyn parecía feliz y contenta en sus enormes brazos.

Mientras caminaban, Gemma le echó un vistazo a la tienda. Los productos exhibidos en las estanterías eran de gran calidad, y llegó a la conclusión de que no podría permitírselos. Se preguntó dónde estaría el supermercado barato del pueblo.

Siguió a Colin hasta un expositor refrigerado con puertas de cristal, repleto de marisco fresco. Sí, definitivamente no podía permitirse los productos que vendían en la tienda.

—¡Colin! —dijo una mujer mayor muy guapa que se encontraba detrás de un mostrador—. Justo el hombre al que quería ver.

Antes de que Colin pudiera hablar, llegó corriendo un niño de unos cuatro años que llevaba un camión de juguete en una mano y las ruedas de este en la otra. En su cara había rastros de lágrimas, y miraba a Colin como si fuera Superman.

—¿Sheriff? —susurró con un hilo de voz.

Colin estaba a punto de extender un brazo, pero recordó que llevaba a la niña.

Sin pensarlo siquiera, Gemma le quitó a la pequeña para que Colin pudiera agacharse y colocarle las ruedas al camión. El niño se alejó a la carrera justo cuando aparecía su madre por el pasillo.

—Matthew, ahí estás. ¡No salgas corriendo otra vez! Ah, Colin, gracias.

—De nada —replicó él mientras la mujer cogía a su hijo y se marchaba.

La madre de la niña regresó y Gemma se la devolvió.

La señora que se encontraba detrás del mostrador no se había perdido ni un detalle de lo sucedido.

—Lo de siempre, ¿verdad, Colin? —le preguntó con una sonrisa.

—Las cosas no cambian. ¿Para qué querías verme, Ellie? ¿Han robado en el supermercado?

—Qué gracioso eres. ¿Me harías el favor de entregar un pedido?

—¿A nuestro hombre favorito?

—El mío por lo menos, porque ha ayudado a mi hija. ¿Puedes llevar un par de cajas hasta su granja?

—¿Por qué no viene él a buscar lo que necesite?

—Las señoras de la asociación lo persiguen otra vez.

Colin sonrió.

—Vale, prepáralo todo. Además, seguro que a Gemma le gustará visitar la Granja de Merlin.

—Supongo que Gemma es la chica que te acompaña, ¿verdad?

Colin se volvió y vio que Gemma estaba observando los pollos asados que acababan de salir del horno.

—Gemma, te presento a Ellie Shaw, mi... ¿qué somos exactamente?

—Primos lejanos —contestó Ellie—. Una vecina del pueblo acaba de hacer la genealogía de algunas de las familias de Edilean y hemos descubierto que todos estamos emparentados. Te daría la mano, pero... —Llevaba guantes.

—Encantada de conocerla —dijo Gemma—. ¿La tienda es suya?

—¿Me ha delatado algo? —quiso saber la mujer.

—Tu actitud mandona —le soltó Colin. Al escuchar el llanto de un niño, se apresuró a añadir—: ¿Nos puedes preparar unos sándwiches para llevar?

—Colin es el flautista de Hamelín para nuestros niños —le explicó Ellie a Maggie, mientras miraba a uno y a la otra con curiosidad.

—Venga ya, échame un cable —le dijo Colin—. Estoy tratando de impresionarla diciéndole que soy el sheriff y que me enfrento a un sinfín de delitos.

—Ah, conque quieres impresionarla, ¿no? —replicó Ellie.

Gemma pensó que debía cambiar el tema.

—Soy una de las solicitantes al puesto de trabajo que ofrece la señora Frazier.

—Ah, sí. Quiere que alguien se encargue de limpiar la porquería que ha traído de Inglaterra. —Ellie miró a Colin—. ¿Y dónde están los otros dos aspirantes?

—En casa, en la piscina. Mi madre está durmiendo la siesta.

Ellie resopló.

—Tu madre no ha dormido una siesta en la vida.

—Lo sé —le aseguró él, sonriendo.

Ellie miró de nuevo a Gemma.

—¿Qué tipo de sándwich queréis?

—De carne asada —contestaron a la vez.

—¿Y para acompañar? Tengo ensalada de col y ensalada de patata.

—De col —respondieron de nuevo al unísono.

—Ahora mismo los preparo. —Ellie se volvió con una sonrisa en los labios.

—¿Te gustaría echar un vistazo? —le preguntó Colin a Gemma.

—¿Para que pueda describírselo a Isla, que será quien acabe viviendo aquí?

—Para eso mismo, sí. —Colin estaba bromeando, pero para Gemma conseguir el trabajo no era una broma y se le notaba en la cara. Así que bajó la voz—. Esta noche hablaré con mi madre y le diré a mi padre que hable también con ella. Y a Shamus. A lo mejor entre los tres la convencemos de que contrate a la persona adecuada. —Estaba a punto de añadir algo más, pero se interrumpió porque vio que una mujer se acercaba corriendo hacia él desde la estantería de los cereales.

—¡Colin! —dijo—. He estado en tu oficina, pero Roy me ha dicho que estabas ocupado con un asunto familiar. Me alegro de verte.

—¿Otra vez ha pasado lo mismo, Tara? —le preguntó él.

Gemma vio por primera su expresión de sheriff. Su semblante cambió en un abrir y cerrar de ojos, y pasó de la sonrisa a la seriedad.

—Alguien ha vuelto a pisotear mis flores —anunció la mujer.

Gemma tuvo que hacer un gran esfuerzo para contener la risa. Los programas de noticias de la televisión solo hablaban de asesinatos y otros crímenes horripilantes, ¿y esa mujer se preocupaba por sus tulipanes?

—¿Roy ha tomado muestras de las huellas?

—Sí. Fue a verme en cuanto la llamé.

Gemma abrió los ojos de par en par. ¿Tomaban muestras y todo? La cosa parecía más seria que unas simples flores pisoteadas por alguien.

—Colin, no sé qué hacer —dijo Tara—. Tengo dos niños pequeños y con Jimmie fuera de casa tan a menudo...

Colin le pasó un brazo por los hombros a la mujer, que se apoyó en su pecho tratando de contener las lágrimas.

—¿Quieres quedarte en la casa de invitados? —le preguntó él mientras le colocaba una mano en la espalda—. La más grande está ocupada, pero los niños y tú podéis usar la segunda.

La mujer se apartó.

—No, estamos bien. El hombre que nos recomendaste está instalando las cámaras, y Jimmie vendrá a casa esta noche, así que no pasa nada. —Tara se sacó un pañuelo del bolsillo y se sonó la nariz mientras miraba a Gemma—. ¿Es tu nueva novia?

—Soy una de las aspirantes al trabajo de catalogar los documentos de los Frazier —se apresuró a responder ella al tiempo que se alejaba un poco de Colin. No quería convertirse en la comidilla del pueblo.

A juzgar por la expresión de Tara, era evidente que no sabía de qué hablaba Gemma.

—Si le caes bien a Colin, tienes mi voto —dijo la mujer, que miró su cesta de la compra—. Me voy antes de que esto se descongele. Colin, gracias... por todo.

—Tienes el número de mi móvil. Si ves u oyes algo, llámame e iré enseguida.

—Gracias —replicó ella al tiempo que se alejaba.

Colin se volvió hacia Gemma como si no hubiera pasado nada extraño.

—Este es el pasillo donde Ellie coloca los cereales. Si te gustan los Kellogg's normales y corrientes, los que come todo el mundo, ya puedes darme las gracias. Le dije a Ellie que como no hiciera acopio de Kellogg's me iría a Williamsburg a...

—¿De qué iba todo eso? —le preguntó Gemma, interrumpiéndolo—. Por favor, cuéntamelo o me veré obligada a descubrirlo.

Colin se encogió de hombros.

—Aún no lo sabemos con seguridad. Alguien pisotea las flores de Tara por la noche. Ayer llovió un poco, así que mi ayudante, Roy, ha podido sacar un molde de las huellas. Es una técnica antigua, pero este es un pueblo antiguo... y tenemos un presupuesto limitado.

—¿Crees que alguien lo hace con malicia para asustarla o que se trata de un ladrón... o de algo peor?

—De momento, no ha habido robo alguno y no han entrado en el patio trasero, pero Tara está muy asustada. Le están instalando cámaras de vigilancia.

—Y tú le has ofrecido un lugar donde alojarse —señaló Gemma.

—Ajá. Normalmente cedemos el uso de las casas de invitados a quienes lo necesitan. Ellie nos está haciendo señas. Los sándwiches están listos.

Gemma lo siguió hasta la parte trasera y esperó mientras Ellie le daba una bolsa blanca.

—¿Has llegado a hablar con Tara? —le preguntó la mujer a Colin.

—Sí —respondió él—. Quienquiera que sea no está haciendo daño alguno, pero quiero ser precavido con este tema.

—Como siempre. Ah, por cierto, Taylor llevó esta mañana las cajas a la Granja de Merlin, así que no hace falta que vayas. ¿Has conocido a nuestro nuevo residente, al doctor Burgess?

—Todavía no —contestó Colin—, pero me han hablado de él. —Se volvió hacia Gemma—. Es un profesor de Historia jubilado que acaba de mudarse. Quiere estar cerca de Williamsburg. Daba clases en Oxford.

—Parece interesante. Me gustaría conocerlo.

—Creo que está pachucho, pobre hombre —dijo Ellie—. Si habéis pensado comer fuera, tened en cuenta que hay niños jugando. Colin, acabarán rodeándote.

—Gracias por la advertencia —replicó él, tras lo cual se apartó un poco y le indicó a Gemma que lo precediera por el pasillo. Cerca de la caja registradora había una nevera llena de zumos de fruta refrigerados—. Coge el que te apetezca.

—Cualquiera que lleve frambuesa —dijo Gemma mientras él abría la puerta—. ¿Y tú?

—Soy un fan de la limonada.

—¿Rosa o amarilla?

Colin la miró.

—Sí, ya. Mis chicos tampoco tocan nada que sea rosa.

—¿Me he convertido en uno de tus chicos? —Echó a andar hacia la caja registradora, y la muchacha lo saludó por su nombre.

Colin le enseñó la comida, la chica asintió con la cabeza y se marcharon. Al parecer, el sheriff tenía cuenta abierta en el establecimiento.

—Si digo que eres uno de mis chicos, ¿conseguiré el trabajo? —le preguntó Gemma mientras caminaban hacia la salida.

—¿Por qué crees que te he traído a uno de los lugares más concurridos de Edilean?

—No tengo la menor idea.

—A esta hora, tres mujeres por lo menos habrán llamado a alguien de mi familia para decir que mi madre debería contratarte.

—¿Por qué van a hacer eso? No me conocen, y tampoco conocen a los otros aspirantes.

—¡Ja! A estas alturas no solo conocen tu nombre, también están al tanto de tu número de la Seguridad Social.

Gemma se echó a reír.

—Este pueblo puede ser peor que un campus universitario. En el campus sabemos quién está investigando algo antes siquiera de que abra el primer libro.

Colin se detuvo en la puerta y miró hacia el exterior. A la izquierda, bajo el alero, se emplazaban varias mesitas a rebosar de madres jóvenes con sus hijos. Una de ellas era la mujer cuya niña habían cogido en brazos Colin y Gemma.

—La vista me ha puesto los pelos de punta —lo oyó murmurar.

—Sí, pareces asustado.

—Asustado es poco..., estoy aterrorizado. Todas saben que sé cambiar pañales.

—Dame las llaves del coche —le dijo Gemma.

Colin la miró.

—¿Cómo?

—Que me des las llaves del coche. Te recogeré en la puerta trasera.

—El Jeep no es automático, hay que cambiar de marcha.

—¡Vaya por Dios! ¿Tiene palanca de cambio y todo? ¿Cómo voy a manejarlo? —Gemma pestañeó de forma exagerada, fingiendo sentirse desvalida.

Colin esbozó una media sonrisa mientras le entregaba las llaves.

—Nos vemos en un minuto.

Gemma asintió con la cabeza y después salió por la puerta principal. Sentía los ojos de todas las madres clavados en ella, pero no se volvió a mirarlas. Cuando llegó al coche de Colin, entró sin pérdida de tiempo y puso el motor en marcha. El hombre que su madre había contratado para que la enseñara a conducir había insistido en que aprendiera a conducir coches de cambio manual, y en ese momento se alegraba.

En cuanto metió marcha atrás, supo que le habían hecho algo al Jeep para aumentar la potencia del motor. Aunque Colin dijera que no estaba involucrado en el negocio familiar, su coche distaba mucho de ser un Jeep normal y corriente.

Gemma sintió un momento de pánico cuando al meter primera, el coche se sacudió y salió disparado hacia delante como si fuera un auténtico guepardo tras su presa. Al girar en la esquina del supermercado, estaba segura de que lo hizo a dos ruedas, a pesar de que iba lentísima. Apenas se había hecho con el control del coche cuando vio que Colin la estaba esperando, mientras charlaba con dos chicos que llevaban sendos delantales y que estaban descargando un camión. Consiguió detener el Jeep con suavidad y, una vez aparcado, se sentó en el asiento del copiloto.

Colin se acercó y dejó la bolsa con la comida en el asiento trasero.

—¿Algún problema?

—Ninguno —contestó ella, que lo miró y se echaron a reír—. ¿Le echas combustible para reactores o algo? —le preguntó.

—¿Ves ese botón rojo? —preguntó Colin a su vez, señalando el encendedor—. Si lo pulsas, las ruedas desaparecen y el Jeep echa a volar.

—Me lo creo. El valiente sheriff surcando los cielos para huir de los pañales sucios.

Colin rio entre dientes mientras abandonaban el aparcamiento. Tras doblar una esquina, aparecieron de nuevo en la plaza.

—Si nos sentamos en algún lugar del pueblo para comer, pasará lo mismo que ha pasado en el supermercado. Todo el mundo me conoce en Edilean.

—Creo que hay un pero... —dijo ella.

—Tengo un secreto. ¿Te gustaría verlo?

—Claro —contestó Gemma, aunque de forma cautelosa. No le conocía lo bastante como para predecir qué tipo de secreto podía guardar.

—La semana pasada compré una casa y nadie lo sabe aún. Ni siquiera mi familia.

Gemma soltó el aire que ni quisiera sabía que estaba conteniendo.

—¿Una casa antigua? —preguntó, con un deje esperanzado.

—No, lo siento. En Edilean se considera nueva. Se construyó sobre 1946 o 1947 y la han remodelado hace relativamente poco.

—¡Oh! —exclamó ella, desilusionada.

—Tiene un estilo similar al de Frank Lloyd Wright.

—¡Vaya! —Gemma se animó un poco.

—Mi primo Luke fue quien reconstruyó la casa. Vivió un tiempo en ella, pero después se casó con la dueña de Edilean Manor y se mudó. Hemos hecho un trato en privado y ahora la casa es mía.

—Edilean Manor —repitió Gemma con los ojos como platos—. He visto fotos en la página web del pueblo. ¿Es tan bonita como parece?

—Mucho más. Me aseguraré de que la veas.

—Antes de que me vaya —añadió Gemma, que frunció el ceño.

El trabajo había llegado a significar mucho para ella en cuestión de horas. Ya no solo por los documentos de los Frazier. Había conocido personas y se estaba involucrando en sus problemas. Y tal vez podía llegar a ser amiga de Colin. O algo más que amiga, quizá. Se sentía muy atraída por él y no solo por su físico, sino por su personalidad. Le gustaba que lo respetaran tanto en el pueblo. Hasta los niños le querían.

—Si es que te vas —la corrigió él mientras aparcaba en la avenida de entrada de una bonita casa.

Gemma se inclinó hacia delante para observar la casa al tiempo que ocultaba una sonrisa. Ciertamente recordaba un poco a los diseños del arquitecto Frank Lloyd Wright, con el alero del tejado y las jardineras empotradas en los muros. Las puertas y las ventanas estaban rodeadas de molduras de madera oscura que le otorgaban un aire acogedor al diseño.

Colin pulsó el botón de un mando a distancia que guardaba detrás de la visera para abrir la puerta del garaje. El interior estaba vacío, ni siquiera había una manguera para regar las flores. Mientras la enorme puerta se cerraba tras ellos, Colin alargó el brazo y cogió la bolsa de la comida.

—¿Quieres ver la casa? —le preguntó.

—Me encantaría —contestó ella al tiempo que bajaba y lo seguía hasta el interior.

El garaje y la casa estaban conectados a través de un pasaje cubierto que llevaba hasta una puerta lateral, construido con madera de tres colores distintos y protegido con barniz para preservar el tono natural.

Gemma pasó la mano por la barandilla.

—¿Tu primo Luke hizo esto? ¿O contrató a alguien?

—Él mismo trabajó la madera —contestó Colin, que utilizó la llave para abrir la puerta a través de la cual se accedía a la cocina.

Era una estancia preciosa, con armarios nuevos pintados de amarillo claro y encimera de granito con tonos dorados. Los electrodomésticos eran de acero inoxidable.

La cocina estaba conectada a un amplio comedor que contaba con unos preciosos ventanales orientados a la fachada principal.

—¡Uau! —exclamó Gemma, y Colin le sonrió.

El salón estaba a la derecha, separado en parte de la cocina por un muro. En un lado se alzaba una chimenea de piedra flanqueada por estanterías y un enorme televisor. El suelo estaba cubierto por una gigantesca alfombra oriental. Era lo único que había en la estancia. No había ni un solo mueble.

—¿Te importa sentarte en el suelo? —le preguntó Colin.

—Es mi sillón favorito.

—Solo si tienes un montón de libros abiertos alrededor y un cuaderno a mano. ¿Y cuántos colores usas?

—Siete, uno menos de los que Kirk asegura utilizar. Tendré que preguntarle cuál es el octavo.

Extendieron los envoltorios de papel de la comida en el suelo y, tras colocarlo todo, empezaron a comer.

—Está buenísimo —dijo Gemma.

—Como todo lo que hace Ellie.

Gemma echó un vistazo por la preciosa estancia. En la parte posterior había unas cristaleras a través de las cuales se accedía a un patio conectado a un jardín.

Cuando miró de nuevo a Colin, se percató de lo mucho que le gustaba su aspecto físico. Había pasado tanto tiempo con atletas durante los dos últimos años que a esas alturas le atraían los hombres corpulentos. Porque además de los chicos a los que les daba clases, estaban los entrenadores. Había salido unos meses con uno de los ayudantes. Pero cortó con él al darse cuenta de que solo estaba interesado en los deportes.

Percibía ese algo indefinible que la llevó a pensar que Colin también se sentía atraído por ella. Sin embargo, era consciente de que aunque había conseguido sonsacarle que no tenía novio, él no había comentado lo más mínimo sobre su vida amorosa. Si su director de tesis no le hubiera dicho que los tres hijos estaban solteros, ni siquiera contaría con esa información.

—¿A tu novia le gusta la casa? —Una pregunta que tal vez no le reportara la menor respuesta, pensó Gemma tras formularla. Al cuerno con la vida personal de ese hombre, no pensaba indagar más—. A mí me encanta —añadió—. Seguro que serás muy feliz aquí.

Colin se movió hasta apoyar la espalda en la pared y se tomó su tiempo para contestar como si estuviera meditando a fondo la respuesta.

—En el último año y medio tres de mis amigos... no, en realidad han sido cuatro. Cuatro amigos se han casado y eso me ha hecho pensar en el futuro. —La miró con una sonrisa agradable—. Estoy seguro de que eso es más de lo que querías saber sobre mí.

A Gemma le encantaría poder decir que quería saber muchísimo más, pero era demasiado pronto.

Guardaron silencio un rato y después ella le preguntó por sus hermanos.

—Son todos insoportables —contestó Colin, pero lo hizo con un deje cariñoso en la voz tan evidente que casi resultó bochornoso.

Siguió hablando mientras comían, contándole cosas de su familia, de modo que Gemma se percató de lo unidos que estaban. Le habló de sus hermanos Lanny y Pere, que trabajaban para el negocio familiar. Le contó que la familia se preocupaba mucho por el desarrollo de la faceta artística de Shamus, ya que querían que tuviera la mejor formación posible.

—Mi madre investiga las distintas universidades como si fuera un general planeando una batalla. De momento, ninguna es lo bastante buena para su pequeñín.

Por último, le habló de su hermana Ariel, que pronto regresaría a Edilean para trabajar como doctora. Estaba tan orgulloso que sacó pecho y todo mientras se lo contaba.

—Te envidio —dijo Gemma cuando él guardó silencio.

—¿Qué hay de tu familia?

—Mi madre y mi hermana son idénticas. Se ríen de las mismas cosas y se llaman todos los días. Están muy unidas.

—¿Y tú no?

—No —respondió—. Mi padre y yo éramos uña y carne, y después de que muriera cuando yo tenía doce años... —Se encogió de hombros—. Son unos recuerdos muy tristes. Lo bueno es que mi hermana se ha casado con un tío muy rico, tiene su propia editorial, y me envía unos regalos divinos. Lo único que tengo que hacer es devolverle el favor cuidando a mis sobrinos, a veces durante semanas enteras.

Colin rio.

—¿Y qué clase de regalos te ha enviado?

—Un Kindle, equipación deportiva, el mejor portátil del mercado y una BlackBerry. Me dijo que si conseguía este trabajo, me regalaría un iPod.

—Parece que se preocupa por ti —comentó Colin.

—Es mutuo, pero no estamos muy unidas. Ya tiene dos hijos y quiere otro más. A mi madre y a ella les preocupa que no me case.

—Hagas lo que hagas, no les permitas hablar con mi madre.

Mi pobre hermana Ariel está tan harta de oír a mi madre hablar de bebés que el año pasado juró que iba a hacerse una ligadura de trompas.

—Una amenaza muy drástica.

—Mi hermana es muy teatrera.

—Dime quién es tu hombre favorito y otra cosa, ¿la Granja de Merlin no es donde se encontraron aquellos cuadros el año pasado?

Colin se echó a reír y estuvo a punto de atragantarse con el sándwich.

—Te quedas con todo lo que escuchas, ¿eh?

—He leído sobre la Granja en la página web del pueblo y me gusta descubrir cosas. ¿Es o no es?

—Sí —contestó él—. Como ya pareces estar al tanto, la Granja de Merlin...

—Se construyó en 1647, ¿verdad?

Colin meneó la cabeza, asombrado.

—Me da en la nariz que sabrías decirme qué rey inglés estaba entonces en el trono y qué estaba sucediendo en el mundo.

Podría hacerlo, pero a Gemma le interesaba más hablar de aquello que no sabía.

—Los cuadros crearon un gran revuelo en el mundillo de los historiadores, así que claro que he oído hablar de ellos. Pertenecen a la dueña de la propiedad. Pero no recuerdo su nombre.

—Sara Shaw, mi prima. Se casó con el detective que los encontró. Estaban escondidos en una habitación secreta de la casa vieja. Tienes que verla. Una construcción muy ingeniosa detrás de la chimenea.

Los ojos de Gemma se iluminaron, pero guardó silencio, deseosa de que Colin le contara más cosas.

—El caso es que Mike y Sara todavía viven en Fort Lauderdale —siguió él—. Seguirán haciéndolo hasta que él pueda jubilarse dentro de un par de años y después se mudarán aquí de forma permanente.

—¿Y los cuadros?

—Ah, sí. Los pintó en el siglo XVIII un ancestro llamado...

—Charles Albert Yates —suplió Gemma.

—Estoy seguro de que fue él —comentó Colin—. Joce, la dueña de Edilean Manor, cree que los pintó una mujer. Dice...

—¡Madre mía! —exclamó Gemma con los ojos como platos—. ¿Una mujer siguió el curso del río San Juan en 1799 y pintó la flora y la fauna? ¡Qué descubrimiento más extraordinario!

Colin se echó a reír, impresionado por su memoria y su conocimiento.

—Sara, Joce y tú debéis conoceros.

Apuró el sándwich sin dejar de mirarla, consciente de que Gemma seguía pensando en los cuadros y en la posibilidad de que fueran obra de una mujer. Aunque no pensaba decirlo, estaba encantado con el hecho de que no hubiera mencionado el valor monetario de las pinturas. Su hallazgo logró la atención internacional, y la noticia fue difundida por la BBC y también en París. Durante un tiempo el pueblo se llenó de turistas curiosos que no paraban de hacer preguntas. Salvo unas cuantas excepciones, la gente solo se interesaba por el dinero. ¿En cuánto estaban valorados los cuadros? Colin estaba tan cansado de responder esa pregunta que había acabado murmurando: «En millones», tras lo cual se daba media vuelta y dejaba que su ayudante, Roy, se encargara de los turistas.

Sin embargo, Gemma no parecía interesada en absoluto en la parte monetaria del descubrimiento. Y eso le gustaba mucho.

Cuando acabó el sándwich, ella le preguntó:

—¿Sara es la hija de Ellie? ¿Y su hombre favorito, el que la ayuda?

—¡Se te va a dar genial recomponer la historia familiar! —exclamó Colin—. Sí, Sara es la hija de Ellie y el señor Lang es el encargado de la Granja de Merlin. Es un octogenario al que cuidamos todos. Si Mike y Sara vienen al pueblo, el señor Lang se traslada a la casa que remodelaron para él. —Colin no pensaba añadir que el señor Lang se quejaba incesantemente de los turistas y del hecho de tener que vivir en otro lugar distinto a la vieja casa, que consideraba como suya.

Gemma quería preguntarle a qué se había referido Ellie con «las señoras de la asociación» que perseguían al anciano, pero supuso que ya había hecho demasiadas preguntas. Se puso en pie.

—¿Te importa si doy una vuelta por la casa para ver el resto?

—Adelante. —Colin estaba encantado con la idea de que a Gemma le gustara tanto la casa.

Ella enfiló el pasillo y se asomó a los tres dormitorios, así como a los cuartos de baño. El dormitorio principal tenía acceso al jardín. Abrió la puerta y salió. No sabía mucho sobre plantas, pero estaba casi segura de que los árboles que la rodeaban no eran los que se compraban normalmente en el vivero local. No, ese lugar parecía un jardín botánico en miniatura. Un lugar que la gente pagaría por ver.

Mientras reflexionaba sobre todo lo que había descubierto sobre el pueblo, sobre ese hombre, sobre su familia y, por último, sobre su casa, la invadió una especie de anhelo. Desde que su padre murió, no se había sentido a gusto en ningún sitio. No había experimentado esa sensación que tanto ansiaba de pertenecer a un lugar, a una persona.

¿Cómo sería crecer en un pueblo donde todos conocieran su nombre?, se preguntó. Y lo más importante, donde todos la conocieran de verdad. Las mujeres que había visto en el supermercado conocían a Colin lo bastante como para confiarle a un bebé. Hasta los niños sabían que podían contar con él para arreglar un juguete roto. Escuchó sus pasos en el pasillo.

—¿Estás bien? —le preguntó él, que se había detenido a su espalda—. ¿Te pasa algo?

Se había percatado de la expresión triste de sus ojos y Gemma se apresuró a desterrarla.

—No. Todo lo contrario. Estaba admirando el paisaje. Tu jardín parece más grande de lo normal.

—La propiedad ocupa algo menos de media hectárea.

—No creo que tu primo Luke diseñara también el jardín, ¿o me equivoco?

—Sí, fue él. Es Luke Adams.

Gemma no pareció reconocer el nombre.

—¿Luke Adams? —insistió Colin—. ¿El escritor de novelas?

—Lo siento. Es que no leo obras de ficción. No tengo tiempo para eso.

Colin sonrió.

—Un cambio refrescante. Normalmente, cuando la gente escucha el nombre de Luke, se queda al borde de un vahído.

—Así que de un vahído... —repitió ella con una sonrisa—. Creo que has estado leyendo los documentos que ha comprado tu madre.

—En realidad, intenté mirar unos cuantos. Pero como no paraban de llamarme por teléfono, al final siempre tenía que irme. O me quedaba dormido. Me resulta difícil imaginar que alguien quiera ese tipo de trabajo. Los días que me veo obligado a quedarme en la oficina me pongo nervioso. —Al sentir la vibración del móvil, se lo sacó del bolsillo y miró la pantalla—. Un mensaje de texto de mi madre. Dice que Jean ha llegado. Creo que será mejor que nos vayamos.

—¡Por supuesto! —dijo ella—. Solo me faltaba ofender otra vez a tu madre.

—No creo que la hayas ofendido.

—Ojalá estuviera tan segura como tú. —Al llegar a la puerta de la cocina, Gemma se volvió para mirarlo—. Me lo he pasado muy bien hoy. He disfrutado mucho conociendo a tu familia y viendo tu casa. Gracias.

—De nada —replicó él—. ¿Quieres conducir de vuelta?

—Esa idea me gusta casi tanto como la de saltar de un tren en marcha.

—Pues, hala, vámonos. A ver si Kirk se ha largado con las joyas de mi madre.

—O si Isla se ha fugado con tu hermano.

—Shamus jamás lo permitiría.

Salieron de la casa riéndose a carcajadas.

3

Gemma se estiró en la cama de la antigua habitación de Colin y echó un vistazo a su alrededor. Seguía siendo el dormitorio de un adolescente, pero en vez de fotos de jugadores de fútbol u otros deportistas, había fotos de hombres a quienes ella no reconocía. Sin embargo, tenía la sospecha de que se trataba de agentes de la ley, de los de verdad, no de actores que interpretaran un papel en la tele. Teniendo en cuenta lo que veía, se preguntó por qué no se había convertido en un agente del FBI o de la CIA. Claro que ya conocía la respuesta: adoraba el pueblecito de Edilean y a las personas que vivían en él.

Tras salir de su flamante casa nueva, Colin condujo directamente hacia la casa de su familia. Unas cuantas horas atrás, cuando Gemma llegó al pueblo, la señora Frazier la saludó en la puerta principal y la llevó de inmediato a la casa de invitados para mostrarle los documentos. No había tenido tiempo de sacar la maleta del coche, de modo que no sabía dónde se iba a quedar en la enorme mansión de los Frazier.

Colin le dijo que le había pedido a su madre que le asignara su antiguo dormitorio.

—Cuenta con una escalera exterior, así que podrás ir y venir a tu antojo —explicó él—. Y está en el tercer piso, así que tendrás intimidad.

—¿Una escalera privada para ti solo? Parece que fuiste un chico muy ocupado —bromeó ella.

Él no pareció tomarse sus palabras a broma.

—Me llamaban tan a menudo en mitad de la noche que cuando estaba en el instituto, mi padre mandó construir la escalera para que no despertase a la familia.

No terminaba de comprenderlo.

—No estarías ejerciendo de sheriff durante el instituto, ¿verdad?

—No, pero me gusta presentarme voluntario para todo. Además, siempre he sido... —Titubeó.

—¿Tan grande como un toro?

—Más o menos —replicó él con una sonrisa—. Con catorce años solía salir con los bomberos y sujetar la manguera.

—¿No es ilegal para alguien tan joven?

—Sí, pero después de colarme seis veces por una ventana y de entrar tres veces en un edificio en llamas, todos se rindieron y dejaron de intentar que me quedara en casa. Creo que me dieron la manguera para mantenerme quieto en un sitio.

—Supongo que tiene sentido. ¿Y tu familia te puso en el último piso y te construyó una escalera solo para ti?

—Eso mismo.

Al llegar al camino de entrada, Colin le dijo que Fanny ya había subido su maleta y que podía descansar un poco.

—Jean va a preparar la cena esta noche.

—¿Es amiga tuya?

—Es amiga de la familia. Es abogada en Richmond y le gusta preparar comidas especiales.

—Me encantará conocerla.

Unos minutos después, Colin se detuvo al pie de la alta escalera que subía por el lateral de la casa. Gemma era consciente de que Colin quería acompañarla, pero ella no quería que lo hiciera. Le gustaba demasiado, la atraía muchísimo, y no quería hacer algo que pudiera avergonzarla. Además, era mejor mantener las distancias con el hijo de la persona que esperaba que la contratase.

—Seré capaz de llegar sola —dijo.

—Te enseñaré...

—No, de verdad. Me gustaría repasar mis notas.

—De acuerdo —accedió él, pero parecía decepcionado—. Baja a eso de las seis. Nos tomaremos algo antes de cenar.

—Claro —replicó mientras subía la escalera, pero él se quedó allí plantado.

De repente, se dio cuenta de que estaba esperando a que ella llegara arriba sana y salva. Hasta que no llegó a la puerta, Colin no se dio la vuelta y se marchó.

En ese momento, mientras yacía en la cama y revisaba la habitación, le dio vueltas a lo que había visto y oído ese día. Había sido mucho. Primero fueron los documentos que nadie había tocado y que la llevaron a desear matar a alguien a fin de asegurarse el puesto. Después, Colin había ido a la casa de invitados y habían pasado el día juntos a partir de ese instante.

Qué diferentes eran sus vidas, pensó. Él siempre había vivido en el mismo lugar. Seguramente habría ido a preescolar con los que eran sus amigos en ese momento. Y después estaba todo ese montón de parientes.

En cuanto a ella, desde que había entrado en la universidad hacía siete años, su vida había sido muy movida. No tanto porque se mudara con frecuencia, pero sí porque todos a su alrededor llegaban y después se iban. A lo largo de los años había entablado amistad con cuatro mujeres. Cada una de ellas declaró que iba a sacarse el doctorado, pero una a una conocieron a hombres, se casaron y dejaron los estudios. En ese momento, las cuatro tenían hijos, y la correspondencia entre ellas se había reducido a un mensaje de correo electrónico cada tres o cuatro meses.

En cuanto a los hombres de su vida, ellos también se habían ido. Uno de ellos le suplicó que lo acompañara. Pero le dijo que estaba decidida a quedarse donde estaba, que tenía planeada su vida y que no pensaba desviarse del camino. Lo cierto era que no estaba enamorada de él y que no quería irse.

Sus objetivos se habían mantenido firmes desde el principio. Después de conseguir doctorarse y después de encontrar trabajo en una buena universidad, pensaba sentar cabeza, lo que significaba buscarse un marido y una casa, tener familia propia.

Casarse con un hombre como Colin, pensó. Lo primero que pensó al verlo era que se trataba de un cruce entre el Increíble

Hulk y uno de esos vaqueros que salían en las películas de los sesenta. Las mujeres le dejaban a sus hijos en los brazos y le pedían protección. Si las mujeres no hubieran estado hablando de temas serios con él, habría creído que era el canguro del pueblo... y viejo.

Pero de viejo no tenía un pelo. Era joven y guapo y... el hijo de la mujer que ansiaba tener como jefa, se recordó.

Se levantó de la cama y deambuló por la habitación, examinando las posesiones de Colin. Había un enorme trofeo en el suelo, en un rincón. «Offensive Linebacker», se podía leer, proclamando su condición de jugador de fútbol americano. En la puerta del armario había pegadas algunas cintas de otros deportes: natación, hockey e incluso una de una competición de salto de caballos.

Tuvo que ser un frisón, pensó mientras se imaginaba a los caballeros medievales que cargaban sobre sus enormes monturas en plena batalla. La historiadora que llevaba dentro sabía que a Colin le sentaría genial la armadura.

Sobre la cómoda había un cofrecillo abierto, del tipo en el que se metían joyas caras. En el interior, sin embargo, en vez de algo muy valioso, había una estrellita barata con la palabra «Sheriff» escrita en el centro. A juzgar por su aspecto, habían jugado con ella y la habían usado durante años. Los bordes estaban redondeados de tanto roce.

La placa de juguete hizo que pensara en Colin, seguramente bastante grande de pequeño, mientras lucía orgulloso la insignia de sheriff. Sonrió y acarició la estrella con los dedos antes de mirar el reloj. Si no quería llegar tarde, sería mejor que se duchara y se preparase para la cena.

Media hora después, se miró en el espejo y supo que había hecho todo lo posible. Se aplicó un maquillaje muy sutil y se puso unos pantalones oscuros con una camisa azul de seda. Sus zapatos eran de tacón bajo y estaban muy usados, pero relucientes. Se recordó que estaba allí para conseguir un puesto de trabajo, no para convertirse en parte de la familia.

Estaba a punto de abrir la puerta, de entrar en una casa que no había visto, pero le entró el pánico. Cambió de idea, se dirigió a la puerta lateral, salió a la diminuta terraza y bajó la escalera hasta el suelo. «¿Y ahora qué?», se preguntó. ¿Debería ir a la puerta principal y llamar al timbre?

—¡Ay, mierda! —escuchó que gritaba una mujer.

A unos pocos pasos, se encontraba una puerta mosquitera, y cuando Gemma miró hacia el interior, vio una enorme cocina muy moderna. En el centro de dicha cocina se encontraba una mujer alta y guapa, con el lustroso pelo oscuro recogido en un moño. La mujer llevaba pantalones negros de seda y un top verde esmeralda que se ceñía a su más que generoso busto. Eso no era lo que se había imaginado cuando Colin le dijo que la mujer que iba a cocinar era una amiga de «toda la familia». Si era la novia de alguien, esperaba de todo corazón que no fuera la de Colin.

Se sobresaltó al darse cuenta de que, pese a la belleza y a la elegancia de la mujer, estaba inclinada sobre la isla, con la mano izquierda en alto mientras la sangre le chorreaba por el brazo. No se movía, se limitaba a mirar la sangre con ojos vidriosos.

Gemma abrió la puerta, entró corriendo, cogió a la mujer de la muñeca y la arrastró hacia el fregadero. Abrió el grifo del agua fría y metió la mano de la mujer debajo del chorro.

—¿Dónde está el botiquín? —preguntó, pero la mujer no respondió.

Gemma cogió el paño de cocina de la encimera y se lo envolvió alrededor del corte en el dedo. A continuación, cerró el grifo e instó a la mujer a que se sentara en un taburete de madera antes de ir en busca de vendas. Encontró un enorme botiquín con todo lo necesario en una caja blanca de metal en la despensa.

Regresó a toda prisa junto a la mujer, que no se había movido; de hecho, ni siquiera había parpadeado. Gemma lamentó haberse dejado el móvil en el dormitorio. Si tenía que llamar a una ambulancia, iba a necesitarlo. Pero después se recordó que seguramente Colin estaría cerca, y él sabría qué hacer.

Con mucho cuidado, apartó el paño de cocina de la mano de la mujer. Tenía que comprobar si la herida era grave antes de llamar pidiendo ayuda. Cuando vio que el corte era superficial y bastante pequeño, miró a la mujer con incredulidad, pero esta seguía sentada, sin pronunciar palabra, y con la cara blanquísima.

Con tiento, Gemma le vendó el dedo.

—Creo que con esto bastará.

La mujer siguió callada.

—Me llamo Gemma. Soy una de las candidatas al puesto y...

—¡Los rollitos! —exclamó la mujer al tiempo que se levantaba de un salto y corría hacia el enorme horno para abrir la puerta. Hizo además de coger la bandeja caliente, pero como mantenía la mano izquierda elevada y no se había protegido la otra, no podía sacarla.

—Ya lo hago yo —se ofreció Gemma, que cogió las manoplas de cocina y sacó la bandeja del horno.

—Soy una blandengue —comentó la mujer tras sentarse de nuevo en el taburete—. Cuando hay sangre de por medio, sobre todo la mía, soy una cobarde. Me llamo Jean Caldwell. Y muchas gracias por ayudarme. Si no hubieras aparecido, me habría desmayado y la cena se habría ido al traste. Eso habría significado que los Frazier tendrían que pedir pizza... algo que habría encantado a los hombres. —Jean suspiró—. A lo mejor no deberías haberme salvado.

Gemma sonrió, pero Jean seguía demasiado blanca.

—¿Por qué no te quedas ahí sentada mientras yo te ayudo con esto? —Todos los fuegos de la cocina estaban ocupados con cazos.

—¿Sabes cocinar?

—Ni hervir agua, pero se me da genial seguir órdenes. Es lo que llevo haciendo desde los cinco años.

—Ah, claro, el colegio. Recuerdo que me moría por escapar de los profesores y ser libre. No tenía ni idea de que, comparados con los jefes, los profesores parecen angelitos.

—Eso es porque nunca has tenido al doctor Frederickson.

Jean sonrió.

—Colin dijo que eras graciosa.

—¿En serio? —preguntó ella, que no pudo evitar sentirse bien al escuchar el halago—. Su novia no haría semejante comentario, ¿verdad? ¿Tengo que hacer algo con esto de aquí?

—Apaga el fuego del fondo a la izquierda y mueve lo que hay

en el cazo naranja. Bien. Me he enterado de que Colin se marchó contigo cuando se quitó de en medio esta tarde.

Gemma no se volvió. Había un deje tan posesivo en la forma en la que Jean pronunciaba el nombre de Colin que se le cayó el alma a los pies.

—Me... —comenzó ella.

—No os culpo a ninguno —continuó Jean—. He conocido a Isla y a Kirk. Isla se metió aquí y empezó a decirme cómo cocinar. Me libré de ella pidiéndole que pelara cebollas. Después, entró ese capullo de Kirk, metió una cuchara en mi osobuco y me dijo que le faltaba sal. Colin se lo llevó antes de que le aplastara la cara contra la olla. ¿Te apetece un poco de vino?

Gemma se concentró para mantener una expresión serena, pero la euforia que había sentido a lo largo de todo el día la estaba abandonando.

Jean se rellenó la copa con la botella de vino tinto que estaba abierta sobre la encimera.

—Voy a necesitarlo si tengo que aguantar a esos dos durante la cena. —Señaló un armarito, y cuando Gemma lo abrió, vio las copas—. Siento comportarme como una inútil, pero me he pasado todo el día en los juzgados. Los pies me están matando. Después, he tenido que conducir más de cien kilómetros desde Richmond y nada más llegar, me presentan a Isla. Parecía estar convencida de que nuestro sino era ser grandes amigas.

Gemma asintió con la cabeza, encantada de que Jean hablara de otra cosa que no fuera Colin.

—Estoy segura de que Isla cree que ha ganado. Como no me considera una oponente digna, no me presta atención, ni aquí ni en la universidad.

—No me la imagino metida en todo ese follón que ha comprado Alea, así que ¿qué quiere de verdad?

—Creo que quiere a Lanny, pero Colin dice que va detrás de Shamus. —Miró a Jean para comprobar si demostraba alguna emoción cuando mencionó el nombre de Colin, pero no fue así. O no eran pareja o estaba muy segura de su posición.

Jean se echó a reír.

—Sí, un comentario típico de Colin. El otro hermano, Pere,

no está aquí. Es el guapo de la familia. Creo que Isla le haría un *striptease* gratis. ¿Te importa apagar el fuego de esa sartén grande? A Colin no le gusta la ternera muy hecha. Gracias.

—El problema... —comenzó Gemma, que le dio un lento sorbo a su vino. Intentaba asimilar lo que se le presentaba casi como un hecho: Colin y Jean eran pareja—. El problema es que a la señora Frazier le cae bien Isla.

—Yo no estaría tan segura. —Jean bajó la voz—. Nunca se sabe lo que piensan los Frazier.

—¿Ni siquiera Colin?

—¡Es el peor de todos! ¡Ay, si yo te contara! —exclamó Jean—. Conoce a mucha gente y les presta atención, los cuida. Pero incluso las personas que consideran a Colin su mejor amigo no saben cuáles son sus problemas. Se los guarda.

—Tendré que recordarlo —replicó Gemma, recordando cómo Colin había soslayado sus preguntas más personales. Intentaba recobrarse del hecho de que Colin estuviera pillado.

—No te preocupes por eso. Todos los Frazier guardan sus secretos. ¿Te importa poner los rollitos en esa cesta y cubrirlos? Gracias. Eres una pinche estupenda. ¿Por dónde iba?

—Por la naturaleza clandestina de los Frazier.

—Clandestina... una palabra perfecta para describirlo. El asunto es que aunque Alea soporte las constantes zalamerías de Isla y de Kirk, no quiere decir que vaya a darle el trabajo a alguno. Sé que Colin ya le ha dicho que debería contratarte a ti, y yo, desde luego, también voy a votar por ti.

Tal parecía que Jean estaba considerada como parte de la familia.

—¿No deberías conocerme un poco antes?

Jean levantó la mano con el dedo vendado.

—Siempre voto por las personas que me salvan la vida.

—No ha sido para tanto. Claro que también estaba sangrando mucho y el cuerpo no tiene mucha sangre. A saber qué habría pasado.

—Lo mismo digo —convino Jean al tiempo que levantaba la copa para un brindis—. Creo que nos vamos a llevar muy bien. Aunque me gustaría que no fueras tan guapa.

—Nadie me lo había dicho antes.

—Cariño, con mechas, un buen corte y un maquillaje decente... —Se interrumpió y comenzó a mirarla con expresión interrogante.

—¿Qué pasa?

—Es que se me acaba de ocurrir alguien que sería perfecto para ti, nada más. —Se levantó del taburete y se acercó a la cocina. Le sacaba más de veinte centímetros a Gemma, y con esos tacones parecía haber salido de una pasarela parisina—. No te importa rallar un poco de queso por mí, ¿verdad? Creo que nos quedan unos diez minutos antes de que los Frazier empiecen a exigir su comida. Comen como caballos, a ser posible ternera. Le he dicho a Colin que...

—¿Qué me has dicho?

Las dos se volvieron para mirarlo. Colin se había duchado y se había puesto unos pantalones negros y una camisa blanca que no se le ceñía tanto como la otra. Estaba para comérselo, tanto que Gemma fue incapaz de reprimir el cosquilleo que sintió en el corazón y que la recorrió por entero. Se imaginó poniéndose de puntillas y rodeándole el cuello con los brazos. Se imaginó la maravillosa sensación de su cuerpo contra el suyo.

—¿No puedo convencerte de que te pongas una corbata? —preguntó Jean al tiempo que se acercaba a él y le echaba los brazos al cuello. Hizo ademán de besarlo en los labios, pero Colin volvió la cabeza, de modo que acabó besándolo en la mejilla.

Gemma les dio la espalda. «¡Joder, joder, joder!», pensó. Era tan mala como Isla, que miraba a un Frazier pensando en campanas de boda.

—¿Te está ayudando Gemma a cocinar u os estáis escondiendo las dos? —quiso saber Colin.

—Nos estamos escondiendo —contestaron Gemma y Jean al unísono.

—Es imposible que tu madre esté pensando en contratar a alguno de esos dos —comentó Jean mientras Colin se alejaba de ella y se acercaba a la cocina.

—Espero que no. ¿Qué tenemos aquí? —preguntó cuando se colocó junto a Gemma.

—No tengo la menor idea, pero huele que alimenta —respondió y se alejó un paso. Colin olía demasiado bien para estar tan cerca de él.

—Pues sí. —Levantó una tapa—. ¿Tienes una cuchara?

—Toma —dijo Jean desde el otro lado al tiempo que le daba una.

—¡Aquí estáis! —exclamó la señora Frazier a su espalda—. Jean, querida, dame una copa de ese vino. No, mejor todavía, Colin, ponme un chupito de tequila.

Gemma se quedó junto a los fogones, observando cómo Colin y Jean se apresuraban a cumplir sus órdenes. No dejaba de pensar que formaban una pareja estupenda, ella tan alta y guapa, y él tan fuerte y masculino.

La señora Frazier se dejó caer en un taburete y se bebió el chupito que le sirvió Colin, tras lo cual apuró la mitad de una copa de vino.

—Ya me siento mejor.

—¿Qué ha hecho que te sumerjas en una orgía de alcohol? —preguntó Colin con una ceja enarcada.

—No creo que tan poco alcohol pueda considerarse una orgía. De hecho... —La señora Frazier se interrumpió y apuró la copa de vino antes de extender la mano para que le sirvieran más.

—¿Dónde se ha metido todo el mundo? —preguntó el señor Frazier al entrar en la cocina—. Alea, ¿te estás emborrachando? ¿¡Sin mí!? ¡Colin! ¡Rápido, alcohol!

Colin cogió otro vaso y le sirvió un chupito a su padre. Después de beberse dos, el señor Frazier soltó el vaso y se dejó caer en el taburete que había junto a su mujer.

—Alea, que Dios me ayude, pero como contrates a uno de esos dos, me divorcio.

—Si fuera lo bastante tonta para hacerlo, te dejaría que te divorciaras —replicó la aludida.

Gemma, que seguía algo apartada de todos, contuvo el aliento.

—¿Eso quiere decir que Gemma consigue el puesto? —preguntó Colin. Estaba junto a Jean, con la botella de tequila en la mano.

—Por supuesto. —La señora Frazier miró a su hijo y luego a Gemma—. Nunca he tenido la menor duda. Cuando viste esos documentos viejos, tuve la impresión de que tendrías un orgasmo allí mismo.

—¡Mamá! —exclamó Colin, aunque Jean se echó a reír.

La señora Frazier no apartó la mirada de Gemma.

—No tienes ni idea de las burlas que he tenido que aguantar por parte de mi familia solo porque quiero saber cosas de nuestra historia. Pero desde el principio me di cuenta de que tú sentías lo mismo que yo. ¡Y Colin te adora!

—Mamá, no creo que... —comenzó Colin.

—Tristan —dijo Jean en voz alta, y todos la miraron—. Se me ha pasado por la cabeza que Gemma y el doctor Tris harían una magnífica pareja.

—Bien —dijo el señor Frazier—. Ese muchacho necesita una familia.

Gemma dio un paso hacia delante y apoyó las manos en la encimera. Necesitaba algo a lo que aferrarse, porque se le habían aflojado las rodillas. Había conseguido el trabajo. ¡Había conseguido el trabajo! Durante los próximos dos años, o más, estaría viviendo en la casita de invitados mientras descubría los secretos ocultos en esos viejos documentos. Y le estaban preparando una cita con uno del pueblo.

En ese preciso momento, su futuro parecía tan prometedor que creía que podría buscar trabajo en el William and Mary College. Tal vez consiguiera un puesto de profesora y pudiera quedarse en Edilean para siempre.

Todos la miraban con expresión expectante, pero no quería contarles lo que estaba pensando.

—¿En qué está doctorado ese tal Tristan? —preguntó.

—En Medicina —contestó Jean—. Si hubieras dejado que siguiera sangrando, ahora mismo estaría aquí.

Al escuchar que Jean se había cortado, empezaron a hacerle preguntas y Gemma se alejó todavía más. Los cuatro se congregaron alrededor de la isla mientras escuchaban con suma atención cómo Jean se había cortado y cómo Gemma había acudido al rescate. La puerta mosquitera estaba cerca, de modo que salió al exterior.

Se detuvo junto a un alto arbusto cuajado de flores rosas e inspiró hondo un par de veces. «Es esto», pensó. Su primer trabajo a tiempo completo tendría lugar en ese maravilloso lugar.

—¿Agobiada? —preguntó Colin a su espalda.

—No —contestó—. En absoluto.

—¿Mi familia no te está echando para atrás?

—Todo lo contrario. Pero...

—Pero ¿qué?

—Todos vosotros, incluida Jean, parecéis muy unidos. Te prometo que no os molestaré.

—No eres una molestia. Mi madre te querrá ver todas las noches para la cena y...

—¡Por supuesto que no! —declaró con firmeza—. Estoy aquí para llevar a cabo un trabajo y eso es lo que voy a hacer.

Colin la miró con esa sonrisa traviesa que ya había visto antes.

—En realidad, lo que quieres es leer mientras comes, ¿a que sí?

—Ya te digo.

—Vale, le diré a mi madre que no puede adoptarte. Con nuestra hermana en California, mi madre no tiene a una chica a la que colmar de regalos. Pero no te sorprendas si te aparece algún que otro par de zapatos nuevos.

—Jean dice que necesito un peluquero. —Esperaba que, al mencionar su nombre, Colin dijera algo acerca de su relación, tal vez que no mantenían una.

Lo vio fruncir el ceño.

—Jean a veces se mete donde no la llaman. Creo que tu pelo está bien. Será mejor que volvamos. Los otros dos se irán por la mañana.

—Ojalá no descubran que no van a conseguir el trabajo hasta después de la cena. No sería una situación agradable si Isla y Kirk están enfurruñados, y Jean se ha tomado muchas molestias.

—Eres compasiva con tus enemigos —comentó Colin mientras le sujetaba la puerta mosquitera y Gemma se colaba por debajo de su brazo para volver a la cocina—. Me gusta.

—Lo siento, pero es instinto de supervivencia. Cuando se enteren, quiero estar encerrada en tu dormitorio en lo más alto de la casa.

—¿Escondida con mi vieja placa de sheriff?

—Precisamente. ¿Es lo primero que te llevó a desear ser sheriff?

Colin sonrió.

—A mi madre le encanta contar la historia de cómo lucía esa placa a todas horas, desde que cumplí los dos años hasta los ocho. Le gusta adornarla diciendo que tenía que pegármela con cinta adhesiva mientras estaba en la bañera con mis hermanos. Un día que estéis solas las dos, pregúntale por esa placa.

—Lo haré —le aseguró ella, y la embargó la emoción al pensar que iba a estar allí para hacer preguntas—. Eso era lo que tú querías. Dijiste que había algo que tú deseabas tanto como yo quería este puesto. Querías ser el sheriff de Edilean.

La sonrisa de Colin era tan tierna que dio un paso hacia él.

—Sí —contestó—. Tienes toda la razón.

Ninguno se dio cuenta de que Jean los miraba con el ceño fruncido desde el otro extremo de la estancia.

4

Gemma estaba tumbada en la cama, con la vista clavada en el techo de la habitación de Colin, mientras se preguntaba si ya sería seguro bajar. La cena de la noche anterior había sido muy incómoda, desagradable a ratos. Había hablado muy poco, ya que se había limitado a alabar a Jean por sus platos, pero salvo por eso, había guardado silencio. Temía que si abría la boca, se le escaparía que la habían contratado para el puesto.

Se sentó junto a Colin, que tenía a Jean al otro lado, y enfrente de donde estaban sentados Kirk e Isla, con Lanny en medio. Los señores Frazier estaban sentados a la cabecera de la mesa. Shamus había conseguido librarse de algún modo del suplicio.

Isla controlaba la conversación mientras contaba anécdotas acerca de lo que sucedía en la universidad. Tanto Kirk como ella se habían licenciado en otras universidades, de modo que no llevaban tanto tiempo en esa como Gemma.

A Isla se le daba bien contar historias, y todos se echaron a reír por los retratos que hizo de estudiantes y de profesores. Solo cuando comenzó a hablar de Gemma la situación se volvió vergonzosa.

—Gemma es nuestra estudiante residente —dijo Isla—. Lleva más tiempo en la universidad que muchos de los profesores.

—La llamamos Mamá gallina —añadió Kirk.

—Cierto —convino Isla mientras daba un bocado—. Casi

siempre la siguen un montón de jugadores de fútbol americano. La siguen por todo el campus.

—¡Deberíais oírla! —exclamó Kirk con voz de falsete—. «¿Quién es Mussolini y qué es un fascista? ¿Quién escribió la Declaración de Independencia? Y como escuche que alguien dice "John Ancuco" aunque sea de broma, chupará banquillo. ¿Por qué fue imposible que el Sur ganara la Guerra de Secesión? ¿Recordáis lo que dijo Rhett?»

Gemma se alegró cuando nadie salvo Isla se rio de su imitación.

—Lo que haces suena encomiable —le dijo la señora Frazier a Gemma al tiempo que le lanzaba a Kirk una mirada gélida.

Cuando él pasó de la mirada, Gemma supuso que se había dado cuenta de que no iba a conseguir el trabajo. Parecía que creía que Isla era la elegida.

En cuanto a Isla, fue incapaz de quitarle los ojos de encima a Lanny en toda la noche. No dejaban de lanzarse miraditas, y en un par de ocasiones Isla incluso soltó risillas tontas.

En ambas ocasiones, Jean y ella se miraron por delante de Colin. La segunda vez que sucedió, Colin dijo:

—¿Os estorbo? ¿Os gustaría sentaros juntas?

—No —contestó Jean—. Me gusta la vista. —Le lanzó una mirada a Colin para dejarle claro que él era dicha vista.

Cualquier duda que le quedara acerca de si eran pareja o no se desvaneció con esa mirada. Gemma mantuvo la cabeza gacha para que nadie pudiera verle la cara. Había conseguido el trabajo, así que no tenía derecho a sentir que lo había perdido todo. Pero así era. Le costó mucho aguantar lo que le resultó una cena interminable. Cuando por fin llegaron al postre, estaba lista para salir corriendo. Una parte de ella quería decirle a Isla que no iba a conseguir el puesto, así que ya podía dejar de ponerse en ridículo.

Cuando por fin acabó la cena, se dispuso a ayudar a recoger los platos, pero la señora Frazier le dijo al ama de llaves que se fuera y les pidió a Isla y a Kirk que «ayudaran». Después, los dejó con todo el trabajo.

Gemma sabía que cuando Isla y Kirk terminasen de recoger, estarían de un humor de perros. No quería quedarse allí. Cuando vio que Shamus cruzaba el salón con una caja de pinturas bajo el brazo, se despidió a toda prisa y corrió tras él. Shamus la condujo escaleras arriba hasta la habitación de Colin y la dejó allí. Se alegraba de haber escapado de la tensión reinante abajo, pero no tenía ni pizca de sueño. Una vez sola, empezó a pensar en lo que significaba trabajar en ese lugar. No se había dado cuenta de lo mucho que se había preocupado por el tema de su tesis hasta que el problema se había resuelto.

Viviría en la propiedad de los Frazier durante dos años enteros, pensó mientras se cambiaba de ropa y se ponía el pijama. Y cuanto más descubría del trabajo, del pueblo y de la familia, más se alegraba de que así fuera. El buen rato que había pasado con Colin solo era eso. Sería su amigo, y con eso tendría que bastar.

Cuando pensó en que a la noche siguiente podría dormir en la casa de invitados, rodeada por todos esos documentos originales, se puso a bailar por la habitación. Tendría que volver a casa, empaquetar sus pertenencias y volver a Virginia en coche. Eso le llevaría al menos una semana, pero en cuanto estuviera hecho, podría empezar a trabajar.

Se obligó a dejar de dar vueltas y a meterse en la cama, pero fue incapaz de dormir, de modo que sacó su adorado Kindle de la maleta y buscó libros de Luke Adams. Tal vez si leía un poco de ficción, caería redonda. Encontró el primer libro del autor, pinchó en la opción de compra y la novela apareció en la pantalla de su dispositivo unos treinta segundos después. Comenzó a leer... y no apagó la luz hasta las tres de la madrugada.

Ya había amanecido y era bastante tarde para ella, ya que solía estar en el gimnasio entre las seis y las seis y media de la mañana. Sabía que debería bajar, pero si Isla y Kirk seguían en la mansión y les habían dicho que habían perdido y que el trabajo sería para ella, no se mostrarían muy amables.

—Gemma Ranford, eres una cobarde —dijo en voz alta.

Cuando hizo ademán de levantarse de la cama, miró por última vez el Kindle, con la foto de Emily Dickinson en blanco y negro, y estuvo tentada de encenderlo de nuevo y retomar la lectura. El hecho de que ese hombre, Luke Adams, escribiera novelas ambientadas en el siglo XVIII la fascinaba, y se moría por conocerlo.

Se vistió deprisa y bajó por la escalera exterior antes de entrar en la cocina. El ama de llaves, Rachel, a quien había conocido el día anterior, ya estaba allí, pero no llevaba uniforme. Tenía puestos unos vaqueros y una camiseta de manga corta, y era joven y guapa, con ojos y pelo oscuros. Ya no parecía el ama de llaves ideal.

—¡La ganadora! —exclamó Rachel nada más verla en la puerta.

—Esa soy yo —replicó Gemma, que se sentó en uno de los taburetes de la isla—. ¿Quién se ha levantado ya?

—Te asusta la lengua viperina de Isla, ¿no? —preguntó Rachel al tiempo que sacaba del horno una bandeja llena de galletas.

—Me aterra.

—Pues puedes quedarte tranquila, porque la señora F los ha echado a los dos esta mañana. No ha sido muy agradable de ver.

—¿De verdad? —Gemma puso los ojos como platos.

Rachel bajó la voz.

—Al parecer, Isla y Lanny se lo montaron anoche.

Gemma se echó a reír.

—Me imagino que a la señora Frazier no le haría mucha gracia.

—Lanny es un picaflor. ¿Te tiró los tejos?

—Pues no.

—Ah, es verdad, que la señora F te puso bajo la protección de Colin, ¿no? Lo único que hace que Lanny se lo piense antes de hacer algo es que su hermano mayor reclame dicho algo.

—No van por ahí los tiros —protestó Gemma, pero la complació oírlo—. Colin y yo fuimos a comer al pueblo porque yo me retrasé. ¿Puedo coger una galleta?

—No. Me dijeron que si bajabas, fueras al comedor para desayunar con los pocos Frazier que quedan a estas horas. Lanny ha sido desterrado a Richmond, ha caído en desgracia. —Rachel sonrió—. Seguramente pasarán tres o cuatro días antes de que su madre lo perdone. Y Shamus está con sus compañeros de estudios.

—¿Qué me dices de Colin y de Jean?

—Colin está trabajando y ella se ha ido. Jean aparece cuando quiere, hace algo maravilloso, se lanza sobre Colin y luego se marcha para ejercer de abogada.

Gemma ocultó la decepción que sentía al escuchar la confirmación de sus sospechas, pero después miró a Rachel, sorprendida.

—Parece que Jean no te cae bien.

Rachel puso una loncha de jamón en una sartén.

—Es genial. Me regaló un bolso de Prada la Navidad pasada. Espero unos Manolo por mi cumpleaños. Siempre es amable y considerada, y me hace reír. No puedo decir nada en su contra.

—Pero...

Rachel se volvió para mirarla.

—Colin parece creer que Jean va a mudarse al diminuto Edilean para tener tres niños y vivir felices para siempre.

Gemma pensó en la casa que Colin había comprado y en cómo le había contado que sus amigos estaban sentando la cabeza y formando una familia. Parecía que Rachel tenía razón.

—¿No está de moda otra vez que las mujeres abandonen sus profesiones y se conviertan en amas de casa?

Rachel resopló.

—Ya has conocido a Jean. ¿Crees que Edilean es lo bastante emocionante para ella?

Gemma no había visto mucho del pintoresco pueblo, pero era cierto que no se imaginaba a Jean paseando por sus calles en sus taconazos y vestida con ropa carísima.

—A lo mejor podría ser la alcaldesa —sugirió.

—¿Y tener que lidiar con los perros perdidos? Me da que no. —Rachel se sacó el móvil del bolsillo, que le estaba vibrando, y miró la pantalla—. El señor F dice que está sentado a la mesa y que no hay comida. Para él, es una catástrofe absoluta.

—¿Te ha mandado un mensaje desde el comedor?

Rachel sonrió.

—Pues sí. Me compró una BlackBerry y paga las facturas, así puede decirme dónde está y dónde tengo que llevarle la comida. Ya aprenderás que los Frazier no se parecen al resto del mundo. —El móvil vibró de nuevo y lo miró—. Me recuerda que se supone que tengo que mandarte al comedor.

Gemma se puso en pie.

—Ahora que Isla y Kirk se han ido, será un placer desayunar con los señores Frazier. —Hizo una pausa y se volvió para mirar a Rachel con expresión seria—. ¿Hay algo que deba saber acerca de la familia? Voy a estar aquí bastante tiempo.

—Son agradables. Un poco consentidos por el exceso de dinero, tal vez, pero son buenas personas. Mantente alejada de Lanny... a menos que quieras ser otra muesca en su cabecero, claro... y deja que Shamus te dibuje. Y cuando Pere venga a casa, no te enamores de él. Sus padres todavía no lo saben, pero ya está pillado.

Gemma pasó una mano por la fría encimera.

—¿Qué me dices de Colin? —Al ver que Rachel no contestaba, la miró.

El ama de llaves no sonreía, pero en sus ojos había una expresión risueña.

—Colin es el mejor de todos. Pero debes saber que es leal hasta la muerte y que...

—¿Y qué?

—Que Jean es su dueña. ¿Te acuerdas de cuando Shrek lucha con el dragón para llegar hasta la princesa Fiona?

—Sí.

—Ese dragón es un gatito inofensivo al lado de Jean. A menos que vayas a luchar hasta la muerte, mantente alejada de Colin.

—Gracias —dijo Gemma, que echó a andar hacia la puerta—. ¿Qué me dices del médico? ¿Tristan?

Rachel agitó una mano para rechazar la idea.

—El doctor Tris es inalcanzable. Es un sueño imposible. Esa montaña que nadie ha escalado. Si alguna vez consigues una cita con él, date por satisfecha, pero como le entregues tu corazón, acabará destrozado.

Gemma enarcó una ceja.

—Parece que estoy en un pueblo extraordinario —musitó mientras entraba en el comedor.

El señor Frazier estaba sentado a la cabecera, leyendo el periódico.

—Ya era hora —dijo sin levantar la vista—. Me muero de hambre.

—Lo siento, soy yo —replicó Gemma al tiempo que se sentaba a su lado—. No traigo comida. Pero Rachel estaba friendo una loncha de jamón más grande que mi brazo.

El señor Frazier soltó el periódico y la miró con una sonrisa.

—Eso me gusta. Después de lo de anoche, necesito energía. ¿Rachel te ha puesto al día de todos los cotilleos?

—Tengo entendido que Isla no va a recibir otra invitación a esta casa.

El señor Frazier se echó a reír.

—Mi mujer cree que nuestros hijos son seducidos por cualquier mujer con la que hablan. Aunque debo decir que Lanny es el único que siempre dice sí. Si alguna vez...

Gemma sabía lo que estaba a punto de decir, así que lo interrumpió.

—Me paso todos los días rodeada de hombres jóvenes y fuertes. Sé apañármelas.

—¡Estupendo! —exclamó el señor Frazier, que levantó la vista cuando vio que Rachel entraba con una bandeja llena de comida—. He perdido cinco kilos mientras te esperaba.

—Pues podría perder diez —replicó Rachel, sin inmutarse—. ¿Dónde está la señora F?

—Enganchada al teléfono. Tenía que llamar a una docena de amigas para hablarles del trabajo, de Gemma y de lo último que una chica le había hecho a Lanny.

Rachel meneó la cabeza.

—Hay cosas que no cambian. ¿Quiere mermelada de frambuesa o de melocotón? No. Claro, quiere de las dos.

—¿Por qué no? Tenemos que celebrar la llegada de Gemma.

—Cualquier excusa es válida... —dijo Rachel mientras volvía a la cocina.

En cuanto se quedaron solos, Gemma y el señor Frazier comenzaron a llenarse los platos.

—¿Qué clase de coche prefieres? —le preguntó el señor Frazier.

—Un Duesenberg —se apresuró a contestar.

—Qué idea tan estupenda. —Al señor Frazier le brillaban los ojos, haciéndole saber que conocía la marca de lujo.

—Gemma —la saludó la señora Frazier al entrar en el comedor y sentarse en el otro extremo de la mesa. Habían quitado los suplementos para que tuviera menor tamaño que la noche anterior—. Te aconsejo que no hagas bromas con los coches delante de esta familia porque serán incapaces de parar, y además serás incapaz de encontrar algo que los deje boquiabiertos.

—Eso supone un reto para un historiador. —Miró al señor Frazier—. ¿Qué me dice de Duryea?

—Duryea Motor Wagon Company —respondió el señor Frazier—. Fundada por Charles y Frank Duryea. Fabricaron el Ladies Phaeton en 1893 y ganaron la carrera Chicago Times-Herald dos años después. Por desgracia, los hermanos se pelearon. No tuvo un final feliz.

—Ya me doy cuenta de que voy a perder —dijo Gemma.

—Sabías que Shamus Frazier, el que vino desde Escocia alrededor de 1770, fabricó las carretas para las tropas de George Washington en Valley Forge?

A Gemma estuvieron a punto de salírsele los ojos de las órbitas.

—¿En serio?

—En mi familia se cuenta la historia de que era un fanático de las carretas. Hoy en día, seguramente diríamos que padecía un síndrome obsesivo compulsivo y lo habríamos mandado al psicólogo. Pero en aquella época fabricaba las mejores carretas jamás vistas hasta la fecha.

—Lo bastante buenas para ayudar a ganar una guerra contra un enemigo muy superior —dijo Gemma—. Un héroe.

El señor Frazier la miró casi con expresión arrobada.

—Por el amor de Dios, Grinny —dijo la señora Frazier—, deja comer a la muchacha. Vais a tener muchos años para hablar de Historia. —Aunque sonaba desabrida, sus ojos brillaban de felicidad—. Ahora mismo tenemos que centrarnos en cuestiones prácticas. Gemma va a mudarse a Edilean, así que tenemos que ver cómo traernos todas sus cosas.

—Podría prestarte una camioneta y así podrías ir y volver —sugirió el señor Frazier—. Pero supongo que todo depende de las cosas que te traigas.

—Había pensado en volver en avión mañana temprano y en alquilar un coche para traérmelo todo hasta aquí. No tengo muchas cosas.

—¿Ni siquiera libros?

Levantaron la vista y vieron a Colin en el vano de la puerta. Miró a Gemma con una sonrisa al tiempo que se sentaba en frente de ella y se servía huevos revueltos.

—Tengo unos cuantos libros, sí —contestó ella, que le devolvió la sonrisa. Colin parecía descansado y feliz—. Pero no tantos como crees.

—Seguro que quieres despedirte de alguien —dijo la señora Frazier, tras lo cual todos la miraron—. Anoche Isla dejó caer que había un montón de jóvenes en tu vida.

—Solo mis estudiantes —explicó Gemma—. Y... me da un poco de vergüenza reconocerlo, pero estaban tan convencidos de que iba a conseguir el trabajo que me hicieron una fiesta antes de venir. —Agachó la cabeza mientras lo recordaba. Sus atléticos estudiantes la habían sorprendido, y había sido una sorpresa maravillosa. Le habían regalado unos miniguantes de boxeo y una camiseta con la parte inferior recortada a modo de broma. Solían meterse con ella porque cuando entrenaba con ellos usaba camisetas muy grandes y largas. Tras una hora llena de risas, uno de los más corpulentos se la había subido a los hombros y la llevó de esa manera a su apartamento. Los otros los habían seguido, de modo que estuvo rodeada por un montón de chicos muy fuertes y guapos. Había sido una experiencia alucinante.

—Pues asunto arreglado —dijo la señora Frazier—. Haremos que nos traigan sus cosas y así Gemma no tendrá que irse.

—No sé si... —comenzó Gemma.

El señor Frazier miraba a su mujer como si algo lo tuviera confundido.

—Creo que es la solución perfecta —continuó la señora Frazier al tiempo que se ponía de pie y se acercaba al aparador, donde abrió un cajón y sacó un llavero con dos llaves. Se lo dio a Gemma—. Son las llaves de la casa de invitados y del garaje. Si me das los datos necesarios, me encargaré de que una empresa de mudanzas empaquete tus cosas y traiga todo lo que te has dejado en casa.

—No puedo permitir que se tome semejante molestia —protestó Gemma.

El señor Frazier se inclinó hacia ella.

—Doy fe de que mi mujer es una especialista en hacer que empaqueten cosas y las envíen. Inglaterra tiene que haberse quedado vacía después de todo lo que ordenó que trajeran a casa.

Gemma estaba dividida entre el deseo de no causar más molestias ni gastos y el deseo de quedarse allí. Miró las llaves que tenía en la mano. Estaban en un llavero de Frazier Motors y las sujetaba con tanta fuerza que se le clavaban.

—Vale —dijo a la postre—, pero si voy a quedarme aquí, necesito comprar algunas cosas imprescindibles y...

—Colin te acompañará —se apresuró a decir la señora Frazier—. Sin importar lo que necesites o el lugar al que tengas que ir, te llevará.

El señor Frazier miró a su mujer con expresión calculadora antes de mirar a su hijo.

—Llévala a Williamsburg y consíguele un coche.

—Y va a necesitar material de oficina —añadió la señora Frazier.

—Bolígrafos de colores, por supuesto —dijo Colin con expresión risueña.

—Sí, ahora marchaos —ordenó la señora Frazier—. Hoy tengo muchas cosas que hacer y vosotros dos solo me estorbaréis.

Colin miró a Gemma por encima de la mesa.

—Parece que nuestra presencia está de más.

Gemma sonrió. ¡Le encantaría pasar otro día con él!

En cuanto Colin y Gemma salieron del comedor, Peregrine Frazier se volvió hacia su mujer.

—Alea —dijo despacio—, ¿qué estás tramando? —Al ver que no contestaba de inmediato, se pasó una mano por la cara—. Tengo la impresión de que te pregunto lo mismo todos los días.

En vez de contestar, Alea siguió mirándolo con una expresión que él no conseguía descifrar.

—Te di el gusto con esos viejos documentos y ahora estoy pagando el sueldo y el alojamiento de una estudiante. Sé que podemos permitírnoslo sin problemas, pero estás tramando algo con nuestro primogénito y quiero saber de qué se trata.

La aludida suspiró.

—Llevamos casados más de treinta años, así que ya deberías saber lo que más deseo en este mundo.

—¿Que alguien te declare par del reino en Inglaterra? —preguntó su marido, con voz frustrada a más no poder. Detestaba que le hiciera eso. Era tan duro como cuando le decía que si la quisiera de verdad, intuiría lo que estaba pensando.

—Si crees que eso es lo que más deseo en la vida de verdad, no me conoces en absoluto.

Peregrine no cedió al impulso de mirar el reloj, porque sabía de primera mano que eso provocaría una discusión. Solo quería irse a trabajar, terminar un par de contratos y después irse a jugar al golf con su amigo el doctor Henry Shaw. Pero al mismo tiempo también quería saber qué estaba tramando su mujer, porque, a veces, sus planes creaban problemas. Aunque, salvo por el hecho de querer convertirse en condesa, sus planes siempre giraban en torno a él o a sus hijos, y no siempre funcionaban como ella había previsto en un principio.

Cuando su hija Ariel estaba en el instituto y se echó a llorar porque no tenía muchas amigas, Alea se convirtió en la patrocinadora del equipo de animadoras, lo que implicaba comprar uniformes, pero con la condición de que Ariel entrara en el equipo. Ese plan había funcionado. Cuando con dieciséis años Lanny era tan tímido que ni siquiera asistía a los bailes, Alea organizó que pasara un verano en París estudiando ballet. Su hijo fue el único chico heterosexual de la clase. Ese plan no había funcionado tan bien.

—Alea —dijo con paciencia—, de verdad que no... —Se interrumpió al recordar algo que su mujer dijo muchos años antes, cuando Colin tenía unos cuatro años: «Creo que nos dará nietos muy guapos y listos.» En su momento, le pareció muy raro, sobre todo teniendo en cuenta la edad del niño, pero se le había quedado grabado—. Nietos —musitó. Cuando Alea le sonrió con calidez, supo que había acertado, pero no terminaba de comprenderlo—. ¿Me estás diciendo que te da igual lo de ser condesa?

—¡Pues claro que me da igual! El hecho de que mi propia familia me considere una persona tan frívola como para pensar que quiero... —Se interrumpió como si no encontrase una palabra lo bastante fuerte para describir lo mal que hacía que se sintiera.

Peregrine se apoyó en el respaldo de la silla.

—¿Cuánto tiempo llevas trabajando en este... en este plan? O lo que sea.

—Desde que nació el primer nieto de Eleanor Shaw —contestó al instante. Como si la energía se apoderase de ella, se puso en pie—. Todas las mujeres de este pueblo tienen nietos.

Sabía a qué se refería. Casi todas las mujeres con hijos mayores y que descendían de las siete familias fundadoras tenían nietos.

—Ellie Shaw tiene tres nietos, y su hija menor, Sara, ya está embarazada. Solo lleva casada unos pocos meses. Luego está Helen Connor. ¡Gemelos! ¡Y su nuera les ha puesto los nombres de sus abuelos!

Alea era una mujer alta, y muy voluptuosa, un rasgo que a él siempre le había encantado, pero cuando se erguía y cuadraba los hombros, podía resultar muy intimidante.

—Todas tienen nietos a los que mimar y adorar —prosiguió Alea—. Helen solo tiene un hijo, pero tiene dos nietos... y más que llegarán. ¿Y yo qué tengo? Cinco hijos y ni la esperanza de un nieto a la vista.

—Seguramente Ariel se case con Frank Thiessen —dijo Peregrine en tono conciliador. No tenía la menor idea de que eso fuera un problema para su mujer. Creía que esas cosas pasarían a su debido tiempo y que era mejor dejar que la naturaleza siguiera su curso.

Alea levantó las manos.

—Nuestra hija todavía no ha terminado la residencia de Medicina, y cuando lo haga, ¿crees que querrá lanzarse de inmediato a la aventura de ser madre?

—Podría...

Alea lo fulminó con la mirada.

—¿Crees que no he hablado con ella del tema? ¿Crees que no hemos mantenido conversaciones de madre a hija sobre su maternidad? Hemos hablado de la edad de sus óvulos, de la edad del hombre con quien quiere casarse... esta vez, claro. Porque Frank es el tercer hombre con quien ha mantenido una relación seria, ¿no?

Peregrine se mantuvo inexpresivo, pero juró que llamaría a su hija en cuanto pudiera y le diría que la quería tal como era.

—Y luego están los chicos —continuó Alea—. Lanny no va a casarse en la vida. Le gusta... No quiero ni pensar en lo que hace. Pere prefiere quedarse de brazos cruzados mientras las mujeres se ponen en ridículo por su cara bonita. No va a renunciar a semejante placer por una mujer que esperaría que compartiera las tareas del hogar.

Peregrine tenía la sensación de que en su casa habían estado pasando cosas de las que él no tenía ni idea... y era fascinante.

—¿Shamus? —preguntó.

—¿Sabes si ha tenido alguna cita? Aunque sea una sola.

—No, la verdad es que no —contestó Peregrine, pero tampoco se había detenido a pensar en el asunto. Sabía que las animadoras lo usaban a veces como centro de la pirámide, lo que quería decir que cinco muchachas muy guapas en minifalda se subían encima de él. Sin embargo, Peregrine nunca había escuchado a Shamus hablar de esa hazaña, ni había soltado comentarios subidos de tono—. Lo que nos lleva a Colin —dijo. Cuando su mujer se puso colorada por la emoción, supo que había llegado a la causa de su agitación.

Alea se sentó y bajó la voz.

—El «muchacho» tiene ya treinta años.

—Tiene a Jean.

Alea lo miró fijamente.

—¿No crees que vaya a casarse con Jean?

—Se casarán y luego se divorciarán —sentenció ella.

Peregrine se quedó boquiabierto por la sorpresa.

—Creía que te caía bien Jean.

—La quiero como a otra hija. He disfrutado de cada minuto que he pasado en su compañía. Me hace reír. Me encanta hablar con ella. Es estupenda para ir de compras. Pero no es la mujer adecuada para Colin.

—¿No te parece que debería decidirlo él?

Alea guardó silencio y él la miró fijamente. Sus ojos parecían decirle algo, pero él era incapaz de interpretar dicha mirada. ¿De qué forma estaban relacionadas las cosas que le había contado?

La revelación fue un mazazo.

—Si no te importa convertirte en condesa... Has contratado a Gemma por Colin, ¿verdad? Todo este asunto, comprar esos documentos viejos, remodelar la casa de invitados, contratar a una investigadora a tiempo completo... todo ha sido por Colin, ¿a que sí?

Alea miró a su marido como si fuera muy inteligente por haberlo averiguado todo.

—Nuestro hijo se toma sus obligaciones como sheriff muy en serio, muchísimo, y se niega a mirar a una mujer que viva en su jurisdicción. ¿Te he contado la vez que estaba esperando a Colin en el coche y esa Dolores Costas abrió la puerta de su casa con un picardías rosa?

Unas quince veces, pensó Peregrine, pero no lo dijo en voz alta. Le había preguntado a Colin al respecto y su hijo se había echado a reír. La mujer era madre soltera de una niña de tres años que tuvo fiebre esa noche, de modo que estaba en pijama y bata... una bata sobre la que su hija había vomitado. Peregrine supuso que la verdad se encontraba en un punto intermedio entre ambas historias, porque había visto cómo las mujeres se abalanzaban sobre Colin y cómo su hijo pasaba de ellas. Para Colin, todos los habitantes de Edilean estaban bajo su protección, de modo que jamás se le pasaría por la cabeza tirarle los tejos a alguien a quien tuviera que proteger.

Razón por la que creía que Jean era la pareja ideal para su

hijo. Su trabajo de sheriff de Edilean no le permitía tener un horario laboral normal. Podían llamarlo para cualquier cosa, desde ir en busca de un médico para una embarazada en mitad de una tormenta de nieve, pasando por salir en busca de alguien que se había perdido en el bosque hasta rastrear a un perro rabioso. Una esposa normal se molestaría por el tiempo que su marido pasaba lejos de ella, pero Jean tenía una carrera boyante. Estaba demasiado ocupada para preocuparse porque su marido no estuviera en casa a las seis.

—¿Sabes lo que ha hecho Colin? —preguntó Alea.

—Dudo mucho de que pueda imaginármelo siquiera.

—Ha comprado la casa de Luke Connor.

—¿La que remodeló?

—Sí.

—Es preciosa. ¿Cuánto ha pagado por la casa? ¿Ha...?

Alea lo miraba fijamente. Si su hijo había comprado una casa e iba a mudarse del espantoso apartamento que tenía encima de la oficina, quería decir que estaba preparado para sentar la cabeza, tal vez incluso para casarse. ¿No debería alegrarse Alea por eso? Ah, claro. Aunque nunca había pensado en el asunto, no se imaginaba a Jean como madre. Desde luego que no se la imaginaba trasnochando por culpa de un niño enfermo y abriendo la puerta a la mañana siguiente con el pijama sucio. En realidad, ni siquiera se imaginaba a Jean viviendo en Edilean.

—¿Lo entiendes ya? —preguntó Alea.

—¿Lo has planeado con tu novio Freddy? —Sabía que su mujer llevaba años sin ver al que se convirtió en presidente de su universidad, pero le enfurecía que siguiera en contacto con el hombre. En tres ocasiones, Frazier Motors había donado vehículos para que la universidad recaudara dinero.

«Si no lo haces por Freddy, hazlo por mí. Por favor...», le había suplicado su mujer.

Alea lo miró con una sonrisa torcida.

—Freddy y yo repasamos las aptitudes de todos los candidatos a conciencia. No quería a alguien que estuviera muy unida a su familia y que jamás pensara en mudarse a un pueblecito. ¿No crees que Isla fue una decepción enorme?

—¿Qué me dices de Kirk? —le preguntó, asombrado—. Espera, no me lo digas. Si hubieran aparecido tres mujeres, Colin se habría dado cuenta enseguida de lo que tramabas.

Alea lo miró con una sonrisa cariñosa.

—Y a Colin le gusta Gemma —susurró Peregrine.

—Más de lo que había soñado. Cuando Freddy me dijo que la chica impartía clases para jugadores de fútbol americano, supe que había muchas posibilidades de que hubiera algo entre ellos.

—¿Y ahora qué? —quiso saber Peregrine mientras miraba el reloj. Al final pasaría del trabajo e iría derecho a jugar al golf. Necesitaba un poco de ejercicio para aclararse las ideas.

—Solo quiero obligarlos a pasar juntos todo el tiempo que sea posible.

Peregrine se levantó de la silla. Ese plan en concreto parecía bastante inofensivo. No sería la primera vez que Jean y Colin rompían, y sí, habría lágrimas, pero le pasaría la pelota a su mujer para que se encargara de todo. Una pena lo de Jean, eso sí. Le caía bien y adoraba sus platos.

—En fin, cariño, juega a casamentera todo lo que quieras, pero mantenme informado —dijo antes de hacer una pausa—. ¿Qué me dices del doctor Tris? ¿Nadie ha hablado de él? Tal vez Gemma y él se gusten.

—Todas las mujeres del pueblo lo han intentado con él. No me imagino que nuestra tímida y estudiosa Gemma pueda conquistarlo. Ni siquiera la despampanante Jean ha llamado la atención del doctor Tris.

En la universidad, Peregrine había salido con muchas mujeres más guapas y muchísimo más elegantes que Alea, pero supo que era la perfecta para él en cuanto la vio entrar en el gimnasio. Fue durante un partido de baloncesto, y mientras la miraba, la pelota lo golpeó en la cabeza y rebotó. Todos los presentes se echaron a reír. Cuatro meses más tarde, Alea estaba embarazada y dos meses después de eso, estaban casados.

Besó a su mujer en la mejilla.

—Ojalá tengas razón, cariño, y consigas lo que quieres. Pero no hagas nada drástico, ¿de acuerdo?

—Explícame el significado de «drástico».

Peregrine no quería ni pensar en lo que podía pasar.

—¿Te apetece que prepare unos chuletones a la plancha para esta noche?

—Sería estupendo. Le diré a Rachel que los compre. Que te diviertas, cariño. Saluda al doctor Henry de mi parte.

5

Gemma subió en busca de su bolso y cuando salió de la mansión vio que Colin se encontraba junto a su Jeep, hablando por teléfono. No parecía contento. Al verla, se despidió con brusquedad, cortó la llamada y se guardó el móvil en el bolsillo.

Gemma se sentó en el asiento mientras Colin ponía en marcha el vehículo y maniobraba para enfilar la avenida de entrada, rodeando el resto de los coches.

—¿Ha pasado algo malo? —quiso saber ella.

—No, nada. Todo va bien. ¿Qué tipo de coche quieres?

—Le he dicho a tu padre que un Duesenberg. —Al ver que la respuesta no suscitaba el menor comentario, añadió—: ¿Y si lo hacemos después, cuando estés de mejor humor?

Al llegar a la autopista, Colin pisó el embrague y metió tercera, haciendo que Gemma pegara la espalda al asiento.

—No, necesito distraerme. ¿Sabes dónde vivo?

—¿En algún sitio del pueblo?

—En un apartamento situado sobre mi oficina. La planta baja era una tienda de ropa femenina y la planta alta hacía las veces de almacén. El apartamento tiene pocas ventanas y huele a bolas de alcanfor.

Gemma comenzaba a entenderlo.

—Y quieres mudarte a tu casa nueva.

—Exacto. Pero, como ya viste ayer, no tengo muebles. Jean me dijo que me acompañaría mañana para comprar algunos.

Pero me ha dejado un mensaje de voz diciéndome que tiene un caso muy importante el lunes por la mañana y que no podrá venir hasta la semana próxima.

Gemma analizó lo que Rachel le había contado. Si Jean no tenía tiempo ni para pasar un fin de semana en el pueblo, ¿cómo iba a vivir en él?

—Supongo que no le dijiste que tenías una enorme sorpresa.

—Jean no le parecía el tipo de mujer a la que le gustara que alguien eligiera su casa por ella, pero guardó silencio, ya que no era asunto suyo. Lo que quería era que Colin le hablara de la relación que mantenía con Jean.

Sin embargo, él no captó la indirecta.

—¿Sabes algo de muebles? —le preguntó, en cambio.

—Solo de antigüedades anteriores a 1860, aunque conozco la escuela Bauhaus. Mies van der Rohe no me emociona, la verdad. Claro que el rococó también me deja fría y no hay dos estilos más diferentes, ¿no crees? —Colin la estaba mirando—. Ah, te refieres a muebles actuales, ¿verdad? A los que se pueden comprar en una tienda. No, no sé nada de muebles.

—Mi padre y tú os vais a llevar genial. Él vive en un mundo lleno de automóviles antiguos. Se ha llevado una decepción tremenda porque ninguno de sus hijos ha heredado la obsesión familiar.

—Pero me dijiste que dos de tus hermanos trabajan para él.

—Trabajan, pero no comparten su pasión por los coches —explicó Colin.

Gemma no podía imaginarse que un padre pudiera sentirse decepcionado teniendo un hijo sheriff, una hija a punto de convertirse en médico y otro hijo que vivía entregado a su arte.

—A lo mejor... —dijo, pero la radio la interrumpió.

—¡Colin! —exclamó una voz masculina—. ¿Estás ahí?

El aludido cogió el micrófono.

—Sí, Tom. ¿Qué quieres?

—¿Estás muy lejos del cruce con K Creek?

—A unos diez minutos —contestó al tiempo que miraba de reojo a Gemma—. Espera. —Cambió de marcha y dio media vuelta sin aminorar la velocidad.

Gemma se aferró a la puerta y al asiento, con la impresión de estar en una atracción de feria, o en un vuelo de simulación de la NASA.

Colin siguió hablando por la radio sin detenerse siquiera.

—Estoy a unos ocho minutos. ¿Qué ha pasado?

—Un niño de cuatro años ha trepado a un árbol y se ha sentado en una rama que está a punto de romperse. Llevo un cuarto de hora tratando de convencerlo de que salte, pero no quiere. Dice que soy demasiado viejo y que no podré cogerlo. —La frustración que transmitía la voz del hombre era más que evidente—. Los bomberos vienen de camino con una escalera, pero se me ha ocurrido que si estabas cerca, podrías convencerlo. Carl está aquí, pero...

—Cinco minutos —lo interrumpió Colin mientras soltaba el micrófono para conectar la sirena y la luz estroboscópica. Miró a Gemma de reojo—. Lo siento, pero tengo que pisar el acelerador.

Gemma guardó silencio al tiempo que abría los ojos como platos. Ya iban a una velocidad excesiva para el trazado de la carretera. La visibilidad no era muy buena. Si un coche...

Sus pensamientos se vieron interrumpidos porque de repente alcanzaron a una camioneta con una barca en el remolque y tuvo la impresión de que acabarían empotrándose contra ella. En el último momento, Colin dio un volantazo para adelantarla... y se toparon de frente con un coche. Gemma trató de sujetarse, segura de que iban a chocar de frente.

Sin embargo, como si estuvieran en una película de acción, la camioneta frenó y giró a la derecha mientras que el coche que tenían enfrente giraba a la izquierda, saliéndose de la carretera. El camino quedó despejado y Colin ni siquiera había frenado.

Tan pronto como pasaron, Gemma miró hacia atrás para ver qué había sucedido. Tanto la camioneta como el coche se habían detenido. El conductor de la camioneta, un hombre alto, estaba cruzando la calzada en dirección al coche.

Gemma se volvió. A esas alturas pasaban de los ciento diez kilómetros por hora.

—El de la camioneta era Luke, el escritor —le explicó Colin—. Y el del coche era Ramsey. Es abogado.

—Un placer conocerlos —replicó Gemma, que seguía aferrada al asiento y a la puerta.

Colin rio entre dientes mientras giraba con brusquedad y salía de la carretera por una zona en la que ni siquiera había un camino de tierra.

—No pretendía asustarte, pero sabía que iban a apartarse. Los dos son de la familia.

Gemma ansiaba preguntarle qué habría hecho si la carretera hubiera estado atestada de turistas, pero prefirió asegurarse de que seguía bien agarrada a la puerta. Los baches y las piedras del suelo hacían que el coche avanzara dando tumbos. Gemma daba tantos botes que rozaba el techo del vehículo con la cabeza.

—¡Un atajo! —gritó Colin para hacerse oír por encima del ruido de la sirena y del estruendo que estaba haciendo lo que parecía una caja de herramientas situada en la parte trasera—. Estamos atravesando la Granja de Merlin —dijo, señalando hacia la derecha.

Semioculto entre los árboles, se atisbaba un edificio de forma octogonal con el tejado en forma de pico, similar al sombrero de una bruja. Gemma vio una puerta en una pared y una verja.

No hacía falta ser un historiador para deducir que se trataba de un edificio muy antiguo.

—Eso es... —dijo—. ¿Es...?

—La fresquera. Tiene agua en su interior —le respondió Colin al tiempo que cambiaba de marcha. Un segundo después rodeó varios árboles inmensos y al instante apareció frente a ellos un coche patrulla. Colin pisó el freno a fondo y se detuvo, levantando una nube de polvo y piedras.

Gemma se quedó dentro del coche, tosiendo, pero Colin se apeó de un salto en cuanto se detuvo. Al ver que el coche seguía avanzando, Gemma se percató de que había dejado las llaves en el contacto para que ella lo apagara.

Cuando miró por el parabrisas, vio a Colin y a dos agentes vestidos con uniforme marrón que se encontraban un poco alejados de un árbol partido por un rayo. La mitad había caído al suelo, creando lo que parecía una rampa. Ideal para que un niño trepara.

En la copa, sentado en una rama inclinada hacia el suelo, vio a un niño pequeño. Era rubio y tenía unos enormes ojos azules de mirada aterrada. Su madre estaba abajo, hablándole con voz serena para evitar que se moviera e hiciera que la rama acabara partiéndose del todo.

Gemma salió del coche y se acercó a Colin sin apartar los ojos del niño.

—Tardarán otros diez minutos en llegar —decía Tom, el sheriff del condado, un hombre de unos cincuenta años, alto y guapo, de pelo canoso. Después, le dio la espalda a la madre y siguió hablando—: Carl ha intentado llegar hasta él, pero la rama se ha partido. ¿Crees que podrás atraparlo si se cae?

—Sin problemas —contestó Colin en voz baja, a fin de que la madre no lo oyera—. Pero la rama no va a aguantar mucho más. Creo que deberíamos bajarlo ahora mismo. —Se acercó al chiquitín y miró hacia arriba—. Oye...

—Sean —dijo su madre.

—Sean, me llamo Colin, y soy el sheriff del pueblo. Como puedes ver soy un tío fuerte. Quiero que te sueltes de la rama y que te dejes caer. Yo te cogeré. Será como si estuviéramos jugando al fútbol. ¿Te parece bien?

—¡No! —gritó el niño al tiempo que se aferraba con más fuerza a la rama. Se escuchó un fuerte crujido.

—Trepa a todos sitios —se quejó la madre con un deje histérico en la voz—. Se sube en la encimera de la cocina y trepa sobre los muebles de la pared. Una mañana abrí el mueble que tengo encima del fregadero y me lo encontré sentado dentro, sonriéndome. Es...

Colin extendió un brazo y se lo pasó a la mujer por los hombros. Ella dejó de hablar. Colin le dijo al niño:

—Muy bien, Sean. Quiero que te quedes quieto, ¿vale, amigo?

El niño estaba a unos dos metros sobre su cabeza, pero igual podrían haber sido diez pisos. Si esperaba a que la rama se partiera, ambos podrían acabar heridos.

—La pirámide de las animadoras —dijo Tom, que estaba junto a Gemma.

Cuando ella se volvió, descubrió que el hombre la estaba mirando.

—El hermano pequeño de Colin hace una pirámide con las animadoras. Y una de ellas se sube a sus hombros.

El comentario se le antojó un poco raro. No era el mejor momento para hablar de las actividades deportivas locales. Después, al comprender lo que Tom trataba de decir, sonrió de oreja a oreja.

—¿Crees que podrás hacerlo? —le preguntó Tom—. Si el niño se deja, claro. Es bastante grande y hay que ser fuerte para sostenerlo. —Añadió al tiempo que la miraba de arriba abajo.

Gemma llevaba su uniforme habitual: vaqueros anchos y tres capas en la parte superior. Puesto que estaba acostumbrada a trabajar con chicos muy viriles, había aprendido a taparse bien. Y también había aprendido a ejercitarse con ellos, lo que implicaba levantar pesas.

Gemma se bajó la cremallera de la chaqueta de algodón, revelando la camisa rosa que llevaba debajo. Tras quitarse también dicha prenda, se quedó tan solo con el top fucsia que dejaba a la vista los tirantes de encaje del sujetador a juego.

Una cosa buena de ejercitarse con hombres era que les encantaba trabajar la parte superior del cuerpo. Los deltoides y los bíceps se encontraban entre sus principales preocupaciones. Tres años antes, cuando a Gemma se le ocurrió impartir sus clases mientras hacían ejercicio, apenas era capaz de levantar un par de pesas de un kilo sobre su cabeza. En esos momentos, trabajaba con una barra olímpica que pesaba veinte kilos.

Cuando se colocó delante de Tom, así ligera de ropa, sabía que el sheriff vería de inmediato que estaba fuerte. Entre el boxeo y los ejercicios para los deltoides tenía unos brazos bien tonificados.

—Buena chica —dijo Tom, sonriéndole.

Tras ellos, se encontraba un muchacho escuálido y sonriente, un agente llamado Carl según rezaba su placa.

—¿Crees que podrás subirte encima de Colin con esos pantalones? Creo que deberías quitártelos también.

Tom lo amonestó con la mirada y después se volvió hacia Colin, que seguía con la vista clavada en el niño.

—¡Colin! Esta jovencita... —la miró.

—Gemma.

—Gemma va a hacer un Shamus y a bajar al niño.

—Pesa demasiado. No podrá... —comenzó a decir, pero al mirarla sus ojos se abrieron de par en par. ¡Gemma tenía un cuerpo fantástico! Voluptuoso y tonificado. Un busto generoso y una cintura que podría rodear con las manos. Se quedó sin palabras—. Sí, vale —logró balbucear.

—He pensado que estarías de acuerdo —dijo Tom.

Gemma se colocó frente a Colin, que la miraba con admiración.

—Tus estudiantes te han contado un par de cosas sobre ejercitar los músculos, ¿verdad?

Tal vez fue por haberse quitado la ropa que la cubría normalmente, o tal vez por la mirada que le echó Colin o tal vez porque llevaba meses sin novio. El caso fue que sintió un ramalazo de deseo. Por Colin. Por un hombre que estaba pillado. Que tenía una dueña feroz.

—Oye, Colin —dijo Carl—. ¿Jean sabe lo vuestro?

Colin miró al agente con cara de pocos amigos y después volvió a mirar al niño, adoptando su actitud de sheriff.

—Si levanto a la señorita Gemma sobre mis hombros, ¿dejarás que ella te coja?

El niño miró a Gemma, con su minúsculo top que dejaba su busto bastante a la vista, y estuvo a punto de sonreír.

—Sí. Es guapa.

Colin la miró de nuevo.

—Este va a ser como Lanny. ¿Podrás cogerlo?

—Creo que sí —contestó Gemma, que tenía el corazón en la garganta. Al escuchar que la rama crujía de nuevo y ver que la madre se llevaba las manos a la boca para contener un chillido, lo único que pudo pensar fue: «¿Y si lo dejo caer?»

—Vale —replicó Colin, que añadió con voz serena y firme, como la de un entrenador—: Quiero que pongas un pie en mi pierna y yo te subiré a los hombros. Te sujetaré por los tobillos y te ayudaré a guardar el equilibrio. En cuanto te sientas segura, extiende los brazos hacia él. Deja que se acerque, tú no tires. Una vez que lo tengas, sujétalo con fuerza y yo haré el resto. ¿Entendido?

—Sí —respondió.

Sin que nadie reparara en él, Carl sacó su móvil, retrocedió un poco y se dispuso a grabar la escena.

Colin se agachó un poco y extendió la pierna derecha para que Gemma pudiera subirse a su muslo. Al ver que dudaba y no le cogía las manos para que le diera impulso, la miró a los ojos y vio que estaba asustada. De modo que comprendió que debía alentarla. Aunque no la conocía, era evidente que poseía un espíritu competitivo.

—Vamos, Ranford, las niñas del instituto son capaces de trepar a los hombros de mi hermano. ¿Vas a dejar que te ganen?

Su tono de voz, tan parecido al de los entrenadores con los que había trabajado, disipó el miedo. Gemma se quitó los zapatos, lo cogió de las manos y se subió a su muslo.

Cuando recuperó el equilibrio, Colin le puso las manos en las piernas y la miró a los ojos.

—Voy a levantarte y quiero que te subas a mis hombros. ¿Lista?

Ella asintió con la cabeza y miró al niño. Los estaba observando fascinado, sin moverse siquiera.

Colin la levantó hasta sus hombros como si estuviera levantando pesas. Claro que, con su complexión, ese hombre necesitaría un par de pesas de cuarenta kilos. Y juntas pesaban más que ella.

Una vez que estuvo sobre sus amplios hombros, le colocó las manos en la cabeza para estabilizarse. Él le sostuvo los tobillos y dio un paso hacia atrás mientras Gemma se enderezaba.

En cuanto lo hizo, descubrió que su cabeza estaba a la altura de la del niño. Lo miró con una sonrisa.

—Qué guay, ¿verdad? —le dijo en un intento por tranquilizarlo.

—Sí. ¿Vas a bajarme ahora?

—Claro. Voy a extender los brazos y tú te vas a acercar a mí, ¿vale?

El niño asintió con la cabeza.

Gemma extendió los brazos hacia la rama al tiempo que Colin daba un paso al frente para acercarla al asustado chiquillo. Tras separar un poco los brazos le dijo:

—No saltes, déjate caer sobre mí, ¿vale?

El niño asintió de nuevo con la cabeza y, al cabo de un segundo, se dejó caer sobre ella. La verdad era que pesaba bastante y estuvo a punto de hacerla caer hacia atrás, pero logró abrazarlo con todas sus fuerzas.

Colin ni siquiera le dio tiempo a que recuperara el equilibrio. Le soltó los tobillos y dio un paso atrás. Por una décima de segundo, tanto ella como el niño se quedaron suspendidos en el aire, a dos metros por encima del suelo.

Al instante, fue consciente de que se caían, pero Colin los atrapó entre sus fuertes y musculosos brazos. Mientras lo hacía, Gemma sintió los latidos de su corazón contra la mejilla. El niño la abrazaba como si le fuera la vida en ello.

Al cabo de un instante, la madre se lo quitó de los brazos y el niño chilló, aliviado, mientras lo alejaba de ella.

Colin no la soltó.

—¿Estás bien?

—Sí.

Aunque sabía que debería alejarse, tan cerca de él se sentía muy bien. Se sentía a salvo. Por un instante, cedió a la tentación de apoyarse en él. Era como si solo existieran ellos dos.

—Gracias —dijo Tom, que estaba detrás de ellos—. A los dos.

Se escuchó el aullido de una sirena a los lejos. Los bomberos habían llegado.

—¡Cuidado! —gritó Carl.

Sin soltar a Gemma, Colin saltó hacia atrás y tumbó a Tom en el proceso mientras la rama en la que el niño había estado sentado se partía y caía al suelo.

Cuando el ruido cesó y la nube de polvo se asentó, descubrieron que Tom estaba debajo de ellos.

—Colin —dijo el sheriff del condado—. Te quiero como a

un hijo, pero si no te quitas de encima vas a aplastarme los pulmones.

—Lo siento —se disculpó él mientras se incorporaba y Gemma se levantaba.

Colin se sentó y la miró orgulloso.

—Lo has hecho muy bien —le dijo—. Tienes un gran sentido del equilibrio y...

—¡Joder! —exclamó Tom al ver que Gemma se quedaba blanca de repente.

En ese momento, ella hizo ademán de volverse, pero se le aflojaron las rodillas. Tom evitó que acabara en el suelo.

Colin se puso en pie en un abrir y cerrar de ojos, y se la quitó a Tom de los brazos.

—¿Estrés postraumático?

—No —contestó Tom, que le enseñó las manos manchadas de sangre.

El sheriff del condado levantó la parte inferior del top de Gemma. La rama le había hecho un corte en el costado.

—Ninguna arteria, pero es lo bastante profundo como para que necesite puntos de sutura.

—Llama a Tris —dijo Colin—. Dile que estaré allí dentro de siete minutos. —Corrió hacia el Jeep llevando en brazos a una Gemma inconsciente.

Tras él se encontraba Carl, aún grabándolo todo. Cortó la grabación cuando Colin cerró la puerta con fuerza y se alejó pisando el acelerador a fondo.

6

El doctor Edward Burgess abrió la puerta de su coche muy despacio, apoyó el bastón en el suelo y se volvió con cuidado para apearse del vehículo. Hizo una mueca de dolor cuando cargó el peso sobre la pierna y utilizó ambas manos para salir. Al otro lado de la calle, su vecina barría el porche de su casa y se detuvo para mirarlo con expresión compasiva. Lo saludó con un gesto de la mano y él le devolvió el saludo con evidente dificultad.

Cargó todo el peso sobre el bastón mientras cerraba el coche antes de encorvarse para recorrer la acera hasta la puerta. Se apoyó en la jamba mientras abría la cerradura. Una vez abierta la puerta, se volvió para saludar a su vecina. Tal como sabía que haría, la mujer lo estaba observando para asegurarse de que entraba sin problemas en casa.

Nada más entrar, el doctor Burgess cerró la puerta y se apoyó en la madera un instante. Suspiró.

—Zorra entrometida —masculló al tiempo que soltaba el bastón en el paragüero que había junto a la puerta, con tal brusquedad que el golpe resonó en el vestíbulo.

Se agachó y se subió la pernera del pantalón para soltar la férula que llevaba en la rodilla y la lanzó contra el bastón. Una vez terminado, se irguió, echó los hombros hacia atrás y movió el cuello. Mientras se dirigía al aparador emplazado en la pared, se desabrochó la camisa y se sacó la barriga falsa que le rodeaba la cintura antes de dejarla caer al suelo.

Inspiró hondo dos veces, se frotó la piel de su duro y musculoso abdomen y abrió el aparador para servirse un trago. No le sorprendió ver que el cubo de hielo estaba lleno. Echó dos cubitos en un vaso, lo llenó hasta la mitad con un buen whisky escocés de treinta años y después se dio la vuelta y se dispuso a esperar.

El espantoso sillón que formaba parte del mobiliario de la casa alquilada estaba de cara a la pared, una posición en la que él no lo había dejado.

—¿Te estás escondiendo? —preguntó tras dar un sorbo.

El sillón giró de repente y su guapísima sobrina lo miró.

—¿Qué deseas con tantas ganas como para venir al pueblecito de Edilean?

—Jean, querida —dijo—, ¿te parece que esa es la manera adecuada de saludar a tu tío?

Ella se dio un golpecito en el labio superior.

—¿Es real?

Se quitó el grueso bigote canoso y lo dejó en uno de los estantes del aparador.

—¿Has comido ya? Podría prepararte algo...

—Ya sé que sabes cocinar. Tú me enseñaste, ¿no te acuerdas? ¿Por qué has venido?

—He venido a verte —contestó—. ¿Cómo está tu madre?

—Todo lo bien que puede estar después de lo que le hiciste.

—Jean, Jean, Jean —dijo—. ¿Por qué estás tan enfadada conmigo?

—No lo sé. Tal vez tenga algo que ver con el hecho de que entraras en las cuentas de mi madre y le robaras todo el dinero. Dos veces. O tal vez porque mi padre se fue contigo una noche y nunca volvió. Elige tú.

Se encogió de hombros antes de replicar:

—Ya hemos hablado de todo esto y creía que era agua pasada. En cuanto a tu padre, tenía menos reflejos que una tortuga. Nunca comprendí cómo podíamos ser hermanos. Debería haber exigido una prueba de ADN.

Jean se levantó de un salto, furiosa.

—Soy muy amiga del sheriff del pueblo. Solo tengo que hablarle de ti y te echará de aquí.

—Tal vez seáis amigos, pero nada más —señaló mientras ella echaba a andar hacia la puerta principal—. Acabo de enterarme de que lleva días sin separarse de esa chica que vive con sus padres. De hecho, hace una hora alguien me los enseñó en eso... ¿Cómo se llama? YouTube. Una invasión de la intimidad espantosa, eso es lo que es. Pero debo admitir que he disfrutado al ver el cuerpazo que tiene. Y parecía muy, muy joven.

Jean lo miró de nuevo y apretó los dientes.

—Colin y yo estamos enamorados.

—¿De verdad? —preguntó con una sonrisa falsa.

Aunque se había teñido el pelo oscuro a fin de parecer canoso, era un hombre apuesto y seguía manteniéndose muy en forma a pesar de que se acercaba a los cincuenta. Era el hermano menor del padre de Jean, el hijo mimado y adorado por su madre, y al que siempre le sacaban las castañas del fuego cuando adulto, mientras aprendía el oficio de ladrón.

Jean cruzó la estancia en dirección a la puerta.

—¿Te interesa el fideicomiso del que vive? —Colocó una mano sobre la de su sobrina, que estaba en el pomo de la puerta, y la miró con expresión tierna—. ¿Acaso no puede tener celos un tío? —quiso saber—. Antes era el hombre más importante de tu vida, pero ahora me entero de que mi adorada sobrina está con un... —Sonrió—. Con un sheriff. Por supuesto que quiero rebajarlo todo lo posible.

Jean apartó la mirada un momento. Cuando se lo proponía, su tío podía ser encantador... y los unían unos lazos muy fuertes. Además, quería saber qué estaba haciendo en Edilean. ¿Iba otra vez detrás de su madre o tenía otro objetivo? Sabía que la rabia no le daría respuestas. Además, su tío era quien le había enseñado a ocultar sus sentimientos. Se volvió y lo miró con una sonrisilla.

Al creer que había claudicado, su tío le echó un brazo por encima de los hombros. Los dos eran altos y delgados, y él apenas tenía once años más que ella. Antes de cumplir los diez años, creía que su tío Adrian era el hombre más listo e inteligente del mundo. Había tardado varios años en descubrir la verdad sobre él. Su tío siempre quería algo, y mentía más que hablaba.

—Vamos —dijo él—. Comamos juntos por los viejos tiempos. Siempre me gustó estar en la cocina contigo.

Jean accedió, pero solo porque debía averiguar qué quería su tío. Mientras cocinaban, algo que hicieron juntos sin tropezarse ni estorbarse, le habló. Intentó que pareciera que le estaba contando cosas de su vida, aunque en realidad era una advertencia. Apenas unos meses antes, cuando se llevó a cabo la búsqueda de unos cuadros del siglo XVIII, Edilean se había llenado de agentes del FBI y del servicio secreto.

—Y ahora vive un superdetective en el pueblo —terminó. No iba a mencionar que Mike Newland pasaba casi todo el año en Fort Lauderdale.

—Lo sé —replicó, con un brillo risueño en los ojos azules—. Jean, cariño, relájate, por favor. Solo he venido a verte.

—¿Por qué? —preguntó mientras dejaba el *risotto* en la mesa.

—¿Sería demasiado anticuado decir que lo hago por amor?

Jean sabía que estaba mintiendo. Cuando era pequeña, se colaba en su dormitorio en plena noche. Jamás hacía nada tan vulgar como llamar al timbre o a la puerta. Ella se despertaba de repente y se lo encontraba en mitad de su dormitorio, observándola, momento en el que su tío se llevaba el dedo a los labios para indicarle que guardara silencio. Ella se levantaba y lo abrazaba, y él la colmaba de regalos. Eran vestidos preciosos de Francia, zapatos del cuero italiano más suave y muñecas que eran la envidia de sus amigas. A medida que se hacía mayor, le regaló pendientes de zafiros, y cuando acabó el instituto, le regaló un collar de perlas.

Su madre se quedó espantada la primera vez que descubrió que su cuñado había entrado en la casa de noche. Exigió que instalaran un sistema de seguridad.

—Dará igual —le advirtió su marido, el hermano mayor de Adrian.

Sin embargo, ella no le hizo caso. Se obsesionó con mantener las puertas y las ventanas cerradas, y la alarma conectada a todas horas. Pero una mañana Jean bajó a la cocina con un vestido confeccionado con una tela de diminutos ramilletes de ramas de sauce en diferentes tonos de verde, atados con una cinta rosa.

Llevaba una etiqueta de la colección infantil de Dior y Jean dijo que el tío Adrian se lo había regalado durante la noche. Su madre se puso histérica y comenzó a gritar que quería que pusieran rejas en todas las puertas y ventanas.

Su marido le colocó las manos en los hombros e intentó tranquilizarla.

—Hagas lo que hagas, se lo tomará como un reto. Puedes poner cámaras, rejas y cualquier otra cosa que se te ocurra, pero si quiere ver a su sobrina, la verá.

—¡Pero es una niña! La despierta en mitad de la noche y no me gusta.

—¡Y yo lo detesto! —declaró su padre con pasión—. Lo he detestado toda la vida. Cuando era adolescente y él estaba en primaria, se metía en mi dormitorio cuando le daba la gana. Yo guardaba mis posesiones más preciadas en una caja cerrada, que metí dentro de otra y luego de otra más. Todas tenían un candado. Por las mañanas, durante el desayuno, Adrian esparcía mis cosas en la mesa para que todos las vieran.

Su mujer se tranquilizó un poco.

—¿Y si le pedimos por las buenas que venga a verla de día y que use la puerta?

—¿Crees que no lo he hecho? Se niega en redondo. Deja que vea a Jean y no intentes derrotarlo en su propio terreno.

—Pero... —A su madre no se le ocurría una forma de detener a ese hombre.

Sin embargo, los verdaderos problemas empezaron cuando el padre de Jean murió, mientras ella cursaba el primer año en la universidad. Su padre, un contable, había creado un fideicomiso para la educación de su única hija, de modo que los primeros años en la universidad fueron fáciles. Salvo por el dolor debido a su muerte, Jean disfrutó de esa etapa y el dinero no fue un problema.

Sin embargo, un día durante las vacaciones de verano, Jean volvió a casa y se encontró a su madre gritando. Había desaparecido hasta el último centavo. El fideicomiso de Jean estaba a cero, y había desaparecido el dinero del seguro y el de dos cuentas de ahorro.

—¡Sé que ha sido él! —exclamó la señora Caldwell cuando volvieron del banco.

—¿Quién? —preguntó Jean.

—El hermano de tu padre, ¡ha sido él!

—¿El tío Adrian? Creía que estaba en la cárcel —replicó Jean.

—Salió la semana pasada —le informó su madre— y sé que lo ha hecho él.

El año que siguió fue espantoso. La policía no encontró indicio alguno de que Adrian hubiera robado el dinero.

—Es imposible —dijeron los agentes.

Jean era consciente de que la policía creía que su madre había robado el dinero, seguramente para evadir impuestos.

Ayudó a su madre a hipotecar la casa que su padre había conseguido dejar libre de cargas con mucho esfuerzo y consiguió un préstamo para estudiar, además de un trabajo, a fin de poder terminar el último año en la universidad. Ya no tuvo tiempo para más fiestas ni para citas. Aunque lo peor de todo fue que tuvo que despedirse de su sueño de estudiar Derecho. Era demasiado caro.

Durante ese espantoso año, jamás vio a su tío Adrian ni tuvo noticias suyas. Sin embargo, su madre no dejó de quejarse de él. Tuvo que renunciar a sus obras de caridad y conseguir un trabajo en una peluquería cercana, donde lavaba el pelo. Las dos sabían que, a la postre, tendrían que vender su adorada casa.

Sin embargo, todo terminó casi al año de que empezara. Adrian se coló en el dormitorio de Jean una noche, como siempre había hecho.

Ella lo fulminó con la mirada. A lo largo de ese último año se había convertido en su enemigo, en la persona que las había abocado a la pobreza.

—¿Has...? —comentó, pero, como de costumbre, él se llevó un dedo a los labios. Le encantaban los secretos.

Su tío le ofreció un estuche forrado de terciopelo azul. Jean lo abrió y descubrió un precioso anillo de diamantes y zafiros rosas. Cuando levantó la vista, su tío había desaparecido.

A la mañana siguiente, el banco llamó para decirle a la señora Caldwell que todo su dinero había sido devuelto... con un incremento del doce por ciento.

Al antiguo compañero de su padre le costó la misma vida convencer a la hacienda pública de que no se trataba de nuevos ingresos, y de que la señora Caldwell no debía pagar un cuarenta por ciento en impuestos, pero lo logró.

La señora Caldwell dejó el trabajo y Jean logró estudiar Derecho, pero lo sucedido cambió a su madre. Se convirtió en una mujer amargada y furiosa, y comenzó a ver intenciones ocultas en todas las personas.

Jean nunca le contó a su madre que, durante los años que pasó en la Facultad de Derecho, pasó mucho tiempo con su tío. Creía que el motivo de que las hubiera hecho pasar semejante infierno se debía a que no las consideraba personas. Creía que, tal vez, si las quería de verdad, las protegería y nunca más volvería a hacerles daño.

A lo largo de esos años, su tío le enseñó a cocinar, a vestirse e incluso a bailar. Sin que su madre lo supiera, le envió billetes de avión para que fuera a lugares exóticos, donde conoció a personas interesantísimas... con algunas de las cuales mantuvo breves aventuras. Gracias a su tío, consiguió una sofisticación que muy pocos estudiantes tenían. Le iba bien en los estudios y su vida social era emocionante.

La única pega de su relación era que su tío jamás le permitía mencionar lo que le había hecho a su madre... o lo que le había hecho a ella. Para Adrian, lo sucedido ya estaba más que olvidado y, por tanto, ella no tenía derecho a sacar a relucir el pasado.

Después de que se licenciara en Derecho, su tío desapareció tan deprisa como había llegado, y Jean no lo vio ni supo de él en dos años.

Sin embargo, poco después de conseguir un magnífico trabajo en un bufete de Richmond, en Virginia, su madre la llamó y le dijo: «Lo ha vuelto a hacer.»

Jean supo al instante a qué se refería. En esa ocasión, fue ella quien cambió. El hombre con quien había pasado tantos días, tantos fines de semana, el que le había enseñado tantas cosas, se preocupaba tan poco por ella que había vuelto a robarle a su madre.

No le resultó sencillo, pero mantuvo a su madre durante dieciocho meses... y jamás le habló de su relación con el tío Adrian.

Cuando por fin devolvieron el dinero a la cuenta de la señora Caldwell, estaba demasiado furiosa como para que se le pasara. El trauma por la muerte de su marido y las dos largas rachas totalmente empobrecida la habían envejecido muchísimo. Durante la última visita de Jean a su casa, encontró a su madre enterrando monedas de oro en el patio trasero.

—Tengo que esconderlas por si vuelve a hacerlo —adujo su madre.

La voz de Adrian la devolvió al presente.

—Cuéntamelo todo sobre el hombre del que estás enamorada —dijo al tiempo que probaba el *risotto*.

Jamás lo había visto comer en algo que no fuera la mejor porcelana ni con algo que no fuera plata de ley, de modo que verlo en ese momento con los platos baratos que entraban en el precio de la casa alquilada le resultaba desconcertante.

—Es agradable. Es amable —replicó Jean con cautela.

—¿Y por qué no te ha pedido todavía que te cases con él?

Jean entrecerró los ojos. Su pobre estilo de vida podía ser algo que usara como tapadera o podría significar que estaba a dos velas. Cuando necesitaba dinero, su tío lo buscaba en cualquier parte.

—¿Por qué quieres saberlo? Si crees que conozco los códigos de acceso a la cuenta corriente de Colin y que podrás sonsacármelos, te advierto que ni los conozco ni puedes hacerlo.

—La amargura no le sienta bien a una dama —comentó Adrian—. Y a tu edad... —Se interrumpió al darse cuenta de que se había pasado de la raya—. Querida Jean, te pido disculpas por todo lo que os he hecho a tu madre y a ti. En ambas ocasiones me encontraba en una situación en la que no tenía otra fuente de ingresos. Hice todo lo posible por compensarte, tanto económica como personalmente.

Ese último comentario le dolió. ¿Le estaba diciendo que todo el tiempo que pasó con ella mientras estudiaba Derecho solo estaba pagando una deuda? Tal vez fuera cierto, porque saltaba a la vista que lo que habían compartido no significaba nada para él. Después le había robado a su madre otra vez.

Cuando lo miró, fue consciente de que su tío sabía muy bien lo que le había hecho sentir. Una vez escuchó que alguien decía que cuando una persona soltaba un comentario que hacía daño, lo mejor era pensar que lo hacía con toda la intención.

Se puso en pie.

—Buscas algo, y como no me digas de qué se trata, pienso ir en busca de Colin y contárselo todo.

Su tío no se alteró en lo más mínimo, se limitó a esbozar esa sonrisa que a ella solía resultarle encantadora pero que en ese momento le parecía malévola.

—¿Tanto te cuesta creer que he venido con el único propósito de verte?

—Sí.

Su tío sonrió, al parecer expresando su aprobación.

—Bueno, tal vez no haya sido del todo sincero. Me interesa un poco lo que he leído de este pueblo.

—¿De Edilean? Ah, claro. Vas detrás de los cuadros que encontraron el año pasado. Debería haber supuesto que todos esos millones llamarían tu atención. Pues que sepas que estos cuadros no tienen nada que ver conmigo.

—Lo sé —le aseguró su tío en voz baja—, pero al leer esas historias me acordé de algo que perdí.

—¿Las joyas de la Corona? —Una vez, estando en Budapest, un hombre le contó que lo único que su tío no había robado eran las joyas de la Corona inglesa.

—Sí —contestó—, y con eso me refiero a mi querida sobrina. Jean, tú eres la única persona que significa algo para mí y he venido a verte para conocerte de nuevo. Me disculpo por el disfraz, pero...

—¿Tu cara está en demasiados carteles de SE BUSCA?

Su tío le regaló una sonrisa que recordaba muy bien. Cuando lo veía sonreír así en el pasado tenía la sensación de que estaban tramando algo juntos.

Se volvió a sentar a la mesa. El enfado solo conseguiría que le contara más mentiras.

—¿Quieres más pan, querida? Lo he comprado en Armstrong. Es un pueblecito, pero las tiendas son excelentes. Y esta la regenta una mujer interesantísima. Es toda una fuente de información. Con unos cuantos quejidos, me lo ha contado todo acerca de todo el mundo.

Jean cogió un panecillo del cesto.

—¿Sobre qué querías información?

—Sobre nada en particular. Solo quería matar el tiempo mientras tú estabas en Richmond.

—¿Por qué no quedarte allí en vez de aquí? —Echó un vistazo al feo interior de la casa de alquiler.

—Nadie habla con nadie en las ciudades —contestó él—. ¿Por eso te disgusta tanto Edilean? ¿No quieres que la gente hable de ti y de lo que haces cuando no estás trabajando?

Hizo ademán de protestar, pero su tío levantó una mano.

—Mi querida sobrina, recuerda que te conozco muy bien. Casi no soportas el ambiente rural de Richmond. ¿Cuántas veces vas a Nueva York y al escondite que tienes allí? Dime una cosa, ¿conoce la existencia de dicho lugar ese novio tan fuerte y grande que tienes?

Al ver que Jean no contestaba, Adrian sonrió.

—Ya me parecía a mí que no. ¿Sabías que tu hombre también guarda secretos? Ha comprado una casa en este pueblecito. ¿Te la ha enseñado?

—Todavía no —contestó.

—Qué interesante. ¿Sabías que llevó a la adorable Gemma a la casa el mismo día que llegó al pueblo?

El involuntario siseo de Jean fue la respuesta de su tío.

Que sonrió de nuevo.

—¿Te gustaría saber qué más me han contado?

Jean clavó la vista en su plato un momento antes de mirar de nuevo a su tío.

—Creo que sí. —Bebió un buen sorbo del excelente vino—. Cuéntame todo lo que sabes.

7

Gemma se despertó despacio y tardó unos minutos en recordar lo sucedido. Estaba subida a los hombros de Colin y después entre sus brazos. Alguien gritó una advertencia, Colin saltó hacia atrás y se aseguró de que no caía sobre ella. Recordaba que se había levantado, pero después su mente se quedaba en blanco. En ese momento, se percató de que le dolía el costado izquierdo y de que se sentía un poco mareada. Por lo demás, estaba bien.

La estancia en la que se encontraba parecía una habitación de hospital acogedora. La cama articulada tenía un mando para elevarla o bajarla, y a su lado había un monitor que emitía un pitido rítmico. El resto del mobiliario era cómodo y otorgaba a la estancia un aire acogedor.

Lo más extraordinario de todo era la niña de unos ocho años de edad que dormía acurrucada en un enorme sillón azul. Tenía una carita angelical y abrazaba un oso de peluche vestido como un pirata, con un chaleco morado y cargado de joyas.

La niña se movió y se despertó cuando el oso estuvo a punto de caerse al suelo. Era morena, de pelo largo, y tenía unos ojos azules rodeados por largas pestañas.

—Hola —dijo.

—Hola —replicó Gemma, que hizo ademán de sentarse.

Aunque llevaba los vaqueros y estaba cubierta por una sábana, le habían quitado el top rosa y el sujetador, que habían sido reemplazados por un camisón de hospital.

—Nadie te ha visto —dijo la niña mientras se sentaba en el sillón y bostezaba.

—¿Nadie me ha visto? —preguntó Gemma.

—Sin ropa. El tío Tris les dijo a los hombres que se fueran mientras te examinaba. Pero él sí que puede verte porque es médico.

—Me han hablado de él —replicó al tiempo que miraba la venda que le cubría el torso.

—Mi madre dice que todas las mujeres de los contornos han oído hablar de su hermano.

Gemma sonrió y consiguió sentarse.

—Por casualidad no sabrás lo que me ha pasado, ¿verdad?

—Todo el mundo lo ha visto.

Gemma miró a la niña, perpleja. ¿Qué quería decir eso?

—Cuando te subiste a los hombros del tío Colin y bajaste a ese niño del árbol, el agente Carl lo grabó todo y después lo subió a YouTube.

—Eso no está bien —dijo Gemma mientras se ponía de costado para levantarse. Sin embargo, al descubrir que seguía mareada, se tendió de nuevo.

—El tío Tris te ha dado una pastilla de la felicidad. —Bajó la voz—. Como piensa que no sé lo que son los sedantes, los llama así. Tiene miedo de que cuando crezca me convierta en una traficante de drogas.

—Yo tampoco creo que sea una buena profesión.

La niña se puso de pie, aferrando el osito con fuerza.

—Te presento a *Landy*. ¿Quieres saludarlo?

—Claro —contestó Gemma, que extendió una mano para darle un apretón a una de sus peludas patas. El oso llevaba un parche sobre el ojo izquierdo—. ¿El nombre es un diminutivo de Orlando... Bloom? —le preguntó.

Los ojos de la niña se abrieron como platos.

—Nadie lo sabe. El tío Colin dijo que eras lista, y tenía razón.

—¿Qué más ha dicho Colin sobre mí?

—Nada, solo que le preocupaba que te murieras. El tío Tris le dijo que como no se sentara y se callara, le daría una pastilla de la felicidad.

Gemma sonrió.

—¿Cómo te llamas?

—Nell Sandlin. Mi papá está en Irak.

—¡Ah! —exclamó ella, que deseó en silencio que el hombre volviera sano y salvo.

—Cuando venga a casa, mamá dice que nos mudaremos a Detroit, a menos que convenza a papá de que nos quedemos en Edilean.

—¿Y tú qué prefieres?

—Yo quiero que mi papá vuelva. Me da igual si luego vivimos en un iglú. Solo quiero que papá esté con nosotras.

Gemma jamás se lo diría a la niña, pero ella sintió lo mismo cuando se llevaron a su padre en una ambulancia. Sin embargo, en su caso su padre no volvió.

Se escucharon voces al otro lado de la puerta.

—Oh, oh —dijo Nell—. Le prometí al tío Tris que lo avisaría cuando te despertaras.

En la mesita de noche había un reloj. Eran las cuatro menos diez, lo que quería decir que había estado inconsciente cuatro horas.

—¿Y si le dices al doctor Tris que me gustaría verlo?

—Ahora mismo. —Nell fue hasta la puerta, pero se detuvo con la mano en el pomo—. ¿Crees que te enamorarás de mi tío?

—Haré todo lo posible para no hacerlo —contestó Gemma, que contuvo una sonrisa—. A menos que tú quieras, claro.

Nell reflexionó al respecto un instante.

—Mamá dice que el tío Tris está enamorado de un «sueño imposible» y que por eso no se enamora de una mujer de verdad. Pero a lo mejor tú eres ese sueño imposible.

—Lo dudo, pero lo tendré en cuenta. Creo que... —Dejó la frase en el aire porque la puerta se abrió en ese momento y entró un hombre guapísimo.

Llevaba una bata blanca y del bolsillo sobresalía un estetoscopio. Era moreno, de ojos azules y tenía un mentón que parecía haber sido esculpido en mármol.

Gemma comprendió por qué las chicas se enamoraban de

ese hombre y esperó a que le subiera la temperatura... algo que no sucedió.

El doctor Tris echó un vistazo por la habitación buscando a su sobrina.

—Pensaba que *Landy* y tú estabais jugando a las enfermeras y que me ibais a avisar cuando mi paciente se despertara —dijo con una voz muy agradable.

—*Landy* se ha quedado dormido —adujo Nell—. Y le parpadeaba el collar, así que... —Se encogió de hombros.

—Quiero que vayas con *Landy* a la habitación de al lado y que le digas al tío Colin que Gemma se ha despertado.

Nell puso una cara muy seria.

—¿Quieres que le diga que has descubierto que tiene un tumor cerebral?

—¡Fuera de aquí! —exclamó Tristan mientras la niña pasaba riendo a su lado—. Como asustes a Colin, te demando por negligencia médica —le dijo. Meneó la cabeza mientras cerraba la puerta y después se volvió hacia Gemma—. Lo siento. Mi sobrina es demasiado lista para su propio bien. La culpa la tiene la televisión. O internet. Todavía no lo he decidido.

Se detuvo a los pies de la cama para observarla. Gemma no estaba muy segura, pero tenía la impresión de que estaba esperando a que comenzara a coquetear con él.

Sin embargo, por muy guapo que fuera, no la atraía. No sabría explicarlo, pero la expresión distante de sus ojos le otorgaba un aspecto distraído, como si sus pensamientos estuvieran muy lejos de allí.

El médico pareció encontrar satisfactorio lo que veía, porque suspiró, aliviado.

—Soy Tristan Aldredge. —Le tendió la mano para saludarla.

—Gemma Ranford.

Tristan rodeó la cama y se detuvo a su lado.

—Colin me ha hablado de ti. Lo de esta mañana ha sido toda una hazaña por tu parte. —Le apartó la sábana y le subió el camisón para revisarle el vendaje.

—¿Qué me ha pasado?

—La rama te golpeó al caerse y te cortó en el costado. No

fue un corte muy profundo y los puntos de sutura se caerán solos en unos cuantos días. Estarás dolorida durante un tiempo, así que nada de bailar, ni de trepar sobre Colin, durante una semana o dos.

—¿Perdí el conocimiento?

—Sí, pero creo que se debió a la descarga de adrenalina. Me han dicho que has conseguido un puesto de trabajo en el que estabas muy interesada, después te viste obligada a soportar la forma de conducir de Colin y más tarde acabaste rescatando a un niño pequeño. Estos últimos días han sido demasiado estresantes. Te sugiero que descanses durante un día o dos, y te repondrás sin problemas.

—¿De verdad lo han subido todo a YouTube?

—De principio a fin. —Tristan sonrió—. Tom ha despedido a Carl, pero el rescate está en internet. Durante unas milésimas de segundo el niño y tú os quedáis suspendidos en el aire y alguien ha hecho un póster que ha puesto a la venta.

Gemma frunció el ceño.

—¿Da muy mala impresión?

—¿Mala impresión? —le preguntó Tristan mientras le tomaba el pulso.

—Sí, es que no quiero crearle ningún problema a Colin. Ni a los Frazier.

Sin soltarle la muñeca, Tris la miró.

—¿Te asusta perder el empleo?

—Sí.

—Los Frazier jamás te despedirían por haber...

Se interrumpió cuando la puerta se abrió de repente y Colin entró en la habitación... haciendo que Gemma sonriera de oreja a oreja. Por muy guapo que fuera el doctor Tris, a sus ojos era un hombre insignificante si lo comparaba con Colin.

—¿Cómo estás? —le preguntó Colin—. ¿Te duele? ¿Estás incómoda? ¿Te sientes mal?

—Tengo hambre —contestó Gemma.

Colin le sonrió.

—Ahora mismo lo arreglamos. —Miró a Tris—. ¿Cuándo podemos irnos?

—En cuanto se vista.

Al ver que los dos se quedaban mirándola a los pies de la cama, Gemma dijo:

—¿Puedo vestirme en privado, por favor?

—Claro —contestó Tris—. La señora Frazier te ha mandado ropa. Está en el armario. Vístete tranquila.

Los observó marcharse y, una vez que salieron, se levantó despacio.

En la sala de espera, Colin miró a Tristan.

—¿Seguro que está bien? Nell ha dicho algo sobre un tumor cerebral.

Tris miró a la niña de reojo y Nell soltó una risilla.

—Gemma está bien, pero ha sido una experiencia traumática y eso, sumado a la herida, hizo que perdiera el conocimiento.

—Por eso el tío Tris le dio sedantes —terció Nell—. Y por eso Gemma ha dormido tantas horas.

Colin la miró y meneó la cabeza.

—Ya eres una Aldredge. ¿En qué Facultad de Medicina te vas a matricular?

—En ninguna. Voy a ser bailarina —contestó Nell al tiempo que se ponía de pie—. ¿Me das cinco dólares? —le preguntó a su tío.

—¿No pueden ser dos? —replicó él al tiempo que sacaba la cartera—. ¿Adónde vas, si puede saberse?

—Sabes que el señor Lang vendrá a recogerme. —La niña miró a Colin—. Tiene cachorros y voy a comprar uno.

Al mirar por la ventana, vieron que la vieja camioneta de Brewster Lang se detenía delante de la puerta.

—¡Fuera de aquí! —exclamó Tris dirigiéndose a su sobrina—. Antes de que empiece a tocar el claxon.

Nell corrió hacia la puerta con el osito de peluche entre los brazos.

—¿Desde cuándo pasa esto? —quiso saber Colin.

—La última vez que Sara y Mike vinieron, Nell pasó una tarde en la granja con ellos y conectó de inmediato con Lang. —Tris se encogió de hombros—. Otra cosa que no entiendo de esa niña. Lo del osito raro no me entra en la cabeza tampoco. El caso es que Mike y Sara llegaron anoche y han invitado a Nell para que vea los cachorros. Lang quedó en pasarse a recogerla.

Colin apenas le prestaba atención.

—¿Seguro que Gemma está bien?

Tris le colocó una mano en uno de sus fuertes hombros y lo miró a los ojos.

—Está bien. Muy saludable. Parece que hace ejercicio.

—Sí, lo hace. Es lista, despierta y tiene buena memoria. Es agradable, fácil de tratar y... —Dejó la frase en el aire.

Tris estaba detrás del mostrador donde normalmente trabajaba su secretaria. Ese día no estaba, ya que supuestamente el consultorio estaba cerrado. Si los vecinos de Edilean sufrían alguna emergencia médica durante los días libres de Tris, tenían que ir hasta Williamsburg, motivo por el cual la hermana de Colin, Ariel, planeaba trabajar con él cuando acabara el período de residencia. Sin embargo, Tris había acudido en cuanto Colin lo llamó.

—Parece que te gusta Gemma —comentó Tris, con la cabeza agachada.

—Pues sí.

—Entonces, invítala a salir —le sugirió.

—Gemma y yo acabamos de conocernos. Y antes necesito zanjar algunos asuntos.

—Supongo que te refieres a Jean. Una lástima. Me parece que eso me deja el camino libre para invitar a salir a Gemma.

—¿Te refieres... una cita?

—Ajá. Cena y película. ¡Ya lo tengo! Mike y Sara me han invitado a la barbacoa. Le pediré a Gemma que me acompañe. Estoy seguro de que le encantará la Granja de Merlin. Sara y ella podrán pasarse la noche hablando de arquitectura.

Colin lo miraba fijamente.

—Gemma está herida. No sé si le conviene salir...

—Soy su médico. Por supuesto que puede salir.

—¿Salir adónde? —quiso saber ella, que apareció por la puerta.

Tristan dio unos pasos hacia ella.

—Me han invitado a una barbacoa que se celebrará dentro

de unas semanas y me preguntaba si te gustaría acompañarme.

Gemma estaba encantada con la invitación. Necesitaba conocer al resto de Edilean, no solo a los Frazier. Hasta la fecha, había pasado demasiado tiempo con Colin.

—Me encantaría —dijo, sonriéndole.

8

Gemma y Colin volvían a casa de los Frazier en el Jeep.

—Gemma, siento muchísimo que resultaras herida —dijo él—. No debería haberte involucrado en mi trabajo.

—Ha sido uno de los momentos más emocionantes de mi vida —le aseguró.

—¿En serio? ¿No lo dices por compromiso?

—No, lo digo en serio. He pasado casi toda la vida entre libros y documentos, así que poder ayudar en el rescate de un niño ha sido genial.

—¿Qué me dices de tus estudiantes deportistas? —Aunque otra vez estaba tapada, recordaba muy bien su cuerpo—. ¿No te ayudaron a hacer algo más que leer?

Gemma sonrió por los recuerdos.

—Me cambiaron la vida por completo. —Miró a Colin, quien asintió con la cabeza para animarla a continuar—. Cuando empecé a dar clases de apoyo, los chicos se quedaban dormidos mientras explicaba, y eso me cabreaba muchísimo. Trabajaba muy duro para que las lecciones resultaran interesantes, pero pasaban de mí. Un día, le toqué el hombro a uno de los jugadores de fútbol americano que estaba durmiendo y él... —Meneó la cabeza—. Él me cogió de la cintura, me levantó y echó a correr. Después me dijo que estaba soñando y que creyó que yo era un balón.

Colin la miró con asombro.

—Podría haberte hecho daño.

—Si hubiéramos estado a solas, tal vez. Pero durante el primer mes que di clase, uno de los alumnos me tiró los tejos, así que no volví a dar clases individuales. El día que este me agarró, había cuatro chicos más, y los demás me rescataron antes de que me pasara algo. Pero sí que me alegro de que no fuera un lanzador de peso e intentara lanzarme lo más lejos posible.

Colin frunció el ceño.

—¿Hiciste algo para evitar que algo así se repitiera? —La seriedad de su tono era la del agente de la ley.

—Pues sí. La verdad es que me asusté mucho.

—Con razón.

—Pero cuando les dije que iba a tener que notificar el incidente, los chicos me dijeron que aunque parecía capaz de enseñar, no parecía capaz de aprender. No entendí lo que querían decirme.

—Se referían a la fatiga producida por el entrenamiento intensivo deportivo —dijo Colin en voz baja.

—Efectivamente. Uno de los alumnos me soltó que si yo hiciera lo mismo que ellos, tampoco sería capaz de mantenerme despierta para estudiar.

Colin enfiló la avenida de entrada a la mansión de los Frazier y le prestó toda su atención.

—¿Qué hiciste?

—No podía dejar pasar semejante desafío. Quería demostrarles que se equivocaban. —Soltó una carcajada—. Y estaba segurísima de que lo conseguiría. Era joven, estaba sana y me mantenía en relativa forma física de tanto correr de un lado para otro cargada de libros. Y jamás he fumado y apenas bebo.

Colin sonreía.

—¿Cuánto duraste?

—Tres días. Me crearon una rutina de ejercicios cardiovasculares, de pesas y de estiramientos que tuve que repetir varias veces. ¿Y sabes qué? Tenían razón. Estaba demasiado cansada para pensar, ya no te digo para aprender algo. Al final de la semana, me senté con mis alumnos y mantuve una conversación seria con ellos. Les expliqué con mucha paciencia que si bien su trabajo era físico, el mío era mental, de modo que no podía continuar con su programa de entrenamiento extenuante.

—¿Y qué tal te fue? —Colin sonreía.

Gemma soltó una carcajada.

—Me escucharon sin pronunciar una sola palabra, después se levantaron y no los vi en cuatro días. No se presentaron en clase. Cuando volvieron, estaban distintos. Ya no había bromas y, lo peor de todo, nadie hizo el menor esfuerzo por aprender. Estaba a un paso de la histeria, porque si no aprobaban, perdería mi trabajo... y cobraba el doble de lo que había cobrado hasta el momento. Una noche se me encendió la bombilla y me di cuenta de que prácticamente les había dicho que yo era lista y ellos tontos. Que podían estar demasiado cansados para pensar, pero que yo, Gemma Ranford, la estudiante de doctorado, tenía que tener la mente despejada.

—Me alegro de que te dieras cuenta de ese detalle.

—Si te digo la verdad, fue muy revelador. Una epifanía en toda regla. No es agradable verte al natural, sin gafas de color de rosa. A la mañana siguiente, me presenté en el gimnasio a las seis y... —Se encogió de hombros—. Desde entonces, no les he pedido a mis chicos que me den más de lo que yo les doy a cambio.

—¿Qué pasó con sus notas?

Gemma sonrió.

—Subieron como la espuma, tanto que me pusieron al frente del programa de tutorías. Empecé a exigir que todo aquel que trabajara para mí se ejercitara con los alumnos. Ha tenido tanto éxito que la universidad ha fijado como requisito indispensable el entrenamiento físico para todo aquel que aspire a una plaza de tutor para los deportistas.

Estaban sentados en el coche. Colin había apagado el motor. Gemma suspiró. Jamás le había contado a nadie esa historia. Lo había intentado, pero nadie quiso escucharla. Cuando los profesores y sus compañeros de doctorado la felicitaban por el ingenioso programa de entrenamiento con los deportistas, Gemma siempre replicaba que había sido idea de los chicos. Pero nadie la creía. Cuando insistía, le daban la espalda. Sus colegas y los profesores no querían creer que los deportistas pudieran pensar. Para ellos, unos jugadores de fútbol capaces de pensar era algo tan fantástico como que se hiciera realidad la historia de *El planeta de los simios*.

Se volvió hacia Colin y reparó en el movimiento de los músculos de sus brazos, visibles pese a la camisa. Era un deportista que le había prestado atención y que había entendido la historia. Cerebro y músculos, todo en uno... su hombre ideal.

—Creo que hiciste un buen trabajo —dijo él—. Y me impresiona que fueras capaz de verte como eres en realidad. No muchas personas son capaces de hacerlo. —Asintió con la cabeza para demostrarle su aprobación y la miró con una sonrisa que la derritió por dentro—. ¿Qué quieres hacer ahora? —le preguntó—. Además de comer, claro.

Gemma miró la fachada principal de la mansión de los Frazier por la ventanilla. Era una estructura inusual. Parecía haber sido construida por secciones a lo largo de los años, y ninguna terminaba de encajar con las demás. Miró de nuevo a Colin.

—¿Tu familia me tomaría por una desconsiderada si me mudo hoy a la casa de invitados? Me muero por empezar la investigación. ¿Recuerdas lo que estaba leyendo el primer día?

—Claro —contestó él—. Estabas tirada en el suelo con un montón de bolígrafos de colores.

—¡Menuda os traéis Kirk y tú! ¿Qué os pasa a los hombres para que os fascinen tanto mis bolígrafos de colores?

—Creo que él estaba celoso, pero a mí sí que me fascinaban. Lo tuyo es arte. —Colin abrió la puerta del coche—. Te alegrará saber que me he anticipado a tus palabras. Esta tarde, mientras dormías por el sedante que te administró Tris, hice unas cuantas llamadas. Lanny te ha mandado un coche. Es un Volvo de un año con poquísimos kilómetros. ¿Te parece bien?

—Perfecto.

—Mi madre le dijo a Shamus que llevara tu maleta a la casa de invitados y Rachel te ha llenado el frigorífico.

—Eso me parece maravilloso —replicó Gemma. Tenía la mano en el tirador de la puerta—. ¿Alguna vez has oído hablar de algo llamado «cajita deseada»?

—No que yo recuerde. ¿De eso leías? ¿De eso iba tu historia de «amor, tragedia y magia»?

—Sí —contestó, impresionada porque recordase lo que había dicho—. La palabra se me ha quedado grabada. No dejo de darle vueltas.

—¿Con todo lo que ha pasado? ¿Lo de Isla y Kirk? ¿Tu numerito de animadora conmigo? ¿Los trastos que te ha tirado Tris?

—Por desgracia, no me ha tirado nada en absoluto —dijo ella, pero Colin ya había salido del coche. Lo vio rodearlo.

A decir verdad, quería mudarse a la casa de invitados para alejarse un poco de Colin. ¡Jamás se había sentido tan atraída por un hombre!

No tenía nada que no le gustase. De hecho, si alguna vez metía en un ordenador todo lo que buscaba en un hombre, Colin Frazier aparecería en pantalla. Tal vez fuera por todos los años que había pasado rodeada de jugadores de fútbol, pero le encantaban los hombres grandes. También prefería a hombres que hacían algo. Sus colegas, que se pasaban el día sentados leyendo y debatiendo sobre cosas que habían pasado siglos atrás, la aburrían. Pero sus estudiantes, que habían sobrepasado el centenar a lo largo de los años, solo le permitían dar sermones un ratito antes de lanzarse de lleno a una actividad física... y ella los acompañaba. Había representado todo un desafío enseñar algo como la rima del pentámetro yámbico mientras golpeaba un saco de boxeo con guantes que pesaban medio kilo.

Con todo, sus clases y los entrenamientos que conllevaban habían cambiado su modo de ver a los hombres. Cuando entró en la universidad, se imaginaba que algún día formaría una familia académica. Se casaría con un profesor y tendría dos hijos con gran capacidad intelectual. Tendría la misma relación con ellos que la que había tenido con su padre. Visitarían museos a todas horas y los libros de Historia serían su mayor fuente de placer.

Sin embargo, la verdad era que se había divertido con sus alumnos más de lo que se había divertido en toda su vida. Además, tras la relación que mantuvo durante meses con uno de los ayudantes de los entrenadores, descubrió que el sexo con un deportista era muchísimo mejor que con alguien cuyo único esfuerzo era pasar páginas.

Y en ese momento Colin Frazier parecía personificar todo lo que le gustaba en un hombre. Era listo, educado, ingenioso y un deportista. En el breve período de tiempo que había pasado con él, ver los movimientos de los músculos bajo su camisa la había puesto como una moto.

Recordó la sensación de subirse a sus hombros, y también recordó lo que sintió entre sus brazos. No creía haber sentido nunca semejante deseo.

El problema era que Colin no estaba libre. Pertenecía a Jean Caldwell.

Aunque quería pensar que no sería capaz de inmiscuirse en lo que parecía una relación muy feliz, se preguntaba qué haría si alguna vez Colin la miraba como algo más que a una amiga.

—Seguramente haría el ridículo —musitó.

—¿Qué has dicho? —le preguntó Colin, que estaba su lado.

—Solo estaba pensando en Tristan. Ojalá que no haga el ridículo cuando salga con él. Es muy guapo y además también es médico. —Observó la cara de Colin. No sabía qué esperaba encontrar, tal vez un ramalazo celoso... Pero no vio nada.

—Es un buen tío —le aseguró él—. ¡Oye! Que te hable de su familia. Llevan siendo médicos desde hace generaciones, y hay un par de escándalos en su pasado que tal vez te interesen.

—¿Como qué?

Delante de ellos, justo al final del camino de entrada, se encontraba un utilitario negro. Colin le hizo un gesto para que entrara.

—Hasta que se te cure la herida, nada de esfuerzos, ¿entendido?

—Sí, sheriff Frazier —contestó con una sonrisa.

—Así me gusta. —Le sostuvo la mano mientras entraba en el coche.

Cuando Colin se subió tras ella, sus costados se rozaron y Gemma sintió que se le aceleraba el corazón. «¿Es que ahora tienes catorce años?», se preguntó en silencio.

—Madres solteras —dijo Colin.

No tenía la menor idea de lo que le estaba hablando, algo que quedó claro por su expresión.

—Me has preguntado por los escándalos de la familia de Tris. No sé mucho del tema, solo que hace mucho tiempo dos muchachas Aldredge volvieron a Edilean embarazadas, pero sin estar casadas.

—¿Eran hermanas?

—No. Si no me falla la memoria, se llevaban unos cincuenta años.

—Las madres solteras son algo habitual en cualquier árbol genealógico. —Hizo una pausa—. Una de las personas de la carta que leí se llamaba Winnie. Supongo que es el diminutivo de Winifred. ¿Te suena alguien con ese nombre?

—No.

—¿Y una mujer llamada Tamsen?

—No que yo recuerde —contestó Colin—. Deberías hablar con la mujer de Luke, Jocelyn. Ha trabajado bastante en los árboles genealógicos de los habitantes de Edilean.

—¿Luke, el escritor? ¿El hombre que demostró el buen tino de apartarse de tu camino?

—Lo siento mucho —se disculpó Colin—. Cuando hay una emergencia...

—Llegas hasta el lugar lo más rápido posible para ayudar a los demás —terminó Gemma por él.

—Pues sí.

Habían llegado a la casa de invitados y, al verla, Gemma suspiró.

—¿Tienes la impresión de que has vuelto a casa?

—Más o menos.

Colin abrió la puerta.

—Esto queda un poco aislado, así que quiero que mantengas siempre la puerta cerrada con llave. ¿De acuerdo?

—Claro. —Entró en el salón. Al lado de la cocina había una mesita redonda, preparada para dos.

—Supongo que Rachel ha pensado que... —Dejó la frase en el aire.

Gemma no quería que se fuera, y a juzgar por el titubeo de Colin, tal vez él quisiera quedarse.

—¿Tienes hambre? Podemos comer y mientras tanto te puedo hacer preguntas sobre la Piedra que concede deseos.

—¿Una piedra? ¿Deseos? —Colin la miró, sorprendido—. No habías dicho nada de deseos ni de una piedra.

—Supongo que no. ¿Te suenan de algo?

—Pues creo que sí. Es posible que sepa a qué se refiere lo que has leído, pero tengo que ir a por algo. Vuelvo enseguida y... —Miró la mesa.

—Lo prepararé todo.

—Estupendo. Yo tampoco he almorzado.

—¿Crees que Rachel habrá preparado bastante?

Colin la miró con expresión seria.

—Me bastará con una ensalada —respondió, antes de salir a toda prisa.

Gemma sonrió por la broma y lo vio volar por la propiedad en el Volvo. No estaba segura, pero no creía que el fabricante lo hubiera diseñado para ir a semejante velocidad. Cuando lo perdió de vista, se acercó al frigorífico y empezó a sacar botes de cristal llenos de comida con un aspecto muy apetecible, preparada por Rachel. Se apresuró a calentar los platos en el microondas. Cuando Colin volvió, lo tenía todo listo.

Colin vio los numerosos platos que había en la encimera y sonrió.

—Supongo que Rachel sabía que un Frazier iba a quedarse a comer.

Cogió un plato al tiempo que le daba un viejo cuaderno de espiral. En la ajada portada se leía en letras bien grandes:

PROPIEDAD PRIVADA DE COLIN FRAZIER.
LOS COTILLAS SERÁS CASTIGADOS.
ME REFIERO A TI, LANNY

—¿Estoy a punto de descubrir todos tus secretos?

Colin tenía la boca llena de huevos rellenos y aceitunas.

—Todos mis secretos de cuando tenía trece años. —Se limpió las manos en una servilleta y le quitó el cuaderno de las manos—. Mi abuelo, y me refiero al paterno, solía contarnos historias acerca de nuestros antepasados. Creo que la mitad solo eran patrañas, pero las anoté de todas maneras.

—¿Qué clase de patrañas? —Gemma se estaba llenando un plato.

—Según mi abuelo —empezó Colin—, fue nuestra familia, los Frazier, quien fundó la ciudad, no los McTern ni los Harcourt. Pero solo mi hermana Ariel lo creía. Solíamos meternos con ella diciéndole que tenía tantas ganas de ser una princesa que se habría creído cualquier cosa.

—Parece que tuvo una infancia muy movida.

—No te preocupes por Ariel, sabe defenderse. El asunto es que tenía la costumbre de anotar algunas de las historias que mi abuelo nos contaba. Por desgracia, decidí que la clase de geometría del señor Wilson era el mejor momento para hacerlo. Sigo sin saber usar un transportador de ángulos. Mira, aquí está. La Piedra de los Deseos.

—¿De los deseos?

Colin le devolvió el cuaderno, se llenó el plato y se sentó a la mesa.

Gemma se sentó enfrente y leyó en voz alta.

—«Historia del abuelo Frazier número siete: La Piedra de los Deseos le fue dada a un Frazier que salvó a su clan. Era un hombre fuerte y grande, que movió una roca que los había dejado encerrados en una cueva. Una bruja le dio la Piedra para agradecérselo. Dijo que cualquier Frazier que pidiera un deseo surgido del fondo de su corazón lo conseguiría si la piedra estaba cerca. También funciona para las esposas de los Frazier.»

—¿Crees que ganaré un Pulitzer? —preguntó Colin.

—La mitad de mis jugadores es incapaz de escribir tan bien. —Estaba releyendo la historieta y se preguntaba si podría usarlo como tema para su tesis. Una leyenda familiar. Podría ser.

—Parece que acabara de activarse una calculadora en tu cabeza.

Lo miró por encima de la mesa.

—Tenía un motivo oculto para querer este trabajo.

—¿Y eso? —preguntó mientras untaba de mantequilla una rebanada de pan casero.

Le habló de la necesidad de encontrar un tema inédito para su tesis.

—Encontrar aquí algo antiguo de lo que nunca antes se haya hablado no debería ser difícil —comentó él—. Jean dice que Edilean es tan raro que un montón de marcianos podrían haber fundado el pueblecito en mitad de Estados Unidos.

—Por lo que he visto, no anda muy desencaminada. ¿Se comete algún delito? —Gemma cortó un trocito de rosbif.

—Ya tuvimos de sobra el otoño pasado, cuando esto se llenó de agentes del FBI y del servicio secreto, además de varios detectives del departamento de policía de Fort Lauderdale.

—Ah, sí —dijo Gemma, que seguía mirando el cuaderno—. Me muero por conocer al detective. Mike Shaw, ¿no?

—Newland. Se me olvida el nuevo apellido de Sara —explicó él—. ¿Quieres más té?

—Claro. Cuéntame qué pasó.

—No. Esa historia le corresponde a Mike y a Sara. Pueden contártela cuando vayas a la barbacoa. —Se puso en pie—. Tengo que volver a la oficina un rato—. ¿Quieres ir a...? —Se interrumpió—. Supongo que me estoy acostumbrando a que me acompañes. —Recogió el plato y lo llevó al fregadero.

—Ya lo hago yo —dijo—. Anda, vete a salvar a alguien. ¡Ah! Se me ha olvidado preguntar si tengo conexión a internet.

—Hemos instalado un router, así que tienes red inalámbrica. Pareces ansiosa por deshacerte de mí.

—No es verdad... —comenzó, pero se interrumpió. No quería que se fuera, pero tampoco podía decirlo—. Pues sí, la verdad. Me muero de ganas de empezar a estudiar lo que hay en la biblioteca. Mañana por la mañana le meteré mano al almacén. Lo del garaje lo dejaré para el final.

Colin la miraba con expresión calculadora.

—¿Cómo vas a mover las cajas con los puntos del costado?

—Con cuidado.

—Vendré a echarte una mano. Separaremos los libros de cuentas, las facturas y todo lo aburrido de lo demás.

Gemma hizo ademán de protestar, pero se lo pensó mejor.

—Vale —dijo a la postre.

Se miraron en silencio un momento antes de que Colin preguntara:

—¿Estás segura de que no quieres que recoja todo esto?

—Segurísima. Me voy a preparar un té y a ver qué encuentro acerca de tu Piedra de los Deseos. ¿Crees que es como la Piedra del Destino? ¿Será lo bastante grande como para sentarse en ella?

—No lo sé. ¿Qué decía lo que encontraste?

—No lo recuerdo literalmente. Estaba un poco nerviosa cuando lo leí, demasiado preocupada por el trabajo para concentrarme. Recuerdo los nombres más que nada. Winnie, Tamsen, Ewan y el pobre Julian. —Miró la mesa y la encimera llena de comida y de platos sucios, y luego miró de nuevo a Colin.

Él pareció leerle el pensamiento.

—Ve en busca de la carta mientras yo recojo —se ofreció.

—¿Qué pasa con tu trabajo?

—Solo es papeleo, y seguramente Roy podrá encargarse de todo. Le encantan esas cosas. Dale un ordenador y será feliz. Un ordenador y un pistolón.

Gemma soltó una carcajada.

—Ya me cae bien esa mujer.

—Haré unas cuantas llamadas, recojo esto y me reúno contigo en la biblioteca —continuó él.

—¿Seguro?

—Totalmente.

Gemma esperó a salir de la estancia para sonreír... y después esbozó una sonrisa tan deslumbrante que creyó que se le desgarraría la piel.

9

Gemma se apoyó en la estantería y miró a Colin. Era una día soleado y estaban comiéndose unos sándwiches que ella había preparado con lo que había encontrado en el frigorífico. Colin había servido el té helado.

Estaban rodeados por un mar de cartas, diarios, libros de contabilidad, actas y documentos legales, como si estuvieran en una isla. Cualquier papel que alguien hubiera considerado importante en su momento se había preservado.

—Esto es ridículo, lo sabes, ¿verdad? —dijo Gemma.

—¿A qué parte te refieres? —le preguntó Colin mientras le daba un bocado al sándwich.

—A la desorganización. Necesito ordenar los documentos de forma cronológica.

—Pensaba que querías... ¿cómo lo dijiste? «Explorar una leyenda familiar.» —Sonrió—. O a lo mejor quieres encontrar la Piedra para pedir un deseo.

Gemma hizo un gesto con un brazo que abarcó la preciosa biblioteca.

—Este es mi deseo.

—¿Te contentarías con pasar el resto de tu vida en la casa de invitados de otra persona, examinando documentos?

Gemma bebió un sorbo de té.

Colin esperó y, al ver que no contestaba, insistió:

—Vamos, háblame de tus planes.

—¿Por qué no me hablas tú de los tuyos?

—Ya has visto cómo es mi vida —contestó—. Ahora te toca a ti. ¿Qué has pensado hacer cuando acabes con la tesis?

—Conseguir un trabajo, por supuesto.

—¿Dónde?

—Donde me admitan.

Al ver que Colin fruncía el ceño, Gemma supo el motivo. Estaba eludiendo su pregunta a propósito.

—Vale. Quiero todas las cosas normales que quiere cualquier mujer. Un hogar, una familia y un trabajo fantástico. Salvar el mundo. Por cierto, ¿cuál es tu mayor deseo? Eres un Frazier, así que quizás encontremos la Piedra, si no la subastaron en algún momento, y podrás conseguirlo.

Colin la miró a los ojos.

—Quiero lo que tengo. Estoy contento con mi vida.

Gemma recordó lo que Jean había comentado sobre los secretos que guardaban los Frazier y supo que Colin estaba saliéndose por la tangente. Pero estaba en su derecho, ¿no? En realidad, era una desconocida para él, de modo que no tenía por qué sincerarse con ella. Al levantarse, comenzó a dolerle el costado e hizo un mohín.

—¿Estás bien? —le preguntó él.

—Perfectamente, pero necesito acostarme temprano.

El día anterior estuvieron trabajando juntos un par de horas después de la cena. Colin llamó a una mujer llamada Jocelyn, la esposa del conocido escritor, y esta le envió por correo electrónico los archivos que contenían los árboles genealógicos que había creado. También les explicó cómo descargarse el programa con el que podrían abrir dichos archivos. Colin pagó con una tarjeta de crédito. Treinta minutos después, ambos examinaban los árboles genealógicos de lo que él denominaba «las siete familias fundadoras de Edilean».

Gemma le preguntó si sabía algo sobre los orígenes del pueblo.

—Nadie conoce la verdadera historia —le aseguró él—, pero se cree que todo empezó con un carromato lleno de oro y una preciosa chica llamada Edilean. Era una McTern o una Harcourt, no estamos seguros. No sabemos de dónde vinieron las demás familias.

—¿Crees que eran amigos de Edilean? ¿Vinieron todos juntos desde Escocia?

—Estamos casi seguros de que los Frazier proceden de Escocia, así como los McDowell y los McTern.

Gemma miró las listas que había elaborado con los distintos apellidos.

—¿Y qué hay de los Aldredge y los Connor? ¿Y los Welsch? ¿Dónde se conocieron y por qué se asentaron aquí?

—Nadie lo sabe con certeza.

—Creo que el quid de la cuestión es por qué se quedaron aquí —dijo Gemma con aire pensativo.

—¿Estás menospreciando mi precioso pueblo?

—Por supuesto que no. Es que la población norteamericana tiende a moverse mucho. En realidad, lo que he visto del pueblo me encanta.

—Pues has visto muy poco —le aseguró él.

—Estoy deseando que llegue el día de la barbacoa.

—¿La barbacoa? —preguntó Colin—. Ah, ya. Tu cita con Tristan. Te advierto que...

—¿Que todas las mujeres se enamoran de él? —le preguntó Gemma—. Nell me lo ha dicho. —Si lo que buscaba era poner celoso a Colin, se llevó una decepción.

Habían pasado la mañana en el garaje, mientras Colin bajaba cajas de las estanterías a fin de que ella pudiera examinar el contenido. Si solo encontraba libros de cuentas, Colin colocaba la caja en la parte posterior de la camioneta y cuando estaba cargada, las trasladaba a un almacén. El proceso empezaba de nuevo cuando regresaba.

Colin no le permitió levantar nada que pesara más que un fajo de cartas.

A mediodía volvieron a casa para almorzar.

Gemma miró a Colin mientras él se comía el sándwich en el suelo.

—No tienes por qué pasar todo el día conmigo. Estoy segura de que tu familia querrá verte en algún momento.

—En realidad, mi madre me ha dicho que me quede contigo. Creo que está preocupada por tu herida.

—Qué amable por su parte. —Gemma extendió una mano para que le diera el plato y lo llevó junto con el suyo a la cocina. Mientras los metía en el lavavajillas, aprovechó para respirar hondo unas cuantas veces.

Una parte de sí misma deseaba que Colin se marchara y la dejara trabajar sola. Pero otra parte mucho más grande no quería verlo marchar. Se habían pasado la noche anterior y esa mañana compartiendo ideas.

Bueno, en realidad ella había hablado y él había escuchado. Mientras revisaban cajas, baúles y bolsas, de forma preliminar, hablaron sobre su tesis. Colin quería saber qué le interesaba. Qué período histórico le gustaba más. Si había algún misterio de la Historia que le gustara resolver. Alguna leyenda que quisiera explorar para demostrar que era falsa.

—¿Sabes que las tesis doctorales solo las leen los profesores? —le preguntó ella.

—Si descubres algo sobre el siglo XVIII, Luke lo usará en uno de sus libros y lo leerán un millón de personas por lo menos —le aseguró Colin.

—En ese caso, ¿crees que me escribiría una buena recomendación y me ayudaría a encontrar trabajo?

—Desde luego —contestó Colin—. Luke conoce a ciertas personas en el William and Mary College. —La miró un instante, y Gemma comprendió que le estaba preguntando si le gustaba esa universidad.

Tuvo la impresión de que Colin quería saber si le gustaría establecerse en Edilean de forma permanente y sintió que se ponía muy colorada, de modo que volvió la cara. ¡Necesitaba recuperar el control de su cuerpo!

Al final, dijo:

—Tiene una gran reputación y estaría orgullosa de trabajar en esa universidad.

Colin guardó silencio, pero la sonrisa que esbozó hizo que a Gemma le latiera más rápido el corazón.

Después del almuerzo, siguieron trabajando. Gemma estaba

muy contenta sentada en el suelo de la biblioteca, pero Colin la convenció de que se trasladara al salón. Él se sentó en el sofá y ella en el sillón orejero. Comenzaron a leer en silencio.

A medida que pasaban las horas, Gemma descubrió que le resultaba cada vez más difícil concentrarse. No paraba de mirar a Colin, que estaba tendido en el sofá, con una pierna colgando por el borde. En el frigorífico había una botella de vino y se le ocurrió que podría invitarlo a abrirla. Lo que pasara después... sería obra del destino.

A las cuatro de la tarde, Colin se puso de pie y se desperezó. Y Gemma sintió que se le aceleraba el corazón.

—Necesito ir al gimnasio —dijo él—. No estoy acostumbrado a pasar tanto tiempo sentado. Te invitaría a acompañarme, pero con la herida del costado es mejor que no te arriesgues.

Gemma pensó que le iría genial una hora en la cinta de correr, cuarenta y cinco minutos con los guantes y después una ducha helada.

—Escúchame —siguió Colin—. Quiero que esta noche te acuestes temprano. Necesitas tiempo para curarte del todo. ¿Me lo prometes?

—Sí —contestó.

—Si me necesitas, tienes el número de mi móvil y, además, te he dejado anotado el número de Mike en el escritorio de la biblioteca.

—Mike, el detective —comentó ella—. ¿El que está en Fort Lauderdale?

—Ahora está en casa y sabrá qué hacer si surge algún problema —le aseguró Colin—. Por cierto, Mike ha montado un gimnasio casero en el centro del pueblo, en lo que antes era la tienda de su mujer. Es bastante informal y solo se accede por invitación. No va ninguna mujer, pero claro... es que Mike las asusta.

—¿En qué sentido?

—Creo que es mejor que lo descubras por ti misma. —Echó a andar hacia la puerta, pero titubeó—. ¿Estarás bien aquí sola?

—Estupendamente.

—Vale —dijo por fin y después se acercó a ella como si tuviera la intención de abrazarla o de darle un beso de buenas noches en la mejilla.

Gemma pensó que no podría soportarlo. De modo que retrocedió y el momento pasó.

Cuando Colin se fue, no sabía muy bien si sentirse aliviada o desolada.

—Pertenece a otra mujer —se dijo, y volvió de inmediato al trabajo.

Sin Colin revoloteando a su alrededor y con cuidado para no excederse, comenzó a organizar los documentos. A esas alturas, tenía claro que alguien había «hecho limpieza» en la larga vida de los documentos de los Frazier. Siempre había pensado que la gente ordenada era muy desconcertante. Su único objetivo en la vida era lograr que todo pareciera «inmaculado». «Ordenado.» «Fuera de la vista.» Les daba igual que las facturas acabaran mezcladas con los utensilios de cocina o que los informes compartieran armario con los zapatos. ¡Todo con tal de que la casa pareciera en orden!

Gemma guardaba cada cosa en su sitio, y si no tenía tiempo para colocar algo, lo dejaba fuera.

Por desgracia, quienquiera que hubiese almacenado los documentos de los Frazier lo había hecho clasificándolos por tamaño. Había documentos pequeños que databan del año 1620 guardados en la misma caja que otros documentos del mismo tamaño fechados en 1934. El desorden cronológico la estaba desquiciando.

Lo primero que hizo fue bajar las cajas de las estanterías de la biblioteca y del garaje. En un par de ocasiones, estiró demasiado los brazos y sintió que le tiraban los puntos, pero aprendió que debía mantener el codo pegado al costado.

Una vez que las estanterías estuvieron vacías, comenzó a organizar el espacio por décadas. A medida que sacaba los documentos de las cajas, los iba colocando en su lugar correspondiente. En cuanto los tuviera catalogados, los guardaría de nuevo en archivadores especiales para documentos antiguos que evitarían que se estropearan.

Siguió catalogando y ordenando hasta que sintió que le rugía el estómago. Tras una rápida cena, le dio las gracias mentalmente a Rachel por lo bien que cocinaba y regresó al trabajo. Una vez que oscureció, encendió las luces. Llevó las cajas vacías al garaje, ya que esa mañana Colin y ella habían desocupado mucho espacio.

Se acostó a la una de la madrugada. Se levantó a las seis y se dispuso a trabajar de inmediato. Los días empezaron a fusionarse a medida que cataloga documentos y los colocaba en las estanterías. En el garaje había varias cajas con libros de cuentas que podrían trasladarse a otro lugar. Todo lo que quedaba en la casa estaba organizado.

Cuando acabó, se conectó a una página web donde podría comprar los archivadores que necesitaba y comenzó a llenar la cesta de la compra. No sabía muy bien si ir a la mansión y molestar a la señora Frazier o si era mejor enviarle un mensaje de correo electrónico. Ganó la segunda opción.

La señora Frazier le respondió de inmediato, diciéndole que le reembolsaría lo que se gastara.

Gemma usó su tarjeta de crédito, finalizó la compra y se acomodó en el sillón mientras echaba un vistazo a la estancia. Si Colin estuviera con ella, abriría el vino que tenía en el frigorífico y lo celebrarían. Pero no estaba. De hecho, llevaba días sin saber nada de él.

La llamó una hora después. La línea tenía mucho ruido y se oía mucho jaleo de fondo. Escuchaba hombres vociferando.

—¿Gemma? —dijo Colin, gritando—. Siento no haberte llamado, pero aquí no hay cobertura.

—¿Dónde estás? —Tuvo que repetir la pregunta en tres ocasiones hasta que la escuchó.

—Con los guardabosques —respondió también a gritos—. Hay un incendio. Toda la familia está aquí. ¿Te encuentras bien?

«¿Un incendio?», se preguntó al tiempo que se imaginaba la escena de un incendio forestal.

—¿Estás bien? ¿Puedo ayudar?

—Estoy bien. No, tú quédate ahí. Necesitan el teléfono. Volveré lo antes posible, ¿vale?

—Sí —respondió ella, y escuchó que la llamada se cortaba con un clic.

Se quedó inmóvil un instante. De modo que eso se sentía cuando el hombre del que se estaba enamorada formaba parte de las fuerzas de seguridad.

Se acercó al televisor y lo encendió. Tardó un poco en encontrar un canal local de noticias, pero, cuando lo hizo, vio el incendio, devorando árboles y destruyendo todo lo que encontraba a su paso.

Estuvo una hora viendo la tele, vio a las mujeres ofreciendo comida y bebida a los bomberos. Vio a la señora Frazier y a Rachel. Pero no vio a Colin.

Tuvo que hacer un gran esfuerzo para volver al trabajo, pero dejó la tele puesta en silencio. Cada vez que aparecían imágenes del incendio, subía el volumen.

Le costó muchísimo trabajo poder concentrarse en la investigación.

Mientras miraba la enorme cantidad de documentos que le rodeaba, trató de decidir por dónde empezar. Lo más lógico sería empezar por los más antiguos y avanzar. Sin embargo, Colin tenía razón al afirmar que lo importante era la historia de la Piedra de los Deseos. Aunque no se había percatado, había estado pensando en su tesis mientras trabajaba. «El origen de una leyenda familiar» era uno de los títulos que se le habían ocurrido. «Leyenda y realidad en una misma familia» era otro. «La didáctica de una leyenda.» Debía de haber pensado en cincuenta títulos distintos por lo menos, todos ellos centrados en la Piedra de los Deseos de los Frazier.

Al abrir el frigorífico y ver que la mayoría de la comida que Rachel había preparado ya había desaparecido, comprendió que necesitaba ir al supermercado. Además, quería enterarse de las noticias que los vecinos tuvieran del incendio.

Le echó un vistazo al reloj y vio que eran poco más de la cuatro. Si iba al pueblo, en el coche que todavía no había conducido, podría pasarse por la oficina de Colin y preguntar allí. Las llaves estaban junto a la puerta trasera y el Volvo, aparcado junto al porche. Era un coche bonito, con la tapicería de color azul oscuro. Antes de arrancar, pasó unos minutos familiarizándose con los controles.

Para ir a la casa de invitados había que pasar antes por la mansión. En ese momento, se percató del camino de gravilla que partía de la parte posterior de la casa de invitados, de modo que decidió enfilarlo. A la izquierda se encontraba la mansión Frazier, pero giró a la derecha y acabó en McDowell Avenue, que la llevaría directa al centro de Edilean.

Tras aparcar debajo de unos árboles al otro lado de la pequeña plaza ajardinada, salió del coche, lo cerró y echó un vistazo a su alrededor.

«Y ahora, ¿qué?», pensó. No sabía dónde estaba la oficina de Colin.

—¡Hola, Gemma! —la saludó alguien.

Al volverse, vio a una de las mujeres que había conocido en el supermercado. La niña que tanto ella como Colin habían cogido en brazos iba sentada en su cochecito. Se acercó a la chiquitina y le dijo:

—¿Cómo estás, Caitlyn?

La niña sonrió con alegría mientras Gemma trataba de recordar si sabía el nombre de la madre.

—Me han dicho que tienes una cita con el doctor Tris.

—Más o menos —replicó ella con cautela. Aunque tenía la impresión de que la cita era más amistosa que romántica, se mordió la lengua.

—Todas las solteras del pueblo han intentado salir con él. Así que dime, ¿cómo lo has conquistado?

Gemma no sabía exactamente cómo responder a aquella pregunta.

—No lo sé. Creo que su sobrina lo convenció de que me invitara a salir.

La mujer sonrió.

—Me lo creo. Adora a Nell. —La pequeña Caitlyn empezó a inquietarse—. Tengo que irme. A ver si quedamos algún día para almorzar.

—Sí, claro —replicó ella mientras la mujer se despedía agitando la mano.

Acto seguido, Gemma cruzó la calle en dirección a la plaza. Se detuvo bajo el enorme roble y miró a su alrededor.

Al otro lado de la calle había varias tiendas. Todas ellas cumplían alguna normativa para mantener el aspecto tradicional de las fachadas, de modo que sus rótulos eran casi invisibles. Vio una farmacia y varias tiendas monísimas que vendían juguetes, ropa infantil, equipaciones para practicar actividades al aire libre, una perfumería, una joyería llamada «Kim's» y una tienda llena de mapas y dibujos.

En la esquina de la calle vio un edificio con una puerta y un ventanal donde se podía leer DR. TRISTAN ALDREDGE, escrito con letras de color verde oscuro. A su lado se alzaba un edificio alto y estrecho de ladrillo en cuya puerta se leía: SHERIFF. Gemma alzó la vista y vio las pequeñas ventanas de la planta alta. Sonrió al recordar la descripción de Colin sobre su diminuto y apestoso apartamento.

Caminó hasta la oficina. Al abrir la puerta, escuchó una anticuada campanilla. En su interior encontró dos enormes mesas de roble, las mismas que se venían en las antiguas películas del Oeste protagonizadas por Henry Fonda.

Junto a la pared más alejada se encontraba una vitrina llena de rifles que parecían listos para usarse si alguien intentaba sacar al malo de la cárcel.

—Eres Gemma —dijo alguien a su derecha.

Se volvió y vio a una mujer muy alta de unos treinta años que llevaba la melena oscura recogida en un moño bajo. El uniforme marrón le sentaba de maravilla, ya que tenía una complexión atlética. El grueso cinturón negro que rodeaba su estrecha cintura tenía un sinfín de bolsillos y una funda donde llevaba un revólver.

—¡Ah! —exclamó Gemma, sorprendida al ver que la mujer la conocía—. ¿Colin...? —Guardó silencio y añadió—: YouTube.

—Exacto. Una hazaña heroica para una simple ciudadana.

—Fue idea de Tom, y Colin realizó todo el trabajo. Yo me limité a sujetar al niño.

La mujer la miró de arriba abajo.

—Ajá. Si quieres hacer ejercicio algún día, el gimnasio de

Mike está justamente al final de la calle. Por cierto, soy Rolanda. Roy.

—Me han hablado de ti. Colin dice que eres un hacha con los ordenadores.

—Eso dice, pero en realidad, cuando me quedo atascada con algo, él siempre sabe la solución. La verdad es que cree que halagándome logrará que haga cualquier cosa que requiera sentarse en una silla durante más de un cuarto de hora.

—¿Y funciona?

—A las mil maravillas —contestó Roy con una sonrisa—. Tenemos un acuerdo tácito. Yo dejo que me entierre con el papeleo y, a cambio, puedo traer a mi hijo a la oficina cuando la canguro me deja tirada.

Movida por la curiosidad, Gemma dijo:

—Y tu marido...

—Soy madre soltera. Me quería a mí y a su novia de toda la vida. Le dije que no.

—Era de esperar.

Se miraron con sendas sonrisas.

—¿Sabes algo del incendio? —preguntó Gemma.

—Está controlado. La familia debería regresar hoy mismo. Salvo el señor Frazier, que se quedará un poco más. Si algún vehículo sufre una avería, él es capaz de arreglarlo.

—¿Ah, sí? —Gemma sabía que su expresión la delataba. Había echado mucho de menos a Colin—. Es que estoy preocupada. Colin me dijo que allí no había cobertura.

En esa ocasión, fue Roy quien se sorprendió.

—¿Te ha llamado desde la zona del incendio?

—Una vez nada más. Desde entonces no he tenido noticias.

La sonrisa de Roy se ensanchó.

—Me han dicho que has quedado con el doctor Tris.

—Sí, vamos a ir a una barbacoa —contestó Gemma mientras pensaba en Colin—. ¿El incendio ha sido muy grave?

—Los hemos tenido peores —respondió Roy sin quitarle la vista de encima—. Colin no para de hablar de ti desde que te conoció.

—¿En serio?

—Ajá. —Roy la miraba con expresión un tanto pensativa—. Le gustas.

Gemma deseó no ponerse colorada para no delatarse.

—Somos amigos.

—Eso no es lo que se comenta por el pueblo.

Gemma pensó que lo mejor era no replicar al comentario.

—Es mejor que me vaya. Solo quería presentarme.

—Pásate por aquí cuando te apetezca. Y si tienes algún problema, llámanos.

—Vale. —Tenía la mano en el pomo de la puerta, pero se volvió—. ¿Qué ha pasado con Tara y sus flores? Dijo que alguien las había pisoteado.

—Sonambulismo.

—¿Cómo dices?

Roy sonrió.

—Colin lo averiguó, como es habitual. Es muy bueno resolviendo misterios. De todas formas, la convenció de poner cámaras de seguridad para asegurarse. Las grabaciones mostraban a Tara caminando sobre las flores, con los zapatos de su marido y totalmente dormida. El doctor Tris le ha recetado unas pastillas para dormir y ha aconsejado al marido de Tara que busque un trabajo que le permita pasar más tiempo en casa. —Guardó silencio—. Normalmente no hablo de los casos que estamos investigando, pero este está en boca de todos. La pobre Tara está abochornada.

—No me extraña. —Gemma titubeó—. Necesito hacerte una pregunta pero no sé cómo empezar.

La expresión de Roy se tornó seria, abandonando la sonrisa.

—Si alguien te está molestando...

—No, no es eso. ¿Hay algún supermercado que sea más... en fin, más barato que el que vende productos ecológicos?

Los ojos de Roy se iluminaron al sonreír.

—Tú compra allí. Te llevarás una sorpresa cuando vayas a pagar. Colin no ha comentado nada, pero creo que te llevó para dejarle claro a Ellie que eras una Frazier honoraria, de modo que te hiciera el descuento familiar.

—¿Aunque sea una residente temporal?

—Si estás con Colin, nos basta.

—Pensaba que ese privilegio estaba reservado para Jean.

Roy tardó un instante en replicar.

—¿No te parece que lleva los zapatos más bonitos que has visto en la vida? Hace dos años se rompió un tacón en una acera y desde entonces no he vuelto a verla por el pueblo.

Gemma se limitó a parpadear mientras ambas se miraban de forma elocuente. A Roy no le gustaba que Colin estuviera con Jean. Gemma sonrió, se despidió y salió de la oficina.

En vez de regresar a la casa de invitados, decidió dar un paseo por la plaza y echar un vistazo por las tiendas. Todas eran preciosas y estaban muy limpias. Al llegar a una esquina, vio un edificio muy grande con las puertas cerradas y las persianas echadas. Aunque habían borrado las letras del rótulo de las puertas de cristal, todavía se leía MODAS EDILEAN. Ese debía de ser el gimnasio del que le había hablado Colin. Si no le doliera tanto el costado, habría llamado a la puerta, pero no lo hizo.

Tras rodear la manzana sin entrar en ninguna de las tiendas, se subió al coche y enfiló McTern Road en dirección al supermercado de Ellie. Unas cuantas personas la saludaron con la mano, pero nadie la detuvo. Como sucedió la vez anterior, Ellie se encontraba tras el mostrador de la charcutería.

—Me han dicho que vas a ir con Tristan a la barbacoa de mi hija —comentó la mujer.

Gemma no quería hablar de ese tema.

—¿Es verdad que Mike asusta a la gente en el gimnasio?

Ellie sonrió.

—Si la gente se sienta en los bancos y habla demasiado, puede llegar a asustar bastante. Bueno, ¿vas a ir con Tris?

—Sí —contestó.

Había otras tres mujeres esperando su turno, y todas ellas la miraban como si quisieran preguntarle cómo había logrado que la invitara a salir.

Los ojos de Ellie la miraban con expresión traviesa.

—Dale besos a todos de mi parte, sobre todo a Tris y a Colin.

Al escuchar el segundo nombre, las mujeres se quedaron boquiabiertas. Parecía que tanto Tris como Colin eran los solteros de oro del pueblo.

—Aquí tienes —dijo Ellie mientras le daba un paquete blanco—. Pavo en lonchas. Asegúrate de coger mostaza. A Colin le gusta, aunque seguro que ya lo sabes.

Gemma se volvió con una sonrisa, pero la voz de Ellie hizo que se volviera de nuevo.

—Y a Tris le encantan los pepinillos. Es mejor que te lleves de los cuatro tipos que tenemos. Bueno, señoras, ¿qué les pongo?

Gemma se vio obligada a contener la risa mientras iba en busca de la mostaza y los pepinillos.

10

A la mañana siguiente, Colin volvió a llamar. La calidad de la señal era tan mala como la vez anterior.

—Mi madre y los demás ya se han ido —le dijo—. Te harán una visita pronto.

—¿Qué me dices de ti? —le gritó al teléfono—. ¿Cuándo vuelves?

—No lo sé. Tal vez en días. Estoy echando una mano con la limpieza. ¿Me echas de menos?

—Sí.

Se escuchó lo que parecía un golpe, y Colin tardó todo un minuto en hablar de nuevo.

—Tengo que dejarte, pero quería decirte que nadie ha resultado herido. Te veré cuando vuelva.

Gemma colgó y se acunó el teléfono contra el pecho un momento. El hecho de que la hubiera llamado cuando estaba tan ocupado la reconfortaba.

Esa misma tarde se sumió en la investigación. A medida que avanzaba, tenía que recordarse que estaba trazando la historia familiar. No tenía que ser tan precisa como en otras ocasiones. Era un trabajo que hacía para complacer a una familia o, más concretamente, para complacer a la señora Frazier.

En realidad, estaba racionalizando su decisión. No quería sumirse en la historia medieval, sino quedarse en el siglo XIX. Quería averiguar cosas sobre el retazo de carta que había leído.

¿Quién era Julian? ¿Quién era la mujer a quien no le había importado su muerte?

Había estudiado los árboles genealógicos de Jocelyn e incluso había intercambiado unos cuantos mensajes de correo electrónico con ella, pero no lograron encontrar a nadie llamado Julian.

Sin embargo, dieron con dos Tamsen. Una era una Aldredge y la otra era una Frazier. Si la guerra mencionada era la Guerra de Secesión, la autora tenía que ser Tamsen Frazier, ya que Tamsen Aldredge murió antes de que comenzara la guerra. Pero los nombres la llevaron a pensar en una conexión.

Le mandó un mensaje de correo electrónico a Jocelyn y le preguntó acerca de lo que sabía de las dos Tamsen, pero Joce le contestó que solo había encontrado fechas. No sabía si alguna de las mujeres se había casado o si había tenido hijos.

Joce escribió:

Los Aldredge tienen un historial de madres solteras. Todos nos burlamos de Tris por el tema. Y los Frazier y los Aldredge son amigos y se han casado entre sí desde la época en la que se fundó el pueblo.

A lo que Gemma contestó:

Lo de la amistad no parece que haya cambiado.

Y la respuesta de Joce fue:

En este pueblo nada cambia. Yo le he puesto Edilean a mi hija.

Varios mensajes más acabaron con Joce contándole que tanto ella como su familia asistirían a la barbacoa.

Todo el mundo quiere conocerte. Incluso Roy ha alabado lo que hiciste por ese niño, y eso que cree que casi todas las mujeres somos víctimas en potencia. Mis mejores amigas, Sara y

Tess, también irán. Las dos están embarazadas y hacen concursos a ver quién come más. De momento, gana Tess.

Gemma sonrió y le contestó diciéndole que estaba impaciente por conocerlos a todos, y después de eso volvió al trabajo. La señora Frazier se pasó por la casa de invitados, al volante de un utilitario rojo con una corona dorada pintada en el capó.

—Es lo que mi hijo Lanny considera una broma —explicó la mujer, pero no parecía molesta. Se quedó fascinada por todo lo que le contó Gemma, en especial por la Piedra de los Deseos—. ¿Hay que tener sangre Frazier? ¿Solo si se ha nacido en la familia se hacen realidad los deseos? —quiso saber.

—No lo sé —contestó Gemma, pasmada por la vehemencia de la mujer. Estuvo a punto de decirle que la historia de los poderes de la Piedra era una leyenda familiar, nada más, pero no lo hizo. Daba la sensación de que la señora Frazier tenía un deseo que quería ver cumplido. Aunque no entendía qué podía desear esa mujer que no tuviera ya.

—Sigue trabajando, querida —dijo la señora Frazier al tiempo que le daba una tarjeta de crédito—. Los cargos van a la misma cuenta que usa Rachel para las compras de la casa. Compra todo lo que necesites.

—¿Qué ha pasado con el incendio? —preguntó antes de que la mujer saliera corriendo.

—No ha sido muy grave —contestó la señora Frazier—. Ha habido muchos daños, pero no hay víctimas. Y lo mejor de todo es que ya está controlado.

—Colin me ha dicho que estaba ayudando con la limpieza.

La señora Frazier esbozó una sonrisilla.

—¿Te ha llamado mi hijo?

—Un par de veces —contestó Gemma, y deseó haberse mordido la lengua. Los Frazier adoraban a Jean.

—Qué bien —dijo la señora Frazier al tiempo que se subía a su coche. Seguía sonriendo mientras se alejaba.

Gemma no perdió tiempo en intentar comprender la sonrisilla enigmática de la mujer, sino que volvió al trabajo.

El señor Frazier se pasó para dejarle el cheque. Cuando Gemma se ofreció a contarle su investigación, el hombre puso cara de estar a punto de quedarse dormido. Pero cuando pronunció «Morgan», se despertó al instante.

—Fundada en 1909 por Henry Frederick Stanley Morgan en Malvern Link, Worcestershire. Le compré dos a su hijo Peter antes de que muriera hace unos años. Tengo encargado un Aero SuperSport.

Gemma puso los ojos como platos.

—¿No valen una for...?

—¡Chitón! —exclamó él—. Como se lo digas a Alea, te obligo a conducirlo.

—Se ha enterado de lo que disfruté en el Jeep de Colin, ¿verdad?

—Me he enterado de que te has montado con él en el coche y no gritaste. —La miró como para decirle que había hecho un buen trabajo. Mientras se subía a su coche, negro con franjas rojas en el capó, dijo—: Ah, por cierto, Lanny ha visto el vídeo en el que te subías a hombros de Colin y dice que se ha enamorado de ti.

—Isla se quedará destrozada —replicó Gemma, y el señor Frazier se echó a reír mientras se alejaba a toda velocidad.

Shamus fue a verla dos veces. Era un chico muy tranquilo que apenas abría la boca, pero Gemma estaba convencida de que veía muchas cosas. Durante su primera visita, comenzó a hablarle de lo poco que había descubierto acerca de sus antepasados, pero al igual que su padre, Shamus no parecía muy interesado.

Si sabía algo acerca de los chicos altos y deportistas era que siempre tenían hambre. Le dijo que se sentara en el sofá mientras le preparaba un sándwich. Llevaba consigo su sempiterna caja con los útiles de pintura y comenzó a dibujar mientras ella montaba un bocadillo con mucha carne y todo lo que pudo encontrar en el frigorífico. Como no tenía patatas fritas, cortó una zanahoria en bastones. Dejó el plato y un buen vaso de té helado en la mesita auxiliar, y volvió al trabajo.

Una hora más tarde, levantó la vista de su puesto, sentada como estaba en el suelo y rodeada de libros y documentos, y

Shamus se había trasladado al sillón, pero seguía dibujando. Volvió al trabajo sin prestarle atención. Y tras una hora más, él se levantó y se marchó sin decir nada, se limitó a despedirse con un movimiento de la mano.

Al día siguiente, Shamus apareció de nuevo. Le abrió la puerta al escuchar que llamaba, pero estaba leyendo unos documentos y no quería parar. Shamus pareció darse cuenta, ya que le indicó con un gesto de la mano que volviera a sentarse. Él fue a la cocina y, al cabo de unos minutos, dejó una bandeja con un sándwich y un vaso de té junto a ella. Lo miró con una sonrisa mientras Shamus se sentaba en el sillón con su propio sándwich. Cuando levantó la vista de nuevo, lo vio dibujando. No se enteró de cuándo se fue. Esa noche se encontró dos enormes cojines en la puerta de entrada, y estaba convencida de que fue Shamus quien los dejó allí. Agradecida, dejó uno en el suelo de la biblioteca y otro lo colocó junto a las estanterías.

En cuanto al resto de la familia, no vio a ningún otro miembro. Rachel se pasó para recoger los tarros de cristal y dejarle más «sobras». Dado que la cantidad que vio en los tarros parecía intacta, supo que lo había preparado todo expresamente para ella.

—Así que la Piedra de los Deseos, ¿no? —soltó Rachel sin rodeos.

—¿Has oído hablar de ella?

—La señora F no habla de otra cosa. Le preocupa que no funcione en su caso, así que obligó al señor F a que dijera tres veces «Deseo tener nietos». Estoy esperando que Lanny nos diga en cualquier momento que ha dejado embarazada a una chica.

—Ojalá no sea Isla —replicó Gemma, y las dos se echaron a reír.

Mientras Rachel se subía a su UTV, que era de color verde camuflaje, Gemma dijo:

—Llevo días sin tener noticias de Colin. No ha pasado nada malo en el lugar del incendio, ¿verdad?

—Nosotros tampoco tenemos noticias —contestó Rachel—. Pero Colin pilota un helicóptero, así que seguro que lo tienen muy ocupado. ¿Lo echas de menos?

—Es que... —Se interrumpió y meneó la cabeza—. Solo quiero saber que está bien.

—¿Cómo vas a elegir entre Colin y el doctor Tris?

—Tris solo es un amigo, nada más. Apenas lo conozco. Colin también es un amigo y tampoco lo conozco muy bien, pero... —Cuando Rachel empezó a sonreír, decidió cerrar la boca.

—La amistad es estupenda, ¿a que sí? —preguntó Rachel antes de marcharse pisando a fondo el acelerador.

¡Nadie la ayudaba a mantener las distancias con Colin!

Al día siguiente, Gemma se despertó a las cuatro de la madrugada y fue incapaz de dormirse de nuevo. Durante varios años había empezado el día con mucho ejercicio físico, y la falta de actividad la estaba poniendo nerviosa. A las cinco dejó de intentarlo y se levantó, se vistió y fue a la cocina para prepararse el desayuno. Aún no había amanecido, de modo que cuando escuchó que llamaban a la cristalera y vio lo que parecía un hombre con una máscara, dio un respingo. Tardó un momento en reconocer a Colin. Fue a la puerta, quitó el pestillo y la abrió.

—Me alegra saber que la habías cerrado —comentó él al entrar en la casa.

¡Tenía un aspecto espantoso! La «máscara» era en realidad ceniza y suciedad, una capa tan espesa que no podía verle la piel.

—Entra y siéntate. Pareces agotado.

—No. No quiero mancharte los muebles. He dejado a Pere y volvía a casa, pero he visto la luz encendida y me he preguntado si pasaba algo. ¿A qué huele?

—¡Ah! —exclamó ella, que regresó junto al fuego a toda prisa—. Es beicon de pavo.

Cuando lo miró de nuevo, vio la expresión hambrienta en los ojos de Colin.

—¿Cuánto tiempo llevas sin comer?

—No lo sé. Creo que la última vez fue ayer en algún momento. —Apoyó la mano en la puerta—. Tengo que volver a casa y...

—He cortado pimientos rojos y cebolla, y tengo queso y huevos. Preparo unas tortillas de rechupete. Y he comprado pan de siete cereales de Ellie. Es de hace unos días, pero si lo unto de mantequilla, ni te enterarás.

Se dio cuenta de que Colin estaba cediendo. Cuando le señaló la cocina con un gesto de la mano, él se dirigió a un taburete y se sentó. Gemma le sirvió un vaso de zumo de naranja que él se bebió del tirón. Una tostada bien untada de mantequilla lo mantuvo entretenido mientras ella batía cuatro huevos. Ya había cortado los pimientos y las cebollas, y lo había salteado todo con aceite. Preparó una tortilla con las verduras, a la que añadió queso, y se la dejó en un plato por delante.

Colin no habló hasta que acabó con la comida.

—¿Mejor? —preguntó cuando él levantó la vista.

—Mucho mejor —contestó Colin, que soltó un tremendo bostezo. Cuando intentó taparse la boca, se manchó la cara.

—¿Desde cuándo no duermes?

—Creo que desde hace tres días. —Hizo ademán de levantarse—. Gemma, eres un sol. Muchas gracias. Tengo que irme a casa para lavarme. Me pica todo el cuerpo. Y tengo que dormir.

Al ver que Colin daba un paso y se tambaleaba, se asustó de que tuviera que conducir. Le puso una mano en la espalda y lo acompañó hacia el dormitorio.

—La ducha está a la derecha. Tómate todo el tiempo que necesites.

—Necesito ropa... —comenzó él.

—Tengo un jersey tan grande que entraríais Shamus y tú a la vez, con unos pantalones de chándal a juego. ¡Vamos! En cuanto te hayas lavado, te llevaré a tu casa y así podrás dormir.

Colin le regaló una sonrisa torcida y sus blancos dientes resaltaron contra la suciedad de su cara.

—Diez minutos —dijo él.

Gemma lo vio salir de la cocina y, cuando escuchó el agua de la ducha correr, fue incapaz de reprimir el deseo que la asaltó. Colin, desnudo, a pocos metros de distancia. Batió un par de huevos para prepararse una tortilla, se la comió y después recogió la cocina. Cuando escuchó que se cerraba el grifo, se dio cuenta de que debería haber buscado la ropa antes y de que tendría que habérsela dejado a mano. Tal vez mientras se secaba, pudiera colarse en el dormitorio y buscar la ropa.

Se asomó al dormitorio y vio a Colin tumbado bocabajo en la cama, limpio, con una toalla enrollada a la cintura. Y estaba dormido como un tronco.

Dio un par de pasos hacia el armario, pero el cuerpo casi desnudo de Colin tumbado en su cama era imposible de pasar por alto.

El dormitorio estaba a oscuras, pero la luz de la cocina se colaba por la puerta, resaltando sus marcados músculos y confiriéndole un tono dorado a su piel, que aún estaba húmeda por la ducha. Se moría por acariciarlo.

Cerró los ojos un instante e inhaló su aroma. Era como si su imponente virilidad llenara la estancia. Podía olerla, sentirla, saborearla. La envolvía.

Cuando abrió los ojos, se encontró con que Colin la estaba observando, con los ojos entrecerrados... y con un deseo tan abrasador como el que ella sentía.

Colin le tendió la mano, instándola a que la aceptara.

Fue incapaz de resistirse cuando le tocó la palma con las puntas de los dedos, tras lo cual sintió cómo se la rodeaba.

Colin se puso de espaldas y tiró de ella, de modo que su mano libre quedó apoyada en su torso.

—Te deseo desde la primera vez que te vi —susurró él.

—Y yo a ti —replicó al tiempo que la abrazaba.

Cuando la besó en los labios, el beso fue todo lo que había soñado y más. En más de una ocasión le había mirado los labios, preguntándose a qué sabrían. En ese momento, Colin la besó en el cuello, de modo que echó la cabeza hacia atrás. Llevaba la ropa holgada con la que hacía deporte, pero desapareció en cuanto las enormes manos de Colin se colaron bajo la camiseta.

—Preciosa —murmuró él mientras le lamía un pecho.

En cuestión de segundos estaba desnuda, con los brazos abiertos. Colin se colocó encima de ella y jadeó al sentir su peso... ese peso tan maravilloso y masculino sobre ella. Le rodeó las caderas con las piernas cuando la penetró.

Todo acabó tras unas cuantas embestidas enérgicas.

—Gracias, nena —musitó Colin, que cayó sobre ella.

Al instante, Gemma sintió su suave respiración en el cuello. Se había quedado dormido.

Gemma se quedó tumbada un instante, insatisfecha a más no poder, pero la sensación del cuerpo de Colin contra el suyo era maravillosa.

Pasado un tiempo, supuso que debería levantarse, pero no iba a resultarle fácil quitárselo de encima. Lo empujó por un hombro, pero era como intentar mover una montaña.

—Colin —dijo en voz baja, pero él no se movió—. ¡Colin! —exclamó. Él siguió sin moverse.

Hizo todo lo posible por salir de debajo de su cuerpo, pero al intentarlo, sintió un dolor agudo en el costado.

—Genial —masculló—, se me han saltado los puntos.

Frustrada, le dio un codazo en las costillas. Emitiendo un gruñido, Colin rodó y se apartó de ella, pero le echó un brazo por la cintura, como si fuera su osito de peluche, y la pegó a su cuerpo.

—Vamos, Jean —dijo él—. Déjame dormir. —Volvió la cabeza para no mirarla.

Dejó de moverse al escucharlo.

—Soy Gemma —replicó con voz clara y bastante alta.

—Ah, Gemma —dijo Colin—. Lista y valiente.

Si hubiera escuchado esas palabras una hora antes, se habría sentido muy complacida; pero en ese instante, estaban los dos desnudos después de un polvo rápido y él la había llamado «Jean», que era lo peor posible.

Aunque le costó, consiguió zafarse de su brazo y levantarse de la cama. Se quedó junto al colchón, mirándolo, y se sintió asqueada al haber permitido que el deseo se impusiera a su sentido común. Sabía que era la única de su grupo de conocidas que nunca había tenido un rollo de una noche. Una de sus amigas decía que era la única manera de enfocar el asunto: «Sin complicaciones. Entras, lo haces y te vas», era su credo.

Sin embargo, a Gemma nunca le había gustado. Tal vez porque parecía vivir en un mundo histórico, pero creía que el sexo debería significar algo más que la satisfacción física.

Ese día había roto sus propias reglas. Había permitido que la lujuria aplastara su sentido común.

Dejó de darle vueltas al asunto cuando sintió algo cálido en el costado. Dada la penumbra que reinaba en la estancia, no veía lo que era, pero cuando se tocó el vendaje, lo encontró húmedo. ¡Joder! Se había reabierto la herida.

Mientras entraba en el cuarto de baño, solo estaba segura de que tenía que salir de la casa de invitados enseguida. Se vistió a toda prisa, sin prestarle atención a lo que se ponía, cogió el bolso y las llaves del coche, y salió. Una vez en el coche, no supo adónde dirigirse, pero le pareció lógico ir a la consulta del médico para que le mirase el costado.

Cuando llegó a la consulta de Tris, aún era muy temprano y no había nadie en la calle. «¿Y ahora qué?», se preguntó. ¿Se quedaba sentada en el coche a la espera de que abrieran las tiendas?

Cuando alguien golpeó la ventanilla del coche, soltó un gritito. Inclinada hacia ella, estaba la apuesta cara de Tris, con una taza de café caliente en la mano. Bajó la ventanilla.

—¿Sigues bien? —le preguntó Tris.

—Me sangra el costado.

—Entra para que te eche un vistazo.

Tris abrió la puerta del coche y la cogió del brazo al ver que ella se tambaleaba al salir. Al cabo de unos minutos estaba en la camilla, con la camiseta enrollada, y él le había quitado el vendaje.

—Está bien —le aseguró él—. No es sangre y se está cerrando bien. Parece que la venda se ha mojado. ¿Te has duchado o te has dado un baño esta mañana?

—Esto... —empezó Gemma, y tuvo que contener las lágrimas.

—¿Ha pasado algo? —preguntó Tris—. ¿Gemma? —Retrocedió un paso—. Voy a llamar a Colin.

—¡No! —exclamó ella.

Tris se detuvo.

—De acuerdo. Nada de Colin. ¿Y un poco de whisky?

Gemma consiguió esbozar una sonrisa torcida.

—Gracias, pero no.

Cuando hizo ademán de bajarse de la camilla, Tris la ayudó y no le soltó la mano. La condujo a un enorme sillón y la instó a sentarse. A continuación, colocó una silla delante de ella.

—Vale, ahora dime por qué te has cabreado con nuestro ilustre sheriff.

—Yo... —titubeó, pero la expresión tan sincera del apuesto rostro de Tris hizo que se desahogara con él. Tardó apenas unos minutos en contárselo todo. Le contó los días que había pasado con Colin y lo mucho que le gustaba—. Me enseñó la casa que se ha comprado antes de que nadie más se enterase. Cuando se marchó para sofocar el incendio, me llamó desde allí. Empezaba a creer que había algo entre nosotros, pero ahora va y me llama Jean. Y todo el mundo habla de ellos como si estuvieran a punto de casarse, pero Colin nunca la menciona... salvo para decir que va a ayudarlo a comprar muebles. —Se cubrió la cara con las manos—. No sé qué está pasando. ¡Y ahora esto!

Le contó por encima el breve encuentro sexual con Colin.

Para su consternación, Tristan sonrió.

—¡Estupendo! —exclamó él.

—¿Estupendo? —Empezaba a cabrearse—. ¡No lo entiendes! La señora Frazier despachó a una de las aspirantes al puesto porque se acostó con Lanny. Si se entera de lo que he hecho, me despedirá, y acabo de empezar a trabajar y...

—Conozco a Alea Frazier desde siempre, y también a Lanny, por cierto. Colin me contó que su madre te había contratado porque te interesaba la investigación. Además, si tuviera que tomar decisiones por todas las mujeres con las que Lanny se ha acostado, medio condado acabaría borrado del mapa. —Se sacó el móvil del bolsillo—. Voy a llamar a Rachel para que saque a Colin de tu casa, luego tú y yo vamos a ir a desayunar.

—Ya lo he hecho.

—En ese caso, puedes comerte algo con mucha azúcar. O, mejor todavía, algo con chocolate.

La simple idea hizo que se sintiera mejor.

—Eres un amigo estupendo —dijo, y se quedó de piedra—. No quería decir que...

Tris levantó una mano.

—No pasa nada. La última mujer con la que mantuve una relación me dijo que era un «homosexual latente» porque no quería casarme con ella.

—Lo diría para salvaguardar su ego.

—Pues el mío lo dejó por los suelos —replicó él, antes de hablar por teléfono—. ¿Rachel? Espero no haberte despertado, pero Gemma y yo necesitamos tu ayuda. —Se fue a la sala de espera para terminar la llamada.

Veinte minutos después, Gemma estaba sentada en una de las mesas del supermercado de Ellie, enfrente de Tristan. La tienda todavía no estaba abierta, de modo que Tris la había hecho entrar por la puerta trasera. A su alrededor, los empleados estaban muy atareados reponiendo productos. Ellie estaba muy ocupada para atenderlos, pero al parecer el hecho de que Tris estuviera allí tan temprano era algo habitual, ya que sabía dónde estaba todo lo que necesitaba.

Gemma tenía delante un plato con un dulce de chocolate, bañado también en chocolate, y una taza con una mezcla tan espesa que casi era chocolate puro. Tras dar cuatro bocados enormes y dos buenos sorbos, se sintió mejor.

—Eres un buen médico —murmuró con la boca llena.

—Descubrí la relación entre el chocolate y las mujeres durante mi primer año de Medicina. Nunca me ha fallado.

Tris estaba comiéndose un burrito con huevos que suponía que Ellie le había preparado expresamente para él. Gemma se dio cuenta de que todas las trabajadoras que pasaban cerca se aseguraban de que Tris las viera. Y ella había recibido unas cuantas miradas muy intensas, como si se preguntaran qué tenía de especial para que estuviera con él.

—No creo que haga falta el chocolate para que tengas éxito con las mujeres.

Con una expresión tímida, Tris clavó la mirada en su plato.

—Bueno, Gemma, ¿qué método anticonceptivo usas?

Dejó de masticar, hizo una pausa, empezó de nuevo y tragó.

—Esto... se me han acabado.

—Y no se te ha ocurrido comprar más —replicó Tris.

Gemma comió un poco más.

—La cosa ha sido tan rápida que no ha dado tiempo a sacar nada.

—Hablas como una adolescente —dijo Tris.

—No pasa nada —le aseguró Gemma—. He hecho estudios suficientes con mis chicos como para saber cuándo es el momento idóneo del mes. Que no lo es ahora.

—Vale —dijo Tris, que se quedó callado un momento—. Háblame de tu investigación.

—En resumen, he intentado ampliar el árbol genealógico de Joce. Es amiga de... —Se interrumpió—. Se me ha olvidado con quién estoy hablando. Seguro que conoces a Jocelyn.

—Ayudé a traer al mundo a sus gemelos.

—En ese caso sabes mucho más de ella de lo que yo querría saber —dijo Gemma, arrancándole una carcajada—. No he avanzado tanto como me habría gustado.

—¿Los Frazier te están volviendo loca?

No creía que hiciera falta decir más acerca de Colin y de ella. Ya se había ido de la lengua.

—La familia me visita muy a menudo.

—¿Con ropa o sin ella? —preguntó Tris.

—Es demasiado pronto para reírme del asunto —replicó Gemma, pero sonrió.

—¿Quieres más chocolate?

—No, ya he tenido suficiente. Será mejor que vuelva al trabajo... si Rachel ha tenido tiempo de llevarse a Colin, claro.

—Por supuesto —dijo Tris, pero tenía la cabeza agachada y no hizo ademán de moverse.

Gemma lo miró.

—¿Querías decirme o preguntarme algo?

—La Piedra de los Deseos —contestó—. ¿Has encontrado algo más al respecto?

—No, y he estado buscando referencias. ¿Te ha hablado Colin de ella?

—Sí. —La miró a los ojos—. ¿Te importa si te cuento algo?

—Me encantará escuchar cualquier cosa que me distraiga de mis problemas.

—Colin y yo desayunamos juntos el día que se fue para sofocar el incendio y me habló de la Piedra de los Deseos. Nos echamos unas risas. Esa noche se lo conté a mi hermana y a mi sobrina. Lo hice para entretenerlas, pero Nell se creyó a pies juntillas lo que le dije y se alteró mucho. Dijo que era Frazier en parte y que lo que más deseaba de todo corazón era que su padre volviera a casa y que pudieran quedarse en Edilean. Nos obligó a Addy y a mí a ponernos en pie y a repetir su deseo tres veces. Dijo que quería asegurarse de que la Piedra de los Deseos nos escuchaba.

Cuando se quedó callado, Gemma esperó. Parecía querer decirle algo más.

—Anoche, Addy recibió una llamada informándola de que habían disparado a su marido en Irak y de que...

—¡Ay!

—No, no pasa nada. Está bien, o se pondrá bien. Lo han trasladado a un hospital en Miami. Mis padres viven en Sarasota, así que fueron corriendo a verlo. Jake se pondrá bien, pero la herida es lo bastante grave como para que lo licencien. Volverá a casa para siempre en un mes.

—Es maravilloso —dijo Gemma.

—Hay más. Antes de que Jake se alistara, era un mecánico de primera y tenía un buen trabajo en Detroit. El dueño del taller donde trabajaba le dijo que, cuando volviera, el trabajo lo estaría esperando. —La miró—. A la mañana siguiente de que Nell pidiera su deseo, nos enteramos de que el taller al que iba a volver Jake había saltado por los aires. Era de noche, de modo que nadie resultó herido, pero Jake ya no tiene un trabajo al que volver.

Gemma se echó hacia atrás y lo miró a la cara.

—¿Qué más?

—El mismo día que nos enteramos de la explosión en Detroit, el mecánico jefe del señor Frazier, que dirige sus talleres a las afueras de Edilean, le comunicó que pensaba mudarse a California dentro de cuatro meses, para estar más cerca de la familia de su esposa. El señor Frazier me llamó para decirme que el puesto era de Jake si lo quería. Eso pasó hace unos cuantos días, y anoche nos enteramos de la herida de Jake. Es como si el deseo de Nell se hubiera cumplido, porque todo ha pasado en menos de una semana, después de que ella pidiera el deseo.

—Sabes que es una coincidencia, ¿verdad? —dijo Gemma.

—Estaba convencido, pero hoy... —La miró fijamente.

—¿Te refieres a mí?

Tris asintió con la cabeza.

—Sí. Rachel me ha contado que...

Gemma se quedó sin aliento.

—Que la señora Frazier obligó a su marido a desear tener nietos.

—Eso es.

Gemma tragó saliva.

—Pero ¿no podrían ser de Jean?

—Colin se niega a contarme qué pasa con ella, pero ¿y si siguen juntos? —Hablaba con rabia—. ¿Ella irá y vendrá desde Richmond?

—He visto que hay un bufete de abogados en el pueblo. Tal vez podría...

—¿Entrar en MAW? Es el bufete de McDowell, Aldredge y Welsch. Mi primo es uno de los socios, y te aseguro que jamás dejarían que una forastera entrara.

—Pero sería la mujer de Colin. Sería del pueblo —protestó Gemma, aunque le dolió pronunciar esas palabras.

—No sucederá —le aseguró Tris.

Gemma recorrió el borde del plato con un dedo para rebañar los restos de chocolate antes de llevarse el dedo a la boca.

—¿Desde cuándo te cae mal Jean?

—Desde que me acarició el muslo en una fiesta.

—¿Se lo dijiste a Colin?

—Lo intenté, pero no quiso escucharme.

Gemma pensó en lo que le había contado.

—Mira, estoy segura de que lo de la Piedra de los Deseos no es más que una leyenda familiar. De ser cierto, los Frazier habrían visto cumplidos sus deseos durante siglos, pero me he dado cuenta de que no es verdad. ¿O sí?

Tris esbozó una sonrisilla.

—No. Si por la señora Frazier fuera, su hija jamás habría estudiado Medicina. Su deseo habría sido que Ariel se quedara en Edilean, se casara y tuviera seis hijos a estas alturas. Y si el señor Frazier se hubiera salido con la suya, todos sus hijos serían unos fanáticos de los coches y querrían ocuparse del negocio familiar.

—Pues menos mal que no hay nada que conceda esos deseos, ¿verdad? —preguntó Gemma—. Los deseos de uno entrarían en conflicto con los deseos de otro.

—Por no mencionar que la gente se enfadaría y podría desearle algo malo a otra persona —comentó Tris.

Gemma lo miró.

—¿Qué me dices de ti? Si Nell es una Frazier en parte, tú también. Si pudieras pedir un deseo, ¿cuál sería?

—Yo... —Se echó hacia atrás, sin muchas ganas de añadir nada más.

—Yo te he contado la estupidez que he cometido con Colin, así que puedes contarme tus secretos.

—Sí, pero yo soy médico. Estoy acostumbrado a escuchar los secretos de la gente.

—Y yo soy historiadora. Estoy acostumbrada a descubrir secretos de doscientos años de antigüedad.

Tris sonrió al escucharla.

—Vale. La estoy buscando.

—¿A quién?

—A la mujer por la que se han escrito tantas canciones y tantos libros. Mi hermana dice que soy un romántico, pero creo que la reconoceré cuando la vea. —Inspiró hondo—. Y quiero gustarle por ser quien soy, no por lo que hago o por el aspecto que tengo. —Bajó la vista al plato un momento antes de mirarla de nuevo—. A lo mejor la Piedra de los Deseos funciona para mi hermana, pero no para mí.

—Es imposible, por supuesto, pero me pregunto qué podría haber activado la Piedra después de tantos años.

—Tú. Tal vez descubriste algo en esos documentos. Tal vez la Piedra se encuentra en alguna parte aunque tú no la hayas visto.

—Es imposible —le aseguró—. He revisado todas las cajas. Solo había documentos y algunas pertenencias sentimentales.

—¿Como qué?

—Cintas, camafeos con mechones de pelo... los recuerdos victorianos habituales.

Tris se limitó a mirarla fijamente.

—No creo en la magia —explicó ella—. Y habría dicho que tú, como hombre de ciencia, tampoco creerías en ella.

—No suelo creer, pero desde que Nell insistió en pedir su deseo, todo se ha puesto patas arriba. Anoche no me acosté siquiera, y hoy voy a llevar a Nell y a Addy al aeropuerto. —Se pasó una mano por la cara—. He pasado por la consulta tan temprano para dejar preparadas unas cuantas recetas antes de irme. Estaba pensando en la vuelta de Jake y después apareciste tú, con tu historia sobre Colin, y... —Enarcó las cejas—. Creo que necesito dormir un poco.

—Estoy de acuerdo —dijo Gemma. Al ver a un cliente, se dio cuenta de que la tienda ya había abierto—. Si eres como Colin, será mejor que salgas de aquí antes de que la gente te pida que le eches un vistazo a sus verrugas.

Se pusieron en pie, recogieron las servilletas y las echaron en la papelera.

Tris le puso una mano en el hombro.

—Gracias, Gemma. Necesitabas hablar conmigo, pero al final he sido yo quien se ha desahogado.

—Ha sido un placer. Echo de menos a mis amigos de la universidad. —Se frotó un brazo—. Y, sobre todo, echo de menos ejercitarme con los chicos.

—Ah, claro. De ahí el cuerpazo que tiene babeando a medio internet.

—No te pases —replicó con una carcajada.

—Conocerás a Mike en la barbacoa. Es un cachas, así que podéis... hacer lo que sea que hace la gente en los gimnasios.

—Supongo que tú naciste con esos pectorales y que en la vida has visto una mancuerna. —Se dirigían a la parte trasera de la tienda.

—Me paso por allí de vez en cuando —explicó él al llegar a

la rampa del muelle de carga y descarga—. Empiezo a entender la fascinación de Colin.

—¿Por eso me llamó Jean?

Tris no se echó a reír.

—¿Qué vas a hacer cuando lo veas de nuevo?

—Me comportaré como si nada. Como si no hubiera sido nada del otro mundo... que no lo fue.

—Creo que te va a costar más de lo que piensas —repuso Tris—. Mira, si tienes algún síntoma de... bueno, ya sabes, ¿me lo dirás?

—Apareceré hecha un mar de lágrimas en tu puerta. —Llegaron al coche de Tris—. Hoy voy a ponerme de lleno con la investigación acerca de la Piedra de los Deseos.

—Mantenme informado de eso también —dijo él al tiempo que se metía en el coche.

—Descuida. —Sacó la BlackBerry del bolso—. Dame tu dirección de correo electrónico y así te lo iré contando a medida que vaya descubriendo cosas.

Con una sonrisa, Tris le dio la dirección... y le hizo una receta para píldoras anticonceptivas.

A lo largo de la siguiente semana, a Gemma le costó concentrarse en el trabajo. Estuvo leyendo una hora mientras tomaba notas e intentaba encajar todo lo que estaba descubriendo con las piezas que ya conocía. Sin embargo, terminó esa hora con la vista perdida, pensando en Colin. No dejaba de darle vueltas a todos los momentos que habían pasado juntos, a todas las cosas que se habían dicho y a los escasos minutos que habían pasado en la cama. Encontró excusas para que la llamara Jean. Le había preguntado a Rachel y esta le había dicho que Jean y Colin llevaban juntos desde que él se licenció en la universidad. De modo que era normal que cometiera un error, ya que llevaban juntos mucho tiempo; además, Colin estaba muy cansado esa mañana.

Desde el primer día, pensó en asegurarle a Colin que lo sucedido entre ellos no significaba «nada» y que no se repetiría. De hecho, preparó sus palabras con la precisión de un discurso de ceremonia de graduación.

Sin embargo, Colin no apareció, de modo que no pudo decirle nada. Tampoco la llamó ni le mandó un mensaje de texto. ¿Se sentía culpable?, se preguntó. ¿Estaba torturándose porque no sabía cómo decirle que sentía lo que había hecho? ¿Estaba preparando con tanto cuidado su discurso como ella estaba preparando su defensa?

Día tras día, se imaginaba un nuevo escenario, en el que Colin le confesaba a Jean lo que habían hecho, o tal vez se callaría que le había sido infiel. ¿Seguirían juntos? ¿Romperían?

Gemma se preocupaba a todas horas por su trabajo, consciente de que podrían quitárselo. Perder un trabajo perfecto, ¿por qué? ¿Por un revolcón con un hombre que tenía una novia formal? ¡No merecía la pena!

Claro que si Colin rompía con Jean...

Cuando Tris fue a recogerla para ir a la barbacoa, había experimentado tantas emociones que ya no tenía la menor idea de cómo iba a reaccionar cuando viera a Colin. De modo que se limitó a desear que no estuviera presente para no tener que enfrentarse a él.

11

Tris recogió a Gemma a las once. Lo primero que le preguntó fue si Colin iría a la barbacoa. Esperaba que no, pero en el caso de que apareciera, ya tenía listo el discurso con el que pensaba explicarle por qué se había acostado con él.

—No creo... —contestó Tris—, pero si aparece, es muy posible que lo haga con Jean. —La miró de reojo mientras conducía—. ¿Nos daréis el gusto a los hombres de ver una pelea de chicas?

—¡Que te lo has creído! ¿Cómo está tu cuñado?

—Mejor —respondió él con una sonrisa—. Mi padre es médico, aunque está jubilado, y dice que las heridas de Jake están sanando perfectamente, de modo que el diagnóstico es favorable y su recuperación será completa.

—¿Y Nell?

—Es la niña más feliz del mundo. Addy me ha dicho que anoche tuvieron que llevársela de al lado de Jake a rastras. ¿Cómo vas tú con el deseo de la señora Frazier? —Le miró el abdomen, que seguía plano.

—Estoy convencida de que todavía crees en el Ratoncito Pérez. ¿La Granja de Merlin es tan espectacular como aseguran en la web?

—Tendrás que verlo con tus propios ojos. Pero habla con Sara. Está muy puesta en la historia de la granja.

—¿Habrá mucha gente?

—Doce o trece humanos y el señor Lang. Es único en su especie.

—Parece interesante —comentó ella—. Me gustaría saber más cosas sobre la investigación del FBI y todo eso.

—Cayeron sobre el pueblo como una nube de langostas. Además del servicio secreto. Pregúntale a Mike. Él te lo contará todo. O a lo mejor no. Le encanta guardar secretos. Pregúntale a Sara.

Tris giró al llegar a un camino y ante ellos apareció lo que Gemma supo que era un edificio muy antiguo. Solo el paso de los años podía darle ese aspecto tan particular a las paredes y al tejado. En muchas ocasiones había pagado la entrada para visitar casas como la que tenía delante.

—¡Oooh! —exclamó, con los ojos como platos.

—Sara y tú congeniaréis de inmediato —afirmó Tris mientras aparcaba frente a la casa y tocaba el claxon.

La puerta principal se abrió y salió una mujer muy guapa.

—Tris, como despiertes a los niños, eres hombre muerto... —dijo.

—Ponles un poco de whisky en los biberones y volverán a dormirse —replicó mientras rodeaba el vehículo para abrir el maletero.

—Se lo diré a la Liga de la Leche y ya verás lo que es bueno —lo amenazó la mujer mientras se volvía hacia Gemma—. Soy Joce y creo que he encontrado a Julian.

—Eso es genial —replicó Gemma—. ¿Has traído algún documento?

—Solo son un par de frases y me las sé de memoria. —Ambas caminaron hacia la casa.

—¡Oye! —gritó Tris—. He traído un montón de cosas y necesito ayuda para llevarlas.

—Después del claxon y del comentario del whisky, ninguna mujer va a ayudarte. A lo mejor te mando a Luke —dijo Joce mientras abría la puerta.

La siguiente hora se le pasó a Gemma volando. Conoció gente de la que había oído hablar desde que llegó a Edilean y no le resultó fácil unir los nombres a las caras.

Tess era una chica guapísima y embarazadísima que se había casado con un abogado alto y guapo llamado Ramsey McDowell.

Sara Newland poseía una belleza que le recordaba a las madonas de Raphael. Aunque todos los demás llevaban vaqueros, Sara había elegido un top blanco de encaje y una falda de lino azul. También estaba embarazada.

Tris apareció por el pasillo con los brazos cargados de bolsas de hielo, y Gemma le dijo al oído:

—Parece que esta gente no necesita magia para engendrar bebés.

—No son Frazier —le recordó Tris.

Cuando Gemma alzó la vista, se percató de que Tess la estaba mirando. Había algo desconcertante en ella.

—Creí que ibas detrás de Colin —le comentó la chica con un deje desafiante en la voz.

Gemma enderezó los hombros.

—Colin es el hijo de mi jefa y se ha limitado a enseñarme el pueblo. Nada más.

—¡Tess! —exclamó Sara—. No seas estúpida. Gemma, ¿te gustaría ver el resto de la casa?

—Me encantaría... —Agradecida, le dio la espalda a Tess. Tan pronto como se alejaron de ella, dijo—: Por favor, dime que no es eso lo que piensa el pueblo entero, que voy detrás de Colin.

—Creo que eso es lo que espera todo el mundo. Es nuestro amigo y protector, pero lleva una vida muy solitaria en el ámbito personal. Jean apenas viene por aquí, y cuando cortaron, hace ya unos años, todos nos alegramos mucho.

—Pero han vuelto, ¿verdad?

—Sí, eso parece. No sé exactamente en qué punto están —añadió Sara—. El caso es que no se han casado y que de momento no hay anillo de compromiso. Esta es la cocina. La hemos renovado por completo.

Gemma no tenía interés alguno por las cocinas, renovadas o no. Lo que le preocupaba eran los cotilleos del pueblo, de los que no quería formar parte.

—No voy detrás de él ni de nadie —le aseguró—. Estoy aquí para trabajar y punto.

Sara la guio por la escalera en dirección a la planta alta.

—Creo que deberías saber que has causado un gran revuelo en el pueblo. Se te ha visto con dos solteros, Colin y Tris. Este es el dormitorio principal.

Gemma echó un vistazo y miró con atención la enorme cama con dosel que era muy antigua, como el resto de los muebles de la estancia. El dosel estaba confeccionado con damasco azul y rojo, el mismo diseño que había visto en Mount Vernon, la casa donde vivió George Washington.

—¿Es el mismo estilo que el de Martha Washington?

—He intentado mantenerme lo más fiel posible al original —respondió Sara, sonriendo—. Desde esa ventana se ve el jardín delantero.

Gemma miró y descubrió una amplia zona dividida en cuadrados y rectángulos delimitados por setos. En cada uno de ellos había flores y un árbol ornamental en el centro. En dos había tulipanes rojos. En uno, tulipanes amarillos. A lo lejos distinguió una huerta cuyos árboles estaban en flor.

—Es divino y muy... fiel al original —añadió, felicitándola por el jardín, que era una reproducción muy exacta de un jardín formal del siglo XVIII.

—Gracias —replicó Sara con sinceridad—. Aunque ahora no lo parece, hemos pasado todo el invierno con excavadoras y con un equipo de cincuenta trabajadores. Hemos plantado cien árboles frutales y seiscientos arbustos. En cuanto a los bulbos y a las plantas anuales, he perdido la cuenta.

—No la animes o te dirá los nombres científicos de todas las plantas que hemos sembrado —dijo una voz ronca desde el vano de la puerta.

Al volverse, Gemma vio a un hombre que le resultó familiar. Más que nada porque se movía como los atletas con los que estaba acostumbrada a tratar. Lo rodeaba un aura de seguridad en sí mismo quizá procedente de tener la certeza de que podía controlar físicamente cualquier cosa que se le presentara por delante.

—Hola —lo saludó Gemma y sonrió—. Debes de ser Mike. —Le tendió la mano a fin de que él se la estrechara.

Sin embargo, él no lo hizo. Lo que hizo fue cerrar el puño y amagar como si quisiera asestarle un puñetazo en la cabeza.

—¡Mike! —exclamó Sara.

Los años de entrenamiento hicieron que Gemma reaccionara por instinto. Tras esquivar el puñetazo, se colocó de costado y levantó las manos para protegerse la cara.

Mike le lanzó otro con la izquierda, ella lo esquivó también y, mientras lo hacía, intentó golpearlo en las costillas. Por supuesto él la bloqueó, tal como Gemma suponía que pasaría.

Mike sonrió y le tendió una mano.

—Encantado de conocerte, Gemma.

—Es un placer —replicó ella.

Tras ellos Sara gimió.

—Es evidente que vais a ser grandes amigos.

Mike se sacó una llave del bolsillo, sujeta por un llavero con forma de flamenco.

—Fue idea de Sara —explicó él—, pero es la llave de mi gimnasio. Pásate cuando quieras.

—Gracias —replicó—. Sufrí una herida en el costado y no he podido hacer ejercicio desde que llegué.

—¿Cómo va la herida?

—Aún está roja, pero ya ha sanado por completo —contestó.

—¿Crees que podrás boxear un poco?

—Claro —respondió.

Sabía que los verdaderos atletas no se quejaban. Si lo hacía, alguien se burlaría de ella.

—Todos vimos cómo cogiste a ese niño subida en los hombros de Colin. —Mike la miraba con un brillo alegre en los ojos—. En la feria del año pasado hice lo mismo con él, pero con la diferencia de que estuvo bailando mientras me sujetaba los tobillos.

—Como si fuera un oso de circo —comentó Gemma.

—¡Exacto! Baja y te prepararé algo para beber. ¿Tomas algún suplemento?

—Aceite de pescado, Bio-E, Adren-All. Lo normal.

—Michael —terció Sara—, ¿debo ponerme celosa?

Gemma se apartó de Mike.

—Lo siento, yo...

—Pues sí, desde luego —respondió él—. La única forma de recuperarme es ir todas las mañanas conmigo al gimnasio.

Sara pasó entre ellos y abandonó la habitación.

—En ese caso, espero que os lo paséis genial. Podrás visitar a tu hijo los fines de semana alternos. —Bajó la escalera.

—No está enfadada, ¿verdad? —quiso saber Gemma.

—En absoluto. —Mike le pasó un brazo por los hombros y ella supo que estaba comprobando su deltoides.

—Está blando —dijo Gemma.

—Como si fuera plastilina. Si quieres, esta tarde...

—Genial —replicó con una sonrisa antes de bajar la escalera.

En la cocina, Mike le dio un vaso de zumo.

—Nada de gas ni de azúcar.

—Ni de sabor... —añadió Tess.

—¿Has conocido ya a mi hermana? —le preguntó Mike.

Gemma los miró y, aunque tardó un momento, acabó percatándose del parecido entre ambos.

—Tris te está buscando —dijo Tess—. ¿Estáis juntos? ¿Ya le has dado la patada a Colin?

Mike miró a su hermana.

—Será mejor que la dejes tranquila. No tendrá problemas para darte una tunda.

—Creo que voy a buscar a Tris —dijo Gemma mientras abandonaba la cocina.

Cuando salió, vio más zona ajardinada, más árboles y más césped. Además, había otros edificios antiguos que supo que formaron parte de una antigua plantación. Una enorme barbacoa de acero inoxidable se emplazaba a la sombra de un árbol. Tris estaba al lado, hablando con un hombre alto y guapo que sostenía unas pinzas.

—¡Eh! —la llamó Tris al verla—. Ven a conocer a Luke.

—Es el escritor del que nunca has oído hablar —terció una voz desde su derecha.

No tenía que volverse para saber que era Colin. Sin embargo, se volvió. De la misma manera que necesitaba respirar, tenía que saber cómo se sentía después de lo que había pasado entre ellos.

Bastó una mirada para que supiera que él no recordaba nada de lo sucedido. Le sonrió como si fuera su hermana, con cariño e incluso con afán protector, pero no fue la mirada de un hombre interesado en ella.

Aunque había imaginado un sinfín de cosas durante la semana transcurrida, no se le había pasado por la cabeza que Colin no recordara lo que había pasado. La invadió una ira arrolladora que le resultó novedosa. Jamás había sentido nada parecido. Pero estaba decidida a disimular. Respiró hondo varias veces y miró de nuevo a Luke.

—La verdad —dijo mientras volvía el cuerpo para que Colin quedara fuera de su campo de visión— es que me he leído tu primer libro. —Se acercó a Luke y le tendió la mano—. Me ha encantado. Hiciste una investigación magnífica.

—Un par de chicos de la universidad revisaron los manuscritos. Unos perfeccionistas. Si me equivocaba al describir aunque fuera la hebilla de un zapato, me lo decían.

—¿Has conocido a Mike? —le preguntó Tris.

—Me ha saludado lanzándome un puñetazo a la cabeza.

Luke pareció preocupado, pero Tris se echó a reír.

—¿Y cómo reaccionaste?

—Agachándome, por supuesto. Después, le lancé un gancho de izquierda —añadió, haciendo una demostración.

Colin observó la conversación desde lejos, excluido del trío como si no estuviera presente.

Gemma le dio la espalda en todo momento ya que tenía la vista clavada en la barbacoa.

—¿Qué estáis cocinando?

Luke miró a Colin por encima de Gemma. Parecía sorprendido al ver que ella le estaba dando la espalda.

—Todavía nada —contestó Luke—. Pero Mike ha pedido los productos más ecológicos de entre todos los que vende Ellie. ¿La conoces ya?

Antes de que Gemma pudiera contestar, Colin se acercó.

—Sí, yo se la presenté.

Gemma no podía ni mirarlo.

—El otro día Tris y yo desayunamos en su tienda. Me preparó una bebida de chocolate espectacular.

La renuencia de Gemma a incluir a Colin en la conversación era tan evidente que Luke pasó de la sorpresa a la sorna.

—Bueno, Gemma —dijo—. Tris me estaba hablando de una piedra mágica de los Frazier o algo así. ¿Qué es exactamente?

—La Piedra de los Deseos —respondió Colin al tiempo que se acercaba un poco más, aunque esta vez se interpuso entre Tris y Gemma. Dada su corpulencia, Luke se vio obligado a retroceder un paso.

Tras reír entre dientes, Luke se marchó, aduciendo que lo llamaban desde la casa.

Lo último que Gemma quería era dar pábulo a más rumores.

—Creo que voy contigo —dijo, pero se detuvo al escuchar que Tris le decía a Colin:

—¿Has descubierto algo más sobre esta Piedra de la que todo el mundo habla?

La pregunta despertó su curiosidad.

Luke se marchó hacia la casa, pero Gemma se quedó junto a la barbacoa. Sin dejar de darle la espalda a Colin.

—Tris —dijo él—, ¿te importaría que Gemma y yo...? —Y dejó la pregunta en el aire al escuchar que sonaba el móvil de Tris.

—Lo siento, pero mi profesión me obliga a contestar la llamada. —Tras escuchar a quienquiera que fuese dijo—: Estaré ahí lo antes posible. —Miró a Colin—. El señor Gibson ha sufrido un infarto. Tengo que ir al hospital.

—Yo te llevo —se ofreció Colin.

—¡No, gracias! —se apresuró a decir Tris—. Ya lo están atendiendo, así que no es necesario que vaya a la velocidad de la luz. —Miró a Gemma—. Lo siento mucho, pero tengo que irme.

—Lo entiendo. No te preocupes por mí. —Al ver que él quería añadir algo más, le colocó una mano en un brazo—. ¡Vete! Y gracias por tu ayuda.

—De nada. —Tris se inclinó para darle un beso en la mejilla, pero cuando miró de reojo a Colin se dejó llevar por el impulso de besarla en los labios de forma fugaz—. Te juro que todavía saben a chocolate —comentó, tras lo cual echó a correr hacia su coche, aparcado en la parte delantera de la casa.

Gemma se quedó pasmada un instante. Era consciente de que Colin se encontraba a su lado, pero no lo miró. Se le ocurrieron varias cosas que decir, pero fue incapaz de hablar. De modo que se dio media vuelta para regresar a la casa.

Colin plantó sus más de noventa kilos de músculo delante de ella, que siguió sin mirarlo a la cara.

—Gemma, te pido perdón por lo que sea que haya hecho para enfadarte.

—No estoy enfadada. Creo que debería ayudar en la cocina. —Intentó rodearlo, pero él le cortó el paso.

—Es porque me quedé dormido en tu cama, ¿verdad? Rachel mandó a Lanny para que me despertara. Estaba tan dormido que me dijo que se le pasó por la cabeza disparar un cañón para ver si así conseguía despertarme.

Gemma lo escuchó con la cabeza gacha.

—Vale. Lo entiendo. Estabas cansado.

—Y me preparaste un desayuno estupendo. Fue genial comer algo casero.

En vez de contestar, Gemma lo rodeó.

—Tengo que entrar.

—Claro —replicó él—. No pretendía demorarte.

Al entrar en la casa, se percató de que Tess y Sara los habían estado observando por la ventana.

La sonrisa de Tess era un poco «Te lo dije», pero Sara se acercó a ella y la tomó del brazo.

—No sé lo que le estás haciendo a Colin, ¡pero me encanta! —le dijo en voz baja—. Necesita que alguien le ponga la vida patas arriba.

Gemma no quería discutir un tema tan íntimo con una persona a la que acababa de conocer. Pese a lo que había dicho Tris, aún le preocupaba perder el trabajo si la señora Frazier descubría lo que había pasado.

—Lo siento, pero no tengo la menor intención de hacer algo con ninguno de los Frazier. ¿Joce está por aquí?

—Sí —contestó Sara al tiempo que le soltaba el brazo—. Arriba, con los niños.

—No debería molestarla.

—Estoy segura de que te agradecerá la ayuda.

Gemma subió la escalera y encontró a Joce cómodamente sentada en la cama con dosel, dándole el biberón a un bebé de unos ocho meses mientras otro jugueteaba a su lado.

—¿Puedo? —le preguntó mientras miraba al bebé acostado en la cama.

—Le encantará —le aseguró Joce—. Se llama David y esta es Edilean.

Gemma cogió al chiquitín con cuidado. El bebé le tiró al instante del pelo y después trató de meterse su collar en la boca.

Joce la invitó con un gesto a que se sentara a su lado, de modo que Gemma se colocó junto a ella con el bebé en el regazo.

—¿Te agobia lo de abajo?

—Pues sí —confesó Gemma mientras le hacía cosquillas a David, arrancándole una carcajada—. Esa mujer, Tess...

—Cuesta un poco acostumbrarse a ella, pero te aseguro que si le has caído bien a Mike, a ella también.

—Me ha dado la llave del gimnasio.

—¡Uau! ¿Qué has hecho para conseguirla?

—Un poco de boxeo.

—Ahora lo entiendo —replicó Joce, sonriendo—. ¿Quieres oír lo que he descubierto sobre Julian?

—Por supuesto.

—Era el nieto de Shamus y Prudence Frazier, que a su vez eran...

—Una de las siete familias fundadoras.

—Veo que tú también has estado investigando. Sí, formaban parte del primer grupo de personas que se asentaron en el pueblo. Su primogénito, Ewan, volvió a Inglaterra, reclamó el título de conde de Rypton y compró de nuevo la casa de los Lancaster.

—¿No hubo un cambio de apellido en algún momento?

—Por eso me ha costado tanto encontrar a Julian. Por alguna razón, abandonaron el apellido Frazier y adoptaron de nuevo el Lancaster. Claro que mis antepasados eran McTern en Escocia y al llegar a América lo cambiaron por Harcourt. No sé por qué.

—La gente se cambia de apellido por muchas razones. ¿Qué más?

—Ewan Frazier se casó con una mujer llamada Julia McBride y tuvieron un niño, Julian. Ella murió durante el parto y al año siguiente, él se casó con una tal Rose Jones. A juzgar por las fechas, ella ya estaba embarazada cuando se casaron. El niño se llamó Clive.

—¿Y quién era Winnie?

—No tengo ni idea, pero seguiré buscando. —Cuando la pequeña Edilean apuró el biberón, Joce la incorporó para que eructara—. Bueno, ¿qué pasa con Colin y contigo? Luke me ha dicho que ni le has dirigido la palabra.

Gemma no quería mentir, pero tampoco quería decir la verdad.

—Es que están circulando muchos rumores y no quiero que me tilden de ser una robanovios.

—¿Y a quién le habrías robado el novio exactamente?

—A Jean, Colin ha comprado una casa y todo.

—La antigua casa de Luke —comentó Joce—. Detestaba la idea de venderla, pero Colin lo presionó tanto que claudicó. Cuando se le mete algo en la cabeza, no descansa hasta conseguirlo.

—Eso es lo que dijo el director de mi tesis refiriéndose a la señora Frazier.

—Colin es peor —le aseguró Joce—. ¿Te importaría echarles un ojo a los niños un momento mientras voy al baño?

—Claro. ¿Por qué no bajas para tomarte algo y charlar un rato con tus amigos? Yo me encargo de los niños. Soy capaz de pasarme una hora entera haciéndoles pedorretas en la barriga sin descansar.

Joce se echó a reír mientras se levantaba.

—¿Dónde has aprendido a hacerlo?

—Mi hermana tiene dos niñas y cuando voy a verlos, mi cuñado y ella aprovechan para irse de luna de miel. Creo que ya llevan seis.

—Eres mi nueva mejor amiga.

—Eres la tercera persona que me lo dice hoy.

—¿Ah, sí? —replicó Joce—. ¿Quiénes han sido los otros?

—Sara, por la Historia. Mike, por el deporte. Y tú, por cuidar de tus bebés.

—No has mencionado a Tess —le recordó Joce sin sonreír, aunque al final su expresión se tornó risueña—. Cuando la conozcas, te gustará. Ha tenido una vida dura y suele mostrarse hostil con los forasteros.

—Supongo que siempre seré una forastera porque mi trabajo es temporal.

—¿Estás de broma? Luke dice que Colin y Tris han estado a punto de darse de puñetazos por ti. A Mike le habría encantado.

—Qué va —le aseguró Gemma, aunque no pudo evitar sentirse halagada—. Tris y yo nos estamos haciendo amigos. Le caigo bien porque no me pone cachonda.

—¿Que no te pone cachonda? Interesante elección de palabras. ¿Lo reservas para Colin, entonces?

—Me pone cachonda mi trabajo... que por cierto no quiero perder. Tontear con el hijo de mi jefa no entra en mis planes.

—Me alegro de que tengas las cosas claras. Cuando llegué a Edilean, no sabía lo que quería. La persona más importante de mi vida acababa de morir y me dejó una casa vieja que yo ni siquiera sabía que poseía.

Gemma miró a los niños, que descansaban en la cama.

—Parece que has encontrado el camino.

—Sí, pero porque me ayudaron. —Se detuvo en la puerta—. Gemma, si tienes problemas, personales o laborales, puedes hablar con Sara o conmigo. Y aunque no te lo creas, Tess también es buena si necesitas desahogarte.

—Gracias —dijo Gemma.

Cuando se quedó sola con los niños, se entregó en cuerpo y alma a hacerlos reír. Lo logró sin problemas.

—¿Te importa si te hago compañía? —le preguntó Colin desde la puerta.

Gemma respiró hondo antes de mirarlo y, cuando lo hizo, volvió a verse desnuda y con él. Aunque era obvio que Colin no lo recordaba. ¡Joce se equivocaba al afirmar que tenía a dos hombres interesados en ella! Se había acostado con uno que había olvidado la experiencia por completo. Miró de nuevo a los niños.

Colin se sentó en el borde de la cama. La pequeña Edilean estiró los bracitos al instante para que la cogiera. Gemma recordó que Ellie había comentado que era como el flautista de Hamelín para los niños.

—¿Cuánto tiempo vas a seguir dándome la espalda? —le preguntó.

—Nos han visto juntos tantas veces que la gente empieza a hablar de nosotros. No me gusta, y creo que debemos cortarlo de raíz.

—La gente de Edilean le da a la lengua por todo. El desayuno que compartiste con Tris mientras cuchicheabais tan juntitos ha eclipsado cualquier rumor que haya podido correr sobre nosotros.

—Tris es aceptable. Tú no.

—¿Por qué...? ¡Ah! ¿Se trata de Jean?

—Exacto —contestó Gemma mientras jugaba a las tortitas con David—. Prácticamente eres un hombre casado.

—Pero no lo soy.

La conversación había tomado un cariz que no le gustaba. La acogedora habitación, sumada a los dos niños, estaba logrando que se relajara, y no podía permitírselo. Lo miró con el ceño fruncido.

—¿Ahora es cuando me dices que Jean no te entiende y que deberíamos salir a cenar para hablar sobre el tema?

Colin la miró en silencio, asombrado.

—¿Así es como me ves?

—No te veo de ninguna forma —respondió—. Pero te agradecería que dejaras de aparecer en mi casa en plena noche para pasearte desnudo. Si quieres un rollo paralelo a tu relación, búscate a otra.

Sus palabras lo dejaron alucinado.

—Yo... —Se puso en pie con la niña en brazos—. Perdóneme, señorita Ranford. Me he extralimitado. Yo...

—¿Va todo bien por aquí? —preguntó Luke desde el vano de la puerta.

Colin le dejó a su hija en brazos.

—Todo va bien. Genial. No podría ir mejor. ¿Queda cerveza abajo?

—Litros y litros —contestó Luke, mientras miraba a uno y después al otro.

—Será un buen comienzo —replicó Colin, que pasó junto a Luke y se dirigió a la escalera.

—¿Qué ha pasado?

Gemma estaba tan enfadada que le dolía el mentón de tanto apretar los dientes, pero no quería demostrarlo.

—No me encuentro bien. ¿Podría llevarme alguien a casa... quiero decir, a casa de los Frazier?

—Gemma —dijo Luke en voz baja—, no sé lo que está pasando entre Colin y tú, pero no creo que debas marcharte. Quédate, tómate un par de margaritas y relájate. Además, nada le gusta más a un hombre que la idea de que una mujer se vaya a casa sola para llorar por él.

Lo miró, asqueada.

—¿Eso es verdad?

—No lo digo por experiencia personal, pero lo dice la letra de una canción, así que debe de ser cierto.

Gemma no pudo evitar una carcajada.

—Eso está mejor —dijo Luke—. ¿Me ayudas a bajar a los niños? Todos quieren verlos y ellos adoran ser el centro de atención.

—En realidad, me encantaría. Mike...

—Quiere machacarte —terminó Luke.

—Que lo intente. Soy muy rápida y él tiene ya una edad. ¿Cuarenta más o menos?

Luke sonrió.

—Por favor, por favor, díselo delante de mí para poder verlo. Te dedicaré mi próxima novela si lo haces. Y si logras golpearlo... —Dejó la frase en el aire como si no diera con algo digno de semejante hazaña.

—Lo único que tengo que hacer es imaginar la cara de Colin Frazier en Mike y es posible que no salga vivo.

Luke abrió los ojos de par en par.

—Todo el mundo quiere a Colin —comentó en voz baja.

—Pues aquí hay alguien que no lo hace —afirmó con vehemencia.

Luke la miró un instante en silencio, aunque pareció recobrarse del asombro.

—Coge a Davie y vámonos. —Se detuvo al llegar a la puerta—. Confieso que me preocupaba que Tess te asustara, pero ya no me preocupa.

Gemma cogió al niño.

—¿Todo bien? —le preguntó Luke.

—Estoy lista para la lucha.

Luke sonrió y la siguió escaleras abajo.

12

Estaban sentados a la mesa de comedor de Sara y Mike, y Gemma no daba crédito a las maravillas que veía. La mesa, en tonos amarillos y verdes, parecía sacada de una revista de decoración cuyos asesores eran Brunschwig & Fils, Scully & Scully, y ABC Carpet.

—Es precioso —comentó Gemma al tiempo que tomaba asiento a la larguísima mesa. Creía que se iba a sentar junto a Mike, pero Colin se sentó junto a ella.

—Así no tendrás que mirarme a la cara —le dijo él en voz baja, de modo que solo ella pudiera escucharlo.

—Gracias —dijo Sara en respuesta al halago de Gemma.

Sara se encontraba sentada a un extremo de la mesa, y Mike, en el opuesto. Ramsey, Tess, Luke y Joce también tomaron asiento, tras lo cual comenzaron a pasarse cuencos de comida. Eran amigos y se conocían bien, de modo que Gemma se limitó a comer y a escuchar en silencio. Felicitaron a Mike por la comida y a Sara por la decoración.

Gemma era perfectamente consciente de la presencia de Colin a su lado, y cuando tuvo que pasarle un cuenco, evitó su mirada.

—¿Cómo puedo disculparme y redimirme ante ti? —le preguntó él mientras Ramsey contaba una anécdota sobre una discusión en el bufete.

—Le dije que si demandaba a Don y Don lo demandaba a su

vez y él lo demandaba de nuevo, el único que ganaría sería yo —terminó Ramsey.

—Y esa horripilante idea los instó a llegar a un acuerdo extrajudicial —añadió Tess, y todos se echaron a reír.

—No tienes por qué disculparte —le aseguró Gemma a Colin, amparada por las carcajadas—. Solo creo que es mejor que dejemos de vernos.

—No estábamos haciendo eso. Estábamos... —Se interrumpió cuando los demás se callaron—. Lo siento, ¿qué habéis dicho?

—Queríamos enterarnos de lo de la Piedra de los Deseos. ¿Has descubierto más cosas? —le preguntó Sara a Gemma.

—No, nada nuevo. —Les habló de la carta de Tamsen—. Dijo que escribiría la historia y que la guardaría en algún lugar «seguro», pero no sé dónde podría estar.

—¿Con su abogado? —preguntó Ramsey, y todos gimieron—. No, lo digo en serio. Siempre ha habido un bufete de abogados en Edilean, así que tal vez les dejó algo. Hay un almacén lleno de documentos antiguos. No creo que nadie sepa lo que contienen.

—¿Cómo puedo...? —comenzó Gemma, pero Tess la interrumpió.

—No, no. Haré que una de las asistentes de la oficina se ponga a ello, a ver qué encuentra. —Miró a Colin—. ¿No tienes algún deseo que quieras que se cumpla?

—Podría pedir uno ahora —respondió él con voz tan lastimera que todos contuvieron las carcajadas.

—Venga, Gemma, dinos qué te ha hecho Colin para que te hayas cabreado con él —dijo Ramsey.

Gemma sintió que se ponía muy colorada.

—Yo... esto...

—Déjala tranquila —intervino Luke—. Es nueva y no está acostumbrada a que le pregunten por todos los pormenores de su vida.

—Es algo a lo que no te habitúas nunca —dijo Mike con tanto sentimiento que los demás se echaron a reír.

—Ya que estamos —dijo Gemma en voz alta—, me encantaría enterarme de todos los detalles del hallazgo de los cuadros. Y también quiero ver la habitación secreta.

Como había esperado, todos comenzaron a hablar al unísono, y en cuestión de segundos le estaban contando una larga y enrevesada historia que no tenía ni pies ni cabeza. Dijeron algo acerca de una mujer llamada Mitzi a la que habían condenado por asesinato.

—Buena idea —le dijo Colin entre dientes—. ¿Crees que podrías concederme cinco minutos para hablar de lo que sea que te haya hecho? Desde luego que no era mi intención desnudarme en tu casa.

Se había hecho el silencio y todos escucharon aquella última frase.

Colin ni siquiera intentó dar más explicaciones mientras se ponía en pie.

—¿Alguien quiere otra cerveza? —Salió del comedor en busca de más cerveza, pero regresó con un bebé en cada brazo—. Se estaban aburriendo.

—Colin, creo que estás preparado para ser padre —comentó Sara—. ¿Te has decidido ya por la madre?

Colin negó con la cabeza.

—Hoy no tengo el día con las mujeres. ¿Alguno de vosotros sabe el motivo de que una mujer se cabree con vosotros?

—Ni idea —contestó Mike.

—A mí no me mires —dijo Ramsey.

—Tú discúlpate y di a todo que sí —aconsejó Luke.

—Pobrecillos —terció Joce—. ¿Por qué los menospreciados hombres no salís a divertiros mientras nosotras, las controladoras, recogemos la mesa?

—A mí me parece bien —respondió Ramsey al tiempo que le quitaba un bebé a Colin de los brazos.

Dos minutos después, los cuatro hombres y los dos bebés estaban en el exterior.

Gemma sabía lo que se le avecinaba: un interrogatorio. Contuvo el aliento y esperó a que las mujeres se abalanzaran sobre ella con sus preguntas. Querrían saber qué había hecho el adorable y santo Colin para cabrearla.

Pero, para su alivio, las tres mujeres no le preguntaron nada. Incluso Tess mantuvo la boca cerrada. Se apresuraron a recoger la mesa con tal eficiencia que se notaba que se conocían de hacía mucho tiempo. Gemma llevó dos cuencos a la cocina y Sara le dio un rollo de plástico de envolver, de modo que cubrió los cuencos para que Joce los metiera en el frigorífico.

—¿Qué deseo pedirías tú? —le preguntó Sara a Gemma mientras metía los platos en el lavavajillas.

—¿Te refieres a la Piedra de los Deseos? —En realidad, le daba miedo después de haber escuchado la historia de Tris, pero después se recordó que ella no era una Frazier—. Supongo que pediría un buen trabajo en una buena universidad. Tengo la sensación de que me he esforzado toda la vida para conseguirlo.

—Sara se ha llevado un chasco porque no hayas pedido el Amor Verdadero. Es una romanticona —dijo Tess.

—¿Te cortejó Mike con *kickboxing*? —le preguntó Gemma a Sara.

Las tres mujeres se miraron como si el cortejo entre Sara y Mike guardara un gran secreto.

—Lo siento. No era mi intención molestar —se disculpó Gemma.

—No les hagas caso —replicó Sara—. Se ríen de mí. ¿Estáis preparadas para reuniros con los hombres?

—Claro —dijo Tess—. Oler la cerveza me alegra. —Se estaba frotando el abultado vientre—. Gemma, ¿tienes algún novio más aparte de Tris y de Colin?

—¿Tienes un amante aparte de tu marido? —replicó Gemma.

Todas se echaron de reír.

—A mí me hizo lo mismo cuando nos conocimos —susurró Joce mientras se dirigían a la puerta—. Ya se le pasará.

—La verdad es que comenzaba a gustarme —dijo Gemma.

Colin la esperaba justo al otro lado de la puerta, y en cuanto se quedaron solos, dijo:

—Si me dijeras qué he hecho, a lo mejor podría arreglarlo.

Gemma no quería mirarlo a los ojos, porque se temía que lo vería todo.

—Te dije que no quería poner en peligro mi trabajo. Creo que es mejor que tú y yo mantengamos las distancias.

—Es por Jean —aventuró él—. Si querías saber la verdad acerca de nosotros, ¿por qué no me lo preguntaste?

—¿Me habrías contestado? —repuso.

Colin titubeó, como si sopesara su respuesta.

—Sí, creo que lo habría hecho. —La miró un instante fijamente, como si no supiera qué más decir.

Gemma echó a andar para reunirse con el grupo, que estaba sentado a la sombra, y se sentó junto a Mike. Se quedaron en el exterior alrededor de una hora, sentados en mullidos sillones mientras mantenían una conversación animada. No bebió por temor a que se le soltara la lengua y se le escapara lo que había pasado entre Colin y ella. Los bebés estaban sobre unas mantas y todos se turnaron para jugar con ellos.

Se mantuvo callada mientras los oía hablar de gente a la que conocían desde hacía años, de personas con las que incluso habían crecido. Le gustaba que estuvieran hablando con normalidad. Luke quería que Mike le echara una mano con el argumento de un libro. Sara estaba hablando con Joce de uno de los viejos edificios que los rodeaban, mientras que Tess y Rams (el diminutivo por el que lo conocían) hablaban con Colin sobre el hombre que Tris le había mencionado, el señor Lang.

«Se conocen muy bien», pensó Gemma. En el grupo se conocían tan bien que podían saltar de un tema a otro con comodidad. «Esto —pensó ella—. Esto es lo que quiero: pertenecer a un lugar. Quiero formar parte de esta camaradería, de un lugar donde conozca a la gente y nos preocupemos los unos por los otros.»

A sus ojos, la única pega del día era la presencia de Colin. Cada vez que él hablaba, apartaba la vista.

—Gemma, no te dejamos participar —dijo Sara.

—No, no os preocupéis. Me paso tanto tiempo sola que es estupendo escuchar hablar a otras personas.

Mike se puso en pie.

—Gemma, ¿te importaría acompañarme al interior un momento?

En realidad, quería rodear la casa y salir corriendo por el camino. ¿El hecho de que hubiera estado pasando de Colin iba a costarle un «sermón»? Siguió a Mike a la casa y cerró la puerta al entrar.

—Oye, siento lo de Colin, pero...

—¿Crees que te he hecho entrar para hablar de él? —preguntó Mike al tiempo que levantaba la tapa de un viejo baúl de madera—. Colin es capaz de arreglar sus problemas. Además, estoy seguro de que se merece todo lo que le hagas. —Sacó unos guantes de boxeo—. He pensado que te gustaría hacer algo que te resulte familiar.

—Pues sí —contestó ella, pero se miró los vaqueros y la camisa estampada. Le costaría moverse con esa ropa.

—Ya he pensado en eso, así que tenemos para ti un regalo de bienvenida. —Mike le dio una bolsa de papel—. Sara ha calculado tu talla.

En la bolsa se encontraba una equipación nueva de entrenamiento, con pantalones cortos y una camiseta, e incluso un sujetador deportivo. Y en el fondo había un par de zapatillas muy flexibles, como las que se usaban en el cuadrilátero.

—No puedo aceptarlo —dijo Gemma—. Es demasiado.

—No es nada. Tengo entendido que puedes noquearme.

Gemma sonrió.

—Luke es un bocazas.

—Vamos, cámbiate.

Entró a toda prisa en un aseo que había junto a la cocina y se puso la ajustada ropa deportiva. No estaba acostumbrada a moverse con tan poca ropa, pero se recordó que ese día no estaba rodeada de un montón de tíos con las hormonas revolucionadas y poquísimo control.

En cuanto estuvo lista, atravesó la casa en busca de Mike y lo vio en el exterior. Se había puesto un par de manoplas acolchadas y Luke le lanzaba unos puñetazos, sin demasiada fuerza, ya que no se había protegido las manos.

Echó a andar hacia la puerta, pero en ese momento vio un destello que le llamó la atención. Se trataba de una pulsera, una pulsera que llevaba Jean. Parecía que acababa de llegar y que se había aposentado junto a Colin. Parecía todavía más guapa de lo que Gemma recordaba, si acaso era posible. No tan guapa como Tess, aunque, por supuesto, Jean era mayor. Ese pensamiento la sobresaltó. Hasta ese momento no se había dado cuenta de que Jean tenía que ser al menos seis o siete años mayor que Colin. Si se había hecho algo en la cara, tal vez la diferencia de edad fuera incluso mayor.

Jean se estaba riendo por algo que había dicho Rams y después le colocó la mano a Colin en el muslo.

—Seguro que le encantaría que Tris estuviera aquí —masculló Gemma, pero la asaltó el sentimiento de culpa enseguida. Jean era inocente en todo eso. Abrió la puerta y salió al exterior.

Se alegró de que todos guardaran silencio al verla aparecer con el ajustado atuendo. ¡Todos los años que había pasado sudando habían merecido la pena por ese momento! Clavó la mirada en Mike y se acercó a él.

Cuando Mike bajó las manoplas, Luke dejó de dar puñetazos y se volvió para mirarla de arriba abajo.

—Si eso es lo que el boxeo le hace a un cuerpo, quiero apuntarme a clases. —Inspiró hondo—. Quiero decir que... —Se volvió hacia su mujer—. Lo que quería decir es...

—Todos saben lo que querías decir —comentó Joce mientras su marido se sentaba a su lado—. Vamos, Gemma, queremos ver cómo noqueas a Mike.

—Apuesto cinco por mi hermano —dijo Tess.

—Pues yo cincuenta por Gemma —replicó Luke.

Mike miró a Gemma con una sonrisa mientras la ayudaba a ponerse los enormes guantes. Al punto, se convirtieron en entrenador y pupila, y esa extraña conexión, una mezcla de confianza y sabiduría, se estableció entre ellos. Un entrenador tal vez no tuviera compasión de un boxeador que se quejaba por un golpe duro, pero si dicho boxeador tocaba la lona, era el entrenador quien acudía en su ayuda en primer lugar.

—Enséñame unos cuantos golpes —le dijo Mike en voz baja—. Quiero ver cómo estás de forma. ¿Usas también las piernas?

—Sí.

—Estupendo. He traído el protector lateral. —Inclinó la cabeza hacia ella—. Demuéstrale a Colin lo que se está perdiendo... y lo que no recuerda.

Sorprendida, lo miró boquiabierta.

—Soy un detective. Me lo he imaginado.

—¿Lo sabe todo el mundo?

Mike le estaba ajustando el guante a la muñeca.

—Lo dudo. Nadie me ha dicho nada. ¿Preparada?

Cuando ella asintió con la cabeza, Mike recogió los protectores y se los puso en las manos.

—Dos ganchos de izquierda, un derechazo, esquiva, izquierda, esquiva y vuelta a empezar. ¿Entendido?

Volvió a asentir con la cabeza y, despacio, comenzó a golpear las manoplas de Mike. Le habían grabado a fuego que debía mantener la postura correcta. Lo que la mayoría no sabía era que las extremidades inferiores de una mujer podían desarrollar tanta fuerza como las extremidades superiores de un hombre. Una mujer corriente jamás sería capaz de derrotar a un hombre solo con los brazos, pero el truco estaba en cargar la fuerza que ejercían los músculos inferiores en los puñetazos que soltaba. Había tardado meses de repeticiones en conseguirlo. Al igual que una marioneta, cuando soltaba el brazo, dejaba que la cadera y la pierna acompañaran el golpe. Si lanzaba el puñetazo como era debido, lo sentía en los glúteos... donde las mujeres tenían mucho músculo.

—Bien hecho —dijo Mike cuando terminó la tanda lenta, y supo que la estaba felicitando por su técnica.

—Dale caña —dijo ella, en referencia a la forma en la que un boxeador se movía sobre las puntas de los pies para golpear con más fuerza.

Mike se apartó un poco.

—Me han dicho que te crees más rápida que yo —dijo en voz alta.

A juzgar por lo que había visto, sabía que no lo era, pero le vendría bien fingir que sí que lo creía.

—Pues claro que lo soy, viejo —replicó, imitando su voz.

Mike le guiñó un ojo y levantó las manos una vez más.

—¡Luke! Cronométranos. Tres minutos.

Gemma sabía que tres minutos de golpes sin descanso serían muy duros. Llevaba semanas sin entrenarse, pero estaba decidida a hacerlo.

Mike levantó las manoplas y Luke gritó:

—¡Ya!

Y a continuación se produjeron tres minutos de un ejercicio intensísimo. Gemma no apartó los ojos de la cara de Mike, con sus manos en el campo de su visión periférica. Mike había decidido que su técnica era lo bastante buena como para recibir algún que otro golpe. No la avisaba cuando le lanzaba golpes a la cabeza, por lo que tenía que agacharse para esquivarlo. A veces levantaba el guante izquierdo, a veces el derecho... y a veces lanzaba un golpe, directo a su cara. En esos momentos, tenía que dejarse caer y levantarse con un gancho de izquierda. Si se inclinaba hacia delante, una mala postura, él se lo recordaba dándole un golpecito en la barbilla con el guante.

Cuando Luke indicó que se había cumplido el tiempo, el sudor corría por la cara de Gemma. Se lo intentó enjugar con el guante, pero no le sirvió de nada.

Mike cogió el enorme protector acolchado que descansaba contra el árbol y dijo:

—¿Colin?

Por primera vez, Gemma miró a los demás. Seguían sentados, pero la miraban con un sinfín de emociones en la cara. Sara parecía preocupada de que pudiera resultar herida; Joce fruncía el ceño, y Tess sonreía para expresarle su aprobación. En cuanto a Jean, parecía tener una máscara inexpresiva.

Todos los hombres sonreían... menos Colin. Este se acercó a ellos y sujetó el protector a las costillas de Mike.

—Tiene una herida en el costado —dijo Colin—. No sé si esto le conviene.

—Precisamente creo que es lo que le conviene... —repuso Mike.

Colin miró a Gemma.

—Si no quieres hacerlo...

—¿Crees que no puedo? —preguntó con actitud beligerante—. Pero vamos, tú mismo dijiste que soy «lista y valiente».

Colin pareció desconcertado un segundo, pero después su expresión le indicó que acababa de recordarlo.

—¡Madre del amor hermoso! —masculló—. No fue un sueño. Eras tú.

—¿Quieres regresar a tu sitio? —preguntó Mike.

—Gemma —dijo Colin—. Lo siento mucho. No pretendía...

Mike se interpuso entre ellos. Tenía las manoplas en las manos y llevaba las costillas protegidas contra las patadas de Gemma.

—Tres minutos —le dijo Mike a Luke.

Gemma lanzó más golpes a las manoplas de Mike y, cuando este se volvió hacia la izquierda, le golpeó el costado con la espinilla derecha. El sonoro golpe resonó entre los árboles y les arrancó a todos un jadeo.

Colin se había apartado, retrocediendo hasta el árbol, pero estaba justo detrás de Mike, por lo que ella tenía que verlo aunque no quisiera.

En ese momento, Rams gritó:

—¡Vamos, Gemma, enséñale lo que sabes!

Gemma comenzó a darle más patadas y a incrementar la fuerza que ejercía. Sabía que Rams se refería a Mike, pero en su cabeza estaba golpeando a Colin. ¿Cómo se atrevía a olvidarse de ella? ¡Como si no existiera! Claro que era un Frazier, un ricachón, mientras que ella era...

Golpeaba con saña, cada vez con más fuerza. Cuando Luke indicó que se había acabado el tiempo, no le prestó atención y siguió lanzando patadas y puñetazos.

Se detuvo cuando Mike la envolvió con los brazos y la pegó a su costado.

—Ya basta —le dijo al oído con esa voz especial que usaban los entrenadores. Estaba a caballo entre un dictador y un ángel de la guarda.

Le enterró la cara en el sudoroso cuello para que nadie pudiera verla.

—¿Me he puesto en ridículo?

—Qué va. Incluso mi hermana te mira con adoración, y Sara quiere adoptarte.

—¿En serio? —preguntó Gemma al tiempo que se apartaba de él.

La audiencia comenzó a aplaudir por el magnífico espectáculo antes de acercarse a ellos.

—Has estado genial —dijo Joce.

—Mike intentó enseñarme a hacerlo, pero no se me daba bien —explicó Tess.

—¿Nos vemos en el gimnasio la semana que viene? —le preguntó Mike, antes de darle un codazo a Rams—. A lo mejor si apareces, Gemma y tú podéis enfrentaros en un par de asaltos.

—No, gracias —dijo Rams, y pronunció las palabras con tal sinceridad que los demás se echaron a reír.

Gemma disfrutó de los halagos, pero cuando miró más allá del grupo vio que Jean seguía sentada y los estaba observando. Cuando Jean se puso en pie, tuvo la sensación de que no sabía qué decir ni qué hacer. En cuanto a Colin, seguía de pie junto al árbol.

Sara sacó una toalla limpia de la bolsa de Mike y se la dio a Gemma.

—¿A quién le apetece un poco de sandía? —preguntó Sara—. Luke, ¿me echas una mano?

En menos de un minuto, todos se alejaron, dejando a Gemma a solas con Colin. Aún tenía los guantes puestos, y no podía quitárselos sin ayuda. Buscó a Mike con la mirada, pero estaba hablando con Sara.

Colin le cogió una mano y comenzó a desatarle las cintas.

—Lo siento —dijo en voz baja—. Lo siento en el alma. Si quieres presentar cargos en mi contra, lo entenderé.

—¿Cargos? ¿Por qué? —Gran parte de su rabia se había disipado, arrastrada por el sudor y el ejercicio físico.

—Por violación —contestó él con expresión seria—. Si te obligué y te abracé, es imposible que pudieras escapar. Aunque estuviera dormido, soñando, no tengo excusa. Legalmente sigue siendo violación.

Gemma meneó la cabeza.

—No me forzaste. En todo caso, fui yo quien... Bueno, ya sabes.

—¿Sí? —preguntó él con las cejas enarcadas—. Si fuiste tú... ¿por qué estás cabreada conmigo?

—¡Porque se te ha olvidado!

Colin parecía estar a punto de echarse a reír, pero no se atrevía a hacerlo.

—Solo en parte. Me torturas en sueños. Tal vez podríamos...

—Colin —dijo Jean al tiempo que se acercaba a él y le cogía por el brazo—. Creo que deberías dejar que Gemma se lavara, ¿no crees? —La miró—. Has estado impresionante y esos pantalones cortos te quedan genial. ¿No es verdad, Colin?

—Sí, es verdad. —Parecía estar esforzándose por recordar qué aspecto tenía sin ellos—. Jean, tengo que hablar con Gemma —dijo—. En privado.

—Por supuesto —repuso ella mientras se alejaba—. ¿Qué te parece si nos vemos en tu apartamento después?

—Vale —contestó él. Mientras Jean se dirigía a su coche, Colin no apartó los ojos de Gemma. Una vez solos, dijo—: Me gustaría hablar contigo.

—Tengo que darme una ducha y cambiarme, tal vez después...

—Se te ocurrirá la forma de evitarme —la interrumpió él—. ¿Y si te ofrezco la posibilidad de que practiques tus puñetazos conmigo?

Gemma no sonrió.

—¿Dónde tengo que firmar?

—Hay un pequeño cenador en la parte posterior. Podemos hablar allí. Por favor. —Colin miró por encima de su cabeza, y Gemma supo que le estaba indicando a Mike que volverían pronto.

Gemma suspiró y asintió con la cabeza.

Colin la condujo hasta una bonita estructura de celosía pintada de un verde azulado muy intenso. A su alrededor había unos setos altos y, a la derecha, se encontraba un enorme árbol cuajado de ramas que se extendía por encima de sus cabezas.

—Es precioso —dijo ella—. Como un jardín encantado donde nada malo puede suceder.

—Nada más lejos de la realidad —la contradijo Colin con un tono casi amenazante.

—¿Me estás diciendo que pasó algo malo aquí?

Colin no le contestó, sino que se sentó en la hierba que crecía bajo el árbol; ella se sentó a unos pasos de él.

—Normalmente no... —comenzó él—. Quiero decir que nunca he...

—Oye, que no ha significado nada. No ha sido nada del otro mundo. Las mujeres se acuestan con hombres cada día y a todas horas. Tú has sido mi primer, y único, rollo de una noche y me ha molestado un poco, nada más. No le demos más vueltas, ¿vale? —Hizo ademán de levantarse, pero Colin la aferró del brazo.

—No quiero que se acabe lo que tenemos —dijo él.

—Jean —replicó sin más.

—¿Tu única pega es Jean?

—¿Es una pregunta con trampa?

—Lo que quiero saber es si te gusto. Me preocupa que no me hayas visto en mi mejor momento. Has vivido la rapidez con la que tengo que conducir cuando me llaman por una emergencia. Y has terminado con puntos en el costado por ayudarme. Y no me parece que quieras meterte en la cama conmigo de nuevo después de lo que pasó la primera vez.

—Tienes razón —replicó con seriedad—. Preferiría que si alguien necesita ayuda, tú no tengas prisa y te lo tomes con calma. Y deberías haber dejado que el niño siguiera encaramado a la rama cuando se cayó antes que arriesgarte a que un espectador se hiciera un rasguño.

Colin empezó a sonreír.

—En cuanto a los dos minutos y medio que estuvimos en la cama... —continuó ella.

—¡Ay! Eso me ha dolido.

—Vale, fueron tres minutos.

Colin gimió y se llevó una mano al corazón.

—Me ofendes. Desde luego que quiero intentarlo de nuevo —dijo él—. Intentarlo con más ahínco, por así decirlo.

Gemma pasó del doble sentido.

—¿Qué pasaría si llego yo, una forastera, y dejas a Jean, que es la única inocente de todo esto, para empezar a salir conmigo? Voy a parecer la... bueno, la zorra más grande del mundo. No me hace gracia. Por no mencionar que tu madre me despedirá del mejor trabajo que he tenido en la vida.

—Mi madre te ha contratado porque adoras la investigación. Tu vida privada no tiene nada que ver.

—Si le das la patada a una mujer con la que tu madre mantiene una larga relación, alguien a quien adora, para salir con una desconocida, vamos a ver qué siente de verdad. —Gemma inspiró hondo—. ¿Y qué pasa si rompemos? Es probable, ya que apenas nos conocemos. ¿Cómo podría seguir trabajando en casa de tus padres después de eso?

—Te conozco lo suficiente como para no enfadarte. Tus puñetazos... —Se interrumpió al ver la expresión con la que lo miraba—. Vale, entiendo tu postura. Te diré la verdad. Antes de nada, no tendría que «darle la patada» ni «dejar» a nadie. Jean y yo no somos pareja. Sé que parece que lo somos, pero no es verdad. Pero, tal como has dicho, a mi familia le cae bien, y dado que yo me niego a salir con una mujer que viva en mi jurisdicción, me ha resultado más fácil dejar que la gente crea que Jean y yo somos pareja. Además... —Sonrió—. No he encontrado a nadie con quien me apeteciera pasar el tiempo. ¿Crees que tú y yo podríamos empezar a vernos como algo más que amigos?

Gemma tardó un momento en contestar, mientras asimilaba lo que él acababa de decirle. Quería gritarle que sí, pero no lo hizo. Tenía que mantener la cordura.

—Supongo que sí... con el tiempo. Pero creo que deberíamos conocernos mejor antes de dejar que el resto del mundo, y con esto me refiero al resto de Edilean y a tu familia, nos considere una pareja. —Se levantó y lo miró—. Si es verdad lo que me has dicho acerca de Jean, y que nadie más parece saberlo, tal vez sería mejor que primero les dijeras a los demás que ya no estáis juntos. Desde luego que se lo tienes que decir a tus padres. Si se suben por las paredes... —No terminó la frase.

—Lo sé —repuso Colin—. Todos la quieren y me da un poco de miedo contarles que no voy a concederle el deseo a mi madre de casarme y tener hijos. Pero tengo que hacerlo. Después, tú y yo podremos conocernos. Nos haremos amigos y yo mantendré las manos apartadas de ese cuerpazo tuyo. ¿Es lo que quieres oír?

—Es un comienzo.

Gemma sintió un rayo de esperanza que fue incapaz de controlar. Si bien no soportaba ser la segunda, ni la posibilidad de que la descartara, era maravilloso saber que tenían una oportunidad de estar juntos. Esa idea, además de su presencia, hizo que se le acelerase el corazón. Él seguía sentado y ella estaba de pie, de modo que se encontraban en la posición perfecta para que ella cayera a sus brazos. Sabía lo que sentiría al tenerlos a su alrededor, lo que sentiría al tocarlo.

—Deja de mirarme de esa manera —masculló él— o seré incapaz de articular palabra.

Gemma se sentó de nuevo y clavó la vista en el paisaje una vez más.

—Los Frazier siempre nos hemos mantenido un poco apartados del resto de Edilean —comenzó él—. Hemos...

—¿Por qué?

—No lo sé, aunque siempre ha sido así. Mi abuelo decía que los Frazier somos diferentes de los demás y que siempre lo seremos.

—¿Qué significa eso ahora, para nuestra relación? Bueno, no es que tengamos una relación exactamente, pero... —No sabía muy bien lo que estaba diciendo.

—Nunca he querido que los habitantes de Edilean me conocieran bien. Creo que mantener cierta distancia hace que se sientan cómodos cuando me piden ayuda.

—Te entiendo —aseguró ella—. ¿Por eso has dejado que la gente crea que Jean y tú seguís juntos?

—Jean... —Colin se encogió de hombros.

—Quiere recuperarte —lo interrumpió.

—Quería que volviéramos a intentarlo, pero no ha funcionado. Ya te dije que el otoño pasado hubo varias bodas y se concibieron varios bebés, y...

—Y tú compraste una casa —terminó por él antes de bajar la voz, ya que por fin lo entendió—. Y no se la enseñaste a Jean porque sabías que nunca viviría en ella.

—Eso es —confirmó Colin—. Gemma. —Esperó a que lo mirase—. Recuerdo bien esa noche. Sobre todo recuerdo que no quedé en muy buen lugar. Puedo hacerlo mejor.

Ella apartó la vista.

—Bueno, ¿saldrás conmigo?

Gemma lo miró una vez más.

—¿Te refieres a una cita?

—Cena y película.

—¿O un día montando a caballo? He visto tu trofeo. ¿Qué montas? ¿Un clydesdale?

Colin no se echó a reír, pero tenía una expresión risueña en los ojos.

—Budweiser nos usa a mis hermanos y a mí para ejercitar a sus caballos. Si son capaces de tirar de nosotros, pueden tirar de carretas llenas de cerveza. —Extendió un brazo para cogerle la mano, pero ella la apartó.

—¿Cómo se lo va a tomar Jean?

—Se lo ve venir. No hemos tenido... relaciones desde hace mucho tiempo. Por eso... —Se interrumpió—. Quiero dejar una cosa clara.

—¿El qué?

—Tú no fuiste quien se abalanzó sobre mí.

Gemma se puso como un tomate.

—Jamás voy a superarlo. Estabas dormido como un tronco y me lancé a por ti. No tuviste la menor oportunidad. Deberías ser tú quien presentara cargos contra mí.

Cuando vio que Colin le tendía su enorme mano, la aceptó, pero no lo miró a la cara.

—Gemma —comenzó él—, me gustas desde la primera vez que te vi. —Inspiró hondo—. Quiero pasar tiempo contigo, mucho tiempo, y ver si puede haber algo más entre nosotros. No será fácil, pero te prometo que dejaré las manos quietas hasta que tú me lo digas.

Gemma se alegraba de tener la cabeza agachada, de modo que él no pudiera verle la cara. Le iba a costar mucho no tocarlo. Apartó la mano.

—Tienes que aclarar las cosas con Jean. No quiero que la gente vaya diciendo que destrocé vuestra relación. Y si va a comportarse como el dragón de Shrek, no saldré contigo.

Colin resopló.

—Has hablado con Rachel. La llama «Jean el Dragón» cada vez que le ensucia la cocina. Jean y yo nos conocemos desde hace mucho tiempo, y que quede entre nosotros, pero creo que hay otro hombre en su vida.

Lo miró con expresión penetrante.

—¿Por eso quieres salir conmigo? ¿Para vengarte de ella? ¿Para que se ponga celosa?

—¿No te parece que el hecho de que no esté celoso porque Jean está viendo a otro habla por sí solo? —La miró con una sonrisa—. Bueno, ¿te gustaría que empezáramos a salir para ver qué tal nos llevamos?

—Me lo voy a pensar —contestó, aunque apartó la vista para que no se diera cuenta de lo complacida que estaba—. Con una condición.

—Dispara.

—¡Que te dejes de secretitos conmigo! Quiero saberlo todo sobre ti y quiero conocer al verdadero Colin. Estoy un poco harta de escuchar que los Frazier siempre han mantenido las distancias. Creía que estabas a punto de casarte, y nadie parece creer lo contrario.

Colin asintió con la cabeza.

—Me parece razonable. Te pido disculpas por todo. Es que eres la primera mujer que me interesa desde hace mucho tiempo y por eso cometo errores.

Le gustaba lo que Colin estaba diciendo, pero también era cauta. Se puso en pie.

—Creo que deberíamos volver.

Colin no se movió.

—Verte boxear me ha matado del todo. Ayúdame a levantarme. —Le tendió una mano.

Gemma sonrió y le cogió la mano para darle un tirón... momento que él aprovechó para tirar a su vez y dejarla entre sus piernas, de modo que sus caras quedaron a la misma altura.

No tuvo tiempo de tomar aire antes de que él la besara. Fue un beso tierno y dulce, pero también iba cargado con toda la pasión que ella acumulaba desde que lo conoció. Sus fuertes brazos la rodearon y la pegaron a su cuerpo. Podía sentir los fuertes músculos de su torso contra sus pechos.

Separó los labios bajo el asalto de la boca de Colin y, cuando sintió su lengua, gimió. Se le aflojaron los músculos y se amoldó a sus brazos. Se sometió. «Hazme lo que quieras», gritaba su postura.

Colin la separó de golpe de su cuerpo.

—¿Te parece lo bastante real? —preguntó él con voz ronca—. ¿Quieres que te diga que te deseo desde que te vi estirarte para coger un libro del estante superior?

—¿De verdad?

La besó en la mejilla.

—Me gusta tu mente. —Le besó la otra mejilla—. Me gusta tu cuerpo. —Le besó la nariz—. De momento, Gemma Ranford, no he visto nada de ti que no me guste. Si me das un poco de tiempo, creo que podría pasar del «me gustas» a algo mucho más profundo.

—Yo también lo creo —susurró ella.

Colin la apartó un poco más.

—¿Y ya está? ¿No dices nada más?

—Si quisiera más palabras en mi vida, no te querría a ti, ¿no te parece? —replicó con todo el descaro del que fue capaz.

Colin soltó una carcajada.

—Por fin me entero de la verdad. No me quieres por mi cerebro, ¿a que no?

Gemma le acarició un brazo, recorriéndole el bíceps hasta llegar al enorme y duro deltoides.

—Si solo quisiera un cerebro, me habría ido a por Kirk.

Colin soltó una risilla antes de ponerse en pie.

—Vamos a...

—Estoy de acuerdo. Vamos a mantenerlo en secreto hasta que se lo hayas contado a Jean. Me cae bien y no quiero hacerle daño.

—Jean es dura, pero me encargaré de todo. En realidad, iba a decir: «Vamos a ver si Sara ya ha sacado el postre.» AS Hace unas tartas con frutas deliciosas.

Gemma gimió.

—Yo hablando de asuntos del corazón y tú preocupado por tu estómago.

—Tu estómago también me gusta —dijo él—. Cuando lleguemos a esa parte, ¿te pondrás los guantes para mí?

—Claro. A lo mejor podríamos entrenar juntos.

—Yo estaba pensando en que solo te pusieras los guantes. Y nada más.

—¡Colin! —escucharon que lo llamaba una voz—. ¿Estás por ahí?

—Es Ramsey. Supongo que el postre está listo. ¿Quieres que salgamos juntos o por separado?

—Ve tú primero —contestó—. Yo me reuniré con vosotros en unos minutos. —Se apartó de Colin—. No le cuentes nada a nadie.

—Si es lo que quieres, es lo que haré —aseguró él al tiempo que salía del cenador, tras lo cual ella lo escuchó hablando con Ramsey.

Gemma quería estar un momento a solas para reflexionar acerca de lo que estaba pasándole. No dejaba de darle vueltas a lo que Tris le había contado sobre el deseo de su sobrina y sobre cómo se había cumplido. A sus ojos, parecía que sus deseos también se estaban cumpliendo. Tenía el trabajo que tanto había deseado y estaba disfrutando de cada minuto que pasaba enterrada entre los viejos documentos. Y en ese momento el hombre por el que se sentía atraída desde que lo conoció le había pedido salir.

El único problema era su antigua novia. Porque no sabía si Jean creía de verdad que su relación había acabado de forma definitiva.

Y después estaban los Frazier, se recordó. ¿Cómo reaccionarían cuando su adorada Jean dejara de formar parte de la familia?

Se cubrió la cara con las manos. Por más vueltas que le daba, no se imaginaba un final feliz. Si tuviera dos dedos de frente, le diría a Colin que mantuviera las distancias.

Sin embargo, sabía que no se lo iba a decir. Ser altruista era algo bueno, pero rechazar a un hombre que parecía ser la personificación de todos sus deseos era una tontería.

Echó a andar de vuelta a la casa.

13

—Gemma —dijo Sara mientras le ofrecía un plato con un postre que llevaba fresas—, ¿de verdad vas pedirle a la Piedra de los Deseos que te conceda un buen trabajo?

Gemma estaba tan distraída pensando en Colin y en ella que no sabía de qué estaba hablando Sara.

—Necesito ducharme y cambiarme.

—Por nosotros no te molestes —le dijo Rams.

—Ajá, quédate en pantalones cortos —terció Luke.

Gemma miró a Mike y se encogió de hombros.

—Claro, ¿por qué no? —dijo mientras aceptaba el plato y se alejaba para sentarse en la hierba a la sombra del árbol. Colin estaba en una silla, lo más lejos posible de ella. Ni siquiera lo miró.

Joce fue la primera en hablar.

—Estábamos hablando sobre la Piedra de los Deseos y pensando para qué usaríamos su magia. Luke quiere ser inmortal.

—¡Madre mía! —exclamó Gemma—. Desde luego sabes pedir deseos a lo grande.

—Mi mujer se ha dejado atrás unos cuantos detalles —replicó el aludido—. Todos los escritores ansían la inmortalidad. Por eso somos tan vanidosos y creemos que los demás leerán nuestros pensamientos. Aunque sería agradable pensar que mis nietos leerán mis libros.

—Estoy segura de que lo harán —le dijo Joce con una sonrisa.

—Las opiniones de las esposas no sirven —terció Rams—. Y tú, Sara, ¿qué pedirías?

—No deseo nada. Tengo la casa que quería, el hombre que quería y esto —contestó, frotándose la barriga.

—¡Ja! —exclamó Mike.

Todos lo miraron.

—Fui su tercera opción —comentó Mike, haciendo que todos estallaran en carcajadas.

—¿Me he perdido la broma o algo?

—Pásate una tarde y ayúdame a dar biberones y a cambiar pañales y te lo contaré todo —contestó Joce—. Pero puedo asegurarte que Mike no fue su tercera opción.

—No se habría fijado en mí de habernos conocido en circunstancias normales —aseguró Mike.

Tess lo miró con expresión adusta.

—Te habría organizado una cita con Sara si te hubieras molestado en pasarte de vez en cuando.

—Lo habría hecho si...

—¡Orden en la sala! —exclamó Rams en voz alta—. Ya lo discutiréis después. Retomemos el tema. Sara, primita querida, debe de haber algo que desees.

—Buena salud y seguridad para todos mis seres queridos.

—¡Bah! —exclamó Tess, que siseó antes de añadir—: Tus seres queridos son la población entera de Edilean. Si se te concediera ese deseo, seríamos un pueblo sin enfermedades y sin accidentes.

—Me parece genial —replicó Sara.

—Hay una cosa que sí quieres —dijo Mike—. Me lo dijiste el otro día.

Sara lo miró extrañada un instante y después sonrió.

—Eso era una broma y no te atrevas a decirles lo que te comenté.

—Suéltalo ahora mismo —exigió Luke.

—Mis labios están sellados. —Mike levantó los brazos en señal de rendición—. Tengo que vivir con ella. Si quiere confesar...

Todos la miraron.

—¡Vale! —claudicó Sara, exasperada—. Dije que... —Suspiró—. Fue una tontería, de verdad. Solo dije que envidiaba que Joce hubiera tenido gemelos. Tess, apóyame. ¿No te gustaría una parejita a la vez?

—¡Desde luego que no! —contestó la aludida—. Solo puedo lidiar con uno como máximo. Mi abuela fue la única madre que conocí y nadie puede ser peor que ella. Me da miedo que... —Dejó la frase en el aire para beber un sorbo de té helado.

Mike extendió un brazo y tomó la mano de su hermana para darle un apretón. Sus ojos le dijeron que estaba de su parte.

—Tess, lo siento —se disculpó Sara—. No quería molestarte.

—Antes de dar a luz me preocupaba mucho la idea de no querer a mis hijos —confesó Joce.

—Y ahora no se aparta de ellos en ningún momento —añadió Luke.

—Esto se está poniendo muy serio para mi gusto —dijo Colin—. Sara, ¿tienes más fresas de estas?

—Claro, ahora mismo te traigo más.

—Ni hablar —la detuvo Colin, que se puso en pie y se acercó a la mesita—. Mike, ¿cuál es tu deseo?

—Muy sencillo —contestó el aludido—. Quiero detener a alguien que sea malo de verdad.

—Yo también —replicó Colin mientras volvía a sentarse.

—Perdonadme si parezco un poco obtusa —le dijo Joce a Mike—, pero ¿no fue eso lo que hiciste en otoño?

—Lo hizo mi mujer —le recordó Mike, sonriéndole a Sara con orgullo—. Y tuvimos mucha ayuda. Me gustaría ponerle fin a mi carrera profesional con un castillo de fuegos artificiales.

Sara miró a Gemma.

—Mi marido dejará de trabajar para el departamento de policía de Fort Lauderdale en breve y parece un león enjaulado porque lo obligué a prometerme que buscaría un trabajo de oficina.

—¿Un león, yo? —preguntó Mike sin quitarse la vista de encima.

—Arregladlo después —dijo Rams—. ¿Quién queda por pedir un deseo? ¿Colin?

—¿Qué dices tú, Rams? —le preguntó Colin a su vez.

—Conseguí lo que quería cuando Tess me dijo que sí.

—Qué bonito —comentó Gemma.

—Estás echando balones fuera —dijo Luke—. ¿Qué, el abogado que vive en ti no puede revelar sus secretos? Te vendría bien desear un poco de coraje.

—Pues tú podrías pedir que te crecieran un par de...

—¡No empecéis! —exclamó Joce—. Yo todavía no he pedido mi deseo.

Todos la miraron.

—He decidido pedirlo cuando necesite algo de verdad.

—Creo que yo haré lo mismo —comentó Rams.

—¡Amor Verdadero! —exclamó Sara—. Alguien tiene que desear el Amor Verdadero.

Todo el mundo miró a Colin y después a Gemma, ya que eran los dos únicos solteros del grupo.

—Colin es un Frazier —señaló Gemma—, así que no creo que deba tontear con este tema.

—Crees en este asunto de los deseos, ¿verdad? —le preguntó Joce con los ojos como platos.

Gemma no podía decirles lo que Tris le había contado en confianza.

—Es que me gustaría investigar un poco más antes de...

—Estoy de acuerdo con Sara —la interrumpió Colin, poniéndose en pie—. ¿Por qué no desear el Amor Verdadero? Ahora tengo una casa, ¿por qué no llenarla? —Levantó el vaso de limonada y todo el mundo lo imitó—. Deseo que dentro de un año volvamos a reunirnos todos y que yo esté con mi amor verdadero.

—Y que esté esperando un niño —añadió Sara.

—Eso —dijo Colin—. Y que Sara tenga dos niños, así que Mike, ponte manos a la obra. Y que Tess sea la mejor madre del mundo, que Mike detenga a un criminal de lo peor y... ¿me olvido de alguien?

—¡De Luke! —contestó Gemma—. El escritor.

—Y de Joce y de mí —añadió Rams.

Colin mantuvo su vaso en alto.

—Que Luke consiga que sus libros se recuerden siempre y que Rams y Joce encuentren algo que desear. —Se llevó el vaso a los labios para beber.

—¿Y qué pasa con Gemma? —preguntó Mike.

—Es la última persona de la faz de la Tierra de la que podría olvidarme —contestó Colin mientras la miraba—. Deseo que consigas todo lo que te propongas en la vida.

Todos se volvieron hacia ella y se percataron de que se ponía colorada.

—Porque se cumplan los deseos —dijo Rams, y todos bebieron.

Nell, que estaba en Miami sentada junto a la cama de su padre en el hospital, levantó su osito.

—¿Ves, papi? Te lo dije.

—¿El qué me has dicho, cariño?

—Que el collar de *Landy* parpadea.

—Claro que sí —replicó Jake cogiendo el osito para mirar el colgante de cerca. Consistía en una piedra muy brillante engarzada en una montura ovalada. La verdad, tenía pinta de ser valioso—. ¿Dónde lo has conseguido?

—Estaba en esa caja de bisutería barata que compré en el mercadillo de la iglesia —respondió Addy, que se encontraba al otro lado de la cama.

—¿Cómo acabó allí? —preguntó él.

—No tengo la menor idea —respondió Addy—. ¿Por qué quieres saberlo?

—Por nada —contestó—. Es que no parece bisutería y a lo mejor alguien lo está buscando.

Nell le quitó el osito. No le gustaba lo que su padre estaba diciendo. Casi había olvidado que los padres imponían reglas que debían cumplirse.

—No creo —replicó Addy—. El colgante estaba entre dos piezas de plomo, como si alguien lo hubiera usado para pescar. Nell y yo tuvimos que sujetarlo y usar dos destornilladores para sacarlo.

Su marido rio entre dientes.

—De tal palo tal astilla.

Nell aferró su osito y su colgante.

—Me gusta.

—De acuerdo —claudicó Jake—. Puedes quedártelo. —Miró a su mujer—. Pero después... —Dejó el resto de la frase en el aire, pero ella lo entendió.

Cuando regresaran a Edilean, tendría que descubrir de dónde procedía el colgante.

14

Colin dejó a sus amigos en la Granja de Merlin a regañadientes. Aunque su plan era llevar a Gemma a casa, ella había declinado su ofrecimiento. Sabía por qué lo había hecho. Quería que aclarara las cosas con Jean antes de quedarse a solas con él.

Aunque era consciente de que Gemma tenía razón, temía la confrontación con Jean. Aparcó junto a su oficina y estaba a punto de salir del coche cuando se lo pensó mejor y siguió sentado, mirando las ventanas de su apartamento. Gemma le había dicho que quería que le contara cosas sobre su vida, pero él no quería hacerlo. Durante muchos años había ido en la dirección equivocada, intentando ser algo que no era. Su obsesión por querer ayudar a la gente había hecho que, en ocasiones, se olvidara de sí mismo.

La obligación que sentía hacia su familia, hacia la gente con la que había crecido, hacia su pueblo natal y, sobre todo, hacia la mujer que quiso en el pasado con todo su corazón había estado a punto de abrumarlo. Y eso no era precisamente algo que quisiera contarle a la mujer con la que creía tener un futuro.

Mientras miraba las ventanas del horrible apartamento que tanto odiaba, se imaginó lo que le esperaba. A Jean le encantaba el melodrama y montar escenas, por eso era tan buena en los tribunales, y no sabía cómo iba a reaccionar en ese caso en concreto. ¿Se echaría a llorar y él acabaría consolándola? ¿O se pondría furiosa, le gritaría y lo acusaría de haberla traicionado?

Cuando era joven, las escenas de Jean le resultaban necesarias. Una buena discusión con ella lo ayudaba a eliminar parte de la tensión y de la rabia que acumulaba por la forma en la que su vida discurría.

Después de una de sus peleas, y del consiguiente polvo para hacer las paces, conseguía seguir trabajando en el negocio de su padre durante seis o siete semanas más. Cuando la tensión crecía en su interior y sabía que estaba a punto de estallar, manipulaba a Jean de tal manera que acabaran discutiendo de nuevo.

Pero todo eso acabó hacía mucho tiempo, pensó mientras seguía sentado en el asiento de su Jeep. Decidió apartarse de ella cuando Jean aceptó un trabajo en Washington D.C.

Cerró los ojos y se permitió recordar los primeros días con Jean.

Durante su último curso universitario en la Universidad de Virginia, su padre le suplicó que se uniera a su negocio.

—Te daré lo que quieras —le prometió su padre—. Que te redacte el contrato un abogado. Si quieres el cincuenta por ciento de la empresa, o el ochenta, es tuyo. Si quieres que me jubile y os lo deje todo a tus hermanos y a ti, lo haré.

Lo único que Colin quería, lo único que siempre había querido, era convertirse en el sheriff de Edilean. Y le daba igual que el pueblo jamás hubiera tenido uno.

En un intento por razonar con él, o lo que era lo mismo, en un intento por conseguir que Colin viera las cosas a su modo, su padre le dijo:

—Necesitas un trabajo que te reporte beneficios, con el que puedas ganar dinero. Es una cuestión de orgullo.

Añadió el último comentario porque sabía que su hijo no necesitaba el dinero. Cuando Colin tenía dieciséis años, su padre se quejaba amargamente del programa informático de gestión que usaba su empresa, ya que solo le permitía trabajar con ciertas marcas y con cien modelos.

—Empieza a fallar si me paso de ese número —afirmaba, indignado.

En aquella época, Colin estaba en el último curso del instituto y una de sus asignaturas era programación informática.

A la mañana siguiente, Colin habló con su profesor y juntos diseñaron un programa.

Colin se lo regaló a su padre el mismo día de su graduación.

—Muchacho, se supone que soy yo quien debe darte un regalo —comentó su padre, mirando asombrado los discos compactos—. ¿Es música?

—Métselo en el ordenador y lo sabrás —contestó Colin.

Cuando el señor Frazier vio lo que el programa podía hacer, lo patentó, les pagó una pasta a un par de ingenieros informáticos para que lo pulieran y después lo lanzó al mercado. Todos los beneficios obtenidos por la venta se repartieron al cincuenta por ciento entre Colin y su profesor. El dinero que ganaron les garantizaba que no tendrían que volver a trabajar jamás.

Cuando Colin se graduó en la universidad, no quería vender coches, pero odiaba que su padre le suplicara. Además, era incapaz de decirle que no y llevaba encima el peso de la tradición, ya que sus antepasados siempre habían trabajado en algo relacionado con los vehículos con ruedas. No hacerlo era dejar en la estacada a varias generaciones de Frazier. De modo que accedió a intentarlo. Comenzó a trabajar en el concesionario de Richmond e hizo todo lo posible para vender coches.

Pero lo odiaba. No le gustaba vender y era malísimo. Su porcentaje de venta era tan bajo que los demás vendedores se reían de él.

Fue Jean quien lo cambió todo.

Dos semanas después de haberse graduado, comenzó a trabajar para su padre. Solo tenía veintiún años. Jean apareció en el concesionario porque quería comprar un coche y era tan guapa que fue incapaz de apartar los ojos de ella. Fue su hermano quien efectuó la venta.

Colin pensó que ya no la vería de nuevo, pero ella lo llamó después y lo invitó a salir. Acabaron en la cama y, dos meses después, comenzaron a vivir juntos en el apartamento de Jean.

Al igual que su padre, Jean lo animaba a seguir en el negocio familiar y durante cuatro años siguieron siendo pareja. Lo arrastró a su vida, llena de cenas a la luz de las velas y de salidas nocturnas. Sus casos legales le resultaban fascinantes y muchas noches se quedaban levantados hasta muy tarde, trabajando en ellos. Era lo más cerca que Colin había estado de trabajar en lo que tanto le gustaba: el cumplimiento de la ley. Hizo suyo el mundo de Jean, pero no le importó porque estar tan involucrado en su vida lo ayudaba a superar la infelicidad que le provocaba el trabajo. Además, era tan joven y tenía tan poca experiencia que todo lo concerniente a Jean lo tenía hipnotizado.

En su etapa universitaria había estado tan ocupado con los estudios, cualquier asignatura remotamente relacionada con la criminología, y con los deportes que no había tenido tiempo para nada más. Había salido con chicas, pero ninguna había conseguido mantener su interés durante mucho tiempo. Quería una mujer interesante, con otra ambición en la vida además de la ropa.

Jean, que era seis años mayor que él, abogada y gran conocedora del mundo, convirtió dicho deseo en realidad, y fueron cuatro años juntos maravillosos.

Colin no era consciente, pero siempre había supuesto que en algún momento dado dejarían de salir con tanta frecuencia, dejarían de pasar los fines de semanas en Napa y dejarían de discutir de forma tan escandalosa. Creía que su relación adquiría seriedad y que, cuando eso sucediera, se mudarían a Edilean. Vivirían en una casa de verdad con un patio enorme y no tendrían que conformarse con una pequeña terraza con vistas a la ciudad. Tendrían niños e irían juntos a la iglesia.

Todo cambió una noche, cuando Jean llegó a casa y le contó emocionada que tenía una interesante oferta de trabajo en Washington D.C.

—Por supuesto, no he aceptado todavía —añadió.

Colin sonrió. Era obvio que quería consultarlo con él antes de tomar una decisión tan importante. Pero no fue eso lo que Jean hizo. De hecho, no le pidió su opinión al respecto.

—Quiero comprobar si Briggs está dispuesto a pagarme lo mismo. Voy a enfrentarlos. Haré una subasta conmigo misma para ver quién puja más alto y quien lo haga será el ganador. ¡Ah! Tengo que llamar a mi madre para contárselo. Va a volverse loca de alegría. —Tras darle unas palmaditas en la pierna, Jean se levantó del sofá con la copa de vino en la mano y fue a llamar a su madre.

Colin siguió sentado en silencio y, de repente, tuvo una revelación sobre su vida. Trabajaba en algo que odiaba y vivía donde no quería. Y todo para complacer a otras personas.

Sabía que Jean se planteaba aceptar ese trabajo sin consultarlo con él porque estaba convencida de que la seguiría.

¿Por qué no iba a estarlo? Él podría irse donde quisiera. No le cabía la menor duda de que a su padre le encantaría comprar un concesionario de automóviles en Washington D.C.

Si quisiera irse a Italia, su padre posiblemente le comprara uno también.

Cuando Jean volvió a la estancia, lo hizo aún más emocionada. Y entonces se percató de que Colin no había hecho el menor comentario. Pidieron comida china y ella se pasó toda la cena hablando. Solo echó el freno cuando acabaron de comer.

—Estás muy callado. ¿No quieres decir algo sobre estas maravillosas noticias?

—Me voy a Edilean.

—Una idea genial. A tus padres les encantará saber que he conseguido semejante promoción. Dentro de tres años me nombrarán socia del bufete.

Y siguió hablando de sus planes y de su vida.

Mientras Colin recogía los platos, Jean cogió el teléfono y se dispuso a llamar a un sinfín de gente para anunciar la noticia. Cuando Colin acabó, entró en el dormitorio y sacó las maletas del armario.

Jean tardó una hora en entrar en el dormitorio y, para entonces, Colin había acabado de hacer el equipaje.

—¿Puedo usar tu móvil? —le preguntó ella—. La batería del mío ha muerto y estoy demasiado emocionada como para hablar sentada por culpa del cargador. ¿Qué haces?

—Ya te lo he dicho. Me voy a casa.

—Vale. Nos veremos este fin de semana. Supongo que te llevarás el móvil, ¿verdad?

—Pues sí, me lo llevo —contestó al tiempo que cogía las dos maletas y salía por la puerta del apartamento.

Cuando Jean apareció en el pueblo con las fabulosas noticias de que había aceptado el trabajo y de que se mudaría a Washington D.C. en dos semanas, Colin ya había alquilado una oficina. Y ya se había enfrentado a su padre.

Había escuchado con serenidad todos los motivos por los que su padre creía que debía regresar a Richmond.

—¡Te necesitamos! —suplicó el señor Frazier.

Colin no perdió los estribos en ningún momento y su decisión no flaqueó. Por fin tenía las cosas claras, y no pensaba dar marcha atrás.

—Vosotros no me necesitáis, pero la gente de Edilean sí —le dijo.

Cuando Jean apareció en el pueblo, estaba enfadada. Entró en tromba en la oficina y se lanzó directamente a su yugular.

—¿Qué estás haciendo? —le gritó—. Me has dejado sola dos semanas y he tenido que hacer todos los preparativos para la mudanza sin ayuda. ¡Joder! ¡Eres un egoísta!

Acto seguido, echó un vistazo por la oficina. Durante los cincuenta años o así que llevaba en pie, el edificio había sido muchas cosas. En su última reencarnación, se vendían bocadillos y refrescos. Colin había donado todo el contenido del edificio a una residencia de ancianos, y después había comprado un par de mesas, algunas sillas y un viejo archivador en una subasta. Todavía tenía que pintar.

—¿Qué es este lugar? —quiso saber Jean, que puso cara de asco—. Es asqueroso. Y está muy sucio.

—¿Te parece bien que compre unos cubos y unas fregonas y lo limpiemos?

—No tengo tiempo para aguantar tu extraño sentido del humor ahora mismo. ¿Has hecho el equipaje?

Habían estado dos semanas sin verse y sin hablar por teléfono, pero Jean parecía convencida de que había estado ocupado recogiendo sus cosas para mudarse a su nuevo lugar de trabajo.

Al ver que no se movía, Jean se sentó en la vieja silla de madera situada frente a su mesa.

—¿Y ahora qué te pasa? —le preguntó como si necesitara grandes dosis de paciencia para lidiar con él.

Colin estaba asombrado al comprobar lo distintos que eran sus sentimientos por ella y por la vida en general después de haberse librado de un trabajo que odiaba. En solo dos semanas, había conseguido hacer cosas más satisfactorias que durante todos los años que había pasado trabajando con su padre.

—Esta es mi oficina —anunció con una serenidad que Jean no le había escuchado nunca.

—No lo entiendo. ¿Cómo vas a tener una oficina aquí si vamos a vivir en Washington D.C.? ¿Piensas venir todos los fines de semana?

Fueron necesarias tres horas, con lágrimas por ambas partes, para que Jean comprendiera sin el menor género de duda que estaba cortando con ella.

Al final, se aferró a la ira. Aunque ella había cortado con muchos hombres, era el primero que le daba la patada. Sin embargo, las lágrimas y la furia no iban a convencer a Colin de que cambiara de opinión. Ni siquiera cuando Jean le dijo que rechazaría el trabajo y conservaría el antiguo.

Era evidente que ninguno consideraba la idea de que Jean viviera en Edilean.

Se separaron con más animosidad de la que a Colin le habría gustado y tardó bastante en sacársela de la cabeza. La echaba mucho de menos y algunas veces incluso cogía el teléfono para llamarla cuando pasaba algo importante.

Se entregó en cuerpo y alma al trabajo. Habló largo y tendido con el sheriff del condado, Tom Wilderson. Puesto que Edilean no tenía sheriff, lo mejor que se le ocurrió a Tom fue nombrar agente a Colin y abrir una oficina en el pueblo.

—Pero el condado no puede permitirse... —adujo el sheriff.

—Yo lo pagaré —lo interrumpió Colin—. Todos los gastos correrán de mi bolsillo.

Una vez que Tom se recuperó de la sorpresa, le dio el visto bueno a la propuesta de Colin, ya que el muchacho le caía bien. Sin embargo, como sabía que los Frazier eran ricos, suponía que Colin renunciaría al puesto al cabo de un par de meses. ¿Quién iba a querer solucionar disputas domésticas cuando podía estar tumbado junto a la piscina?

Colin no renunció. Al contrario, a lo largo de los años, Tom descubrió que la serenidad y la inteligencia de Colin eran una ayuda muy valiosa. Durante el primer año, se produjo un incidente que Colin manejó muy bien. Dos hermanos estaban pescando en los alrededores de Edilean y acabaron peleándose de tal forma que uno disparó al otro. Asaltado por los remordimientos y el dolor, el fratricida amenazó con matar a una familia que estaba celebrando un picnic. Colin lo convenció de que no lo hiciera.

No obstante, aunque la vida profesional de Colin había ido viento en popa, su vida personal se había resentido.

Después de cortar, estuvo varios años sin ver a Jean. Aunque había salido con unas cuantas mujeres, algunas de Edilean, no había tenido suerte con ninguna. Una de ellas odiaba su trabajo como sheriff del pueblo. En el fondo, Colin descubrió que lo que buscaba era el prestigio que podría obtener de su pareja, por lo que prefería un abogado o un médico. Lo más horrible de todo fue que tras salir con ella cuatro veces descubrió que la mujer daba por sentado que iban a casarse.

Otra resultó tan espantosa como Isla, la chica a la que su madre había estado a punto de contratar. Se quedó pasmada al ver la propiedad de los Frazier. La avaricia la poseyó y Colin cortó con ella al día siguiente.

Tras años de relaciones fallidas, Jean apareció de nuevo en su vida.

Fue un año antes más o menos. Se encontraba en los juzgados del condado examinando unos documentos antiguos cuando se la encontró de repente, al alzar la vista. Se le había olvidado lo guapa que era y lo bien arreglada que iba siempre. Puesto que había vivido con ella, sabía muy bien la cantidad de tiempo y el esfuerzo que necesitaba para conseguir ese aspecto, pero se le olvidó todo eso nada más verla.

Al cabo de unos minutos, estaban almorzando y ella le contó que había vuelto a su antiguo bufete de Richmond.

—He decidido que prefiero ser alguien importante —dijo—. En Washington D.C. había muchos como yo.

Una hora después estaban en la habitación de un hotel.

Su primera impresión fue que estaba cambiada. Parecía menos vehemente, menos decidida a aplastar a todo aquel que se le cruzara en su camino para llegar a la cumbre.

—He descubierto cuál debe ser la prioridad en la vida —le dijo tras beber un sorbo de vino—. ¡Y mírate! Por fin has madurado.

Jean tenía la habilidad de hacer que los insultos parecieran halagos.

—He tenido mis experiencias a lo largo de los últimos años —adujo Colin.

—Espero que no sufrieras mucho por mi culpa cuando corté contigo.

Colin no la corrigió. Si su ego necesitaba pensar eso, le daba igual.

Aún no estaba seguro de cómo sucedió, pero al cabo de unas semanas volvían a estar juntos. Jean hizo todo lo posible por convencerlo de que quería comprometerse y compartir la vida con él.

—Te he echado mucho de menos —le dijo—. No sabía que se podía echar tanto de menos a alguien.

Aunque echaron unos cuantos polvos, no era como antes. Colin ya no era el muchacho infeliz del pasado. Y ya no estaba hipnotizado por Jean, por su trabajo ni por su belleza.

Había estado en lo cierto al afirmar que había madurado por fin.

En el fondo, sabía que debería haber cortado por lo sano con ella, pero le resultó imposible. Cuando no tramaba algo, era una mujer graciosa y simpática. Sus clientes le regalaban entradas para obras de teatro y conciertos, y Colin disfrutaba mucho acompañándola. Además, su familia la adoraba. Lanny y ella discutían de una forma graciosísima, y salía con su madre de compras. Juntas habían decorado la casa de invitados. Jean le regaló libros de arte a Shamus y le regaló a su padre unos cuantos libros sobre la historia del automóvil que ya estaban descatalogados.

Colin no quería privar a su familia de todas esas cosas, y además estaba harto de sentirse solo. Tampoco había ninguna otra mujer en su vida.

En beneficio de su cordura, decidió ponerle fin a sus encuentros sexuales. Ella se mostraba receptiva, pero él no la quería y prefería que no se hiciera una idea equivocada sobre el futuro de su relación.

Unos tres meses antes, Tom le dijo que había visto a Jean en Richmond con un hombre al que le había presentado como su hermano.

—Un hombre joven y guapo llamado Elliot.

—¿Unos diez años más joven que ella? —le preguntó Colin.

—Ajá, pero supongo que lo conoces.

Colin deseó poder decir que sí, pero no era así. Sabía que Jean no tenía hermanos y que la única pariente viva que tenía era su madre.

—Hija única de una pareja de hijos únicos —solía decir.

Colin era consciente de que si se hubiera sentido celoso del hombre joven y guapo al que había presentado como su hermano, significaría que sentía algo por ella. La verdad era que se alegraba, por lo que comprendió que había llegado el momento de ponerle fin a la amistad que mantenían. Las lágrimas de su madre lo asustaban un poco. Siempre había estado segura de que Jean se convertiría en su nuera, pero poco podía hacer al respecto. Parte de sí mismo sabía que mientras conservara a Jean como compañera, no le interesaría buscar a otra mujer con la que compartir su vida.

Cuando conoció a Gemma, fue como si todas sus plegarias hubieran sido escuchadas. De haber sido supersticioso, habría dicho que la Piedra de los Deseos había obrado su magia.

Cuando la vio sentada en el suelo, rodeada de bolígrafos y papeles, le arrancó una sonrisa. Cada vez que pasaba tiempo con ella, se alegraba por lo que iba descubriendo. Era una mujer tranquila, todo lo contrario de Jean con sus altibajos emocionales y su afán por divertirse. En el caso de Jean, hasta su forma de cocinar era exagerada. Sabía perfectamente que jamás haría unos huevos revueltos.

—¡Qué aburrimiento! —exclamaba—. Llama y que te los traigan hechos.

Sin embargo, Gemma le había preparado una tortilla y se había preocupado por él hasta el punto de decirle que se duchara en su casa. Lo había acompañado al supermercado, había conducido su coche aunque estaba tuneado por Lanny para que fuera más veloz y lo había ayudado a rescatar a un niño. Ese día vio el miedo en su mirada, pero eso no le impidió trepar a sus hombros y coger al niño. Jamás se lo diría a nadie, pero había visto el vídeo en YouTube por lo menos cincuenta veces.

En cuanto a lo sucedido la mañana que se duchó en su casa, era cierto que al principio no recordaba el breve encuentro. Sin embargo, sabía que había dormido mal y que había estado soñando con Gemma. Cuando Lanny lo despertó y se descubrió aún en la casa de invitados, trató de seguir durmiendo.

—No sé lo que estarás soñando, pero me encantaría que lo compartieras conmigo —dijo su hermano.

Colin, que aún no se había espabilado, estuvo a punto de atacarlo. Lo que él interpretó fue que quería hacer un trío con Gemma.

Después, cuando la vio de nuevo, le sorprendió la alegría que lo invadió de repente. Sin embargo, al ver que ella lo miraba como si fuera un ser despreciable, se sintió más desolado de lo que se había sentido en la vida. Y pasmado. ¿Qué había sucedido para que lo despreciara de esa forma?

Intentó sonsacarle qué le sucedía, pero Gemma pasaba de él por completo. Antes de que pudiera descubrirlo, Jean apareció en la barbacoa sin invitación, y al verla ardió en deseos de decirle que se largara y no volviera más.

Cuando Mike le pidió que lo ayudara con el protector acolchado lateral, le alegró alejarse de ella. Sin embargo, su felicidad murió en cuanto escuchó el comentario de Gemma sobre ser «lista y valiente».

De repente, lo comprendió todo y supo lo que había hecho. Se sintió horrorizado. Porque hasta entonces pensaba que había sido un sueño. No quería ni pensar en lo que había hecho. No quería ni pensar que a ella le hubiera sido imposible zafarse de él porque carecía de la fuerza suficiente para quitárselo de encima.

Y después se habría preocupado mucho porque si se lo decía a alguien, podía perder su trabajo, el que tanto le gustaba.

Se mantuvo de pie bajo el árbol, incapaz de moverse, y observó cómo Gemma se empleaba a fondo con los puños y las piernas. Cuando Luke anunció que el tiempo había acabado, ella siguió. Saber que él era el causante de su furia y de su sufrimiento lo asqueó. Mike tuvo que abrazarla para que se detuviera.

Un gesto por su parte bastó para que Mike entendiera que quería quedarse a solas con ella. Aunque Gemma no quisiera mirarlo ni hablar con él, tenía que decirle que nadie podía atacar a una mujer e irse de rositas. Aunque significara el fin de su carrera profesional y de su vida tal como la conocía, pensaba hacer lo correcto.

Cuando Gemma le dijo que no la había forzado, estuvo a punto de cogerla en brazos y besarla. ¡Había sido ella la instigadora!

Tan pronto como lo dijo, su mente comenzó a recordar.

Jean se acercó en ese instante y su presencia le resultó intolerable. Sabía que lo tomaba del brazo para reclamarlo como si fuera su posesión. ¡Cómo se arrepentía de haber mantenido una amistad con ella durante el último año!

Se libró de Jean y se llevó a Gemma a un aparte para hablar en privado. No tardó mucho en averiguar que la única objeción que ella tenía era Jean. Justo entonces deseó poder tomarse el tiempo para explicarle toda la verdad sobre ellos, pero se limitó a decirle una mínima parte de esta. Antes de nada, necesitaba aclarar las cosas entre Jean y él, y después podría contárselo todo a Gemma.

15

Colin salió a regañadientes del coche y subió la escalera que conducía a su apartamento. Sabía que Jean lo estaba esperando porque su Mercedes plateado seguía en el aparcamiento.

Lo primero que vio al abrir la puerta fue su maleta en el suelo. Ella salió del cuarto de baño con un pequeño tubo de pasta de dientes en la mano.

—Por fin has llegado —dijo Jean con voz cantarina—. Te estaba esperando para verte, pero te retrasabas tanto que ya creía que iba a tener que volver a casa de noche. Espero que no te importe si te tomo prestada una maleta.

—Jean, yo... —Se interrumpió, ya que no sabía por dónde empezar.

Ella estaba rebuscando en los armaritos que había en la pared.

—Colin, cariño, ¿te has estado fustigando por esto? Pues claro que sí. El sempiterno deseo de hacer siempre el bien tiene que estar carcomiéndote por dentro. Dime, ¿qué tal la reunión con tus amigos de Edilean? Me refiero a después de que me despacharas.

—Ha estado bien —contestó. Era evidente que aunque Jean llevaba meses sin pisar su apartamento, buscaba cualquier objeto suyo que se hubiera dejado—. Vamos a sentarnos para hablar, ¿te parece?

—No —contestó ella—. Creo que ya lo hemos dicho todo.

Ojalá... —Levantó las manos—. No, me juré que no haría esto. Las cosas son como son.

—Jean, por favor, siéntate para que podamos hablar.

Ella lo fulminó con la mirada.

—No tenemos nada de lo que hablar. Has elegido a otra. Se acabó. ¡Eso es todo, amigos!

—Te comportas como si fuéramos pareja y te hubiera dejado.

—De nuevo.

—¿Cómo?

—Me has dejado de nuevo. Por segunda vez. La primera vez fue cuando conseguí el trabajo en Washington D.C. Estabas tan celoso que me dejaste tirada.

—¿Eso crees?

—Sé que es lo que hiciste. Tenías un trabajo que detestabas, mientras que yo adoraba el mío. Después, conseguí un trabajo todavía mejor, tuviste un ataque de celos y me dejaste. Y también le diste la espalda a tu padre.

Colin siseó, incapaz de replicar ante semejante acusación.

—Ahora, como has conocido a una jovencita universitaria, me dejas. De nuevo. Supongo que crees que esta va a aguantar la forma en la que ninguneas a las mujeres de tu vida.

Colin se estaba recuperando y la rabia le estaba encendiendo la sangre.

—Jamás te he ninguneado. Viví tu vida —le recordó en voz baja.

—De eso nada. —Jean dejó de deambular de un lado para otro y lo miró—. Te escondiste en mi vida. Creías que eras demasiado bueno como para ser un vendedor de coches, pero te aguantaste e hiciste que todo el mundo fuera desdichado, incluida yo. Te tenía tanta lástima que te recogí y permití que vivieras mi vida.

—¿Así es como lo ves? —preguntó en voz baja—. ¿Tú no sacabas nada? ¿No hubo nada entre nosotros?

—Claro que lo hubo —respondió ella—. Durante un tiempo. Solo lamento... —Lo fulminó con la mirada—. Lamento haberte entregado mis mejores años. De no haber tenido que lidiar contigo, podría ser como otras mujeres. Podría tener un par de niños y vivir en Georgetown. —Comenzaba a gritar—. ¿Sabes por qué dejé mi trabajo en Washington D.C.?

—Cuéntamelo, por favor —le pidió con voz fría.

—Por ti. Nunca te has percatado de todas las cosas a las que he renunciado por ti. Te echaba de menos y quería estar contigo. Sabía que no tenías a nadie, por eso volví.

La expresión de Colin se tornó más gélida todavía.

—En los juzgados se rumorea que te despidieron. Me enteré de que te estabas acostando con uno de los socios del bufete y de que su mujer amenazó con divorciarse si no te daban portazo.

Por un instante fue como si la cara de Jean se hinchara por la rabia, pero después sonrió.

—Has ensuciado tu placa para cotillear, ¿no?

—Jean, ¿por qué tenemos que acabar así? —le preguntó—. Cuando volviste, te dije que no creía que fuera a funcionar.

—Y yo te dije que sí que funcionaría. —Se acercó a un armarito para servirse una copa.

—Vas a conducir —le recordó.

—No te preocupes. Solo es gaseosa. —Dio un buen trago—. Bueno, ¿y ahora qué? ¿Te libras de mí lo más rápido que puedas y te vas corriendo con esa marimacho? —Lo miró con los ojos entrecerrados—. Deberías haberme dicho que te gustaba eso. Me habría arreglado un poco menos. ¿También te gustan los látigos y las cadenas?

—Creo que deberías irte. No, mejor. Creo que debería irme yo y que tú te quedaras a dormir. No quiero que conduzcas tan cabreada.

—¿Y adónde te vas a ir? ¿De vuelta con mamá? ¿O con tu novia boxeadora?

Colin aferró el pomo de la puerta. No soportaba escuchar ni una sola palabra más. Si Jean continuaba, acabaría entrando al trapo y diría cosas de las que después se arrepentiría.

—Ah, espera, que te has comprado una casa, ¿no? Me pasé meses, años, intentando que te compraras una casa conmigo, pero nunca quisiste. Acabas de conocer a esta... a esta hermafrodita, ¿y le compras una casa a ella?

De repente, la rabia la abandonó y se dejó caer en el sofá, donde empezó a llorar.

Colin sabía que podría haberla dejado con su rabia y sus falsas acusaciones, pero era incapaz de darle la espalda mientras lloraba. A regañadientes, cerró la puerta y se sentó a su lado. Jean se estremecía por los sollozos, y cuando se pegó contra él, le rodeó los hombros con un brazo.

—Jean, lo siento —le dijo—. Siento todo el dolor que te he causado. No te dejé porque estuviera celoso de tu trabajo.

—¿Y por qué lo hiciste? —preguntó ella—. Creía que formábamos una buena pareja. Creía que lo teníamos todo.

Si le contaba la verdad, se vería obligado a decirle que no habían tenido nada juntos, que todo había sido de ella... o de su padre. Se marchó para perseguir sus sueños, y tal vez eso lo había aprendido de ella. Jean jamás habría aceptado un trabajo que detestaba.

—Mira, ¿por qué no te quedas aquí esta noche? —le ofreció en voz baja, cargada de compasión.

—¿Vas a irte a tu casa? ¿A la casa que le has comprado a ella?

Colin apartó el brazo de sus hombros.

—Compré la casa en Edilean antes de conocer a Gemma. Jean, quiero vivir aquí. En este pueblo. ¿Cómo llamaste a este lugar? ¿No fue «incestuoso»? Me dijiste que no vivirías en Edilean ni muerta. Tienes que darte cuenta de que una relación entre nosotros jamás habría funcionado.

—¿Por qué no me lo dijiste hace años? Ahora tengo treinta y seis años y...

Colin se puso en pie.

—De haberlo sabido, te lo habría dicho. Y, por favor, no intentes hacerme creer que eres tan vieja y tan sosa como para no conseguir a otro hombre. Según tengo entendido, ya tienes a uno. ¿O es tu hermano?

—Elliot es un chico con el que trabajo. Le estoy enseñando.

—Si no me falla la memoria, se te da muy bien enseñar a jóvenes. —Por un instante, casi se sonrieron, de modo que Colin supo que había llegado el momento de marcharse—. Jean, me voy. Diría que voy a llamarte, pero no creo que lo haga. Aunque estés enfadada, sabías que este momento iba a llegar. Mi único error ha sido retrasarlo. Yo... —Ya estaba junto a la puerta—. Te veré en los juzgados.

Salió del apartamento con una sensación de tristeza porque esa parte de su vida había llegado a su fin, pero también con una sensación de felicidad por el misterioso futuro que lo aguardaba.

En el apartamento, Jean dejó de llorar y se tranquilizó al punto.

—¡Cabrón! —dijo en voz alta antes de acercarse al armarito y servirse un whisky.

Desde luego, un punto a favor de Colin era que tenía buen gusto en cuanto a las bebidas... y que podía permitirse lo mejor.

Echó un vistazo por la pequeña y fea cocina para ver qué podía prepararse. Nada. No se había comido la asquerosa hamburguesa que habían servido en casa de los aburridos amigos de Colin. De todas maneras, las detestaba. Además, ver a esa chica con unos minúsculos pantalones cortos y una camiseta incluso más minúscula mientras golpeaba con saña a ese gigante de Mike Newland había hecho que perdiera el poco apetito que tenía.

Después, cuando Colin la había despachado como si fuera insignificante, se había enfurecido... pero no lo había demostrado. En el paleto Edilean, sabía que tenía que sonreír hasta que le doliera la cara.

Cuando se bebió medio vaso, llamó a su tío.

—¿Has comido? —le preguntó con toda la indiferencia de la que fue capaz, aunque se aseguró de que su voz transmitiera cierta tristeza.

—No. Jean, ¿estás bien?

—Ha sido un día duro.

—Pásate por mi casa para hablar.

Jean colgó con una sonrisa.

16

Entre bostezos, Gemma preparó un par de huevos revueltos y metió dos rebanadas de pan integral en el tostador. La tarde anterior la llevaron a casa de Ramsey y Tess. Aunque en un principio no quiso aceptar el favor, Joce la convenció. Si bien había sentido una conexión instantánea con casi todos los habitantes de Edilean, en el caso de Tess había sentido cierta animosidad.

La susodicha comenzó a hablar en cuanto Rams arrancó el coche.

—Vale —dijo—, creo que me he pasado un poco contigo y te has llevado una mala impresión.

—La has acojonado —señaló Rams.

—No, de verdad... —replicó Gemma.

—A Mike le caes bien —la interrumpió Tess.

—Eso significa que puedes cometer un asesinato y que mi mujer testificaría en tu defensa —le explicó Rams.

—¿Te importa? —le dijo Tess—. Estoy intentando disculparme. —Miró a Gemma, aunque no sabía muy bien qué decir.

De modo que buscó algún punto en común entre ambas.

—No pasa nada. A lo mejor podemos hacer ejercicio juntas después de que nazca el niño.

—Si le hiciéramos caso a Mike, Sara y yo estaríamos ya en el gimnasio —comentó Tess.

—Es una buena idea —le aseguró ella—. Podríais hacer ejercicios suaves de piernas y de brazos.

Tess meneó la cabeza.

—¡Mike y tú!

Gemma se alegró al ver que Rams enfilaba la avenida de entrada a la propiedad de los Frazier y que se detenía frente a la casa de invitados. Tras darles las gracias, se despidió y abrió la puerta de la casa. Esperaron a que estuviera segura en el interior antes de marcharse.

Se alegró mucho de regresar a la tranquilidad de la casa de invitados después del largo día. Cogió su bolsa de lona, metió en ella el móvil y un fajo de cartas fechadas en 1775 y salió para leer.

Seguía buscando a Winnie, seguía intentando descubrir algo sobre la Piedra de los Deseos. Sin embargo, había decidido que no escribiría la tesis sobre la Piedra. Tras ver la fascinación que suscitaba entre los habitantes de Edilean la posibilidad de que les concediera un deseo, comenzaba a ver la Piedra como algo peligroso. ¿Y si salía a la luz la historia del deseo que se le había concedido a Nell? Por más que se tratara de explicar que lo sucedido había sido una coincidencia, se produciría una estampida imposible de detener. La gente acudiría en masa al pequeño pueblo de Edilean... y caería como buitres sobre los Frazier.

No quería ni imaginar lo que podía suceder si el mundo descubría la existencia de una piedra capaz de conceder deseos.

Sin embargo, no fue fácil descartar la idea de usar la Piedra de los Deseos como tema de su tesis. Elegir un tema diferente respaldado con hechos fehacientes podría suponerle la obtención de una buena nota. Y eso sería una gran ayuda a la hora de conseguir un trabajo fantástico.

A las diez de la noche ya estaba acostada. A medianoche la despertó la vibración del móvil. Se trataba de un mensaje de Colin preguntándole si quería ayudarlo a elegir los muebles para su casa nueva. Aunque sabía a lo que se refería, no pudo evitar responderle:

Las tiendas están cerradas. Vete a la cama.

Colin le replicó:

Muy graciosa. ¿Nos vemos mañana a las nueve en Fresh Market?

A lo que respondió antes de apagar el teléfono:

Allí estaré.

De modo que, después de desayunar, tardó un buen rato en decidir qué se ponía. ¿Podría considerarse como su primera cita?, se preguntó. ¿Irían a una de esas maravillosas tiendas de muebles donde todo costaba una pasta o a un almacén sin sistema de calefacción ni aire acondicionado?

Acababa de coger la única camisa de seda que tenía cuando pensó que la señora Frazier y Jean elegirían un establecimiento clásico. Colin, por el contrario, era más de almacén. Así que se puso unos vaqueros y una camisa rosa de lino.

Cuando llegó al lugar de la cita, para lo que se vio obligada a usar el navegador, no vio a Colin por ningún lado. De repente, lo vio salir de una enorme furgoneta negra y sonrió.

—Supongo que los Frazier cambiáis a menudo de vehículo.

—¿Cómo dices? —le preguntó él—. Ah, vale. Sí. ¿Estás lista? Tengo bebidas en el coche.

Con eso se subió a la furgoneta y dejó que Gemma se las apañara sola para subir, aunque el vehículo era bastante alto. Vio una bolsa de deporte en el suelo y se percató de que Colin tenía el pelo húmedo. Parecía que había estado haciendo ejercicio esa mañana. Deseó que la hubiera invitado a acompañarlo, pero, por la cara tan seria que tenía, tal vez necesitaba estar solo. Era evidente que algo lo preocupaba.

Tras arrancar, salieron a la carretera.

—Tardaremos una hora en llegar a la tienda. Espero que no te importe.

Le dijo que no le importaba y se sumieron en el silencio. Tras diez minutos, a Gemma le resultó insoportable.

—¿Eres uno de esos tíos a los que les gusta que una mujer les suplique para contarle lo que le pasa?

Él la miró de reojo.

—¿A qué te refieres?

—Bueno, a esos tíos que suspiran tan fuerte que podrían tirar al suelo las revistas de la mesita auxiliar y que dicen que no les pasa nada cuando se les pregunta si les pasa algo. A partir de ese momento, es un trabajo de horas hasta sonsacarles que están enfadados por un problema con su jefe.

—Yo no soy así —le aseguró Colin—. Al menos no suelo serlo. Pero dime una cosa, si un hombre da tanto trabajo, ¿por qué se empeña la mujer en descubrir qué le pasa?

Gemma levantó las manos.

—¡Es una cuestión de supervivencia! El tío en cuestión no la dejará tranquila hasta que ella consiga sacárselo todo. ¡Por eso! No la dejará leer, ni ver la tele, ni hablar por teléfono. Nada hasta que le cuente lo que le preocupa.

Colin enarcó una ceja.

—¿Tu último novio?

—¡Los dos últimos!

—Vale, pues no pienso ser el tercero. Jean y yo discutimos ayer. Y las cosas que me dijo me tienen de mal humor.

Gemma esperó a que siguiera, pero Colin guardó silencio.

—Entonces, ¿eres de esos tíos que necesitan un poco de coacción?

—Estoy tratando de decidir por dónde empiezo.

—A mí me pasa igual —replicó ella—. Quiero descubrirlo todo sobre la Piedra de los Deseos, pero creo que debo empezar por el principio, con el primer Frazier que llegó a Estados Unidos.

—¿Esa es una forma sutil de decirme que empiece por el principio?

—No pretendía ser sutil.

Colin no sonrió como ella esperaba que hiciese. Al final, dijo:

—La verdad, simple y llanamente, es que mi relación con Jean no ha sido típica en ningún momento, y temo que si te hablo de ella, tu opinión sobre mí caiga en picado.

—Creo que la gente es la suma de las experiencias que ha vivido. Por lo que he visto, has dedicado tu vida a ayudar a los demás. Si las experiencias que has compartido con Jean te llevaron en esa dirección, no puede ser tan malo.

Colin apartó la vista un instante de la carretera para mirarla.

—Me gusta esa filosofía —dijo y pensó: «Y me gustas tú.» Tras lo cual, añadió—: Bueno, aquí va.

Empezó a hablar mientras conducía y a Gemma le quedó claro que era la primera vez que le contaba la historia a alguien. La impresión que le había dado el Colin Frazier que había visto en el pueblo, con sus amigos y sus vecinos, era la de un hombre sin problemas en la vida. Un hombre que había tenido una infancia acomodada, sin dificultades económicas. Que había sido un hacha en los deportes a lo largo de su vida de estudiante, que había sacado buenas notas y que había conseguido un trabajo que le encantaba. ¿Qué problema podía tener?

Sin embargo, a medida que escuchaba, descubrió una historia más profunda. Colin intentó mantener un tono ligero mientras le contaba que su padre lo había convencido de que trabajara para él. No obstante, ella había conocido al señor Frazier y tenía la impresión de que era capaz de ser un tirano. Por lo que Colin le contaba, Peregrine Frazier había presionado, acosado y desdeñado a su primogénito hasta conseguir que aceptara un trabajo que él odiaba.

Colin le contó lo mal que se le daba vender coches. Como ejemplo, le contó la historia de una madre soltera con tres niños que llegó con una tartana que tenía más de doscientos mil kilómetros. Colin le vendió un coche por debajo del precio de costo. Su padre le descontó la diferencia de su sueldo.

—Mi padre cree en enseñar lecciones y en ser justo. Habría hecho lo mismo con cualquier otro trabajador, así que tenía que hacerlo con su hijo.

—Claro —comentó Gemma, aunque no estaba de acuerdo. Si Colin trabajaba para hacerle un favor a su padre, ¿no tendría este que devolvérselo de alguna manera?

Colin siguió contándole la historia de cómo conoció a Jean y confesó que se quedó mudo de asombro por su belleza y por su actitud.

—Si no me hubiera llamado, no habría vuelto a verla.

A juzgar por el mal humor que tenía ese día, Gemma se preguntó si eso no habría sido lo mejor.

Cuando le dijo que se mudó a Richmond para vivir con ella en su apartamento, Gemma percibió cierta tristeza en su voz. Sin embargo, recuperó la alegría al contarle que la había ayudado con sus casos.

—Aprendí mucho sobre la ley, sobre su funcionamiento, sobre lo que se podía hacer y lo que no, e incluso colaboré en alguno de los casos haciendo labores de investigación.

Gemma quiso decirle que Jean lo había usado como pasante sin pagarle nada, pero no lo hizo. En cambio, comentó:

—Roy dijo que se te da muy bien resolver misterios. ¿Resolviste alguno de los casos de Jean?

Colin se encogió de hombros con modestia.

—Unos cuantos, sí. Pero no muchos. Recuerdo uno en el que Jean defendía a un hombre que afirmaba haber estado en otro estado cuando asesinaron a su mujer; sin embargo, se descubrió que había usado la tarjeta de crédito cerca del lugar del crimen. Me hice pasar por un camionero e hice unas cuantas preguntas en el sitio donde se había usado la tarjeta del hombre. Descubrí que fue su amante quien la usó. Tiró un expositor para que nadie se percatara de que era ella quien firmaba el tíquet. La mató como venganza porque él le había dicho que iba a volver con su esposa.

—Parece que hacías el trabajo de sheriff antes de que te nombraran como tal.

Colin esbozó su primera sonrisa del día.

—Me estás haciendo recordar cosas que hacía años que no recordaba.

—¿Cuándo cortaste con Jean? Me refiero a la primera vez.

—Cuando las cosas malas de mi vida empezaron a pesar más que las buenas. Mi padre y yo llevábamos seis meses peleándonos porque yo prácticamente regalaba los coches.

—¿Te obligaba a pagarlos?

—Ya te digo —respondió él—, pero me daba igual.

—¿Vivíais del sueldo de Jean? —Gemma no se dio cuenta de que había fruncido el ceño.

—No. Ella se quedaba con su sueldo. Yo lo pagaba todo, salvo su ropa. De haberlo hecho, me habría arruinado. —Era evidente que lo había dicho a modo de broma, pero Gemma no se rio.

—No lo entiendo —dijo—. Tu padre te descontaba dinero del sueldo, ¿y tú mantenías a Jean? Ah, espera. Seguro que vivías del fideicomiso creado por algún antepasado.

Colin le habló sobre el programa informático que a esas alturas utilizaban muchos de los concesionarios de vehículos a lo largo y ancho del país.

Gemma tardó un instante en asimilar la información.

—Supongo que puedes permitirte comprar una casa y amueblarla entera. —Colin la miró para ver cómo la afectaba esa información, pero ella mantuvo una expresión inescrutable—. ¿Qué pasó entre Jean y tú?

Colin siguió contándole cómo cortaron y cómo se alejó de la vida de Jean.

—Fue un movimiento muy cobarde por mi parte —dijo—. Si me hubiera quedado para hablar con ella, a lo mejor habría evitado que pensara lo que me dijo anoche.

Por fin había llegado al quid de la cuestión, a eso que lo tenía tan molesto.

Gemma estuvo pendiente de todas y cada una de sus palabras mientras Colin le contaba cómo Jean lo había tergiversado todo hasta el punto de que creía ser la víctima de la situación. Gemma tuvo que hacer un gran esfuerzo para aplacar la ira. Ansiaba señalar que no le extrañaba que Jean se hubiera cabreado cuando cortó con ella. ¿Dónde iba a encontrar a otro que le pagara el alquiler, la ayudara a resolver sus casos y la entretuviera por las noches?

Decidió que lo más inteligente era reservarse su opinión al respecto.

—Pasó de decirme que era demasiado bueno —siguió Colin— a decirme que era la personificación del mal.

—Así que si ella sabía lo que pasaba, si sabía que aborrecías tu trabajo, si tal como afirmó, usabas su vida como parapeto, ¿por qué trataba de volver contigo? ¿Qué es lo que le gusta de ti?

—El esmoquin me sienta de muerte —contestó él.

Gemma no se rio.

—¿Y qué más?

Colin la miró con gesto sugerente.

—Siempre ha dicho que soy bueno en la cama. Que tengo mucho aguante.

—¡Ah! —exclamó Gemma con los ojos como platos—. ¿Cuatro minutos o cinco?

Colin se echó a reír.

—Gemma, me estás matando.

Ella sonrió.

—Al menos te he hecho reír.

Él la cogió de la mano y le besó el dorso.

—Gracias —dijo—. Sé que Jean estaba dolida y enfadada, pero...

—Sus comentarios te hicieron daño —terminó por él—. Seguro que sabes que el hecho de que se contradijera demuestra que estaba mintiendo.

—¿Eso crees?

—Desde luego. —Guardó silencio un instante—. ¿Qué les vas a decir a tus padres? Quieren mucho a Jean. Cuando tu padre descubra que ya no cocinará más para él, va a enfadarse mucho.

—Le enseñé lo que era el sufrimiento cuando dejé el concesionario.

—Te sientes culpable por muchas cosas, ¿verdad? —le preguntó.

—¿Tú no? ¿Nunca te has arrepentido de haber decepcionado a otra persona?

Gemma no contestó.

—Vamos —la instó él—. Yo me he confesado, así que ahora te toca a ti.

—Cuando mi padre murió, mi madre se quedó desolada. Lo quería con locura y dependía de él para todo. Quiso que yo me encargara de sus obligaciones en casa.

—¿Que repararas el coche? ¿Ese tipo de cosas?

—Más o menos. Quiso que yo pagara las facturas, que recordara la fecha del pago del seguro. Si el fregadero se atascaba, quería que yo llamara al fontanero... Cuando le dije que tenía mucho que estudiar y que no podía encargarme de esas cosas, se enfadó. Me dijo que era un asco de hija.

—¿Cuántos años tenías?

—Doce.

—Demasiado joven para cargar con eso —dijo Colin—. Debería haber sido ella quien te ayudara a ti.

—Pero las cosas no siempre son como deberían ser. De hecho, mi vida nunca ha sido así. Como no podía hacerme cargo de las exigencias de mi madre, me refugié en los libros. Me pasaba los días leyendo, estudiando e investigando. Además, echaba tanto de menos a mi padre que era como si tuviera una enfermedad. Me costaba trabajo pensar con claridad.

—¿Qué hizo tu madre?

—Se volcó en mi hermana pequeña, que cumplió todas sus expectativas y sus sueños. Juntas descubrieron cómo lograr que la casa funcionara. —Gemma lo miró—. ¿Ves? Yo también cargo con cierta culpa.

—¿Sabes lo que creo? —le preguntó él—. Que tu madre es quien debería sentirse culpable, no tú. Tu hermana y tú deberíais haber sido lo más importante para ella. No tenía ningún derecho a cargar sobre sus hijas las responsabilidades de los adultos.

—Gracias —replicó—. Y yo creo que todo lo que te dijo Jean es mentira. Deseaba tanto recuperarte que te dijo lo primero que se le ocurrió para lograr que creyeras que no podías dejarla.

—Sí —convino Colin con una sonrisa. Tras un breve silencio añadió—: Bueno, ¿qué tipo de muebles compramos?

Ella lo miró de arriba abajo, analizando su corpulencia. Todavía tenía los músculos hinchados después de haberlos ejercitado.

Colin se percató de su mirada y entrecerró los ojos de forma muy seductora.

—Macizos —dijo Gemma.

—¿Mis músculos? —replicó él—. No están mal. Una vez...

—No. Me refería a que tenemos que comprar muebles que sean macizos.

Colin rio de nuevo.

—No me vas a dejar presumir, ¿verdad? Primero me ridiculizas por el sexo y ahora me dices que podría romper los muebles solo con sentarme en ellos.

—Supongo que podrías demostrarme que estoy equivocada —susurró.

—Me encantaría —dijo él—. No sabes cuánto me gustaría.

Gemma miró por la ventanilla de la furgoneta para que no viera el rubor que le cubría las mejillas.

—Gracias —lo oyó decir.

Lo miró.

—Lo digo de corazón, Gemma. Gracias por escucharme. Anoche no pegué ojo y me fui al gimnasio de Mike a las cinco de la mañana.

—¿Tú solo?

—Sí. Muy mal, ¿verdad?

—Fatal. Si se te cae encima alguna barra del banco de pesas, podría matarte.

Sin soltarla de la mano, Colin replicó:

—Supongo que la próxima vez tendrás que acompañarme.

—Mañana a las seis y media estaré allí.

—Te esperaré —replicó él al tiempo que entraba en un aparcamiento.

Tal como Gemma había imaginado, la tienda de muebles era un enorme almacén que parecía infinito. Incapaz de resistirse, le contó el dilema que había tenido con la elección de vestuario.

—Supusiste bien —le dijo él mientras bajaba de la furgoneta y sacaba unos planos enrollados del asiento trasero.

Gemma bajó y rodeó el vehículo para acercarse a él.

—¿Cuántos muebles quieres comprar?

Colin le dio una carpeta de plástico donde llevaba varias reglas, cartabones y bolígrafos.

—¿Sabes usarlos?

—Más o menos. No irás a amueblar toda la casa hoy, ¿verdad?

—Pues sí —contestó él—. No quiero pasar otra noche más en ese apartamento y me gustaría dejar esto zanjado. Además, todo el mundo sabe ya que he comprado la casa, así que ¿para qué mantenerlo en secreto? ¿Tienes algún color preferido?

—Solo me interesan los libros. —Tenía ganas de decirle que prefería esperar en la furgoneta. Solo había pisado una tienda de muebles cuando acompañaba a sus amigas a elegir sus muebles antes de casarse—. Colin —dijo con un deje inseguro—, de verdad, yo no...

Colin abrió la puerta del almacén y ella vio lo que parecían kilómetros y kilómetros de muebles. Los ventiladores de techo zumbaban sobre sus cabezas. A la derecha se encontraba una exposición de muebles antiguos. A la izquierda, lámparas.

—Vamos, Ranford, échale valor —la animó Colin.

—No sé por dónde empezar.

—Quiero un sofá —dijo él con firmeza—. Uno en el que pueda dormir la siesta.

—Creo que tu salón no es lo bastante grande —comentó ella sin sonreír siquiera.

Colin se llevó una mano al corazón.

—Otra vez me has hecho daño. Vamos, o te juro que te escondo los guantes de boxeo para que no puedas entrenar.

Gemma levantó los puños y se los colocó a la altura de las sienes.

—No me hacen falta para tumbarte.

—¿Puedo ayudarlos? —les preguntó una mujer que se acercó a ellos.

Avergonzada, Gemma bajó los puños.

—Queremos amueblar una casa entera y queremos hacerlo hoy mismo —contestó Colin—. La entrega es gratuita, ¿verdad?

—Por supuesto —respondió la mujer, que sonrió—. ¿Por dónde quiere empezar?

—Por el sofá —contestaron Colin y Gemma a la vez.

Ambos siguieron a la vendedora al ver que se alejaba.

—¿Piel o tela? ¿Brazos redondeados o rectos? ¿De respaldo alto o bajo?

—Tela, redondeado y alto —respondió Gemma.

—Piel, rectos y bajo —contestó Colin.

—¡Ah! Recién casados —comentó la mujer—. Bueno, vamos, tengo una gran experiencia zanjando discusiones.

Ni Colin ni ella la corrigieron asegurándole que no eran recién casados.

—¿Tienes hambre? —le preguntó Colin mientras sacaba un enorme sándwich de una bolsa de papel.

Se habían detenido a comprarlos en el camino de vuelta a casa. Colin le había mandado un mensaje a Luke desde el restaurante, de modo que cuando llegaron, lo encontraron con Rams. Entre los tres bajaron el colchón y el somier que Colin y Gemma habían metido en la parte posterior de la furgoneta.

—Podríamos haberlos llevado nosotros —le dijo a Colin.

—Gracias, pero no —replicó él.

Gemma siguió a los hombres, cargada con bolsas llenas de sábanas y toallas. Mientras los hombres colocaban la cama, ella les quitó las etiquetas y lo metió todo en la lavadora.

Luke y Rams se marcharon en cuanto la cama estuvo lista, de modo que los dejaron solos, delante de la encimera de la cocina.

—Estoy famélica —contestó ella, que cogió su sándwich y una botella de agua, tras lo cual se marchó al salón para sentarse en la preciosa alfombra.

Cuando Colin apareció, llevaba una botella de champán y dos copas.

—Rams lo ha traído. De parte de Tess. ¿Qué has hecho para caerle tan bien que te envía champán?

—Rams dice que es porque le caigo bien a Mike.

—Entonces te has ganado a Tess. Su hermano es muy importante para ella. —Colin le dio un bocado al sándwich. Mientras masticaba, cogió su botella de agua—. Dos días más así —dijo.

—La verdad, preferiría pasar cuatro horas en el gimnasio —comentó Gemma.

—Yo también —replicó él, mirándola.

Ambos sonrieron.

Entre ellos pasaron las imágenes del día. Se habían reído mucho mientras trataban de imaginar cómo iban a quedar los muebles en su casa... porque ninguno era capaz de visualizarlo. La vendedora, la señora Ellis, con treinta años de experiencia a sus espaldas, estaba acostumbrada a lidiar con parejas como ellos, de modo que les enseñó cómo medir y planear la distribución de cada estancia.

Tardaron una hora más o menos en cogerle el tranquillo al asunto, tras lo cual se adaptaron y se instaló entre ellos una cómoda camaradería. Ambos sabían cuándo era mejor ceder y, además, tal como Gemma había dicho, era la casa de Colin. Cuando la señora Ellis señaló que Gemma también iba a vivir en ella, no la corrigieron. En cambio, apartaron la vista un instante y siguieron como si no la hubieran escuchado.

Solo se detuvieron al llegar al tercer dormitorio. El segundo había sido fácil, ya que lo habían convertido en un dormitorio de invitados con dos camas.

—¿Qué les parece un dormitorio infantil? —sugirió la señora Ellis.

Tanto Colin como Gemma se quedaron plantados, mirándola en silencio.

—Esas cosas pasan —comentó la mujer entre carcajadas. Al ver que seguían en silencio, añadió—: Muy bien, dejaremos la habitación vacía de momento.

Gemma había sido muy consciente de la cercanía de Colin a lo largo del día. Y de la constante mención de un futuro juntos. Estaban eligiendo una mesita de noche cuando la vendedora les preguntó en qué lado dormía cada uno. ¿A quién le gustaba leer? ¿Veían la televisión en la cama?

Gemma y Colin mantuvieron la farsa de que llevaban juntos mucho tiempo, y no negaron ser recién casados.

Sin embargo, cada vez que la señora Ellis sugería algo relacionado con la supuesta relación física existente entre ambos, se miraban. Al principio, dichas miradas fueron tímidas, pero a medida que pasaban las horas, sus ojos se demoraron en el otro. Tras la mención de la habitación infantil por parte de la señora Ellis, Colin cogió a Gemma de una mano y se la sostuvo un rato.

En una ocasión, aprovechando que la vendedora se volvía un instante mientras ellos examinaban los planos, inclinados sobre una mesa de comedor, Colin besó a Gemma. Fue un beso fugaz, como si fuera un colegial haciendo algo a espaldas del maestro, y Gemma se rio. Tras eso, se cogieron varias veces de la mano y en dos ocasiones Colin le pasó un brazo por los hombros.

A ojos de cualquiera que los mirara, parecían una pareja.

Durante el trayecto a casa retomaron la relación amistosa y hablaron sobre todo lo que habían comprado, sobre lo que les había gustado y lo que no.

Gemma recordaba en ese momento todas las caricias y las miradas, y por lo que veía en los ojos de Colin, él también lo estaba haciendo.

Al cabo de un segundo estaban abrazados y besándose.

—Llevo todo el día loco por ti —dijo Colin.

—Y yo.

No dijo que había cerrado los ojos varias veces mientras estaba tan cerca de él, inclinados sobre los planos y sintiendo el roce de su aliento en la mejilla.

—Pero quedamos... —protestó Colin, que hizo ademán de apartarse de ella.

—¿Qué importan las palabras? —replicó Gemma mientras él la besaba en el cuello. Le encantaba su corpulencia, su peso.

Se quedó sin aliento cuando lo vio quitarse la camiseta y pudo contemplar su torso desnudo.

—No tengo condones aquí —le dijo con un deje desolado en la voz.

—Tris me ha recetado la píldora —lo tranquilizó ella.

—Esta vez quiero hacerlo mejor —susurró Colin después de darle un beso abrasador, tras lo cual la levantó en brazos y la llevó al dormitorio, donde la dejó con cuidado sobre el colchón, que tan solo estaba cubierto por la funda.

Estaba atardeciendo y la luz que entraba por la ventana teñía la estancia de dorado.

—Quiero verte —murmuró Colin mientras la desnudaba despacio.

Después de quitarle la camisa, comenzó a besarle los hombros y los brazos, y se llevó uno a uno sus dedos a los labios. Gemma se mantuvo tendida con los ojos cerrados, disfrutando de las deliciosas sensaciones que le provocaba ese hombre mientras le hacía el amor.

De repente, Colin la incorporó colocándole esas manos tan fuertes en la espalda y la besó en los labios, explorando su boca con la lengua. En un abrir y cerrar de ojos, le quitó el sujetador y le acarició los pechos, arrancándole un gemido de deseo.

Después, le quitó los vaqueros muy despacio y fue besándole las piernas a medida que se los bajaba. Cuando la acarició por encima de las bragas, se aferró a él, ¡porque no podía esperar más!

—Todavía no, preciosa —susurró Colin mientras se desabrochaba los vaqueros y se los quitaba.

Gemma adoraba el roce de su piel desnuda. Tenía un cuerpo fuerte, duro y musculoso. El abdomen era una tableta de chocolate perfecta, sin rastro de michelines. Se lo acarició y fue descendiendo poco a poco.

Al llegar a su entrepierna, fue él quien gimió. Tras instarlo a tumbarse de espaldas, exploró su cuerpo a placer con las manos y con los ojos. Era el modelo perfecto para una clase de anatomía, y bien podrían hacer un póster con su foto.

Tras quitarse las bragas, se sentó a horcajadas sobre él. Colin la ayudó a colocarse y creyó que iba a desmayarse cuando la penetró. Llevaba demasiado tiempo deseándolo.

La aferró por la cintura para ayudarla a guardar el equilibrio y después le acarició el trasero, los muslos y las pantorrillas.

—Preciosa —lo oyó susurrar—. Eres preciosa.

Al instante, se volvió llevándosela consigo y la dejó de espaldas sobre el colchón, tras lo cual comenzó a moverse en su interior con gran delicadeza.

Teniendo en cuenta la experiencia anterior, Gemma pensaba que todo sería muy rápido y que el placer sería efímero. Sin embargo, Colin no apresuró el momento. Salió de ella y siguió besándola. Mientras tanto, empezó a acariciarla entre los muslos de una forma desconocida para ella hasta el momento. Parecía conocer la existencia de ciertos lugares que ella ignoraba poseer. Sus dedos sabían qué presión ejercer, dónde frotar, dónde acariciar.

Una vez que estuvo a las puertas de un orgasmo tan intenso como ningún otro, volvió a penetrarla. La delicadeza de sus movimientos hizo que Gemma se aferrara a su espalda mientras le rodeaba las caderas con las piernas.

Sin embargo, volvió a salir de ella antes de que llegara al orgasmo.

—¿Estás bien? —le preguntó mientras se tumbaba a su lado.

—Me voy a morir —logró contestar.

—¡Me alegro! —exclamó Colin al tiempo que la colocaba boca abajo. Tras pasarle un brazo por la cintura, le levantó las caderas para que se pusiera de rodillas y la penetró desde atrás.

Gemma apoyó las manos en la pared.

A partir de ese momento sus embestidas se tornaron más agresivas.

—¡Sí, así! —exclamó ella.

—No quiero hacerte daño —murmuró Colin.

—¿No me crees lo bastante fuerte para soportarlo? —le preguntó mirándolo por encima del hombro.

—¿Ah, sí? Avísame si quieres que pare.

Y comenzó a penetrarla con tal ímpetu que apenas podía mantener las manos en la pared. ¡Le encantaba!

Cuando estaba a punto de estallar, Gemma se apartó de él y se acostó de espaldas al tiempo que le tendía los brazos.

—¿Ya? —le preguntó él con una sonrisa.

—Sí —respondió ella mientras la penetraba de nuevo y en esa ocasión dejó que tanto ella como él llegaran al clímax.

Los espasmos fueron tan salvajes que a Gemma le resultó imposible controlarse.

Al cabo de unos minutos, Colin se apartó y se tumbó a su lado con el cuerpo sudoroso.

—¿Estás bien? —le preguntó.

—Mejor que nunca —logró contestar ella.

Colin le cogió una mano y le besó la palma.

—Yo no estoy seguro, pero creo que también.

Gemma se colocó de costado para mirarlo. Tenía el pelo oscuro alborotado y su piel brillaba por el sudor. Nunca lo había visto tan guapo.

—Ha sido un día agotador, pero me lo he pasado muy bien.

—¿A pesar de haber discutido por los sofás?

—A lo mejor precisamente por eso. —Comenzó a acariciarle el abdomen—. Ya verás como tengo razón sobre el cuero. En esta casa no habría quedado bien.

—Salvo en lo referente a mi sillón.

—Me resulta increíble que hayas encontrado un sillón con los brazos plegables para colocar las latas de cerveza.

—O una taza de té —replicó él—. ¿Crees que no sé que la mesa auxiliar que has elegido puede usarse como mesa de trabajo?

—Pero tú has comprado una mesa de trabajo —se defendió.

—Porque me siento en un sillón. Tú estás acostumbrada a posar ese precioso trasero en la alfombra.

—Es una antigua costumbre —adujo Gemma mientras él extendía un brazo para que apoyara la cabeza—. En realidad, me gusta todo lo que has comprado.

—Lo que hemos comprado —la corrigió—. Nunca se me habría ocurrido mezclar los muebles clásicos con los modernos.

—Supongo que todavía tengo en mente la casa de Sara.

—Sara detesta cualquier cosa que sea moderna. Creo que todo quedará estupendo y, gracias a tu habilidad para medir, todo encajará perfectamente en su sitio.

—La señora Ellis nos ayudó mucho con la distribución.

—Es buena metiendo un montón de chismes en una habitación, ¿verdad? —Colin la miró—. ¿Qué vamos a hacer para llenar los armarios de la cocina?

—A mí no me mires —respondió—. No sé cocinar.

—Ya he visto que preparas una tortilla buenísima y no paras de alardear de tu rollo de carne al horno.

—¡Solo lo he mencionado una vez! Y porque me preguntaste. ¿Quién preparó el asado que te hizo la boca agua, Jean?

—¿Ya estás celosa? Jean jamás cocinaría algo tan vulgar como un simple asado. A menos que requiera algún ingrediente especial traído de París, no querría ni verlo. ¿Vamos a hablar mucho de ella?

—No a menos que tú quieras —respondió ella con seriedad.

Colin la besó de nuevo en la palma de la mano.

—Gracias, pero ya he agotado el cupo. No sé tú, pero yo tengo hambre.

—¿Te refieres a comida de verdad o... prefieres comerme a mí?

—¡Comida de verdad! —contestó mientras salía de la cama y se ponía los vaqueros.

Mientras lo observaba marcharse, con los ojos clavados en los músculos de su espalda, Gemma dijo en voz alta:

—Parece que la luna de miel ha acabado.

Él asomó la cabeza por la puerta.

—Dame de comer y después te demostraré que acaba de empezar.

Gemma recogió la camiseta de Colin del suelo y se la puso mientras pasaba corriendo a su lado de camino al salón.

Colin apenas le había dado dos bocados al sándwich cuando sintió la vibración del móvil. Tras sacarlo del bolsillo leyó el mensaje que le habían enviado.

—Es Roy —dijo—. Tengo que irme. Un robo en Edilean.

Gemma se puso en pie al instante.

—¿Necesitas esto? —le preguntó, refiriéndose a la camiseta que llevaba puesta.

—Ajá —contestó él mientras se ponía los calcetines y los zapatos.

Cuando levantó la mirada, Gemma se había quitado la camiseta y estaba desnuda delante de él. Vestida con ropa normal y corriente era evidente que tenía un buen cuerpo, y le había encantado acariciarla en la cama. Pero así, desnuda, le pareció una chica *pin up* de Alberto Vargas.

La miró con los ojos desorbitados un instante y después retrocedió poco a poco hasta apoyar la espalda en la pared.

—Ooooh —fue lo único que atinó a decir.

Gemma, un tanto avergonzada pero encantada por su reacción, le recordó:

—Tienes que irte.

—No puedo —le aseguró él—. Se me han dormido las piernas. Y mi cerebro ha muerto.

—Voy a... —Se acercó a Colin.

—¡Quieta! —exclamó él—. Si te mueves otra vez, creo que caeré fulminado al suelo.

Gemma intentaba no sonreír, pero al final no pudo evitarlo.

—Vale, me quedaré quieta, pero tienes que irte para salvar Edilean. ¿Y si alguien ha robado una tarta del alféizar de alguna ventana?

—No sé —contestó mientras se acercaba a ella para besarla con dulzura en los labios. Antes de alejarse, le pasó las manos por los costados—. Roy ya puede tener un buen motivo para haberme avisado —dijo como si estuviera al borde de las lágrimas. Y se marchó.

17

El robo había tenido lugar en una de las casas más nuevas de Edilean. En opinión de Colin, se habían construido demasiadas casas juntas en las ocho hectáreas que en otro tiempo fueron campos de labor. Los habitantes más antiguos del pueblo habían intentado frenar la construcción cuando comenzó cinco años atrás, pero no lo habían conseguido. La gente de ciudad, encantada por la idea de vivir en «el pintoresco pueblecito de Edilean, Virginia, un lugar por el que no pasa el tiempo», tal como proclamaban los folletos publicitarios, habían comprado las casas incluso antes de que estuvieran terminadas. Desde entonces, muchas personas se habían marchado. Porque Edilean, por más cerca que estuviera de varias poblaciones más grandes, era demasiado rural para ellas.

Colin sabía más acerca de los «forasteros», como los llamaban (algo que los llamarían con independencia de los años que permanecieran en el pueblo), que el resto de los habitantes oriundos del lugar, y conocía en cierta forma a esa familia. La mujer era ama de casa y tenía una niña y un chico de tres años. El hombre trabajaba en Portsmouth, en algo relacionado con el ejército. Colin siempre había tenido la impresión de que eran una familia agradable.

—¿Qué te ha pasado? —le preguntó Roy nada más verlo entrar en la casa y reparar en su pelo revuelto y en su expresión soñolienta. Ya había desplegado la cinta amarilla delante de la puerta del dormitorio y había sacado fotografías de toda la casa.

Colin le lanzó una mirada elocuente para que se callara.

—Ah, claro —dijo Roy—. Jean. —Esbozó una sonrisilla traviesa por el aspecto de recién salido de la cama que tenía.

—Lo hemos dejado —masculló Colin, y el modo en el que lo dijo le indicó a Roy que no debía decir nada más al respecto—. Dime qué ha pasado.

Roy lo puso al día de los detalles: habían robado un anillo de diamantes. La propietaria lo guardaba en un compartimento oculto en uno de los postes de la cama. Por desgracia, no había fotos del anillo.

—A juzgar por lo revuelto que estaba el dormitorio, parece que al ladrón le costó encontrarlo. Yo apuesto a que han sido unos críos —añadió Roy—. Tal vez a modo de reto. Creo que ha sido cuestión de suerte que encontraran el anillo.

Colin pasó por debajo de la cinta amarilla y empezó a echar un vistazo a su alrededor. Si bien era cierto que la habitación estaba desordenada, con los cojines por el suelo, un pico de la alfombra vuelto y una silla volcada, había algo en esa escena que no terminaba de encajar. Más que nada porque se tardaría muy poco en ponerlo todo en su sitio. Daba la sensación de que el ladrón lo había revuelto todo de forma precipitada.

Miró el poste de la cama. Habían desenroscado un trozo de la parte inferior para dejar al descubierto un hueco en el interior del poste. No se podría haber escondido mucho en dicho hueco, pero un anillo cabía sin demasiado problema. Pensó en un primer momento en la señora Ellis, de la tienda de muebles. Solo alguien que conocía bien los muebles sabría que había un escondrijo ahí dentro... o un cliente que poseía un mueble igual.

Le indicó a Roy que averiguara quién había comprado una cama idéntica en la zona, y ella lo anotó.

Después de que Roy saliera del dormitorio, Colin dio una vuelta, examinándolo todo. Encima de la cómoda se encontraban los perfumes y los cosméticos habituales, así como unas cuantas fotos enmarcadas de la familia. No vio nada en el armario que pareciera haber sido tocado, ni tampoco vio nada fuera de lugar en el cuarto de baño.

Cuando Roy volvió, le contó que la cama pertenecía a los padres de la mujer y que su padre la había hecho él mismo.

—Es única.

Eso lo desconcertó. Solo alguien que conociera a la propietaria sabría que había un hueco en el poste. Tal parecía que alguien cercano a la familia había perpetrado el robo.

Colin encontró a la mujer sentada en la cocina, mientras bebía de una taza de café que sostenía con manos temblorosas. La mujer le contó que estaba muy alterada porque el robo había tenido lugar a plena luz del día.

—Estaba fuera, cuidando los rosales, y los niños jugaban con sus cosas. Entré para preparar la cena, pero hasta después de cenar no me di cuenta de que me habían registrado el dormitorio —explicó ella—. No quiero ni pensar en qué habría pasado si alguno de los niños o yo misma hubiéramos sorprendido al ladrón. —Bebió un sorbo de café, aunque el temblor de las manos no desaparecía—. ¡Ojalá hubiera mantenido la boca cerrada!

Colin la escuchó con atención mientras la mujer le contaba que su tía había muerto hacía unos meses y que le había dejado un anillo de diamantes. Cuando llevó a su hijo a jugar a la explanada del supermercado Armstrong, lo había enseñado.

—Cualquiera pudo verlo. La mitad del condado compra allí.

—¿Estamos hablando de más de un diamante, de algo que debería asegurarse por separado?

—No, la verdad es que no —contestó ella—. El anillo tiene un diamante central, rodeado de unos cuantos más pequeños. Creo que el central tiene algo así como medio quilate, tal vez más.

—¿Sabe cuánto vale?

—No tengo ni idea —respondió ella, que clavó la mirada en la taza del café un momento antes de alzarla de nuevo—. Unos dos mil o tres mil a lo sumo, pero creo que podría haber dejado caer que valía más.

Tenía una expresión tan culpable que Colin la miró con una sonrisa amable.

—Fanfarronear no es un crimen, lo hacemos todos. Quiero que me cuente cosas de la cama. ¿Quién sabía que el anillo estaba escondido en uno de los postes?

—¡Nadie! —exclamó ella—. Mi padre me enseñó el hueco cuando era pequeña. Mi madre era muy tacaña, y una vez, cuando quería algo que ella se negó a comprarme, mi padre me enseñó dónde escondía sus ahorrillos. Era nuestro secreto. Cuando me casé, mis padres querían comprarnos muebles nuevos, pero yo les pedí la cama que mi padre había hecho. Él sabía por qué la quería.

—¿Le habló a su marido del poste?

—Pues no. Y tampoco se lo he dicho a mis hijos ni a mi mejor amiga. No le he hablado a nadie de ese hueco. Era mi caja de seguridad privada.

—¿Tiene algún hermano al que su padre le haya podido hablar del poste?

—Tengo un hermano que vive en Wisconsin. Mi padre y él nunca se llevaron bien, así que dudo mucho de que mi padre se lo contara. ¿Cree que ha cogido un avión para venir y robar el anillo?

Colin no estaba seguro de si lo decía en serio o era un comentario sarcástico. Fuera como fuese, cerró el cuaderno y la miró.

—¿Han tocado algo más en la casa?

—No que yo sepa. Roy ha registrado todas las habitaciones. Me ha dicho que soy una buena ama de casa.

Colin le sonrió para tranquilizarla y le pidió que no entrara en el dormitorio esa noche. No creía que fuera a encontrar nada, pero quería buscar huellas dactilares.

Roy y él salieron de la casa.

—¿Qué te parece? —le preguntó ella una vez en el exterior—. ¿Un reto entre críos?

—No, no lo creo.

Colin miraba las ventanas con el ceño fruncido. No quería decir lo que pensaba, pero el instinto le decía que no se trataba de un robo normal y corriente.

Dentro de la casa, la hija de diez años miraba las ramitas que su madre le había dejado en un cajón. Solía dejarle flores, sobre todo rosas, pero eso era distinto. Las ramitas eran largas y delgadas, de colores pastel y muy bonitas, y en el extremo, su madre las había atado con una cinta rosa. No sabía que las ramitas eran de sauce. Con una sonrisa, la niña metió el ramito debajo de su almohada. Tal vez soñaría con la persona que se había colado en su casa y había robado el bonito anillo de su madre.

18

Cuando Colin abandonó el lugar del robo, tenía la mente tan abotargada por lo sucedido que era incapaz de pensar con claridad. Solo pensaba en volver a casa junto a Gemma y contarle lo que había visto y lo desconcertante que era el caso.

No podía decirse que los robos en Edilean fueran inexistentes, pero casi nunca era complicado averiguar lo sucedido. El ladrón rompía el cristal de una puerta y entraba. Solía llevarse un televisor o un equipo de música, o vaciaba un joyero, antes de salir corriendo por otra puerta.

Sin embargo, ese robo era distinto. Colin no consideraba importante que no hubieran tenido que forzar la entrada. La mayoría de los habitantes de Edilean dejaba la puerta abierta, sobre todo de día, cuando se encontraban en casa.

Lo más desconcertante era la facilidad con la que el ladrón había encontrado el anillo en su escondite. Habían abierto el joyero de la mujer, pero esta le había contado a Roy que apenas habían tocado el contenido. Eso le indicaba que el ladrón era lo bastante bueno como para saber a simple vista que ni una sola de las piezas del joyero era valiosa.

Además, ¿por qué habían volcado los muebles?, se preguntó. ¿Acaso el ladrón creía que la policía iba a pensar que había buscado debajo de una silla?

Colin no lo creía posible, pero aunque solo hacía conjeturas, diría que se trataba de un profesional. Claro que eso no tenía sentido. ¿Por qué iba a molestarse un ladrón profesional en robar un anillo que valía unos pocos miles de dólares?

Cuando Colin aparcó, vio que la camioneta seguía allí. Eso quería decir que seguramente Gemma estuviera dentro, y la idea le arrancó una sonrisa. Abrió la puerta lateral, y pensó en decirle que la mantuviera cerrada, y la llamó. Cuando no obtuvo respuesta, perdió la sonrisa. Se había ido. ¿Había vuelto andando o alguien la había recogido?

La llamó al móvil, pero saltó el buzón de voz. Deambuló por la casa vacía, se dio cuenta de que ella había hecho la cama con sábanas limpias y se dejó caer en ella. Era tarde y sabía que debería ducharse antes de dormir, pero no quería hacerlo. Además, no quería eliminar el olor de Gemma de su piel.

Se quedó tumbado, con la vista clavada en el techo mientras pensaba en ella, sobre todo en lo que sentía con ella. El hecho de que le hubiera hablado de Jean, de que se hubiera sincerado y Gemma no lo hubiera juzgado fue genial. Gemma tenía muchas cosas que le gustaban, como su carácter tranquilo o lo... Sonrió. O lo maravilloso que era su cuerpo. Se deleitó recordando el tiempo que habían pasado en la cama. Le gustaba su fuerza, su...

Salió de su ensimismamiento cuando le vibró el móvil. Era su padre.

—Me he enterado de que hoy has estado combatiendo el crimen —dijo Peregrine Frazier—. ¿Quién ha sido? ¿Unos críos?

Colin no pensaba hablar del caso con su padre. Las soluciones a todos los delitos cometidos en Edilean eran que le pasara los casos al departamento de policía de Williamsburg y que volviera a vender coches.

—Papá —dijo con voz seria—, tengo que hablar contigo.

—¿Sí? ¿Qué pasa?

—¿Mamá está ahí? ¿Puede oírte?

—No, estoy solo —contestó su padre al tiempo que miraba a su mujer, que se encontraba en el otro extremo de la estancia. Esta se sentó junto a él en el diván y pegó la cabeza al teléfono.

—¿Crees que mamá se alterará mucho si se entera de que lo he dejado con Jean?

—Bueno... —comenzó Peregrine despacio mientras le hacía gestos a su mujer para que dejara de dar botes por la habitación—. A tu madre siempre le ha caído bien Jean. De hecho, todos la queremos, pero...

—Pero ¿qué?

—Que ni tu madre ni yo nos la imaginábamos viviendo en Edilean.

Alea Frazier no dejaba de decir «¡Gemma! ¡Gemma!» en voz baja.

—Mira, hijo, yo no me preocuparía demasiado. Estas cosas pasan. Recuerdo cuando estaba en la universidad y...

Alea le lanzó una mirada amenazante.

Grinny carraspeó.

—Hoy he jugado al golf con Henry Shaw y me ha dicho que ayer estuviste en casa de Sara y de Mike.

—No es un secreto.

—También me ha dicho que la querida Gemma estaba tan enfadada contigo por algo que ni te dirigía la palabra.

Alea miró a su marido, espantada, ya que era la primera noticia que tenía al respecto. Hizo ademán de coger el teléfono, pero su marido se lo impidió.

Grinny se levantó y le dio la espalda a su mujer.

—Colin, lo que quiero decir es que no está bien maltratar a un trabajador hasta tal punto de que se enfade contigo. Creo que deberías...

—Nos hemos reconciliado —lo interrumpió Colin.

—¿Reconciliado? ¿Qué quiere decir eso?

—Papá, no eres tan mayor. Gemma y yo nos hemos reconciliado —insistió.

Grinny se volvió hacia su mujer y le levantó el pulgar.

—Me alegro de oírlo. Henry me ha dicho que Gemma dio toda una exhibición de boxeo. ¿Es verdad?

—Ya lo creo —contestó Colin con tal emoción que su padre se hizo una idea de lo bien que Gemma lo había hecho.

—Siento mucho habérmelo perdido —repuso Grinny, y Alea lo miró con el ceño fruncido.

Su mujer se tocó el dedo anular de la mano izquierda. Grinny la miró sin dar crédito a lo que veía antes de darle la espalda una vez más.

—¿Eso quiere decir que Gemma y tú os lleváis bien?

—Somos amigos —dijo Colin—, y no pienso decirte nada más. ¿La has visto en la última hora o así?

—No —contestó Grinny—. ¿No está contigo?

—Ahora mismo no. Supuse que había vuelto a la casa de invitados, pero no contesta al teléfono.

Grinny inspiró hondo, cosa que siempre hacía antes de un sermón.

—Hijo, que sepas que Gemma es una mujer muy guapa y es sangre nueva en el pueblo, no sé si me entiendes. Se la ha visto mucho con el doctor Tris. En tu lugar, yo le declararía mis sentimientos a la primera oportunidad. No quiero que titubees y la dejes escapar.

—¿Quieres decir que debería darme prisa y reclamarla? —preguntó Colin.

—Precisamente.

—Mamá está contigo, ¿verdad? Y te está dando la tabarra para que la ayudes a casar a uno de sus hijos.

—Ahí le has dado, hijo. Justo en el clavo.

—A mamá le da igual con quien me case, solo quiere que lo haga, ¿verdad? —preguntó Colin.

—Creo que busca más el resultado final.

Colin gimió.

—Otra vez con los nietos, no. Ojalá Ariel volviera para que mamá le diera la tabarra a ella.

—Tú eres el primogénito, así que la responsabilidad es tuya. —Grinny miraba a su mujer, que asentía con la cabeza en señal de aprobación.

—Hago todo lo que puedo, papá. ¿Podrías comprobar que Gemma haya vuelto sin problemas?

—Claro —le aseguró Grinny. Hizo una pausa—. Crees que Jean... quiero decir que si...

—¿Si vendrá para cocinarte algo? —terminó Colin—. Seguramente lo haría, pero lo mismo aderezá el ponche con anticongelante.

—Una pena —replicó Grinny—. Una pena tremenda. ¿Y crees que Gemma podría...?

—No, no sabe cocinar. Buenas noches, papá.

—Buenas noches, hijo.

Colin se levantó de la cama y fue a la cocina, meneando la cabeza al recordar las palabras de su padre mientras su madre lo escuchaba todo. Sabía que no había nada en el frigorífico, pero miró de todas maneras.

La botella de champán sin abrir de Tess seguía allí y, para su sorpresa, Gemma le había llenado el frigorífico. También encontró una nota suya. El hecho de que se la hubiera dejado dentro del frigorífico le arrancó una carcajada. Empezaba a conocerlo muy bien.

Me he divertido en el supermercado. Ya te lo contaré. Duerme bien

GEMMA

Sacó la comida del frigorífico y en cuestión de minutos estaba sentado a la encimera, comiendo pollo, grelos y una enorme patata asada, y bebiéndose un botellín de su cerveza preferida sin vaso.

Cuando le vibró el móvil, lo sacó con la esperanza de que fuera Gemma. Sin embargo, se encontró con un mensaje de Sara.

¿Te has enterado de lo que ha hecho Gemma hoy con el señor Lang?

Llamó a Sara al instante. Ella contestó al primer tono.

—Cuéntamelo todo —le ordenó.

—Quiero hacerlo, pero Mike me ha dicho que no puedo. Dice que es asunto de Gemma. ¿Crees que las cosas se arreglarán entre vosotros?

—¡No te hagas la tonta! Estoy seguro de que Luke y Rams también te han dicho que Gemma y yo hemos comprado un montón de muebles hoy. Hemos vuelto. Lang no le habrá hecho uno de sus truquitos a Gemma, ¿verdad?

—No te alteres —le dijo Sara—. El señor Lang está tan enamorado de Gemma que he pensado que Mike tendría que darle
una pastilla para que se tranquilizara.

—¿Enamorado de ella? ¿Qué ha pasado?

—Yo no estaba, pero... Esto... me han pillado. Es imposible
escabullirse cuando tu marido es un detective. Espera un momento. —Mientras esperaba, Colin escuchaba de fondo la voz ronca
de Mike—. Mi marido dice que te espera en el gimnasio a las seis
y media de la mañana. Dice que Gemma ha dicho que te lo contaría todo entonces. Y ahora voy a colgar antes de pronunciar
una sola palabra más. Mañana nos vamos, así que tendrás que
llamarme para ver cómo va lo del robo. Buenas noches.

Colin llamó a Gemma una vez más, pero le saltó de nuevo
el buzón de voz. Le dejó un mensaje diciéndole que lo había
reemplazado con el señor Lang. Media hora después, Colin ya
se había duchado, pero seguía sin tener noticias de Gemma.

Al cabo de un rato, su padre le mandó un mensaje diciéndole
que Gemma estaba bien, que estaba dormida... y que no le gustaba que la despertasen. Colin se acostó y se durmió con una sonrisa en los labios.

19

Después de que Colin se marchara para investigar el robo, Gemma se duchó y puso las sábanas limpias en la cama. No sabía muy bien si debía quedarse y esperarlo, o marcharse.

Deambuló por la casa, observando la madera y pensando en los muebles que habían comprado. No pudo evitar preguntarse si ella llegaría a usar dichos muebles. ¿Viviría algún día en una casa que le gustara tanto como le gustaba esa?

Pensó en todas las cosas que Colin le había contado sobre Jean y supo que debería sentir compasión por él. Las cosas que Jean le había dicho eran hirientes. Aunque también era consciente de que debería compadecerse un poco de Jean.

En cualquier caso, no se compadecía de ninguno de los dos. Más bien se alegraba de todo lo que había sucedido. Se alegraba de que Colin hubiera cortado con Jean y de que... De que ¿qué? ¿De que fuera suyo?

Una idea ridícula. Las personas no eran pertenencias. Nunca había tenido la sensación de que alguien fuera suyo. No, ella siempre había sido independiente, la dueña de su destino, la dueña de sus pensamientos y de sus escasas pertenencias.

Se sentó en un taburete de la cocina. La verdad era que desde que su padre murió, ella tampoco le había pertenecido a nadie.

De repente, recordó que había pensado que su mayor deseo sería pertenecer a un lugar. ¿No era eso lo que le estaba sucediendo con Edilean? Había caído en las garras del pueblo desde el día que llegó. No solo sentía que iba conociendo a la gente poco a poco, sino que tenía la impresión de que le habían dado las llaves del lugar.

En el poco tiempo que llevaba en Edilean había visto las dos facciones que residían en el pueblo. Los «forasteros», tal como los llamaban, y después los Frazier, los McDowell, los Connor y los descendientes de las siete familias fundadoras.

Precisamente era ese grupo el que la había absorbido. Y no solo porque estuviera residiendo en la propiedad de los Frazier. Seguro que había algo más. ¿Y si hubiera deseado mantenerse apartada de la familia? ¿Y si hubiera preferido relacionarse con algunas de las chicas que había visto en el supermercado de Ellie?

En cierto modo, era como si no hubiera tenido ni voz ni voto en el tema. Como si alguien... No quería siquiera pensar en la posibilidad que comenzaba a tomar forma en su mente.

Era como si su deseo de pertenecer a algún lugar hubiera surgido del corazón y alguien lo hubiera escuchado. ¿Quién? ¿El qué? ¿La Piedra de los Deseos?

Se rio de semejante idea mientras se acercaba al frigorífico. Al ver que solo contenía una botella de champán, lo cerró y cogió un juego de llaves de la pared. Lo menos que podía hacer era comprarle comida a Colin. Le echó un vistazo a la enorme camioneta aparcada en el garaje y deseó que no la hubieran tuneado para convertirla en alguna bestia veloz.

Mientras metía marcha atrás para sacar el vehículo del garaje, comprobó que no la habían tuneado. De camino a la tienda, se dijo que la idea de que la Piedra le hubiera concedido un deseo a ella era ridícula.

Pero luego recordó lo que Colin había escrito en su diario. «También funciona para las esposas de los Frazier.»

¿Y si la Piedra concedía deseos a aquellas mujeres que iban a convertirse en Frazier en el futuro?, pensó. ¿Cómo iba a saber algo así la Piedra? Aunque claro, si una piedra era capaz de conceder deseos, algo imposible, y de descubrir dichos deseos cuando estaban guardados en el corazón de las personas, algo absurdo, por supuesto que podría saber el futuro de cualquiera.

Gemma recorrió el supermercado echando productos en el

carrito mientras reflexionaba sobre todo eso. No sabía lo que le gustaba comer a Colin, salvo en el caso de la ternera, que le había apuntado Jean. Claro que podía suponerlo. Cogió un pollo recién asado y lo echó al carrito.

Cuando llegó al otro extremo del supermercado, lo llevaba casi lleno y solo necesitaba fiambre. La charcutería estaba vacía. Sin embargo, en el pasillo situado frente al mostrador vio al hombre más extraño con el que se había topado en la vida. Mediría poco más de metro y medio, y tenía una cabeza muy grande, tanto que a primera vista no parecía tener cuello, y su cuerpo era menudo pero fuerte. Cuando se volvió para mirarla, tuvo que esforzarse para no exclamar. Sus ojos saltones y redondos, sumados a una boca muy pequeña, lo hacían parecer un cruce entre un gnomo y Gollum. Tenía una piel rosada y muy tersa, sin apenas arrugas. Podría tener cuarenta años o bien ciento diez. No habría sabido decirlo.

Supo quién era al instante: el infame señor Lang. Y por algún motivo que no supo comprender, el hombre le cayó bien de inmediato. Le encantaría sentarse con él para hablar y conocerlo a fondo.

No obstante y aunque no lo conocía, era evidente que el hombre estaba muy molesto en ese momento. Para ser tan fuerte, se movía con gran rapidez de una estantería a otra, buscando algo por los pasillos.

Gemma ni siquiera se presentó.

—¿Qué pasa? —le preguntó mientras se acercaba a él, como si quisiera protegerlo.

—Van a verme —contestó el hombre con una voz gutural que no parecía usar mucho.

No perdió el tiempo preguntándole a quién se refería. Miró hacia el otro extremo de la tienda y vio a tres mujeres vestidas como si acabaran de salir del servicio dominical. Parecían enfrascadas en una seria discusión sobre la mermelada. En el siguiente pasillo había otras dos mujeres, ataviadas exactamente igual que las otras tres, pero leyendo la etiqueta de una lata de tomate. Era imposible que el señor Lang se escabullera por el pasillo sin que alguno de los dos grupos lo viera.

Gemma miró al hombrecillo, que en ese momento cambiaba el peso del cuerpo de un pie a otro, como si estuviera desesperado por salir del supermercado lo antes posible.

Su mente analizó todas las posibilidades a velocidad de vértigo. ¿Habría alguna manera de usar su cuerpo para ocultarlo y sacarlo a la calle? Si fuera invierno, podría ocultarlo con un abrigo, pero no llevaba nada para poder hacerlo.

Su instinto protector aumentaba a medida que los segundos pasaban. ¡Tenía que protegerlo! De haber tenido una espada, se habría puesto frente a él en actitud protectora.

Al dar media vuelta, vio que pasaba un dependiente, empujando una enorme caja de servilletas de papel que en ese momento estaba vacía.

Ni siquiera se detuvo a pensarlo. Corrió hacia el dependiente y aferró la caja. El señor Lang parecía haberle leído el pensamiento porque corrió hacia el mostrador de la charcutería. Gemma levantó la caja y el hombre se agazapó para que lo cubriera con ella.

Unos segundos después las cinco mujeres aparecieron por los pasillos y se detuvieron al ver la enorme caja delante del mostrador.

—Es raro que Ellie tenga la tienda tan desordenada —comentó una de ellas.

—Creo que el servicio ha ido decayendo desde hace unos años —señaló otra.

—¿Creéis que Ellie tiene problemas económicos?

—¡Por el amor de Dios! —exclamó la más alta—. Algún dependiente habrá dejado la caja ahí. No es culpa de Ellie. Vamos a apartarla y ya está.

Gemma rodeó la caja y se colocó frente a las mujeres.

—Creo que está tapando algo que se ha derramado. Es mejor que no se manchen los zapatos —se apresuró a explicar.

—Espero que no sea tóxico —dijo una mujer.

Gemma temió estar destrozando en un instante la reputación de Ellie.

—En realidad, creo que se ha roto un tarro de jarabe de arce.

—Seguro que fue el muchacho de los Hausinger —replicó una señora vestida de rosa—. Acabo de verlo con su madre. No lo castigan nunca.

—¿No atienden hoy? —preguntó una de las mujeres—. Necesito un poco de jamón york. —Golpeó varias veces el timbre situado sobre el mostrador.

Gemma se colocó entre la señora y el mostrador. Solo tenía que conseguir que los dependientes no levantaran la caja para llevársela.

Al ver que Ellie salía de la trastienda, Gemma se preguntó cómo podría conseguir que la mujer le siguiera la corriente. Las mujeres empezaron a hablar a la vez, molestas por la presencia de la enorme caja delante del mostrador. Gemma aprovechó el jaleo para colocarse detrás del grupo y empezó a agitar los brazos y a negar con la cabeza mirando a Ellie. Después, señaló la caja y articuló con los labios: «¡No!»

Bajó los brazos al ver que una de las señoras se volvía para mirarla.

Ellie lo pilló todo al vuelo.

—¿Qué les pongo, señoras? Acaba de llegar el pescado fresco a la pescadería. —Se vio obligada a escuchar las quejas de las mujeres acerca de la estrechez que provocaba la caja en el pasillo, todo ello formulado de forma amable y constructiva, aunque en el fondo no fuera esa la intención.

Ellie insistió para ver qué querían y una de las mujeres miró a Gemma como si se preguntara quién era, tras lo cual afirmó que había llegado antes.

Gemma colocó la mano sobre la caja y se apoyó sobre ella como si fuera la propietaria, mientras decía que todavía no lo había decidido.

Ellie atendió a las mujeres y las despachó en tiempo récord. Cuando una de ellas protestó por el precio, replicó que se le había olvidado aplicar el descuento del día.

En cuanto las mujeres se volvieron para marcharse, Ellie se apresuró a rodear el mostrador. Tras ordenarle a un dependiente que siguiera a las señoras para asegurarse de que no entraban de nuevo, miró a Gemma.

—¿Qué has atrapado? Por favor, dime que no es una rata.

Gemma no pudo evitar sonreír de forma traviesa mientras levantaba la enorme caja. Allí, sentado en el suelo con las piernas cruzadas, se encontraba el señor Lang, muy contento.

—A eso lo llamo yo reutilizar el cartón —comentó Ellie, arrancándole una carcajada a Gemma.

Con la agilidad de una persona mucho más joven, el señor Lang se puso en pie y miró a Gemma en silencio un instante. Estaba a punto de marcharse, pero se volvió y dijo:

—Gracias.

Acto seguido, desapareció por un pasillo.

—No estoy segura de haberle oído decir eso alguna vez —dijo Ellie mientras hacía un gesto con la cabeza para indicarle a un dependiente que se llevara la caja.

—¿Te importaría explicarme de qué va todo esto? —le preguntó Gemma.

—¿Lang tenía miedo de que las mujeres lo vieran?

—Actuaba como si estuvieran armadas con rifles y él fuera la presa.

Ellie rio entre dientes.

—Si hay alguien que quiera perseguirlo con un rifle soy yo, por el precio que le pone a sus productos. En cualquier caso, Lang conoce a gente de Edilean que nació en la década de los treinta y últimamente está muy solicitado por todos aquellos que quieren indagar sobre sus antepasados.

—¿Es un genealogista?

—¡Ja! Lang es un fisgón, lo ha sido toda la vida. Le gusta enterarse de todo lo que hablan los demás y espiar a la gente.

—Eso no está bien —comentó Gemma.

—A Lang no le importa.

—¿Quiénes eran las mujeres?

—Son miembros de la Asociación de Mujeres de Edilean y quieren que hable en su próxima reunión.

—Pero ¿no lo considera un honor? ¿O es que le da miedo hablar en público?

—Le da miedo que lo vean. Le gusta permanecer en el anonimato. Si pudiera ser invisible, lo sería. Si la gente lo reconoce, ya no podrá espiar más. Antes le teníamos miedo y a él le encantaba, pero ahora se ha convertido en toda una celebridad. —Ellie sonrió—. El otoño pasado, cuando mi hija atrapó a una pareja de delincuentes, convirtió a Lang sin querer en una persona respetable. Desde entonces, es una alegría ver cómo las pasa canutas.

—Eso suena fatal —replicó Gemma, aunque no pudo evitar sonreír al escuchar el tono alegre de Ellie.

La dueña de la tienda agitó una mano en el aire y dijo:

—Ese hombre tiene un pasado de película. Bueno, dime qué te pongo.

—¿Sabes qué prefiere Colin para almorzar?

—Desde luego que sí —contestó Ellie con una sonrisa mientras rodeaba el mostrador. Cuando acabó de cortar el fiambre, sonreía de oreja a oreja—. Así que has conquistado a Colin y ahora también al viejo Lang, ¿no? —Tenía un brillo alegre en los ojos—. Bienvenida a Edilean, Gemma. Aunque desde que te vi, supe que pertenecías a este pueblo —le aseguró.

—Gracias —dijo Gemma.

Ellie acababa de confirmar lo que ella había pensado poco antes.

Regresó a la casa de Colin y colocó la compra sin dejar de pensar en todo lo que había pasado en la tienda. Si el señor Lang se había pasado la vida fisgoneando, tal vez pudiera ayudarla a resolver el misterio de Julian, Winnie y Tamsen.

Acabó de colocarlo todo, pero aún no tenía noticias de Colin. Puesto que hasta ese momento nunca la había llamado para decirle a qué hora volvería, decidió marcharse caminando a la propiedad de los Frazier. Eran algo más de seis kilómetros y estaba oscureciendo, pero necesitaba ese tiempo para pensar.

Mientras entraba en la casa que ya veía como un hogar, dijo en voz alta:

—Quiero descubrir qué escribió Tamsen sobre ti... digo... sobre la Piedra de los Deseos.

Se sintió un poco ridícula al decir eso en voz alta, pero no pudo evitarlo; o tal vez lo hiciera para comprobar si era cierto que los deseos se hacían realidad.

Veinte minutos más tarde, Shamus, que estaba durmiendo, se

dio media vuelta y tiró al suelo la caja de sus pinturas, que hasta entonces estaba en la mesita de noche. La había encontrado entre las cosas que su madre había enviado desde Inglaterra, una antigua caja de madera. Tras sacar los papeles que contenía y dejarlos en la casa de invitados, la hizo suya. Era una caja bonita, con el tamaño perfecto para guardar su cuaderno de dibujo y la funda de los lápices que le había hecho Rachel. La parte delantera estaba adornada con el grabado de un árbol. Lanny aseguraba que se parecía al vetusto roble que crecía en el centro de la plaza de Edilean. Sin embargo, su padre decía que la caja era tan antigua que el árbol que sirvió de modelo llevaba mucho tiempo muerto.

A Shamus le gustaba tanto la caja que rara vez se separaba de ella desde que su madre le dijo que podía quedársela.

De modo que no iba a hacerle mucha gracia comprobar que la caída había dañado una de sus esquinas. El golpe había arrancado un trocito de madera y había dejado a la vista un legajo de papeles muy antiguos oculto en su interior.

20

A las seis y media de la mañana siguiente, Gemma se encontraba en la puerta del gimnasio de Mike. El sol aún no había salido y la calle estaba desierta. Apreció mucho la tranquilidad. Se preguntó si Colin recordaría la cita y precisamente fue él quien le abrió la puerta. Llevaba una camiseta negra ajustada que marcaba todos sus músculos y estaba buenísimo. La imagen le provocó una descarga que la recorrió por entero y que hizo que se planteara la posibilidad de cogerlo de la mano y correr hacia el coche para marcharse juntos.

Colin le leyó el pensamiento.

—A mí también me gustaría —susurró, y al retroceder le permitió ver a Mike, que los miraba muy serio.

—¿Habéis venido a hacer ejercicio o queréis quedaros a solas?

—¡A trabajar, señor! —exclamó Gemma.

—Te tiene calado —comentó Colin.

Mike no sonrió. Si había algo en la vida que le resultara muy serio, era el ejercicio.

Gemma titubeó durante unos segundos. Hacía años que había aprendido que era una mala idea ir al gimnasio con un novio. Lo primero que este hacía era dejar claro que sabía más que ella, de modo que empezaba a decirle lo que tenía que hacer y cómo tenía que hacerlo. Un chico que también estudiaba Historia como ella y con el que salió una noche le pasó unas mancuernas de un kilo y le demostró cómo hacer flexiones de bíceps.

—Si pesan demasiado, dímelo, y te doy algo más ligero.

Sin decir palabra, Gemma cogió las mancuernas de doce kilos y empezó con las repeticiones. El chico salió del gimnasio al instante, y desde entonces la evitó en clase.

Mike resolvió su dilema.

—Estás acostumbrada a trabajar con un entrenador, ¿verdad? —le preguntó.

—Sí —contestó ella—. Trabajábamos en grupo, y echo de menos a los chicos con los que entrenaba.

Colin pareció entenderlo y se apartó de ella. El hecho de que no intentara hacer el papel de macho alfa con ella hizo que le gustara todavía más.

Gemma se mantuvo al lado de Mike, primero haciendo una rutina de ejercicio cardiovascular, después con pesas y al final llegó el turno del boxeo. Colin se mantuvo apartado, a su rollo, pero ella no dejó de observarlo.

¡Era fortísimo! En el banco de pesas levantaba lo mismo que levantarían tres hombres a la vez. En cuanto a lo que levantaba de pie, cualquier otro habría acabado con los hombros dislocados.

Mike se percató de que lo estaba mirando y dijo:

—Hoy no se está empleando a fondo. Cuando viene con sus hermanos y empiezan a competir... He visto a profesionales que no son capaces de levantar lo que levantan esos chicos.

—Me encantaría verlo —comentó Gemma mientras se apartaba del banco de pesas.

Mike le dijo a Colin que debería boxear un rato con Gemma.

—Mike, sabes que lo único que puedo hacer es levantar pesas —le recordó.

—Vamos, Frazier —lo retó Mike—. ¿Te da miedo enfrentarte a ella?

—Me tiemblan las rodillas —contestó Colin con los ojos clavados en Gemma.

Mike le colocó los protectores en las manos a Colin y después le sostuvo los guantes a Gemma mientras ella introducía las manos en el interior, acolchado con almohadillas de gel.

—Y, ahora, apañároslas vosotros solos que yo voy a lo mío.

Gemma y Colin se miraron un instante, tras lo cual él levantó las manos.

—Empléate a fondo —le dijo.

Gemma titubeó. Si era cierto que no tenía conocimientos básicos de boxeo, no sabría desviar sus puñetazos y, además, no quería hacerle daño. Aunque era fuerte, acabaría amoratado como cualquier persona. Sus primeros puñetazos fueron suaves, pero lo bastante fuertes como para que los golpes contra los protectores de piel resonaran por el gimnasio. Era un sonido que todos los boxeadores adoraban.

Colin se apartó de ella, disgustado.

—¿Qué haces? ¿No vas a dar patadas? ¿Se te ha olvidado cómo se hace? —Bajó la voz y añadió—: ¿Vas a ser buena con un tío que se olvidó de ti después de echar un polvete rápido? —Le guiñó un ojo.

Gemma sabía que estaba tratando de incitarla para que lo golpeara más fuerte... y funcionó.

—Ponte el protector del costado —le dijo con seriedad.

—Vamos a tardar mucho. —Sonrió de forma burlona—. ¿Tanto daño vas a hacerme?

Sin pensar en lo que hacía, Gemma giró el cuerpo y le asestó una patada en el estómago. Acto seguido, amagó como si fuera a darle una patada frontal para distraerlo y entretanto le lanzó un gancho al mentón con todas sus fuerzas. Jamás había realizado ese tipo de movimientos con una persona, siempre lo había hecho con el saco de entrenamiento, pero cuando veía a los boxeadores entrenar en el cuadrilátero, quienes los recibían siempre acababan en el suelo.

Colin trastabilló hacia atrás, se inclinó hacia delante con las manos en las rodillas y trató de recuperar el aliento.

Mike, que había estado atento al intercambio, empezó a reírse.

—Será mejor que no la cabrees.

—Ya lo veo —replicó Colin mientras se enderezaba y movía la mandíbula inferior.

—Yo... —comenzó Gemma.

—Como digas que lo sientes, te quito los bolígrafos —la interrumpió Colin.

Ella no sonrió siquiera.

—No le había hecho esto a nadie antes y... —Retrocedió un paso al ver que Colin se acercaba a ella. ¡No sobrevivía a uno solo de sus puñetazos!

Una vez que se plantó delante de ella, Colin la miró con lo que podría describirse como una expresión amenazadora y después la levantó de repente por encima de su cabeza, como si fuera una barra. Al cabo de unos segundos, Gemma lloraba de la risa mientras él la movía de un lado para otro.

En ese momento, aparecieron Luke y Ramsey.

Al ver que Colin la estaba levantando por encima de la cabeza, Rams se volvió hacia la puerta.

—Me piro.

Luke aferró a su primo por el brazo.

—¿No querías boxear con Gemma?

Colin la dejó en el suelo.

—Vamos, chicos, a trabajar.

Colin y ella siguieron otra hora más en el gimnasio, y al salir comprobó que se sentía genial.

—¿Estás bien? —le preguntó él cuando llegaron junto al coche.

—La pregunta es si lo estás tú —respondió Gemma mientras le acariciaba el mentón, que ya comenzaba a ponérsele morado donde lo había golpeado—. ¿Crees que los besos te aliviarán un poco? —susurró, mirándolo. Si no estuvieran en mitad del pueblo a plena luz del día, lo habría llevado al asiento de atrás y se lo habría beneficiado. Su mirada hizo que Colin se acercara a ella, pero lo detuvo colocándole una mano en el pecho—. Creo que deberíamos irnos a casa.

Colin retrocedió.

—Tienes razón. Debemos ducharnos y cambiarnos de ropa. ¿Nos vemos a las diez en la iglesia?

—¿En la iglesia? —le preguntó ella.

—Sí, en el servicio dominical —respondió Colin con una sonrisa—. Irás conmigo, ¿no?

—Creía que íbamos a mantener lo nuestro en secreto.

—No hace falta. Anoche les dije a mis padres que he cortado con Jean. Y que tú y yo éramos pareja.

Gemma puso los ojos en blanco un instante.

—Van a odiarme.

—Al contrario —le aseguró Colin—. En realidad, ahora que lo pienso, parecieron alegrarse.

—¿Alegrarse de que hayas cortado con una mujer a la que adoraban para largarte con otra que apenas conocen? —Al ver que Colin guardaba silencio y se limitaba a mirarla, añadió—: ¿Qué pasa?

—Mi madre.

—¿Qué pasa con ella?

Colin salió del trance.

—Estaba pensando que mi madre es una fuerza de la naturaleza. Y que cuando quiere algo, no para hasta conseguirlo.

—Y lo que quiere es... —Gemma retrocedió y levantó las manos—. Rachel me dijo que tu madre quiere nietos. —Abrió los ojos de par en par—. ¿Quiere que yo sea la madre? ¡Si no sé ni lo que te gusta de comer! No estoy preparada para algo más serio. Tenemos que...

Colin la besó en la boca.

—Lo sé. Tenemos que hablar, conocernos mejor, esas cosas. ¿Sabes dónde está la iglesia? No, espera. Mejor paso a recogerte y vamos juntos.

—No hace falta que te molestes —dijo ella—. Iré...

—Estoy de acuerdo. Es un incordio andar así —la interrumpió—. Si vivieras en mi casa, sería mucho mejor para los dos. —Y se dio media vuelta después de darle un beso fugaz.

—¡Es pronto para pensar en eso! —gritó ella mientras Colin se alejaba.

En ese momento, él se volvió y comenzó a caminar hacia atrás con los brazos extendidos.

—¿Qué más quieres, Gemma? ¿Has conocido a otro hombre que vaya unido a todo un pueblo?

—Sí, ese es el problema —respondió—. Que me iría a vivir con todo Edilean.

—A mí me parece maravilloso —comentó Colin mientras se subía a su Jeep.

—Puede que a mí también —replicó ella en voz baja al tiempo que abría la puerta de su coche. Hizo todo el trayecto de vuelta a casa con una sonrisa en los labios.

—¿Por qué no me has dicho que nos esperaban para cenar en casa de tus padres? —le preguntó Gemma a Colin. Estaban en el Jeep, de camino a la mansión de los Frazier.

—Porque no lo sabía —contestó él—. Pero mi hermana y mi cuñado llegaron anoche de California. De forma inesperada. Me gustaría verlos y presentártelos. Creo que Frank va a caerte bien. Es el mejor amigo de Mike. Los dos son policías a punto de jubilarse y a él también le encanta el boxeo ese que practicáis. ¿Te ha gustado el servicio dominical?

—No ha estado mal —contestó, pensando en lo que le acababa de decir y en lo que había visto esa mañana—. La gente me ha parecido...

—¿Qué te ha parecido?

—Seguro que estoy equivocada, pero me ha parecido que todos se alegraban de que no fuera Jean.

Colin se echó a reír.

—La gente de Edilean no sabe disimular muy bien sus sentimientos.

—Entonces, ¿estás de acuerdo en que no quieren verte con una abogada alta y despampanante?

Colin gimió.

—¡No pienso contestar! Creo que tú eres preciosa. En cuanto a Jean, es una persona difícil de llegar a conocer, y no le gusta asistir a la Fiesta Escocesa. Por cierto, será mejor que hables con Sara para tu disfraz. ¿Qué personaje medieval quieres ser?

—Una que sea alta y despampanante. ¿Sara será capaz de conseguirlo?

Colin enfiló la avenida de entrada, apagó el motor y la miró.

—¿Qué es lo que te preocupa?

—Me asusta enfrentarme a tu madre. ¿Estará toda tu familia?

Colin miró a su alrededor y vio que había seis o siete coches aparcados.

—Sí. Todos quieren ver a Ariel y a Frank. Incluso Pere está aquí, y todavía no lo conoces. —Le cogió una mano—. Gemma, si quieres ir a cualquier otro sitio, nos vamos. Pero la verdad es que empiezo a pensar que todos se alegran de que haya cortado con Jean.

—A lo mejor en el caso de tus amigos, pero he visto la relación tan estrecha que Jean mantenía con tu familia y...

Colin le besó las manos, el dorso y las palmas.

—Si alguien no es amable contigo, nos vamos, ¿te parece bien? Nos iremos a mi nueva casa y comeremos pollo frío usando nuestros cuerpos desnudos como platos, y yo beberé champán directamente de uno de tus zapatos. ¿Te gusta la idea?

—Me encanta. ¿Y si nos vamos ya en vez de entrar?

—A mí también me tienta la idea —contestó al tiempo que extendía los brazos para pegarla a él.

Sin embargo, alguien aporreó la ventanilla, haciendo que se volviera. Un hombre muy guapo y con la corpulencia de los Frazier.

Colin bajó la ventanilla.

—Todos están dentro y tenemos hambre, pero mamá no nos deja comer hasta que entréis. ¿Esta es la famosa Gemma de la que todo el mundo habla?

—Gemma, te presento a mi hermano Peregrine. Todos lo llamamos Pere para abreviar.

El aludido metió un brazo por la ventilla para tenderle la mano a Gemma.

—Te he visto en YouTube y me han dicho que se te da bien boxear. Yo soy luchador. Si quieres aprender, me encantará enseñarte. Estoy a tu entera disposición.

—Saca ese brazo antes de que te lo parta —lo amenazó Colin con afabilidad.

Pere sonrió y obedeció a su hermano, que abrió la puerta.

—Vamos, tengo que volver a Richmond y Lanny tiene chica nueva.

—Lanny siempre tiene chica nueva —replicó Colin mientras salía, y después rodeó el coche para abrirle la puerta a Gemma. Caminaron hacia la mansión cogidos de la mano.

Pere se detuvo al llegar a la puerta principal para mirar a Gemma.

—Espero que estés lista. Nadie sabe por qué, pero mamá está atómica hoy.

Gemma retrocedió un paso.

Colin la empujó hacia delante.

—Estaré a tu lado. Si tienes algún problema, me lo dices.

Pere sonreía de oreja a oreja.

—Bueno, Gemma, ¿cómo es tu madre? ¿Qué pensará de nuestro Colin?

—Mi madre adora el recuerdo de mi padre y compara a todos los hombres con él. Colin le parecerá demasiado grande, que su trabajo es demasiado peligroso y seguramente le dará un sermón sobre el control de armas.

—¿En serio? —le preguntó Colin con expresión preocupada.

—En serio.

—Me encantaría presenciar el encuentro —afirmó Pere, que abrió la puerta con una sonrisa.

La primera impresión de Gemma fue que la casa estaba sumida en un alegre caos. La señora Frazier no paraba de dar órdenes a su familia que hablaba, reía y discutía a la vez. Era un grupo de gente muy ruidoso.

En un rincón vio a una chica alta, pelirroja y muy guapa, que hablaba con un hombre tan alto como ella y a quien parecían haberle roto la nariz varias veces. Debía de ser Frank. Saltaba a la vista que, debajo de la ropa, su cuerpo estaba tan musculoso como el de Mike. Gemma le ofreció una sonrisa de reconocimiento de deportista a deportista antes de que la señora Frazier la tomara del brazo, la instara a adentrarse en la estancia y comenzara a presentársela a todo el mundo.

La chica tan guapa era Ariel, la hermana de Colin. Y el hombre era Frank Thiessen.

—Mike me ha hablado de ti —dijo Frank mientras le estrechaba la mano—. A ver si algún día entrenamos juntos.

—Me encantaría —replicó Gemma. Era un honor que tanto Mike como Frank la invitaran a hacer ejercicio con ellos. Quiso seguir charlando con él, pero la señora Frazier la alejó.

La siguiente fue la novia de Lanny, Carol, que parecía más agobiada que ella. La novia de Pere era una chica alta llamada Eloisa que le resultaba conocida. Rachel había comentado que Lanny estaba pillado, pero esa chica tan joven que parecía aburrirse no encajaba en esa descripción.

—Es modelo —dijo Rachel mientras pasaba junto a ella con una bandeja de aperitivos.

—¿Necesitas ayuda? —susurró Gemma—. Por favor...

—Claro —respondió Rachel antes de volver a la cocina.

Gemma la siguió y cerró la puerta tras ella.

—Bienvenida a la Locura de los Frazier —dijo la mujer tan pronto como la puerta estuvo cerrada—. ¿Puedes sacar el pan del horno?

Gemma cogió una manopla de cocina, abrió el horno y sacó una bandeja de panecillos. El momento le recordó a la conversación que había mantenido con Jean en la cocina.

—Supongo que se arrepienten de que Jean no esté aquí para preparar algún plato fabuloso. Con esto no quiero decir que tú no sepas cocinar...

—Te he entendido perfectamente. Échale un ojo a la olla roja. ¿Jean te ha causado problemas?

—No —respondió—. No he sabido nada de ella. ¿La familia ha dicho algo?

—Nada, y eso es interesante. Supuse que tendrían mucho que decir. Y estaba segura de que Jean pondría el grito en el cielo. Le encanta el melodrama.

—¿Qué comentan en el pueblo? —quiso saber Gemma—. ¿Qué dice la gente de la ruptura?

—No he oído el menor comentario. El tema de conversación es que Colin ha comprado la casa de Luke y que pasa mucho tiempo contigo.

Gemma gimió.

—¡Todo va demasiado rápido! —Ansiaba cambiar el tema de conversación para no hablar de sí misma—. Bueno, ¿la modelo es la mujer que ha conquistado el corazón de Lanny?

Rachel dejó caer al suelo un cuenco de acero inoxidable, que provocó un ruido ensordecedor.

Gemma la miró y comprobó que se había puesto muy colorada. Al parecer, la dueña del corazón de Lanny era ella.

—Tú... —le dijo.

—Como digas una sola palabra, te enveneno la cena —la interrumpió Rachel—. No debería haberte comentado nada.

—No quiero parecer una adolescente, aunque Pere sabe que... ¿te gusta?

—Pere no sabe ni que existo. Ya has visto el tipo de mu que le gusta.

—Lo entiendo —comentó ella—. Pero cuando conocí a Jean pensé que era el tipo de mujer que le gustaba a Colin. A estas alturas, en cambio... —Se encogió de hombros.

Rachel la miró un instante en silencio, con la tapadera de una olla en la mano.

—Los Frazier siempre han tenido mucho dinero. Son lo que podría denominarse aristócratas estadounidenses. No se enamoran de la servidumbre.

—Podrías hacer lo mismo que el resto de los habitantes de Edilean y pedirle un deseo a la Piedra —sugirió Gemma, tratando de aligerar el ambiente.

—¿Crees que no lo he pensado? No paro de darle vueltas desde que escuché la historia.

—¿Crees que todo el pueblo sabe lo de la Piedra? —preguntó Gemma, horrorizada.

—No. Solo las siete familias fundadoras. Si los forasteros se enteraran, rodearían la mansión. Yo me he enterado porque escuché a la señora Frazier quejándose amargamente de que no tenía nietos.

—No me lo recuerdes. Llevo lo de la píldora a rajatabla. —Salvo por aquella primera vez, pensó, si bien no lo dijo en voz alta.

—¿Sabes triturar las patatas con una batidora? —le preguntó Rachel.

—Claro, dime dónde está.

Al cabo de unos minutos, Gemma tenía puesto un delantal y estaba triturando un enorme cuenco de patatas cocidas.

Cuando Rachel salió de la cocina, entró el señor Frazier. Tras sentarse en un taburete, frente a ella, empezó a comer aceitunas y queso de la bandeja que había preparado Rachel.

—Llevo un tiempo pensando en preguntarle una cosa —dijo Gemma mientras apagaba la batidora.

—¿El qué? —preguntó Peregrine con recelo, como si temiera lo que pudiera decirle.

—¿Cree que de verdad Rolls-Royce enviaba a un mecánico para reparar un eje roto o se inventaron ese cuento?

El señor Frazier se echó a reír.

—Yo también me lo he preguntado muchas veces. ¿Tú qué crees?

—Mi padre decía que era cierto. ¿Cuántos Rolls tiene?

—Un Rolls y un Bentley —contestó.

La puerta de la cocina se abrió y apareció Pere.

—Sabía que te encontraría aquí —le dijo a su padre y miró a Gemma—. Así que sabes cocinar.

—Sé pulsar el botón de la batidora para triturar las patatas que Rachel se ha encargado de cocinar.

—Ya sabes hacer algo más que yo —replicó Pere—. ¿Y tú, papá?

—Yo prefiero no hablar. Pensaba que el puré de patatas salía de una caja.

—En realidad, sale de una caja de transmisión —señaló Gemma con solemnidad.

—No, es un cigüeñal —la corrigió Pere.

—Movido por los pistones —añadió el señor Frazier.

La puerta se abrió y entró Shamus, con su caja en la mano.

—¿Demasiado jaleo para ti? —le preguntó Gemma.

—Ariel —fue su breve respuesta mientras se sentaba junto a su padre y su hermano.

Gemma pasó un cucharón por el cuenco de puré de patatas y se lo ofreció a Shamus como si fuera un chupa chups.

—¡Eh! —exclamaron a la vez Pere y el señor Frazier.

Gemma abrió los cajones hasta que encontró las cucharas, y después le dio una a cada uno para que comieran. En ese momento, vio que una de las esquinas de la caja de Shamus estaba cubierta por cinta adhesiva gris.

—¿Qué ha pasado?

—Accidente —contestó mientras relamía el cucharón.

—Mi hijo, el del piquito de oro —replicó el señor Frazier, que también relamía su cuchara.

—¡Hala! —exclamó Lanny desde el vano de la puerta, al ver que su padre y sus hermanos estaban sentados en la isla de la cocina, comiendo puré de patatas.

Gemma cogió otra cuchara, la metió en el puré y se la ofreció mientras él se sentaba en el último taburete.

—¿De qué estáis hablando? —quiso saber el recién llegado.

—No lo sé —contestó Pere.

—Pregúntale a Shamus —dijo el señor Frazier—. Es el alma de la conversación.

La puerta se abrió de nuevo, pero esa vez se estampó contra la pared.

—Oh, oh —dijo el señor Frazier mientras apuraba el puré de patatas de la cuchara—. Conozco ese sonido.

Era la señora Frazier, que apareció con la espalda muy tiesa.

—¡Fuera! Todos. Gemma, tú también. Nada de esconderse en la cocina.

Gemma se quitó el delantal y corrió detrás de los Frazier. Sin embargo, la señora Frazier la aferró por un brazo para detenerla y le dio un beso en la mejilla.

—Bienvenida, Gemma —susurró—. Y gracias.

—No hay de qué. Solo les he dado un poco de puré de patatas.

—No, gracias por lo de Colin. No he visto a mi primogénito sonreír tanto desde... desde que acabó la universidad.

—Siento mucho lo de Jean. Sé que todos la apreciabais.

—Jean es como el champán. No puedes sobrevivir a base de vino, por muy bueno que sea. —La señora Frazier sonrió—. Pero los irlandeses demostraron que se puede sobrevivir a base de patatas. Y ahora, ¡fuera de aquí!

—Sí, señora —replicó Gemma que le devolvió la sonrisa. Ya no estaba tan nerviosa. Aunque no sabía muy bien cómo interpretar la analogía de las patatas y el vino.

Cuando los once estuvieron sentados a la mesa del comedor,

atestada de cuencos y de bandejas rebosantes de comida, Gemma descubrió que era el centro de atención. Todos los Frazier, salvo Shamus y Colin, la bombardearon con preguntas sobre su investigación, sobre su infancia y sobre sus planes para el futuro.

Aunque intentó responderlas todas, le parecieron demasiadas. La verdad era que no le apetecía hablar de sí misma. Si lo hacía, después le preguntarían por su relación con Colin y era demasiado pronto para explicar lo que había entre ellos.

Tras un interrogatorio de varios minutos los detuvo contándoles una historia sobre el primer Shamus Frazier, que llegó de Escocia en 1760.

—Su mujer, la condesa —dijo Gemma—, escribió una carta describiendo el carruaje que su marido había construido para la hermosa Edilean Harcourt. —En ese momento se hizo con la atención de todos los comensales, que comían en silencio mientras la escuchaban—. Un carruaje amarillo con los asientos negros. La señora Harcourt lo llamaba su «abejorro».

Al ver que todos jadeaban por la sorpresa y miraban al señor Frazier, Gemma los imitó.

Sin embargo, él no ofreció la menor explicación.

—Sigue —la invitó—. ¿Qué más decía la carta?

—Prudence, que así se llamaba la aristocrática esposa de Shamus, afirmaba que el carruaje se había construido para alegrar a Edilean, ya que poco antes se había casado su último hijo soltero, que se había ido de casa.

—¡Lo entiendo perfectamente! —exclamó la señora Frazier mientras miraba a sus cinco hijos—. Sigue, Gemma.

—La señora Frazier, me refiero a la primera, claro está, decía que Shamus colocó una placa debajo del asiento, pero que su marido dudaba de que alguien llegara a verla alguna vez.

Lanny y Shamus se pusieron en pie, para consternación de Gemma.

—Shamus —dijo el señor Frazier, pero su hijo se limitó a coger un par de panecillos antes de salir del comedor.

Gemma miró a Colin, sentado al otro lado de la mesa, y le preguntó con la mirada qué estaba pasando.

Él le sonrió.

—Papá tiene muchos carruajes, carretas y carromatos antiguos guardados en los almacenes de la parte trasera. Uno de los más bonitos es amarillo con los asientos negros. Mi hermano pequeño va a ver si encuentra la placa.

—¿Y no has podido decirme que tenéis carruajes del siglo XVIII guardados? Podría haberlos registrado en busca de información —protestó Gemma antes de recordar dónde se encontraba. Cuando lo hizo, miró a los otros—. Lo siento. No pretendía...

Todos los Frazier se echaron a reír, y Lanny le dio a Colin una palmada en la espalda.

—A nuestro hermano le gusta guardar secretos.

—Es mejor que ir por ahí contándoselo todo a la gente —replicó Colin, tras lo cual todos empezaron a hablar a la vez.

Frank se encontraba al lado de Gemma, pero todavía no había podido hablar con él.

Ariel, que estaba al otro lado de su marido, se inclinó hacia delante.

—Gemma, ¿te gustaría que desviara la atención para que dejen de agobiarte?

—Si no es mucha molestia —contestó ella, que vio cómo Ariel se sacaba un anillo de diamantes del bolsillo del pantalón. Protegida por el mantel, se lo puso en el dedo anular de la mano izquierda—. Creo que es una buena táctica —susurró. No pudo evitar felicitar a Frank dándole un beso en la mejilla... un gesto que dejó mudos al resto de los presentes.

—Colin, creo que tienes un competidor —comentó Pere.

Colin miró a Gemma y en esa ocasión fue su mirada la que exigía respuestas.

Ariel rompió el silencio al levantar la mano izquierda y extender el brazo hacia el centro de la mesa a fin de que su madre, sentada en la cabecera, viera el anillo.

—Mamá, ¿me pasas las zanahorias, por favor?

Nadie reparó en el anillo, salvo su madre, que reaccionó soltando un chillido agudo y aferrando la mano de su hija. Le dio tal tirón que Ariel estuvo a punto de acabar con la cabeza metida en un cuenco de acelgas.

—¡Alea! ¿Qué pasa? —quiso saber el señor Frazier.

Para entonces, la señora Frazier había obligado a su hija a levantarse y la estaba abrazando y besando mientras lloraba a lágrima viva.

Los demás seguían sentados, observando asombrados a madre e hija. Ariel explicó el asunto levantando la mano izquierda para que se fijaran en el anillo de compromiso.

El señor Frazier, obviamente encantado, miró a Frank.

—¿Crees que podrás soportar ser uno de los nuestros?

—Es posible que sobreviva —contestó Frank—. Sé que no es el mejor momento, pero me gustaría hablar contigo de ese antiguo edificio. El que está al final de McTern Road. Mike y yo hemos pensado que sería un buen lugar para abrir nuestro gimnasio.

—Es tuyo —dijo el señor Frazier—. Y no vamos a hablar de dinero.

—Pero no puedo... —protestó Frank.

—Sí que puede —lo interrumpió Ariel mientras se apartaba de su madre—. ¿Alguien quiere ver mi anillo?

Todas las mujeres dijeron que sí e incluso la novia modelo de Pere pareció cobrar vida.

—Papá —dijo Ariel—. Quiero la boda más cara y fastuosa que haya visto jamás este pueblo. Y quiero que Sara Shaw sea mi dama de honor.

—Como se lo hayas dicho a ella antes que a mí... —dijo la señora Frazier, aunque Ariel la cortó en seco.

Tras pasarle un brazo por los hombros, le aseguró:

—Has sido la primera en saberlo.

—No tenéis por qué casaros, lo sabes, ¿verdad? —añadió su madre con un deje tan esperanzado en la voz que los demás empezaron a reírse de nuevo.

—No, mamá, no estoy embarazada —le aseguró—. Ya te he dicho que antes tengo que acabar el período de residencia en el hospital. Cuando volvamos a Edilean y empiece a ejercer, Frank y yo nos plantearemos la posibilidad de tener niños.

El aludido levantó las manos en señal de rendición cuando la señora Frazier lo miró.

—Yo estoy de tu lado. ¿Crees que quería que Mike me llevara la delantera en ese terreno?

Ariel miró a su hermano.

—Colin, échame un cable.

Él miró al otro lado de la mesa, a Gemma.

—Lo siento, pero yo también estoy del lado de mamá. Me gusta la idea de sentar cabeza.

Gemma clavó la vista en el plato mientras las otras dos novias la miraban con curiosidad.

Rachel la salvó al abrir la puerta de la cocina, que se estampó con un gran estrépito contra la pared.

—Tengo seis tartas en la cocina. Quien me ayude a recoger los platos, ganará un trozo. —Y tras decir eso, desapareció.

Todos salvo Ariel y su madre empezaron a recoger la mesa. Colin, que iba cargado de platos, se colocó detrás de Gemma.

—Si te he avergonzado, lo siento.

—Ya me lo compensarás enseñándome los carruajes.

—Me encantaría hacerlo. —Se agachó de forma que sus labios le rozaron el lóbulo de la oreja—. ¿Qué te parece si robamos un trozo de tarta y vamos a verlos? —Y bajó aún más la voz para añadir—: ¿Alguna vez has hecho el amor en el interior de un abejorro del siglo XVIII?

—¿Y tú? —le soltó ella.

—No —contestó—. Pero me lo he imaginado con todo lujo de detalles.

—Me encanta hacer los sueños realidad —susurró Gemma mientras entraban en la cocina.

Rachel le dijo en voz baja:

—Su preferida está en el horno. Después de las noticias de Ariel, nadie notará que os habéis marchado.

—Eres un sol —le dijo Gemma mientras caminaba hacia el horno.

Al abrirlo, se preguntó qué tipo de tarta le gustaría a Colin.

—Es una tarta de moras —susurró al verla.

Colin se inclinó hacia ella.

—¿Estás lista?

Tal como Rachel le había asegurado, todos rodeaban a Ariel

y a Frank, de modo que no se dieron cuenta de que ellos se escabullían por la puerta trasera. Siguió a Colin hasta la camioneta más cercana. Había cuatro de ellas aparcadas cerca de la mansión.

—Elige la que quieras —le dijo él.

Eligió una de color verde claro.

—Cobarde —le soltó Colin al tiempo que hacía un gesto hacia las demás, que habían sido tuneadas.

No llegaron al almacén donde guardaban los carruajes. Se detuvieron en la casa de Gemma para coger unas cucharas con las que comerse la tarta y bastó que se miraran una sola vez para que corrieran hasta el dormitorio, quitándose la ropa por el camino.

Llevaban con ganas desde que estuvieron en el gimnasio por la mañana. Habían pasado horas de preliminares, tocándose las manos, susurrándose al oído. Cuando por fin se quedaron a solas, el deseo había alcanzado cotas insoportables.

Gemma se tumbó desnuda en la cama con Colin encima, que la besó mientras la penetraba.

Adoraba el tamaño de su cuerpo, el tacto de su piel en las palmas de las manos. Le encantaba su fuerza. Le encantaba sentir sus muslos entre los suyos.

Una hora después, se separaron, sudorosos y exhaustos.

—Para que lo sepas —logró decir Gemma—. Ese es mi postre preferido.

—Pero no has probado la tarta de moras de Rachel —replicó Colin mientras se levantaba para ir a la cocina.

Gemma se colocó una almohada bajo la cabeza y disfrutó del espectáculo de verlo caminar desnudo. Volvió con la tarta y con una cuchara, y se sentó a su lado.

Tras probar un trocito, dijo:

—Riquísima.

Se inclinó hacia ella y la besó en los labios. Cuando Gemma extendió los brazos para abrazarlo, él retrocedió.

—No, no. Todavía no. Aún estoy comparando. —Y se llevó a la boca otro trozo de tarta—. Está buena. Buenísima. Cada cual tiene su mérito. No acabo de decidirme por una de las dos.

—¿Ah, no? —replicó ella mientras le quitaba la cuchara, que

tenía un trozo de tarta. Aunque hizo ademán de llevársela a la boca, se detuvo a medio camino e inclinó la cuchara de modo que el jugo de las moras cayera sobre sus pechos desnudos—. ¡Vaya por Dios! ¿Cómo voy a limpiarme ahora?

Colin dejó el plato en la mesita de noche y se volvió hacia ella.

—Sería una lástima desperdiciarlo.

—¿Verdad que sí? —replicó Gemma.

Al cabo de un segundo, estaban abrazados de nuevo, besándose y acariciándose con frenesí.

Media hora después, Colin se apartó.

—Tú ganas —logró decir.

—No te oigo.

—Que tú estás mejor. Mejor que todas las tartas del mundo. —Tiró de ella para abrazarla como si fuera un peluche—. Creo... —murmuró, pero no dijo más.

Gemma se incorporó sobre un codo y vio que se había quedado dormido. Puesto que no le gustaban las siestas, se levantó para darse una ducha. En la vida había sido tan feliz.

21

A finales de la semana, Gemma tenía la impresión de que se estaba convirtiendo en el tipo de mujer que antes detestaba. A lo largo de los años se había visto obligada a observar cómo sus mejores amigas abandonaban el «yo» para convertirse en un «nosotros». Y por más que sucediera, el proceso siempre la sorprendía. Sobre todo porque era muy abrupto. Sus amigas y ella tenían la costumbre de reunirse después de que alguna hubiera tenido una cita para hablar de lo bien o de lo mal que esta había ido.

Sin embargo, siempre sucedía que alguna empezaba a usar el «nosotros». Al principio, era de forma inocente. Gemma le preguntaba a la amiga en cuestión si le apetecía ir a algún sitio el sábado y la contestación era: «Todavía no sé lo que vamos a hacer este fin de semana.»

La primera vez que sucedió, Gemma apenas reparó en el detalle, de modo que le pilló por sorpresa que ese uso del plural se trasladara también al posesivo. Ya eran «nuestras clases», «nuestros libros», y, por último, «nuestro tiempo».

Antes de que Gemma se percatara de lo que sucedía, su amiga abandonó el grupo y rara vez logró verla a solas a partir de ese momento. Ya era imposible hacer una reunión de chicas. Su amiga se había convertido en una pareja y estar con ella significaba que llegaría acompañada de su chico, que siempre parecía aburrido y deseoso de estar en otro sitio.

La primera vez que una de sus amigas apareció con un anillo de compromiso, Gemma comentó de forma inocente: «Prométeme que siempre seremos amigas.»

A la tercera vez que sucedió, Gemma ansiaba decir: «¿Y si lo golpeamos con un martillo para ver si es un diamante de verdad?»

A esas alturas, por fin lo entendía. Colin y ella habían sido inseparables durante la última semana.

Una vez que llegaron los muebles, se encargaron de la distribución. Le resultó muy divertido discutir si la alfombra azul iba en el dormitorio que compartían o en el de invitados. Colin afirmaba que al lado de su mesita de noche y de la cama de ambos quedaba muy ridícula por su tamaño, de modo que la cambiaron por la que inicialmente habían comprado para el dormitorio de invitados.

Al ver que uno de los chicos de la tienda de muebles tenía dificultades para levantar el sillón de cuero de Colin, Gemma suspiró de forma exagerada y dijo:

—Es una lástima que Lanny y Pere no estén aquí para ayudarte a llevarlo.

Colin pasó a su lado, la levantó por la cintura, la llevó al exterior y tras sentarla en el sillón, levantó el sillón y lo colocó en su sitio.

El chico miró a Gemma, que tenía los ojos como platos, y después le dijo a Colin:

—Me parece que alguien va a celebrarlo esta noche.

Y, efectivamente, tenía razón.

Esa noche por fin abrieron la botella de champán que Tess les había enviado y brindaron por la casa de ambos y por los muebles que habían comprado juntos.

A la mañana siguiente, Colin la llevó de vuelta a la casa de invitados y antes de que ella se bajara, se demoró un instante en silencio tras el volante.

—Te gusta mucho este sitio, ¿verdad?

—¿Te refieres a la propiedad de tus padres o a la casa de invitados?

—Me da igual. A las dos —contestó él.

—Me encanta la biblioteca de la casa de invitados. Es el lugar más bonito en el que he trabajo jamás.

Colin se mantuvo en silencio mientras la acompañaba al interior. Tras despedirse con un beso, se marchó dirigiéndose al trabajo.

Gemma pasó el día leyendo los documentos antiguos de los Frazier y tomando notas. Comenzaba a reunir la historia completa del primer Frazier que pisó tierras norteamericanas. Dicha historia la intrigaba y se preguntó cómo consiguió Shamus que la hija de un conde se enamorara de él. Tal vez fuera muy guapo... No. Se corrigió. Era un Frazier, de modo que la dama tuvo que enamorarse de su fuerza bruta.

Gemma se entretuvo imaginando una historia apasionada, con una hermosa condesa atrapada debajo de un carruaje amarillo a la que salvaba un hombre de extraordinaria fuerza, que levantaba el vehículo para que ella saliera. Por supuesto, la dama se enamoró de él.

—Esto no es científico —dijo en voz alta—. Y desde luego no es material apropiado para una tesis.

A las cuatro miró el reloj y se preguntó cuándo aparecería Colin.

A las cinco, él le envió un mensaje de texto.

Ellie me ha mandado la cena, pero hay que prepararla. ¿Quieres venir a jugar? ¿Te apetece quedarte a dormir conmigo?

Gemma metió ropa limpia en una mochila y cogió otra para guardar el portátil y sus notas. Un cuarto de hora después de que Colin le mandara el mensaje, estaba en su casa. En la casa de ambos.

Hicieron el amor como si llevaran meses sin verse, con una desesperación que jamás había creído posible.

Se ducharon juntos y después le echaron un vistazo a lo que Colin había comprado para cenar. Se las arreglaron para prepararlo entre los dos y se comieron la mitad. Por fin estaban sentados a la mesa del comedor, contemplando el jardín... y todo era de los dos.

Cuando acabaron el postre, lo que quedaba de la tarta de moras de Rachel, Colin la miró y dijo:

—¿Alguna vez has tenido la impresión de que estás en el sitio correcto, haciendo lo que se supone que debes hacer?

—Sí —contestó ella, con el corazón en la garganta. No creyó necesario explicar que eso era precisamente lo que estaba sintiendo en ese mismo momento.

Después de cenar, hablaron. Aún sabían muy pocas cosas del otro, y ambos guardaban muchos secretos que jamás habían compartido con otra persona.

Colin le contó que, en realidad, hacía poco tiempo que se había convertido en sheriff con todas las de la ley. Antes de que la plaza fuera ocupada, debía llevarse a cabo un proceso de elección especial y él no estaba dispuesto a que eso sucediera.

—No me veía llenando el pueblo de carteles con mi cara para promocionar mi candidatura —dijo.

—Entonces ¿cómo has hecho la campaña?

Colin miró la cerveza un instante.

—Mi madre contrató a una mujer de... —Agitó la mano en el aire.

—¿Nueva York?

—Por supuesto.

Ambos se echaron a reír por todo el asunto.

A las diez estaban en la cama, y a las seis y media de la mañana siguiente, en el gimnasio. En esa ocasión, fueron los únicos. Mike y Sara habían regresado a Fort Lauderdale y Luke le mandó a Colin un mensaje de texto diciendo que Joce y él habían pasado toda la noche en vela con los niños. Nadie más apareció. Después del ejercicio, Colin cerró la puerta e hicieron el amor en un par de bancos de pesas, tras lo cual se ducharon juntos.

Tras una semana, empezaba a desarrollar una especie de rutina. Pasaban los días separados, cada cual ocupado con su trabajo. Por las noches, Colin le enviaba un mensaje con una única palabra: «Casa», y ella abandonaba la casa de invitados y se marchaba a la casa de los dos.

Un segundo robo, muy similar al primero, interrumpió su tranquilidad. En esa ocasión también se produjo a plena luz del día y con el dueño de la casa presente. Habían abierto una pequeña caja fuerte y habían robado un broche antiguo.

Esa noche, Gemma vio a un Colin distinto al que había conocido hasta entonces. Al ver que guardaba silencio y que fruncía el ceño, supo que debía lograr que hablara.

No fue fácil. Tras varios intentos fallidos de iniciar una conversación, le dijo:

—Supongo que después de todo eres de la clase de hombre a la que hay que suplicar.

Él esbozó una sonrisilla, se levantó y salió para buscar algo en su coche. Volvió con una carpeta llena de fotos que Roy había hecho en los dos escenarios de los robos.

—En ambos casos —dijo— el ladrón entró por la puerta principal, sin que los habitantes de la casa ni los vecinos lo vieran. Y en ambos casos robó algo que estaba oculto.

Gemma miró las fotografías. Ambas casas tenían árboles alrededor que facilitaban la tarea de entrar sin ser visto. Pero después, ¿qué? ¿Cómo era posible que alguien encontrara un compartimento oculto en la pata de una cama? ¿Quién sabía cómo abrir una caja fuerte?

Colin extendió las fotografías en la mesa baja que Gemma había elegido. Ella se sentó en el suelo y él lo hizo en el sofá. Juntos, pasaron horas leyendo las declaraciones de los afectados y repasando las fotos.

Gemma se sorprendió al leer que la pequeña caja fuerte contenía veinticinco mil dólares en efectivo, además de distintos documentos y el broche.

—¿Y el ladrón dejó el dinero? —preguntó.

—Ni lo tocó —contestó Colin, al tiempo que sacaba una fotografía que estaba debajo del montón—. Esta es una foto que guardaba la compañía aseguradora. Es el objeto robado.

Se trataba de un broche muy grande y espantoso, con pequeños granates y unas aguamarinas no muy claras.

—No creo que vayan a conseguir mucho dinero por su venta —comentó Gemma—. Desde luego, no está de moda. A menos que se lo ponga algún famoso, claro está.

—Pues no, y fue valorado en solo dos mil doscientos dólares.

—No tiene sentido —replicó Gemma—. ¿Por qué se arriesga alguien a acabar en la cárcel al robar un broche cuyo valor es inferior al del dinero que tenía al lado?

—Si encuentras la respuesta, dímelo —respondió Colin mientras se ponía de pie y bostezaba—. No sé tú, pero yo estoy muerto.

Gemma sonrió y se marchó con él al dormitorio, donde hicieron el amor. Después, Colin se quedó dormido, y ella, siempre curiosa, volvió al salón para mirar de nuevo las fotos de los robos.

Releyó las preguntas que Colin les había hecho a los afectados, así como las respuestas de estos. Las familias no parecían estar relacionadas en modo alguno. No se conocían ni coincidían en eventos sociales.

Sin embargo, en la parte posterior de un papel Colin había anotado: «Ambas familias tienen hijas de diez años.» Y debajo había añadido: «¿El colegio? ¿La iglesia? ¿Algún club? ¿Son rivales en el colegio? ¿Una apuesta de las niñas para ver si eran capaces de robar?»

Gemma cogió su bolso, sacó la pequeña lupa que siempre llevaba en el bolsillo interior y empezó a examinar las fotos de los dormitorios de las niñas que Roy había hecho. A las tres de la madrugada había resaltado las ramitas de sauce atadas con sendos lazos rosas.

Su impulso fue despertar a Colin para enseñárselo, pero después pensó que posiblemente ya se hubiera percatado de los ramilletes. Se metió en la cama a su lado, pegó la espalda a la suya y se durmió al instante.

La despertó algo similar al mugido de un toro y, antes de que pudiera abrir los ojos, Colin la estaba sacando de la cama a rastras. Le colocó las manos en los hombros y le plantó un beso en los labios.

—No lo vi y tampoco lo vio Roy —dijo mientras empezaba a vestirse—. Gemma, eres genial, maravillosa. Tengo que ir la oficina y necesito hablar con las niñas antes de que se vayan al colegio. Si el ladrón dejó las ramas de sauce, miraré en la base de datos para ver si coincide con el perfil de algún criminal. Mike tiene contactos con los federales y Frank también. A lo mejor puedo acceder a sus bases de datos.

Gemma estaba encantada de haberlo hecho tan feliz.

Cuando se vistió, Colin la besó de nuevo.

—No sé cuánto voy a tardar. Si tengo que ir a algún lado para investigar... —La miró como si le estuviera preguntando si tenía algún problema por eso.

—¡Vete! Es tu trabajo. Yo le diré a alguien que me enseñe los carruajes antiguos.

—Díselo a mi padre. Nadie le ha hecho en la vida el menor caso con respecto a esos carromatos.

La besó de nuevo y se marchó.

22

Colin la llamó a las diez de la mañana y le dijo que se iba a Washington D.C. para seguir una pista. Le contó que los robos podría haberlos cometido alguien a quien el FBI perseguía desde hacía años.

—Voy a echarte de menos —dijo él.

—Yo también —replicó Gemma, y sonrió al colgar.

Gemma siguió el consejo de Colin y le pidió al señor Frazier que le enseñara los carruajes, de modo que pasaron todo el día juntos. Mientras le hablaba con conocimiento de causa, tal como le habían asegurado que haría, sobre «todo lo que lleve ruedas», comenzó a comprender la decepción que se llevó el señor Frazier por el hecho de que ninguno de sus hijos compartiera la pasión de la familia. ¿Qué pasaría con lo que se había acumulado a lo largo de los siglos si no había nadie que lo traspasara a las siguientes generaciones?

En cuanto al bonito carruaje amarillo, Shamus ya había quitado el asiento y fotografiado la placa. Que decía:

UN REGALO A
EDILEAN TALBOT MCTERN HARCOURT
DE SHAMUS FRAZIER
1802

—Un hombre de tan pocas palabras como mi Shamus —comentó el señor Frazier.

—Y los dos artistas —repuso Gemma.

—Y mi Shamus saca sobresalientes en el instituto. —La voz del señor Frazier estaba llena de orgullo mientras la llevaba a otro almacén.

Por la noche, estaba preparada para acurrucarse con Colin y contarle todo lo que había visto y oído, y todo lo que pensaba al respecto. Sin embargo, él no volvió. Alrededor de las ocho, le mandó un mensaje diciéndole que seguía en Washington D.C. «Volveré en cuanto pueda», añadió.

A la una de la madrugada la despertó el móvil. Colin le dijo que su hermano Pere había tenido un accidente de coche.

—¿Está herido? —preguntó Gemma, que se incorporó, despierta de golpe.

—No es grave —le aseguró Colin—. Tris está con él y han prometido mantenerme informado. Iba a volver, pero mi padre me ha dicho que no hacía falta.

—¿Quieres que vaya al hospital?

—No —contestó él—. Están todos allí. Pero, Gemma, ¿te importaría averiguar la verdad? Si es grave, podrían no decírmelo.

—Lo averiguaré —le prometió—. Llamaré a Tris para preguntarle.

—Gracias —dijo él—. Y ahora vuelve a la cama.

—Está muy vacía sin ti para quedarte con todo el espacio.

—La mía está muy vacía sin ti de cualquier manera —replicó él antes de colgar.

Gemma intentó dormir, pero estaba preocupada por Pere. A la mañana siguiente, se levantó temprano. Sabía que era una tontería ir al gimnasio. Había personas capaces de entrenarse solas, pero ella no estaba en ese grupo. Si estaba sola, a los diez minutos de entrar en el gimnasio comenzaría a pensar en algo que hubiera leído o en algo que necesitaba leer y se iría. Ni siquiera se daría cuenta de lo que estaba haciendo. Se encontraría en el coche, con las llaves en la mano, y minutos después estaría trabajando.

Consiguió dormir un poco más, pero cuando por fin se despertó, seguía siendo muy temprano. Se preguntó si Tris estaría en la tienda de Ellis comiéndose un burrito de huevo antes de que abriera al público. Un cuarto de hora más tarde, se encontraba en el muelle de carga. Uno de los hombres la saludó con un gesto de la mano mientras entraba. Tal como había esperado, Tris estaba sentado a una mesa, bebiendo café, con un plato vacío por delante. Acababa de apurar el desayuno.

—¡Gemma! —exclamó—. Qué agradable sorpresa. —Se imaginó por qué lo miraba con el ceño fruncido—. Pere está bien. Solo se ha roto una pierna. Dio un volantazo para esquivar a un bicho que cruzaba la carretera y se estampó contra un árbol. Y sí, seguramente iba a demasiada velocidad.

Gemma soltó el aire y se sentó.

—Colin temía que Pere estuviera gravemente herido y nadie se lo quisiera decir. —Sacó el móvil, se disculpó con Tris y le mandó un mensaje a Colin a toda prisa para decirle que su hermano se encontraba bien. Cuando terminó, Ellie se acercó para preguntarle si quería comer algo.

—Lo que menos trabajo te dé —contestó Gemma. Miró a Tris, como si se le acabara de ocurrir algo—. ¿Pere está escayolado?

—Desde la ingle hasta el tobillo. Va a tardar bastante en recuperarse.

Gemma miraba el mantel fijamente, y cuando Ellie le puso un sándwich de huevo delante y una enorme taza de té, se lo agradeció de corazón.

Tris no dejó de observarla.

—Se te ha ocurrido algo, ¿verdad?

—Bueno... —titubeó Gemma—. ¿Has conocido a la última novia de Pere?

—No diría que sea su «última». Llevan juntos más o menos un año —comentó Tris—. ¿Con quién has estado hablando?

—Con nadie —mintió ella, porque no podía admitir que Rachel se lo había contado en confianza—. Es que no me parece una chica que esté pensando sentar la cabeza y formar una familia. ¿Qué me dices de ti? ¿Qué te parece?

—No sé qué pensar de Eloisa. Cuando la miro, soy todo reacción física.

—A eso me refería precisamente. —Le dio un mordisco al sándwich y masticó despacio mientras dejaba que Tris adivinara lo que estaba tramando—. ¿Conoces la distribución de la casa de los Frazier?

—Pasé mucho tiempo allí cuando era niño. ¿Por qué?

—Estaba pensando en la estancia situada junto a la cocina. Vi que había un cuarto de baño con ducha al lado, ¿y no hay un enorme sofá en esa habitación?

—Te refieres al antiguo porche. La señora Frazier hizo lo mismo que mi madre. Después de que naciera Colin, ordenó que cerraran el porche para poder vigilar a los niños mientras estaba en la cocina... Alea no cocina demasiado, la verdad, pero sí que supervisa mucho. El señor Frazier decía que era una celda, porque su mujer mandó instalar una portezuela y encerraba a los niños dentro.

Gemma esperó con paciencia a que terminase el relato.

—Quiero que les sugieras a los Frazier que Pere debe quedarse en esa estancia mientras se recupera.

—¿Por qué? Podría quedarse en su casa de Richmond. Allí estará bien.

—¿No crees que Pere necesitará atención constante y que estará mejor en casa?

—¿Te ha obligado Alea a pedírmelo?

—No. Me limito a señalar lo que es mejor para Pere, nada más.

Tris no lo pillaba.

—Me parece muy bien, pero sería Rachel quien acabaría cuidándolo, y ya tiene mucho trabajo. Pero tal vez tengas razón en que estaría mejor en Edilean. Podría quedarse en la planta alta. Conozco a la enfermera perfecta para él. Es...

—¡No! —exclamó Gemma antes de continuar en voz más baja—: Quiero decir que no sería justo que los demás tuvieran que estar subiendo y bajando escaleras todo el día. Pero tal vez alguien podría ayudar con la limpieza para que Rachel pasara el tiempo necesario con Pere.

Por fin, Tris comprendió lo que le estaba diciendo.

—Ah, ahora caigo. Creo que sería una idea estupenda. Pere necesitará que alguien lo entretenga, ¿no?

—Y una enfermera no lo haría.

—¿Lo dices en serio? La enfermera que tengo en mente juega al ajedrez y hace malabares, y es muy guapa. Podría...

Gemma lo fulminó con la mirada.

—Claro, las enfermeras no entretienen a sus pacientes. Tal vez lo mejor sería contar con la ayuda de alguien a quien Pere ya conoce y con quien se siente cómodo.

—¿Crees que conseguirás que la señora Frazier colabore? A lo mejor quiere ponerlo en la planta alta y contratar a la enfermera malabarista.

—Si le insinúo a Alea Frazier que todo esto podría acabar en algo más que una recuperación total, le coserá a su hijo los pies al suelo de esa habitación. La verdad es que Rachel lo ha ocultado de maravilla. ¿Cuánto tiempo lleva así? —Antes de que Gemma pudiera contestar, Tris añadió en voz baja—: Vaya, el supermercado ha abierto y nos han descubierto. Se acerca el viejo doctor Burgess. Voy a tener que pedirle que se siente. Joder, quería hablar contigo en serio. Creo que he encontrado la Piedra de los Deseos.

—¿Cómo? —gritó Gemma al mismo tiempo que alguien aferraba el respaldo de su asiento, de modo que casi se cayó.

Tris se levantó al punto y sujetó a Gemma con una mano al tiempo que cogía del brazo a un anciano encorvado. Cuando la silla de Gemma dejó de tambalearse, Tris ayudó al hombre a sentarse entre ellos.

—Doctor Burgess, quiero examinarlo, y lo digo en serio —dijo Tris.

—Ya me he cansado de médicos, de inyecciones y de análisis —replicó con voz suave el anciano, que miraba más a Gemma que a Tris—. No soporto ver una aguja.

Gemma intentó mostrarse educada mientras Tris los presentaba, pero estaba muy molesta. ¿Por qué había dejado Tris que le diera vueltas al tema de Pere cuando tenía que contarle algo tan importante? Se moría por oír lo que tenía que decirle.

El doctor Burgess empezó a decir que estaba hambriento y que quería uno de los dulces de Ellie y una taza de su café. Cuando hizo ademán de levantarse para acercarse al mostrador,

Tris le dijo que se quedara sentado, que él le llevaría la comida.

—Eres un muchacho muy amable —le dijo el doctor Burgess a Tris.

En cuanto se quedó a solas con Gemma, el anciano acercó la silla un poco más a la suya, de modo que no le quedó más remedio que prestarle toda su atención. Si bien el excéntrico señor Lang le había caído bien desde la primera vez que lo vio, ese hombre no le gustaba, y se había acercado demasiado a ella.

—En realidad, quería hablar con usted —dijo al tiempo que la miraba con una sonrisa que habría sido adecuada para un hombre mucho más joven, pero que le dio repelús viniendo de un anciano—. No sé si le han dicho que también soy historiador. Me encantaría que me contara cosas de su investigación. Quiero saber qué ha descubierto. A juzgar por los rumores que corren por el pueblo, tiene que ser fascinante. Y, además —prosiguió con una mirada ladina—, tengo entendido que hay que felicitarla por su compromiso con el sheriff.

—Pues ha entendido mal —replicó—. No hay compromiso alguno. Colin Frazier y yo solo estamos saliendo.

El anciano le puso una mano ajada en el brazo.

—Pero está viviendo con él, ¿no es verdad?

Se apartó de él y cogió su bolso.

—Ah, querida, la he ofendido —dijo el hombre—. Perdone. Creo que hoy en día es normal que las parejas vivan juntas sin casarse. A lo mejor me he equivocado.

Tris volvió con un café y un plato de profiteroles.

—Gemma, ¿ya te vas?

—Gemma... —dijo el anciano—. ¿Te importa que te llame así? Bueno, Gemma estaba a punto de hablarme de su investigación.

—Es muy buena en su trabajo —comentó Tris, que miró a uno y a otra mientras se sentaba.

Gemma quería quedarse con Tris y que le contara lo que sabía de la Piedra de los Deseos, pero ansiaba alejarse de ese anciano. A pesar de que había dicho que tenía hambre, no tocó las pastas. Le miró el abultado vientre que sobresalía por debajo de la vieja camisa de algodón. Los puños estaban deshilachados y el cuello, descolorido. Sin embargo, el hambre que afirmaba tener no parecía estar relacionada con la comida.

De repente, Gemma se dio cuenta de lo que más la inquietaba de ese hombre. Era un historiador de capa caída que, a juzgar por su ropa, no había tenido mucho éxito en su campo. Era un académico, lo que quería decir que deseaba publicar con desesperación. Estaba segurísima de que había oído los rumores acerca de la Piedra de los Deseos y de que había decidido sonsacarle todo lo posible, añadirle algunos detalles y conseguir publicar un artículo. Se imaginó una miríada de artículos en periódicos, en revistas y en prensa amarilla; también se imaginó la información en la televisión y publicada en internet, con todos los detalles acerca de la Piedra de los Deseos. A los pocos minutos de que se hiciera pública la noticia, Edilean se llenaría de...

No quería ni pensar en el tipo de gente que acudiría al apacible pueblo: de todo, desde los más avariciosos hasta los más necesitados. Todas esas cosas espantosas que se imaginaba eran el motivo de que hubiera decidido no mencionar la Piedra de los Deseos en ningún documento susceptible de ser publicado. Incluso había pensado en hablar con la señora Frazier para explicarle por qué el informe que escribiera para uso privado de la familia no debería mencionar la Piedra de los Deseos. Una cosa era escribir una antigua leyenda, pero no así los sucesos que se producían en ese momento y que parecían estar enlazados con la Piedra.

Meneó la cabeza para aclararse las ideas.

—¿Estás bien? —le preguntó el doctor Burgess, que volvió a ponerle una mano en el brazo.

Gemma no quería seguir en compañía de ese hombre. Se puso de pie y miró a Tris.

—Me gustaría seguir hablando de lo de Pere. ¿Te parece bien que me pase por tu consulta?

—Hoy estoy hasta arriba de trabajo. Tengo muchas ganas de que Ariel vuelva y me eche una mano. ¿Qué te parece si cenamos esta noche?

—Estupendo —contestó Gemma—. Iré a tu consulta a las seis.

—Perfecto. —La miró con una sonrisa—. Y no te preocupes por Pere. Me ocuparé de todo.

—Un placer conocerlo, doctor Burgess —se apresuró a decir ella, que le dio un beso en la mejilla a Tris antes de marcharse.

Nada más meterse en el coche, le mandó un mensaje a Tris para pedirle que no le contara a Burgess nada acerca de ella ni de la Piedra. Y añadió:

No me fío de ese hombre.

A lo que él contestó:

Gracias por el aviso.

Una hora después, estaba en la casa de invitados, pero ni siquiera la belleza de la biblioteca conseguía que se concentrara en el trabajo. No dejaba de darle vueltas a lo que había dicho Tris de que tal vez hubiera encontrado la Piedra de los Deseos.

A las dos y media, le llegó un mensaje de Joce.

¿Te has enterado de lo de Sara?

Le contestó diciendo que no sabía nada acerca de Sara, a lo que Joce replicó:

Llámame o ven a mi casa, te invito a comer y te lo contaré todo.

Era el respiro que Gemma necesitaba. Casi corrió hacia su coche. Llegó a la preciosa mansión de Joce cinco minutos después. La puerta estaba entreabierta, así que terminó de abrirla. Se moría por dar una vuelta por la casa, pero a juzgar por el llanto de los niños, diría que los gemelos no tenían un buen día.

Joce parecía exhausta e histérica.

—Están sucios de arriba abajo —dijo.

A modo de réplica, Gemma cogió a uno de los bebés y lo

desnudó (resultó ser el niño), y después lo metió en una pila llena de agua caliente. Por arte de magia, el niño se calló.

Joce la miró, asombrada.

—Mi hermana me enseñó.

Durante las siguientes horas, Joce y ella trabajaron en equipo para bañar a los bebés, darles de comer y volver a bañarlos, antes de vestirlos. Joce no dejó de darle las gracias. Cuando los bebés estuvieron listos para dormir su segunda siesta, ya habían pasado tres horas.

—¿Por qué no te echas un rato y descansas tú también? —le sugirió a Joce—. Yo estaré pendiente de los bebés y recogeré la casa.

—No puedo dejar que hagas eso —replicó Joce—. Ya has hecho más que de sobra.

Gemma casi tuvo que obligarla a subir la escalera a empujones, y Joce no dejó de darle las gracias a cada peldaño.

Mientras dormían, Gemma recorrió la casa sola, hizo la colada, recogió la cocina y ordenó la sala de estar. Durante la siesta, comprobó el contenido del frigorífico y encontró los ingredientes para preparar un rollo de carne asado. Sonrió mientras cocinaba al recordar cómo Colin se metía con ella por su asado, un plato que nunca le había preparado.

Poco después de las cinco, Joce bajó la escalera con dos bebés sonrientes en brazos. Gemma cogió a uno.

—Te agradezco en el alma lo que has hecho —dijo Joce mientras miraba el horno—. A veces la situación me sobrepasa tanto que no puedo ni pensar. Si no fuera por amigos como tú, no sé cómo me las apañaría. No sé cómo se las va a arreglar Sara. Conoce a muy poca gente fuera de Edilean.

—¿Eso quiere decir que ya ha tenido al bebé?

—¡Por el amor de Dios! Has venido para que te lo cuente y se me ha olvidado. Anoche, le hicieron una cesárea de emergencia y dio a luz a gemelos.

Gemma dejó de mecer al bebé que tenía en brazos y miró fijamente a Joce.

—¿Gemelos? ¿No le hicieron una ecografía para saber cuántos niños iba a tener? ¿O no se lo contó a nadie?

—No lo sabía. El segundo bebé estaba oculto detrás del primero, de modo que nadie lo vio en las ecografías.

A Gemma le costaba creerse la noticia...

—En la barbacoa, Sara deseó...

—Lo sé. Deseó tener gemelos.

Gemma se sentó a la mesa de la cocina, abrazando al bebé con fuerza.

—¿Niño o niña?

—Dos niños. Mike dijo que ya había pedido ropa de artes marciales para los dos.

—¿Cómo está?

—Emocionado. Sorprendido. Aterrado a más no poder.

—Ojalá... —comenzó Gemma con un deseo, pero se tragó las palabras—. Quiero decir que estaría bien que se vinieran a vivir aquí.

—Yo pienso igual, pero a Mike le faltan un par de años antes de que pueda jubilarse. Ahora que su amigo Frank va a vivir aquí, también quiere mudarse. —Joce la miró—. No creerás que tiene algo que ver con la Piedra de los Deseos, ¿verdad?

—No, claro que no —aseguró Gemma, pero no parecía muy convencida. Miró el reloj de pared. Eran las seis menos cuarto—. Tengo que irme. He quedado con Tris a las seis.

—¿Que has quedado? Pero Colin...

—No es una cita como tal —explicó Gemma—. He quedado con él para recabar información. —Dejó a la pequeña en la trona y le dio un beso.

—Ya me contarás qué averiguas —le gritó Joce mientras ella salía corriendo hacia la puerta—. Y que sepas que me has hecho un favor enorme. Me siento como nueva.

En su consulta, Tris recibió a Gemma con calidez. Le puso las manos en los hombros y le dio un beso en la mejilla. Llevaba la bata blanca de médico y tenía un aspecto muy profesional.

Había cuatro mujeres, todas mirando a Gemma con expresiones especulativas... y como si estuvieran dispuestas a defender a Tristan.

Él la condujo a su consulta y cerró la puerta al entrar.

—¿Son tu harén?

—Pues casi —contestó él al tiempo que se quitaba la bata—. Al menos ellas creen que lo son. Además, creen que se la estás jugando a Colin.

—¿O están molestas porque voy a salir contigo?

Tris se echó a reír.

—¿Te apetece que cenemos en mi casa? Tengo el frigorífico a rebosar.

—Será un placer —aceptó ella.

Mientras salían de la consulta, no pudo evitar la satisfacción que sintió cuando Tris dijo a sus empleadas que si alguien lo necesitaba podrían encontrarlo en casa.

—Con Gemma —añadió.

Una vez en la calle, le dijo:

—Se va a correr la voz por todo el pueblo. —Por algún motivo, no era algo que la molestase—. ¿Te sigo en mi coche?

—Claro —contestó él al tiempo que sacaba las llaves del suyo.

Mientras Gemma seguía a Tris, sintió mucha curiosidad por el lugar donde este vivía. Enfilaron una carretera que no había visto hasta el momento y que parecía internarse en el parque natural que rodeaba Edilean. Dejaron el asfalto y torcieron por un camino de tierra, pero cuando siguió sin ver casa alguna, comenzó a preguntarse si Tris vivía en una tienda en mitad de una parcela. Giraron en otra curva y llegaron a unas rejillas para impedir el paso al ganado, que cruzaron.

A su izquierda, a través de la densa arboleda que los rodeaba, vio un lago reluciente con patos. Delante veía una casa. No era muy grande, pero sí muy bonita. Lo mejor de todo era la idílica ubicación, con el lago justo delante.

Aparcó detrás de Tris y salió del coche. El lugar estaba muy silencioso, ya que solo se escuchaban los trinos de los pájaros y el rumor del viento entre los árboles.

—Es increíble —dijo—. ¿Llevas mucho tiempo viviendo aquí?

—Toda la vida, y mi padre también se crio aquí. Se llama Aldredge House, y una parte es antigua. No antigua según la norma en Edilean, porque no es del siglo XVIII, pero se construyó en la década de 1840.

—Si es de esa época, ¿no debería ser una variante del estilo colonial?

—Creo que lo era, pero sucesivas generaciones de Aldredge lo han alterado.

Se dirigió al lago para tener una vista más amplia de la casa. Tenía dos plantas, con ventanales en la fachada, y pudo ver una chimenea que sobresalía del tejado. Se imaginaba allí sentada, junto al fuego, en los días de nevada. En el extremo izquierdo más alejado vio una estancia con un tejado bajo que parecía ser todo de cristal.

—¿Es un invernadero?

—Sí —contestó Tris—. Al antepasado que construyó la casa se le daba muy bien la jardinería.

—¿Qué me dices de ti?

—Me dedico a curar plantas de vez en cuando. Entra para que puedas ver el resto. Tienes que decirme qué es nuevo y qué es antiguo.

—¡Ah! Un desafío —comentó ella mientras lo seguía por una puerta lateral. Entraron en un amplio vestíbulo, con suelo de baldosas y una escalinata de madera de roble al fondo—. Antigua —dijo, antes de señalar con la cabeza la puerta que había a la derecha para pedirle en silencio que la abriera.

Se trataba de una sala de estar amplia, con estanterías y un enorme televisor, muy acogedora. Le bastó una mirada para saber que era mucho más nueva que el vestíbulo, y así se lo dijo a Tris.

Al otro lado del vestíbulo, abrió una puerta que daba a una estancia muy amplia que se ensanchaba hacia la derecha, pero que se estrechaba en el otro extremo, donde vio la cocina con los armaritos en cerezo oscuro.

—Esto es antiguo y no creo que siempre haya sido una sola estancia. ¿Cómo voy?

—Genial —contestó él—. Mi madre hizo que quitaran las paredes de este lado. Justo después de que Addy naciera, mi madre le dijo a mi padre que no pensaba quedarse encerrada sola en la cocina y que si quería que le pusiera la cena en la mesa ya estaba tardando en permitirle ver qué estaban tramando sus hijos. Dos días después, las paredes habían desaparecido.

—Creo que me cae bien tu madre.

—A mí también —repuso Tris—. ¿Te preparo algo de beber?

—No puedo, voy a conducir. Pero si tienes una tónica con mucha lima me vendrá bien.

—Marchando.

—¿Te importa si...? —Señaló hacia la puerta que daba al invernadero y él le indicó que podía pasar.

Se trataba de una estancia preciosa que parecía un jardín victoriano. Y a juzgar por el tono humilde que había usado, sabía que Tris también era muy bueno con las plantas. Había plantas, sobre todo orquídeas, por todas partes: colgadas del techo y en macetas. Presentaban tal despliegue que le entraron ganas de sentarse en uno de los sillones de mimbre y ponerse a leer. Lo que más le gustó fue comprobar que Tris no había confinado en macetas las plantas más grandes, sino que las había plantado en la tierra que rodeaba el precioso suelo de azulejos pintados a mano.

Tris le dio su bebida helada.

—Es la única estancia que nadie ha tocado. Mi padre me dijo que era la habitación preferida de mi tataraloquesea, la abuela de quien construyó la casa, y que pasaba casi todo el tiempo aquí. —Se inclinó para quitarle una hoja seca a una orquídea dama danzante—. Ella fue una de las mujeres que tuvo hijos sin estar casada.

—En circunstancias normales, eso no sería interesante, pero dado que se ha estado recordando durante generaciones, creo que encierra una historia. Me encantaría saber más cosas sobre ella. ¿Cómo se llamaba?

—Louisa. No sé mucho de ella, pero Joce me dijo que había llamado a mi abuelo para preguntarle por nuestra familia. Mi abuelo le contó que en el certificado de nacimiento del hijo de Louisa Aldredge, su hermano y su cuñada aparecían como los padres del niño.

—Estoy segura de que eso era lo que se consideraba más adecuado en la época —comentó Gemma—. De modo que... en algún momento de la década de 1830 o 1840, Louisa Aldredge tuvo un hijo fuera del matrimonio y tuvo que renunciar a él, de modo que se construyó una casa en mitad del campo y vivió aquí sola con sus plantas.

—Eres tan romántica como Sara —dijo Tris con una sonrisa—. Pues que sepas que cuando mi padre remodeló las habitaciones, encontró instrumentos quirúrgicos que se remontaban a la época de construcción de la casa. Y también encontró juguetes de la misma época. Creo que Louisa construyó la casa tan lejos del pueblo para que nadie viera que sus pacientes iban a ver a una mujer médico. Y creo que vivió aquí con su hijo.

—Parece que sabes bastante sobre ella.

Tris se encogió de hombros.

—Los Aldredge, tanto hombres como mujeres, solemos dedicarnos a la medicina, así que tampoco era una suposición tan arriesgada. Ahora, hablemos de asuntos más importantes.

—¿De la Piedra de los Deseos? —se apresuró a preguntar Gemma.

—Yo pensaba más en comida. Un ama de llaves viene dos veces a la semana y me trae lo que cocina en su casa. Le gusta experimentar, así que nunca sé lo que me está esperando.

—A ver si lo adivino: es joven, guapa y soltera —aventuró Gemma.

—¿La conoces? —preguntó Tris con las cejas enarcadas, y después se echaron a reír.

Era imposible no encontrar graciosa la manera en la que Tris fingía no saber que las mujeres se desvivían por complacerlo. Había visto cómo mujeres adultas se paraban en mitad de la calle al verlo y cómo Tris las miraba con una sonrisa tímida, como si no tuviera la menor idea de por qué lo miraban boquiabiertas.

Lo vio abrir el frigorífico antes de empezar a sacar cuencos cubiertos con plástico transparente, que le fue pasando. Había varias ensaladas verdes, fiambre y pollo, así como cuadraditos de queso.

Mientras destapaban la comida y dejaban los cuencos en la mesa, comenzaron a hablar. Ninguno sugirió calentar la comida. Gemma quería preguntarle por la Piedra de los Deseos, pero también quería que él se lo contara a su ritmo.

—Bueno, ¿qué te pasa con el doctor Burgess que no te fías de él? —le preguntó Tris en cuanto se sentaron a la mesa.

—No sabría decirte, pero creo que es posible que intente averiguar cosas acerca de mi investigación para publicarlo con su nombre.

—¿Crees que la historia familiar de los Frazier interesará a algún editor hasta el punto de querer publicarla?

—Sabes muy bien lo que busca —repuso Gemma.

—Ah, eso. —Con una sonrisa, Tris miró su plato—. Creo que tienes razón. Ha estado interrogando a todos los habitantes del pueblo para averiguar todo lo posible acerca de la Piedra. Esta mañana, Ellie me ha dicho que si intentaba sonsacarle algo, pensaba pasar su flacucho trasero por la máquina de cortar.

Gemma soltó una carcajada.

—Tiene unas piernas muy flacuchas, ¿a que sí?

—Ellie me ha dicho que se estaba quejando de que en el pueblo todos somos muy misteriosos.

—Y con eso se refiere a Los Siete.

En esa ocasión, fue Tris quien se echó a reír.

—Así que en eso nos hemos convertido, ¿no? ¿No han hecho una película sobre nosotros?

—Te refieres a *Los siete magníficos*, y no tenía nada que ver con vosotros.

—A lo mejor lo hacen en cuanto escribas sobre nosotros —dijo Tris—. Al minuto siguiente de que te fueras, el doctor Burgess me preguntó por el robo que estaba investigando Colin, pero le contesté, con total sinceridad, que no sabía nada al respecto.

—Ojalá que el robo se convierta en el tema de conversación del pueblo y acalle los rumores sobre la Piedra.

—Tengo entendido que ha habido un par de allanamientos, pero que era cosa de críos —comentó Tris.

Gemma bajó la vista al plato.

—Sé tanto como tú.

—¿Te has enterado de lo de Sara? —le preguntó Tris.

—Sí. Es genial, ¿eh? —Se quedó callada un momento antes de añadir—. Vale, se acabó la cháchara. Me dijiste que habías encontrado la Piedra de los Deseos. Quiero verla... si es posible, claro... y quiero que me cuentes la historia con pelos y señales.

—La encontró Nell —comenzó Tris al tiempo que se alejaba hasta un lateral de la estancia y movía un cuadro sobre sus bisagras para dejar al descubierto una pequeña caja fuerte. Introdujo la combinación a toda prisa, sacó lo que parecía una polvera de plata y se la dio a Gemma.

Para su sorpresa, pesaba bastante. Examinó la polvera y vio que era muy bonita, pero que estaba arañada en la parte delantera, como si alguien la hubiera forzado. Su ojo experto le indicó que debía de ser de finales de la época victoriana o principios de la eduardiana. No era nada fuera de lo común, al contrario, era muy sencilla.

—Nell y mi hermana usaron un par de destornilladores y un cincel para abrirla.

—Comprendo la curiosidad —dijo Gemma al tiempo que abría la tapa. El interior estaba lleno de plomo. Miró a Tris.

—Venga, quita la primera capa —la animó.

Gemma consiguió meter la uña por debajo del plomo y levantarlo, doblándolo en el proceso. Dentro había un precioso colgante ovalado, con una minúscula piedra engarzada. Gemma lo sostuvo para que le diera la luz.

—¿Es un diamante en bruto?

—Sí. Se lo llevé a mi prima Kim para que le echara un vistazo, y es un diamante, pero no merece la pena intentar cortarlo.

Gemma mantuvo en alto el colgante mientras lo examinaba. Era muy bonito, pero sencillísimo... y muchísimo más pequeño de lo que se había imaginado. Y ya lo había visto antes.

—Esto lo tenía *Landy*.

—Tienes una memoria excelente —comentó Tris—. Con razón eres tan buena investigando.

—¿Cómo has conseguido que Nell te lo diera? ¿No lo habrás...?

—Robado. Debería habérseme ocurrido. Se lo cambié por dos Helen Kish y una Heidi Plusczok.

—Que son...

—Muñecas de diseño. Te juro que esa niña va a ser abogada.

Y menos mal que existe eBay, porque de lo contrario jamás las habría conseguido.

Gemma seguía mirando el colgante.

—¿Dónde? ¿Cuándo? ¿Cómo?

—Ojalá pudiera decir que fueron mis capacidades deductivas, pero solo fue una corazonada. Y todavía no estoy seguro de que esto sea de lo que hablaba la carta que encontraste. El caso es que cuando resultaste herida, Nell dijo que el colgante de *Landy* estaba parpadeando.

—Recuerdo que dijo algo, pero no le presté demasiada atención —comentó Gemma.

—Yo tampoco. Nell vive en su propio mundo. Pero supongo que mi cerebro se quedó con el asunto. ¿Recuerdas cuando tuve que irme de la barbacoa por el ataque al corazón del señor Gibson?

—Pues claro —contestó Gemma. Fue el día que estaba tan cabreada con Colin... y desde entonces parecía haber pasado una eternidad.

—Por cierto, fue un ataque de ansiedad y ya está bien. Me fastidió mucho que me llamaran y pensaba volver a la barbacoa. Llamé a mi hermana, que estaba en el hospital de Miami, para preguntar por su marido. Está bien, pero Nell quería hablar conmigo. Cogió el teléfono y salió al pasillo y empezó a contarme una historia muy rara acerca de que su padre le había quitado el colgante a *Landy* y que yo tenía que rescatarlo.

—¿Por qué le quitó el colgante su padre? —quiso saber Gemma.

—Mi cuñado creía que procedía de una venta benéfica de una iglesia y que tal vez fuera valioso y alguien lo echara en falta.

—Un buen hombre.

—Lo es —confirmó Tris—. Pero la verdad es que Nell le había mentido a su madre acerca de dónde lo había conseguido.

—¡Ah! —exclamó Gemma—. La cosa se anima.

—Pues sí. Mi retorcida sobrina me había robado el colgante.

—Vale, ahora sí que me he perdido. ¿No te habías dado cuenta de que tenías un colgante envuelto en plomo y plata?

—Me hubiera dado cuenta de haberlo visto alguna vez. Nell me contó por teléfono que se encontró el collar por casualidad detrás del hombre.

Gemma sonrió.

—Supongo que tú sabes a qué se refiere.

—Ya lo creo. Todos los niños que han vivido en esta casa desde que se construyó se han quedado fascinados por «el hombre». —Le indicó que lo siguiera mientras se acercaba a la chimenea.

En el extremo más alejado de la repisa habían introducido un trozo de madera de unos diez centímetros. En dicho cuadrado estaba tallado el perfil de un joven muy guapo. Llevaba el cuello alto típico del siglo XIX, y el pelo se rizaba en su nuca. Tenía los pómulos muy marcados y un fuerte mentón. Parecía una réplica casi exacta de Tristan.

—Ya veo que es un antepasado tuyo —dijo Gemma.

—Eso supongo. Siempre he creído que se parecía a mi padre, pero mi madre me dijo que se parece a todos los Tristan. El nombre se remonta a los orígenes de mi familia. El asunto es que nadie sabe muy bien quién es, y de niños todos nos preguntábamos por su identidad. Una de nuestras actividades preferidas durante los días lluviosos era inventarnos historias a su alrededor. Colin solía decir que era un hombre que luchaba por la justicia en secreto.

—Típico de él —replicó ella con una sonrisa—. Yo supongo que sería el padre del hijo de Louisa.

—Eso mismo pienso yo, pero los adultos no se lo iban a decir a unos niños, ¿verdad? Fuera quien fuese, a día de hoy nadie sabe por qué decidieron que debía ser inmortalizado en la repisa de una chimenea. Mi madre quería sacar el trozo de madera y enmarcarlo. Siempre le dio miedo que se prendiera, pero mi padre no la dejó. —La miró—. Y menos mal que no lo hizo. —Extendió una mano, tocó la esquina inferior izquierda del cuadrado, después la superior derecha y por último empujó en el centro. El cuadrado se abrió para revelar un agujero.

—¿Nell averiguó el sistema de apertura?

—Ella solita —confirmó Tris.

—Es un orgullo conocerla. —Gemma se inclinó hacia delante para mirar en el agujero—. Parece que se hiciera específicamente para guardar el colgante en su cajita.

—Eso me ha parecido a mí. —Cerró el compartimento y retrocedió antes de indicar a Gemma que lo intentara.

Lo consiguió a la segunda.

—Es increíble que una niña lo averiguara ella sola.

—¡Y que no se lo contara a nadie! —añadió Tris—. Sabía que si lo hacía, alguien le quitaría la cajita.

—Después mintió a su madre para que la ayudara a abrirla —dijo Gemma, admirada—. Y fue muy lista al esconderlo a plena vista, en el cuello de su osito de peluche. Era como si desafiara a algún adulto a averiguar lo que había hecho.

—Así es mi sobrinita del alma —dijo Tris, que regresó al comedor, donde comenzaron a recoger la mesa—. Bueno, sigo, Nell estaba hablando por teléfono y casi histérica, porque su padre iba a quitarle el colgante. Por supuesto, todos los problemas venían porque había mentido, pero no quería reconocer ese pequeño detalle.

—Es interesante que te contara a ti la verdad de lo que había hecho y no a sus padres.

Tris soltó una carcajada.

—¿Por qué crees que le encanta quedarse conmigo? Porque la dejaría cometer un asesinato e irse de rositas. Tendrías que haber oído a Addy cuando se enteró de que la dejé montar en el tractor del señor Lang.

—¿No es...?

—No, no —dijo Tris—. Tranquila, porque no es un degenerado sexual, pero tiene ochenta y cinco años y sigue conduciendo.

—En ese caso, tengo que darle la razón a la madre de Nell —repuso Gemma.

—Sí, yo también —replicó Tris—. No volverá a pasar, pero el problema es que yo dejo que Nell me maneje a su antojo, y la niña lo sabe. Sabía que yo estaría más interesado en la historia que en intentar enseñarle que no tiene que robar. Eso se lo dejo a sus padres. —Hizo una pausa mientras guardaba en el frigorífico los cuencos que Gemma había cubierto con plástico transparente—. Cuando Nell me contó que había encontrado la caja y lo que esta contenía, recordé que estaba parpadeando el día que te conocí, y después...

Gemma asintió con la cabeza.

—Justo después, Nell vio cumplido su deseo de que su padre volviera a casa y se mudaran a Edilean.

—Eso es —dijo Tris—. Como también parpadeaba el día de la barbacoa y después...

—Alguien pidió un deseo. Supongo que te has enterado del jueguecito que hicimos esa tarde.

—Llamé a Sara y ella me contó los deseos de todos.

—Y ahora Sara ha tenido gemelos por sorpresa —comentó Gemma en voz baja, mientras repasaba lo que se dijo esa noche—. Al menos, ninguno de los deseos era negativo.

—Creo que tú y yo pensamos igual —dijo Tris—. Si el mundo descubriera que cabe la posibilidad de que algo así exista...

—Ningún Frazier estaría a salvo —terminó Gemma—. Me imagino a Shamus secuestrado al volver a casa del instituto y a un matón exigiéndole que desee que le toque la lotería.

—O que alguien deseara cosas raras como la capacidad de detener el tiempo.

—Muy buena —dijo Gemma—. ¿Qué me dices de la transferencia del alma? O desear el poder para dominar el mundo.

—Cuando me enteré de lo de Sara, empecé a pensar en todo lo malo que puede surgir de este tema. Ojalá no estuviera ya en boca de todos.

—Ojalá —replicó Gemma—. Colin me ha dicho... —Se interrumpió.

Tris la miró con una sonrisilla.

—Te ha dado fuerte por él, ¿no?

Gemma sonrió con timidez.

—Nos llevamos bien y es fácil tenerlo cerca.

—Eso no es lo que dicen las demás.

—¿Te refieres a Jean?

—No —contestó Tris—. Me refiero a las mujeres con las que ha salido Colin cuando no estaban juntos. Querían toda su atención y, cuando no la conseguían, digamos que no se portaban con demasiada educación.

—Pero Colin sí que presta atención a las mujeres —protestó Gemma—. Hablamos de todo.

—El hecho de que tú consigas que Colin hable de algo es una hazaña que ninguna otra mujer ha conseguido hasta ahora.

Gemma sonrió mientras Tris se acercaba al cuadro de la pared y abría la caja fuerte con la intención de guardar la cajita de plata.

—¡Espera! —exclamó Gemma—. Creo que deberías saber algo acerca de las cajas fuertes empotradas. ¿Estaría bien que te contara la verdad acerca de los robos?

—Claro. Colin y yo hablamos de sus casos a todas horas.

Le contó que el ladrón había abierto una caja fuerte en una casa. Cuando terminó, Tris comentó:

—Parece que alguien busca algo pequeño muy bien escondido. —Señaló el colgante con la cabeza.

—Pero ¿quién podría saber el aspecto de la Piedra de los Deseos? ¿Quién sabría que es lo bastante pequeña como para caber en una polvera? He investigado mucho y no he encontrado una descripción. Quiero decir hasta ahora. Siempre que esa sea la Piedra, cosa de la que no estamos seguros.

—¿Y dónde la escondo si no puedo meterla en una caja fuerte? —preguntó Tris—. A lo mejor debería devolverla al lugar donde Nell lo encontró.

—El ladrón encontró un anillo en el poste de una cama, así que dudo mucho que un cuadro lo detenga. ¿Por qué no me la das? Le diré a Shamus que la dibuje y también le haré fotografías. Al menos de esa manera, si pasa algo, tendremos documentación gráfica.

—¿Dónde lo guardarás?

—En su polvera de plomo, y creo que la meteré con mis productos de maquillaje, para que no parezca nada del otro mundo.

—Gemma, es una idea excelente —replicó Tris, que la miró con una sonrisa cariñosa—. ¿Estás segura de que quieres a Colin? ¿Ningún otro hombre tiene posibilidades?

Era un hombre guapísimo, pero a ella no le interesaba.

—Creo que tal vez esté absolutamente segura. —Miró el reloj—. Son las nueve pasadas. Será mejor que me vaya. Mañana temprano voy al gimnasio.

Tris la acompañó al coche. Hacía una noche estupenda.

—Me alegro de que hayas venido a Edilean. Vas a encajar a la perfección —comentó, al tiempo que la besaba en la mejilla. Le brillaban los ojos—. Y si alguna vez descubres lo malo que es Colin Frazier, ya sabes dónde vivo.

Tris le abrió la puerta del coche.

—Me aseguraré de contarle que has dicho... —Gemma se interrumpió porque sintió una repentina arcada que fue incapaz de contener. Se inclinó hacia delante y vomitó toda la cena.

Al punto, Tristan pasó de ser un amigo bromista a un médico. Le rodeó los hombros con un brazo y la condujo de vuelta a la casa.

—Virus estomacal —dijo Gemma, con voz bastante aguda, mientras intentaba no pensar en lo que podría haberla hecho vomitar—. O tal vez he comido algo en mal estado. Seguramente sea intoxicación alimentaria o un virus de estos raros. Me pondré bien enseguida. Seguro que ahora mismo tienes un montón de pacientes con lo mismo que yo. Llovió el jueves y me mojé. Seguro que es eso.

Tris no habló mientras la conducía a un aseo situado a un lado del vestíbulo. Entró y volvió a salir enseguida con un botecito de plástico.

—Muestra de orina —le dijo él.

—Claro. Para buscar qué ha causado la intoxicación, ¿verdad?

—Para descubrir qué te ha hecho vomitar. ¿Ves esa habitación? —Señaló una puerta en la que no había reparado antes—. Estaré dentro. —La empujó al aseo y cerró la puerta.

Mientras Gemma lo obedecía, se esforzó en no pensar. Por supuesto que era un virus estomacal. Siempre estaban en el aire, ¿o no?

Cuando por fin terminó y salió del aseo, temblaba. Tris, que se había puesto una bata blanca, la esperaba en la puerta de la estancia que le había indicado. La había preparado para que sirviera de consulta.

—Muy buena idea tener algo así en casa —comentó ella, sabiendo que demostraba cierto nerviosismo—. ¿Vienen muchos pacientes a verte?

—Algunos. Gemma, quiero que te sientes ahí y que inspires hondo. Utiliza lo que has aprendido durante los entrenamientos para tranquilizarte.

—Claro —replicó mientras lo veía coger el botecito de plástico, tras lo cual salió de la estancia.

Aunque sabía que se había ausentado solo unos minutos, le parecieron horas. Echó un vistazo por la habitación e intentó clasificar lo que veía según su ojo histórico.

La camilla parecía antigua y se preguntó si el padre de Tris la habría comprado en la década de 1950.

Contra la pared había un armarito metálico alto con puertas de cristal que también parecía antiguo.

Quiso levantarse para echarle un vistazo, pero no le funcionaban las piernas. Y su curiosidad fue incapaz de hacerla reaccionar.

Cuando Tris abrió la puerta, Gemma estaba sentada donde la había dejado y solo levantó la vista.

—¿Cómo te sientes? —le preguntó con el tono de voz que supuso que usaba con sus pacientes.

—¿Es intoxicación alimentaria? —preguntó en un susurro.

—Gemma... —comenzó, y leyó la respuesta en su cara.

Gemma se cubrió el rostro con las manos.

—No estoy preparada para esto —susurró—. Tengo un trabajo. Casi no conozco a Colin.

Tris le puso una mano en el hombro.

—¿Te apetece un poco de té y una tostada? Te ofrecería galletitas saladas, pero no tengo. —Al ver que Gemma no se movía, la ayudó a levantarse—. Vamos al salón para hablar.

Minutos después, estaban sentados en el sofá mientras Gemma intentaba comerse la tostada que Tris le había preparado, pero todo lo que tragaba quería volver a salir. Tris se había quitado la bata y actuaba otra vez como su amigo.

—¿Un bebé? —preguntó Gemma—. ¿Estás seguro?

—Totalmente. Mañana te recetaré algunas vitaminas y te recomendaré un obstetra. En estas circunstancias, no creo que yo deba...

—Sí —convino ella—. Esto podría estropear nuestra amistad. —Lo miró con los ojos desbordados por las emociones—. ¿Qué hago? ¿Cómo se lo cuento a Colin?

Tris le puso una mano sobre las suyas.

—Gemma, si no lo quieres, puedo arreglarlo todo para que abortes. Nadie salvo tú y yo se enterará de lo que ha pasado.

Ella apartó la mano.

—¡Ni se te ocurra volver a decirme algo así!

—Bien —dijo él, y por primera vez, sonrió. Volvió a cogerla de la mano—. Gemma, todo se arreglará. Conozco a Colin desde siempre, y hará lo que tú quieras.

—¿Quieres decir que me convertirá en una mujer decente? —preguntó, y lo hizo con cierto asco—. El sueño de mi vida, que un hombre se crea en la obligación de casarse conmigo.

—Si Colin no estuviera locamente enamorado de ti, jamás se casaría contigo, pero sí que te apoyaría económicamente.

—¡No está enamorado de mí!

—¿Eso crees? —Tris se levantó para prepararle más té—. Jamás he visto a Colin tan obsesionado con alguien como lo está contigo. De niños, siempre era el tranquilo. Cuando a nosotros se nos ocurría alguna locura, todos nos poníamos a ello, menos Colin. Nunca le importó que todos estuvieran en su contra, solo le importaron sus principios.

—Aceptó trabajar con su padre aunque detestaba el puesto.

—Colin tiene muy desarrollado el deber familiar.

—Jean...

—Eso fue solo físico y Colin estaba hipnotizado —la interrumpió Tris mientras llenaba la taza de agua caliente.

Gemma parecía derrotada.

—Si Jean lo hipnotizó, ¿qué he hecho yo? ¿Soy el aburrido y anodino premio de consolación?

—Tú eres el amor —contestó Tris al tiempo que añadía leche al té y se lo daba.

—Pero nos conocemos desde hace muy poco tiempo.

—Es verdad —convino Tris, que se sentó junto a ella—. Es

un hecho comprobado que para enamorarte de alguien tienes que conocer a dicha persona durante dos coma sesenta y ocho años.

Gemma fue incapaz de contener una carcajada.

—¿Qué voy a hacer? No es lo que había planeado para mi futuro. Quería esperar a terminar con la tesis, a tener un buen trabajo. Y después pensaba buscar a un buen hombre con quien pasar la vida. —Miró a Tris—. Pero la señora Frazier quería nietos y pidió un deseo.

—¿No crees que haya tenido algo que ver lo de haber mantenido relaciones sexuales sin protección? —preguntó Tris.

Gemma gimió.

—Prefiero pensar que la magia es la causante, no mi propia estupidez.

Tris se echó a reír.

—Vale, se está haciendo tarde. Voy a acompañarte a casa. Mañana haré que te lleven el coche y te enviaré unas vitaminas. Dímelo en cuanto se lo hayas contado a Colin para que Rachel te ayude con la dieta. Tienes que alimentarte bien.

Mientras la ayudaba a ponerse en pie, Gemma lo miró a la cara.

—¿Un bebé?

—Eso es. Un bebé Frazier, grande y feliz. ¿No te preguntas qué deseará cuando sea mayor?

—No me lo recuerdes. —Echó a andar hacia la puerta, seguida de cerca por Tris—. Supongo que ya sabemos por qué se activó la Piedra: tu sobrina le quitó el plomo y dejó que el genio se escapara.

—Es una posibilidad —admitió Tris—. ¿Has pensado ya algún nombre?

—Estás disfrutando de la situación, ¿verdad?

—Sí —contestó él—. Colin es amigo mío además de mi primo, y ya estaba temiendo que llegara el día que viniera a decirme que se iba a casar con Jean. Siempre me he preguntado si sería capaz de fingir que me alegraba por él. Pero ahora que ha tenido el buen tino de...

—Lo sé —lo interrumpió Gemma—. No tienes que decirlo.

—Ya estaban junto al coche de Tris y él la ayudó a sentarse en el asiento del acompañante—. Espero que no se lo dirás a nadie, ¿verdad?

—Jamás revelaría los secretos de un paciente ni de un amigo. Hasta que no me digas lo contrario, no se lo diré a nadie. Ponte el cinturón. Ahora tienes que preocuparte por dos personas.

23

Gemma pensaba que no iba a dormir mucho después de que Tris la dejara en la casa de invitados, pero se equivocó. De hecho, se quedó dormida nada más tumbarse en la cama. Cuando se despertó a la mañana siguiente, lo primero que pensó fue que nada más llegar a Edilean deseó poder formar parte de ese lugar. ¿Había sido ese un deseo surgido de su corazón? ¿La habría «oído» el colgante de Nell? ¿Habría sabido que estaba destinada a convertirse en una Frazier mediante el matrimonio? El abuelo de Colin afirmaba que los deseos incluían a las esposas Frazier. De modo que quizá la Piedra incluyera a las mujeres de todos los Frazier. En ese caso, pensó que debía llamar a Ariel y decirle que se hiciera un test de embarazo.

Tumbada en la cama, se pasó una mano por el abdomen, todavía plano. No se imaginaba con barriga. Sin embargo, según Tris eso era lo que iba a suceder.

Se colocó las manos detrás de la cabeza y clavó la mirada en el techo. ¿Qué iba a pasar a continuación?, se preguntó. Lo primero era decírselo a Colin.

Claro que ¿y si hacía lo que Tris había insinuado que haría y le pedía matrimonio porque se sentía obligado? ¿Qué tipo de matrimonio tendrían si se pasaba la vida con la impresión de que lo habían obligado a casarse... que tal vez incluso lo habían engañado?

Se levantó y se metió en la ducha, con la sensación de que su embarazo era una fantasía. No se sentía mal, pero ¿no se suponía que debía tener náuseas matinales? Se puso una mano en el abdomen.

—¿Tan dispuesto estás a ser distinto que me vas a provocar náuseas vespertinas?

Salió de la ducha, se vistió y tras un saludable y copioso desayuno, empezó a trabajar. Mientras anotaba lo que había descubierto sobre el primer Shamus Frazier, se olvidó casi por completo de las noticias que habían supuesto un drástico cambio en su vida. En el silencio de la biblioteca, logró desterrar la preocupación por el futuro.

En un momento dado, cedió al irresistible deseo de echarle un vistazo a lo que supuestamente era la Piedra de los Deseos. Un colgante diminuto de forma ovalada, no mayor que la uña de un dedo meñique, con la piedrecilla engarzada. La piedra brillaba bajo la luz del sol. ¿De verdad podía ese diminuto objeto conceder deseos?

Aunque se dijo que estaba mal, cerró los dedos de una mano en torno a él y dijo:

—Deseo que mi hijo tenga una vida larga y feliz.

Al abrir el puño para comprobar si la piedra había cambiado de color tal como pasaba cuando estaba en torno al cuello del osito de Nell, vio que seguía exactamente igual.

—Esto es ridículo —dijo mientras lo guardaba en su estuche de plomo y cerraba la polvera.

Tal como le había dicho a Tris, lo guardó en la cestita de mimbre situada cerca del lavabo con el resto de sus cosméticos. Oculto a simple vista.

Esa tarde Shamus fue a verla. En vez de levantarse para abrirle la puerta, le indicó con un gesto que pasara. Shamus fue directo a la cocina y preparó un par de sándwiches, tras lo cual se sentó para dibujar. Habían desarrollado una rutina muy cómoda. Ambos se mantenían callados, relajados, ya que sabía que a Shamus le gustaba el silencio que la rodeaba. Había comprobado que el interior de la mansión de los Frazier era un sitio ruidoso, lleno de actividad, más de lo que a ella le gustaba, así que tal vez a Shamus le pasara igual.

—Voy a tener un bebé muy tranquilo —comentó y después miró a Shamus.

No había pretendido decirlo en voz alta, pero él parecía no haberla escuchado. Estaba absorto en lo que estuviera dibujando.

Más tarde, Gemma señaló con la cabeza la caja donde guardaba su material de dibujo, que descansaba en la mesa. La parte inferior estaba rodeada de cinta adhesiva, y quedaba muy feo.

—¿Por qué no la dejas aquí para ver si puedo arreglarla?

El muchacho asintió con la cabeza sin mirarla siquiera. El dibujo que estaba realizando lo tenía muy ocupado.

Gemma siguió intentando redactar sus notas de forma coherente. En dos ocasiones, se descubrió mirando fijamente los nombres de los miembros de las familias sobre las que estaba escribiendo. Los Frazier parecían haber continuado la tradición de los nombres antiguos, pero no soportaba la idea de llamar a su hijo Peregrine. ¿Y las chicas? ¿Querría Alea llamar a su hija Prudence? Gemma se tranquilizó pensando que la señora Frazier le había puesto Ariel a su hija.

Mientras Gemma reflexionaba al respecto, Shamus se marchó después de levantar una mano a modo de despedida y cerrar la puerta tras él. Se percató de que el muchacho había dejado la caja y de que bajo ella asomaba un papel. Puesto que Shamus rara vez les dejaba ver sus dibujos, Gemma sintió una gran curiosidad. Se levantó y se acercó a la mesa. Ver el papel le provocó tal sorpresa que se vio obligada a sentarse en el sofá.

Shamus la había dibujado sentada debajo de un árbol inmenso, parecido al que había en la Granja de Merlin, leyendo. Parecía totalmente absorta en la lectura, ajena a todo lo que la rodeaba. Habría sido un retrato exacto salvo por los tres pequeñines que estaban cerca de ella, todos ellos idénticos a Colin. Uno se columpiaba de una rama baja del árbol. Otro llevaba la placa de sheriff y botas de vaquero y parecía a punto de arrestar al que se columpiaba. El tercero, que llevaba un pañal obviamente muy mojado, había construido una pista de carreras con piedras y palitos, y estaba jugando con cuatro coches.

Gemma no acertó a hacer otra cosa que no fuera mirar en silencio el dibujo, atónita y boquiabierta. Después se acomodó en el sofá y se echó a reír a mandíbula batiente. El dibujo parecía real como la vida misma. Se imaginaba en esa misma situación, absorta en la lectura mientras sus hijos se entretenían solos.

—¿Por qué habrá dibujado esto? —susurró, y recordó su comentario de que iba a tener un bebé «tranquilo».

Shamus parecía haber mezclado su comentario con el deseo de la señora Frazier de tener nietos y con el del señor Frazier, que quería un nieto que heredara la pasión de sus antepasados por los vehículos. Si a eso se le sumaba que había estado trabajando con la mano sobre el abdomen de forma protectora y que iba cada dos por tres al baño, estaba claro que Shamus había adivinado su secreto. En un solo dibujo había captado los deseos de sus padres y el comentario que ella había hecho.

Guardó el dibujo en una carpeta y regresó al trabajo, pero cada media hora alzaba la vista, sonreía, y meneaba la cabeza, asombrada.

A las seis, recibió un mensaje de texto de Colin y el corazón le dio un vuelco. Eso era estar enamorada, pensó, y después se dijo que estaba haciendo el tonto. Era demasiado pronto todavía. Pero, claro, ¿no sería mucho mejor si estuviera enamorada del padre de su hijo?

¿Puedes venir a verme lo antes posible a la Granja de Merlin? Mike y Sara no están. Solo estaremos nosotros.

Gemma sintió que el corazón se le aceleraba mientras imaginaba un sinfín de posibilidades. ¿«Solo estaremos nosotros» significaba que quería un encuentro secreto y erótico? La Granja de Merlin con ese ambiente tan antiguo era un lugar increíblemente romántico. Y tendrían intimidad. Estarían lejos de los Frazier y de la gente que pudiera hablar sobre ellos.

Se apresuró a maquillarse y corrió hasta su coche. Durante el corto trayecto se imaginó tumbada entre sus brazos, contándole lo que había descubierto sobre la Piedra de los Deseos. Y después, mientras contemplaran las estrellas, le diría lo del bebé. Y luego ¿qué?, se preguntó. Esperaba que se pusiera loco de alegría, que la levantara en brazos y la hiciera girar, y que hablaran de su futura vida en común. Porque lo que ansiaba y necesitaba era la felicidad.

Se rio de sí misma mientras enfilaba la avenida de entrada hacia la propiedad y continuaba hasta el granero. Aunque protestara porque quería proseguir con su carrera y ser independiente, en el fondo deseaba ser Cenicienta y lograr que un hombre grande y fuerte la rescatara.

Vio el Jeep de Colin aparcado cerca del precioso cenador estival y aparcó a su lado. En cuanto vio a Colin, supo que no la había invitado por un encuentro erótico. Parecía preocupado, como si tuviera que decirle algo horrible.

—Hola —la saludó en cuanto bajó del coche. Le colocó las manos en los hombros y le dio un beso distraído.

—¿Qué pasa? —quiso saber ella.

—Jean —contestó.

Gemma tuvo que esforzarse para no poner los ojos en blanco. La había invitado a ese lugar tan precioso y romántico, pero parecía que tendrían que hablar de su exnovia.

—¿Qué le pasa? —preguntó intentando comportarse como una persona adulta.

Se felicitó en silencio por no gritar: «¿Qué quiere esa arpía ahora?» Se sentó en la hierba y lo miró. Colin siguió de pie, ya que parecía demasiado nervioso para sentarse.

Acto seguido, empezó a contarle que había examinado informes antiguos y que había descubierto que muchos años antes un ladrón muy joven dejaba siempre unas ramitas de sauce atadas con un lazo rosa allí donde entraba.

—¿Ha retomado su carrera delictiva? —preguntó ella—. ¿Tienes fotos de ese hombre?

—Sí, pero hay más. Ha cometido robos importantes por todo el mundo. Bancos, el consulado de Rumanía, un par de pisos de lujo en Hong Kong. Ha escalado edificios usando ventosas. Es capaz de abrir cualquier caja fuerte.

—Supongo que el poste de una cama sujeto por un tornillo fue coser y cantar.

—Pues sí. —Colin la miraba como si tuviera algo importante que decirle, pero no parecía dispuesto a hacerlo a bocajarro.

—¿Por qué ha actuado un ladrón profesional en Edilean?

—Es el tío de Jean.

Gemma se mordió la lengua para no soltar unas cuantas palabrotas y mantuvo una expresión serena. No pensaba ceder a la ira y permitir que la noticia de su embarazo quedara empañada por el tío delincuente de Jean.

—Supongo que no te habló de su tío.

—Ni una sola palabra. Jean me dijo que era hija única y que sus padres también lo eran.

—Entiendo que no le dijera a un hombre convencido de asegurar el cumplimento de la ley que tenía por tío a un famoso ladrón. A lo mejor no lo conocía.

—¡Ja! Lo estuvieron vigilando mientras ella estudiaba en la universidad y pasó mucho tiempo con su sobrina. Según los informes que leí y las fotos que vi de ambos, fueron inseparables durante años. Jean viajaba con él. Sabía que había visitado distintos lugares del mundo, pero acabo de descubrir que lo hizo con su tío, un hombre que... —parecía incapaz de encontrar las palabras adecuadas para describir esa parte de su vida que Jean le había ocultado.

Gemma sabía que debía ofrecerle consuelo por el hecho de que su antigua novia le hubiera mentido, pero fue incapaz. Si de verdad hubiera superado su etapa con Jean, como afirmaba haber hecho, ¿por qué iba a enfadarse al descubrir que le había ocultado cosas? Sin embargo, se guardó dichos pensamientos.

—Y ahora necesitas localizar al tío.

—Ajá.

—¿Qué dice Jean de todo esto? —Contuvo el aliento con la esperanza de que Colin dijera que no había hablado con ella, que iba a dejar que fuera Roy quien la interrogara.

—Dice que no lo ha visto desde hace años, pero creo que está mintiendo. —Colin dejó de pasear de un lado para otro y la miró—. De eso quería hablarte. No me creo que esto sea una coincidencia.

—¿A qué te refieres?

Colin agitó la mano.

—A ti, a mí, a Jean, a su tío, a los robos. Creo que hay un motivo por el que todo está sucediendo a la vez.

—¿Cuál es tu teoría? —le preguntó, muy interesada.

—Creo que Jean le contó a su tío que habíamos cortado. Conociéndola como la conozco, seguro que le dijo que el culpable fui yo. Empiezo a pensar que los robos que se están produciendo en el pueblo son una especie de venganza.

—Pero si conoce a Jean, se imaginará lo que ha pasado entre vosotros. Y tal vez haya otro motivo por el que ha venido. —Le contó cómo Tristan había descubierto lo que creía que era la Piedra de los Deseos—. Aún no entiendo cómo se ha enterado de su existencia la gente del pueblo. ¿Tú se lo has dicho a alguien?

—No ha hecho falta. Mucha gente conoce esa leyenda. No sería descabellado que alguien relacionara tu investigación y el hecho de que ciertos deseos se han hecho realidad. Supongo que Tris te ha contado lo de su cuñado.

—Sí —dijo Gemma—, pero no sabía que se lo había contado a más gente.

—Jake ha vuelto de repente de la guerra y ha conseguido un trabajo en Edilean en un abrir y cerrar de ojos. La gente se percata de ese tipo de cosas.

—Y los gemelos de Sara —señaló Gemma—. Me parece que una Piedra capaz de conceder deseos bastaría para atraer la atención de un ladrón internacional.

—Eso me temo —convino Colin—. Todo esto dificulta mucho más lo que tengo que decirte.

El tono de voz que utilizó le puso a Gemma el vello de punta.

—¿Qué quieres decirme?

—Si el tío de Jean está cometiendo estos delitos en venganza por la ruptura de nuestra relación o si quiere lo que tú estás investigando... me preocupa tu seguridad. Si se parece un poco a Jean, creo que irá a por su objetivo sin preocuparse por las consecuencias de sus actos.

Gemma trataba de disimular la decepción que sentía por lo diferente que era la cita de la que ella había imaginado.

—Puesto que tú eres el culpable de que Jean lo esté pasando mal, tal vez su tío quiera ponerte en evidencia delante de todo el pueblo. Es posible que quiera convertirte en un hazmerreír —aventuró.

—¿Para humillarme? —preguntó Colin—. Es posible. Pero ahora me preocupa que quiera la Piedra y que piense que tú puedas tenerla.

Gemma sabía adónde quería llegar. Quería que se separaran durante un tiempo. Pero ella se negaba.

—¿Crees que Jean puede ser la instigadora de los robos? —preguntó—. A lo mejor fue ella quien le pidió a su tío que hiciera algo para avergonzarte.

—No lo creo —contestó él, que se negó a mirarla a los ojos.

Para Gemma era evidente que Colin no iba a decirle todo lo que estaba pensando.

—Bueno, y ahora ¿qué? —le preguntó.

En ese momento, Colin la miró con seriedad.

—¿Pasa algo? ¿He hecho algo que te moleste?

—No —contestó ella, consciente de que estaba mintiendo tanto como él—. Es que estoy preocupada por tu seguridad, nada más. ¿Qué piensas hacer ahora?

—Voy a interrogar a Jean de nuevo. Pienso usar todo lo que sé sobre ella para lograr que me diga la verdad. Necesito descubrir qué está pasando y por qué. De momento, los robos han sido pequeños, pero me preocupa que sean el preludio de algo mayor. En uno de sus robos, murieron cuatro personas mientras él trataba de escapar.

Gemma se mantuvo en silencio unos instantes, mientras su sueño de decirle que iban a tener un bebé quedaba reemplazado por las imágenes de Colin con Jean. Se obligó a volver al presente.

—Quieres que nos mantengamos separados para que la gente del pueblo crea que hemos cortado, ¿verdad?

—Creo que sería lo mejor por ahora. —Le regaló una sonrisa torcida—. Se me ocurrió que podía provocar una discusión tan fuerte que acabaras dejándome, pero he decidido no correr ese riesgo. Si no llegaras a perdonarme, ¿qué sería de mí?

—Tu vida sería la de siempre —replicó Gemma mientras le echaba un vistazo al reloj. Empezaba a sentir los primeros síntomas de las náuseas. Si no se marchaba pronto, vomitaría y no quería que Colin descubriera de esa manera lo del niño que habían engendrado juntos—. Tengo que volver al trabajo. —Se levantó y empezó a andar hacia el coche, pero Colin la cogió de un brazo.

—Estás enfadada conmigo. —La idea parecía asombrarlo.

—Entiendo perfectamente en qué consiste tu trabajo y lo que necesitas hacer. —Rememoró lo que él le había dicho—. ¿Cómo planeabas provocar una discusión conmigo?

—Olvídalo —le dijo él—. ¿Qué te parece si salimos del pueblo y vamos a cenar a otro sitio donde podamos hablar de todo esto?

Gemma se imaginó vomitando sobre la mesa, una idea espantosa.

—Mejor lo dejamos para otro día. Tengo que irme.

—¡Trabajo! —exclamó Colin—. Podría provocar una discusión echándote en cara lo mucho que trabajas.

En ese momento fue ella quien se sintió asombrada.

—Pero pensaba que te gustaba escuchar lo que voy descubriendo sobre tu familia. ¿No te gusta?

—Me gustaba. Me gusta —respondió él—. Aunque la parte sobre Tris me ha costado digerirla.

—¿Tris? ¿Qué tiene que ver Tris con los robos?

—Nada, que yo sepa.

—Entonces ¿por qué lo has nombrado?

—Es que me sorprendió cuando me dijo que le habías hablado de mi caso. Conocía muchos detalles que ni siquiera yo le había contado a Roy. A lo mejor debería haberte obligado a prometer que no ibas a decírselo. ¡Y luego está el asunto de Tris, tú y esa dichosa Piedra de los Deseos! Habría sido muy fácil empezar a discutir.

Colin sonreía, pero Gemma se había tomado sus palabras muy en serio. En la vida la habían acusado de traicionar la confianza de otra persona.

—Pero pensaba que... —Era consciente de que se estaba poniendo colorada—. Tienes razón. No debería haber hablado de tu caso. Me equivoqué. Lo siento. —Las náuseas empeoraban, de modo que dio un paso hacia el coche.

—Gemma, soy yo quien debe pedirte perdón. No pasa nada porque se lo dijeras a Tris. Es que...

Al ver que dejaba la frase en el aire, Gemma se volvió.

—Es que ¿qué?

—Nada. Vamos a olvidarlo. —Se colocó a su lado—. Te veré dentro de unos días.

—Quiero saber lo que ibas a decir.

Colin apartó la mirada.

—Nada. No le hago caso a los chismes.

—¿Qué chismes?

Colin se pasó una mano por la cara.

—Es que es una especie de *déjà vu*, nada más. Has pasado un día entero con Tris, pero lo entiendo. Jean se pasaba los días con otros. Aunque fingía que no me importaba, en realidad me dolía.

—*Déjà vu*? ¿Te dolía? ¿Otros hombres? ¿De qué narices estás hablando?

—¡De Tris y de ti, de eso estoy hablando! —exclamó como si fuera algo obvio.

—¿Qué pasa con Tristan?

—Gemma, no quiero discutir. Te pedí que vinieras para poder decirte la verdad, no para discutir. Tú y yo debemos mantenernos separados una temporada porque necesito tiempo para sonsacarle a Jean toda la información. Y me preocupa que puedas ser el objeto de algún tipo de venganza. Además, sabes mucho sobre esa Piedra de los Deseos.

—Por supuesto —replicó Gemma—. Lo entiendo perfectamente. Le estás diciendo a tu novia de este mes que necesitas pasar tiempo con tu novia del mes pasado. Y, por cierto, mientras estás con ella, debo mantenerme alejada de otros hombres. La única pregunta es si tú y yo seguiremos juntos el mes próximo. ¿O ya has elegido a otra?

—¡Gemma! Por el amor de Dios, eso es muy injusto. ¿Sabes lo que he tenido que soportar porque pasas demasiado tiempo con Tris? Su casa está muy aislada y muchas personas me han dicho que te vieron allí por la noche. Y que te llevó a casa en coche. ¿Estabas demasiado borracha como para conducir?

Gemma no pensaba explicarle cuál era el verdadero motivo de que eso hubiera sucedido.

—Si eso es lo que piensas de mí, es buena idea que dejemos de vernos. Estoy segura de que tu familia estará encantada de que vuelvas con tu preciosa novia abogada. Y puesto que pareces perdonarla por todas las canalladas que te hace, estoy convencida de que seréis muy felices juntos. Y ahora, si no te importa, me gustaría volver al trabajo.

—No me importa en absoluto —replicó Colin—. Espero que Tris y tú seáis muy felices.

—¡Bien! Porque parece que Jean y tú sois tal para cual.

—A lo mejor lo somos.

Gemma no podía soportarlo más. Se metió en el coche, cerró de un portazo y se alejó levantando una nube de polvo.

Colin condujo igual de furioso hasta la oficina. Estaba decidido a regresar al trabajo. Cuanto antes resolviera los robos e hiciera un arresto, antes podría volver con Gemma. Si ella lo aceptaba, claro.

Una hora después, seguía sin hacer nada. No paraba de darle vueltas a la discusión que habían mantenido, tratando de comprender lo que había pasado.

Después de discutir con Jean, siempre se sentía mejor. Se decían cosas espantosas, se acusaban mutuamente de ser infieles, vagos, imbéciles o cualquier otra cosa que se les ocurriera. Se echaban en cara todos los trapos sucios, desde lo desastrada que Jean dejaba la cocina, pasando por el mal humor de Colin, hasta la incapacidad de Jean para no reparar en otras cosas que no fueran sus deseos y sus necesidades.

Tras una hora escupiendo veneno, se calmaban y se quedaban sin reproches que arrojarse el uno al otro. Respiraban hondo, se miraban y uno de los dos decía alguna tontería. Colin podía decir algo como: «Te adueñas del cuarto de baño.»

A lo que Jean replicaba:

«Y tú prefieres ver deporte en la tele antes que salir a bailar.»

Colin soltaba un:

«Pues tú...», pero dejaba la frase en el aire porque al cabo de un instante estaban comiéndose a besos. El sexo que seguía a una discusión era tan ardiente como el intercambio de palabras hirientes.

Pero Gemma era distinta. Le había pedido que se reuniera con él en la Granja de Merlin porque no quería empezar con su fingida ruptura, una ruptura temporal, en alguna de sus casas, ya que habían hecho el amor en ambos sitios. Era consciente de que la había echado mucho de menos durante esos días y de que estaría deseando meterse en la cama con ella para abrazarla. De modo que pensó que sería mejor un terreno neutral como el de la Granja de Merlin.

No se le había pasado por la cabeza que acabarían discutiendo. Hasta ese momento habría jurado que Gemma y él no tenían motivos para discutir. Habían sido la pareja perfecta desde el principio y se habían sentido cómodos el uno con el otro desde que se conocieron.

Aunque Gemma se había enfadado con él por olvidarse de la primera vez que se acostaron, ya lo habían solventado, ¿no? Y la había recompensado por su descuido.

Pensaba que podría pasar por alto que la gente de Edilean había estado encantada de decirle que habían visto constantemente a Gemma con el doctor Tris. Ninguno de sus amigos de verdad, esas personas con las que había crecido, le había dicho nada al respecto, pero los forasteros sí. Allí adonde iba, alguien le hablaba de Gemma y de Tris.

—Se tomaron un chocolate sentaditos con las cabezas muy juntas —le había dicho un hombre—. Ese chico sí que sabe cómo ganarse el corazón de una mujer.

En el supermercado, una enfermera comentó para que él lo escuchara que Tris se quedaba esa noche solo en su casa... con Gemma.

—No estoy segura —añadió la mujer en voz alta—, pero creo que es el principio de una historia de amor verdadera.

—Nadie lo merece más que el doctor Tris —señaló la mujer con la que hablaba, en voz aún más alta que su amiga—. Ya va siendo hora de que siente cabeza y forme una familia.

Colin estuvo a punto de intervenir para dejarle claro que Gemma era suya, no de Tris, pero al final se dejó llevar por el hábito de toda una vida y se guardó sus asuntos personales para sí mismo.

Fue el señor Lang quien le dijo que Tris llevó en coche a Gemma a su casa después de lo que él interpretaba como una «cita».

—No fue una cita —le soltó Colin con brusquedad—. ¿Y qué hacías tú allí, por cierto?

El señor Lang se encogió de hombros mientras echaba un vistazo por la oficina de Colin. Era más discreto con sus asuntos personales que los Frazier. El hombre miró a Colin de nuevo.

—Si la quieres, será mejor que te esfuerces por conservarla.

—Es mejor que dejemos mi vida personal al margen. ¿Has visto o escuchado algo sobre los robos?

Aunque no le hacía ni pizca de gracia decirle a Gemma que debían dejar de verse por un tiempo, le preocupaba mucho su seguridad. Y no pensaba comentarle que el motivo era Jean, a la que creía muy capaz de idear algún plan para vengarse. La había visto hacerles cosas muy feas a sus compañeros de oficina cuando pensaba que intentaban robarle un caso. Y el día que cortó definitivamente con ella en su apartamento se puso como una fiera.

Sin embargo, dejando a un lado a Jean, no entendía por qué Gemma no se daba cuenta de que había tomado esa decisión por ella. A juzgar por sus palabras, podría pensarse que en el fondo creía que él quería pasar tiempo con Jean. Parecía creer que le alegraba que sucediera lo que había sucedido porque así podía volver con su exnovia.

Y luego estaba el asunto de Tris. Si alguien le hubiera preguntado, habría dicho que no se sentía celoso en absoluto, de modo que le sorprendió escuchar lo que salía de sus propios labios. Como si todo lo que habían dicho sobre Gemma y Tris hubiera estado machacándolo sin descanso.

En el fondo, estaba convencido de que todo era falso. ¿Verdad? Nada más pensarlo, sacó el móvil y llamó a Tris.

—¿Hay algo entre Gemma y tú? —le soltó a bocajarro en cuanto Tris contestó, consciente de que había usado un tono beligerante, como si quisiera pelea.

—¿De qué vas? —le preguntó Tris a la vez.

—Quiero que me respondas.

Tris titubeó.

—¿Es una pregunta retórica o de verdad quieres una respuesta?

Colin guardó silencio.

—Vale, te diré la verdad —siguió Tris—. Entre Gemma y yo no hay nada, salvo una amistad, pero que conste que yo lo he intentado.

El comentario no tranquilizó a Colin en lo más mínimo.

—¿Por qué llevaste a Gemma en coche a su casa? ¿La emborrachaste?

—Si no fuéramos amigos, te juro que te daba una hostia por ese comentario. Tengo que irme. No vuelvas a hablarme hasta que seas humano otra vez.

—¡Aléjate de Gemma!

—Colin, escúchame bien porque voy a hablar muy en serio: si lo dejas con Gemma, iré a por ella. —Y colgó.

24

Gemma se entregó de lleno al trabajo durante una semana. En dos ocasiones, fue hasta Williamsburg para hacer la compra. No quería ver a Ellie ni enfrentarse a las preguntas acerca del paradero de Colin. O, peor todavía, tener que soportar las miradas compasivas de los demás porque la había dejado un hombre querido por todo el pueblo.

Durante dicha semana, leyó a todas horas mientras anotaba sin cesar datos sobre los antepasados de los Frazier. La familia la visitó como era su costumbre, y se mostró siempre agradable y detallista. Shamus se pasó horas y horas sentado con ella, y descubrió que cuando el chico quería hablar, lo hacía. Un día se llevó consigo un montón de folletos de universidades y se los enseñó para pedirle consejo acerca de dónde debía cursar sus estudios.

Gemma tenía a tres amigos que impartían clases en algunas de dichas universidades, de modo que los llamó para preguntarles. Cuatro de ellas fueron descartadas por no adecuarse a las necesidades de Shamus.

Cuando el muchacho se marchó, la besó en la mejilla y le dijo:

—Bienvenida a la familia.

Cuando la contrataron, jamás se le pasó por la cabeza que entraría a formar parte de la familia. Aunque no había reflexionado al respecto en aquel entonces, supuso que conocería a algunos de los habitantes del pueblo, tal vez a algún hombre, y que a eso se resumiría su vida social. Relacionarse con la familia Frazier se escapaba a su imaginación. Pero ellos la habían acogido en su seno y ya no se imaginaba la vida sin su presencia.

Dado que se había quedado sin compañero de entrenamiento, no fue al gimnasio ni una sola vez, y estaba convencida de que los músculos se le estaban licuando.

Joce le mandó un mensaje de correo electrónico para agradecerle una vez más el día de paz. Muerta de la curiosidad, Gemma le contestó para preguntarle si le había contado a alguien el día que pasaron juntas. A lo que Joce replicó:

> ¿Lo dices en serio? Le he contado a todo el pueblo lo amable y generosa que eres.

Gemma miró la pantalla e hizo una mueca. Ese «todo el pueblo» quería decir que a esas alturas Colin ya sabía que había pasado el día con Joce, cambiando pañales y limpiando el fregadero, y no con Tris, como él la había acusado. Pero no se había disculpado.

Durante dos días, Gemma se llevó el móvil consigo a todas partes y se imaginó diciéndole a Colin que podría perdonarlo si le juraba que jamás tendría otro ataque de celos. Pero no la llamó.

A las siete en punto de la tarde, todos los días, vomitaba. Durante una hora entera, luchaba contra las náuseas, y había descubierto que lo mejor era tumbarse y quedarse quieta hasta que se le pasaran.

Había pasado casi una semana desde las acusaciones de Colin cuando un día se despertó y gritó: «¡Se acabó!» Se acabó lo de ser desdichada. Sabía lo que tenía que hacer para recuperar su vida. No iba a perder más tiempo esperando que un hombre la rescatase.

Se sentó al escritorio de la biblioteca y comenzó a redactar una lista de lo que tenía que hacer. Lo más importante era que estaba embarazada. Le gustase o no, contara con el padre o no, esa era la realidad y tenía que hacer planes.

Sabía que lo que Tris le había dicho acerca de que la familia Frazier la ayudaría económicamente era verdad. Aunque jamás viviría de lo que le dieran, la ayuda sería bien recibida.

Una enorme parte de ella quería salir corriendo de Edilean sin mirar atrás, pero no era tan ingenua como para creer que podía criar a un hijo totalmente sola. Pensó en la idea de acudir a su madre, pero se avergonzaría de que su hija fuera madre soltera. Ningún niño se merecía eso.

No, era mejor permanecer en Edilean, donde su hijo tendría a unos abuelos devotos, y donde ella había conocido a personas con quienes estaba entablando una amistad.

Lo primero que necesitaba era un trabajo de verdad, uno que le proporcionara más de veinticinco mil dólares al año. Para conseguirlo, tenía que terminar su tesis y sacarse el doctorado.

Tardó menos de una hora en redactar una carta para su director de tesis. Le propuso seis temas distintos para su tesis y le pidió que aprobara uno de dichos temas a fin de ponerse manos a la obra.

Su mejor propuesta era investigar acerca de las mujeres que practicaban la medicina en la década de 1840 en la Virginia rural. Tris le había contado que su familia guardaba una ingente cantidad de documentos y que podía acceder a ellos cuando quisiera. Históricamente, los Aldredge habían sido médicos en su mayoría, y ella había encontrado información muy interesante de la familia en los documentos de los Frazier. El primer médico de la familia fue Matthew Aldredge, y se había cosido la cabeza él solo. Le parecía un comienzo muy potente para su tesis.

Después de mandar esa carta, escribió cuatro más para varios profesores, preguntándoles si conocían a alguien en el William and Mary College con quien pudiera hablar acerca de una posible vacante de profesor.

Lo único que no sabía cómo resolver era el asunto con Colin. Mucho se temía que si volvía a verlo, se derrumbaría, pero se juró que no sucedería. Habían mantenido una breve aventura que ya se había acabado, y tenía que... seguir adelante con su vida. Detestaba la frase, pero era la más adecuada.

Cuando llegó el fin de semana, se sentía mejor. Se levantó temprano y fue a Williamsburg en busca de un gimnasio. Usar la llave que Mike le había dado y arriesgarse a toparse con Colin en su gimnasio era demasiado para ella. Se pasó media hora en una bicicleta estática, cuarenta y cinco minutos haciendo musculación ligera y después se puso unos guantes para golpear un saco durante veinte minutos. Le preocupaba un poco dar patadas teniendo en cuenta la vida que crecía en su interior, así que no lo hizo.

Se duchó en el gimnasio, se puso ropa limpia y, por primera vez en muchos días, se sintió bien.

La siguiente tarea que se impuso fue la de enfrentarse a Edilean y a su compasión. No estaba preparada para ver a Ellie y tener que contestar a sus preguntas, de modo que aparcó en el centro del pueblo y fue andando hasta la plaza. Allí había visto una tienda que hasta el momento no le había llamado la atención, pero su situación había cambiado.

Era una boutique muy elegante llamada Ayer, y se encontraba en la misma acera que la oficina de Colin, pero en el extremo opuesto. Al abrir la puerta, sonó una anticuada campanilla. La decoración de la tienda, los estantes de las paredes y la enorme vitrina que había al fondo eran antigüedades, sacadas de otros edificios. La madera de caoba era perfecta para exponer la ropa de bebé más preciosa y clásica que Gemma había visto en la vida. Todo confeccionado con el algodón más suave y parecía que los adornos estaban bordados a mano.

Detrás del mostrador se encontraba una mujer alta y guapa, de facciones delicadas, de unos cuarenta y pocos años. Con una sonrisa, la mujer salió de detrás del mostrador.

—Es amiga de la señora Newland, ¿verdad?

Gemma tuvo que pensar a quién se refería.

—Sara —dijo—. Sí, soy amiga suya. —La mera idea hizo que cuadrara los hombros. «Pertenecer a un lugar», pensó. Eso era lo que quería y lo que estaba consiguiendo.

—Mi querida Sara —comentó la mujer—. Es una de mis mejores clientas. De hecho, me ha llamado para comprar de nuevo todo lo que ya se había llevado. Hola, soy Olivia Wingate. ¿En qué puedo ayudarla?

Gemma casi le contó que estaba embarazada, pero no podía

permitirse ese placer. De modo que soltó la primera mentira que se le ocurrió.

—Mi hermana está esperando su tercer hijo y me gustaría regalarle algo distinto a lo de siempre.

—Pues ha venido al lugar indicado. ¿Sabe mucho acerca del bordado a máquina y de encajes?

—No tengo la menor idea.

—¿Prefiere escoger la ropita sin más o quiere aprender cómo se confecciona?

—«Aprender» es mi palabra preferida en cualquier idioma —respondió Gemma, que soltó el bolso en el mostrador de cristal—. Soy toda oídos.

Una hora después, abandonó la tienda con tres trajecitos preciosísimos, cada uno envuelto en papel de seda y metidos con cuidado en una bolsa color lavanda con la palabra «Ayer» en azul. Tenía la cabeza llena de palabras nuevas, como entredós, aguja alada, alforzas y rosas bordadas con relieve; pero, sobre todo, era consciente de que iba a tener un bebé de verdad, por fin había asimilado esa idea.

Por primera vez, la idea de tenerlo no se le antojaba una carga, no pensaba en todo lo que tenía que hacer, sino que le reportaba alegría. Adoraba a sus sobrinas y disfrutaba jugando con los hijos de Joce, que ya empezaban a encariñarse con ella. Y estaba ansiosa por conocer a los bebés de Sara.

Al pensar en los recién nacidos, Gemma se dio cuenta de que debería comprarle un regalo a Sara, y sabía lo que quería. Había visto dos conjuntos en celeste, perfectos para dos bebés. Mike seguramente prefiriese unas camisetas con el logotipo de Ringside, pero ella tenía las hormonas femeninas demasiado revolucionadas para pensar en eso.

Cuando se volvía para regresar a la tienda, se topó de frente con Colin. Su primera reacción fue sonreír. Lo había echado muchísimo de menos y quería contarle lo del bebé.

Pero al instante volvió a escuchar sus acusaciones y perdió la sonrisa.

—Gemma... —dijo él, que extendió un brazo hacia ella.

Retrocedió y se obligó a sonreír.

—¿Qué tal? —preguntó con toda la naturalidad de la que fue capaz—. Hace un día estupendo, ¿no te parece?

—Gemma, ¿podemos ir a algún sitio para hablar?

Si se lo hubiera propuesto varios días atrás, habría accedido, pero ya no.

—Me quedan muchos recados que hacer y tengo que volver a la casa de invitados. Ya hablaremos otro día. —Echó a andar hacia el coche.

—¿Te has enterado de lo de Mike? —le preguntó él.

No quería mirarlo, pero fue incapaz de reprimirse. «¡Mi curiosidad y yo!», pensó.

—¿Qué le ha pasado?

Colin perdió la expresión severa y la miró con una sonrisa.

—Solo cuento rumores durante la comida.

—No tengo hambre —replicó Gemma, que dio un paso hacia el bordillo.

—Si no te has enterado de lo de Mike, supongo que Joce tampoco te ha contado lo de Luke. ¡Vaya! Se me olvidaba que solo lo sabemos unos pocos. Parece que tu Piedra de los Deseos funciona.

—¡Joder! —exclamó en voz alta antes de mirarlo. La curiosidad era una adicción, como cualquier droga. Tenía que enterarse de qué hablaba—. ¿Dónde? —preguntó entre dientes.

Detestaba la sonrisilla ufana de Colin mientras la conducía a un restaurante donde servían sándwiches y batidos que había al otro lado de la esquina.

—¿Qué le sirvo, sheriff? —preguntó la guapa chica que estaba detrás del mostrador.

—Lo de siempre, Jillian, y Gemma tomará lo que sea que puedas preparar con muchas frambuesas.

—Tomaré el batido de mango —lo corrigió ella—. He dejado las frambuesas. Para siempre —añadió.

Colin la condujo a la parte posterior del local. Como sucedía como muchos locales en Edilean, ese era bastante estrecho, pero llegaba hasta la otra punta del edificio. No había más clientes, de modo que estaban solos cuando se sentaron en un pequeño reservado.

—¿Cómo te ha ido? —preguntó Colin.

—Estupendamente —contestó—. ¿Y a ti?

—Te he echado de menos —respondió él en voz baja al tiempo que intentaba cogerle una mano, pero ella la apartó—. Gemma, hay cosas que no puedo decirte, pero...

—En ese caso, tengo trabajo —lo interrumpió e hizo ademán de levantarse.

La chica apareció en ese momento con sus bebidas, cortándole el paso a Gemma.

—¿Va todo bien? —preguntó la muchacha.

Gemma sabía que cualquier cosa que dijera delante de ella sería la comidilla de Edilean en nada de tiempo.

—De maravilla. —Volvió a sentarse.

La chica dejó las bebidas en la mesa y se alejó.

—Vale —dijo Colin con un suspiro—. Vamos a dejarlo estar. Ha habido otro robo.

—¿De verdad? —preguntó, y quiso preguntar más cosas, pero no lo hizo. Se concentró en su batido.

Colin bajó la voz.

—Hemos ocultado este robo a los habitantes del pueblo, pero es el mismo modus operandi. Una niña de diez años vivía en la casa y han dejado unas ramitas de sauce atadas con una cinta rosa. —Hizo una pausa—. Gemma, no sabes cuánto te agradezco que lo vieras en las fotos. Gracias a ti sabía qué buscar en este nuevo robo.

Ella siguió con la vista clavada en el batido, sin mirarlo a la cara.

—Cuéntame lo de Luke y lo de Mike.

—Ah, sí —dijo Colin—. Supongo que ya te has enterado de que Sara ha tenido gemelos y ha visto cumplido su deseo.

—Por supuesto. Joce me lo ha dicho, y Tris también.

Al pronunciar el nombre, lo miró y vio el dolor que se reflejaba en sus ojos. Parecía creer de verdad que había algo entre el doctor Tris y ella. Sí, pensó. Había vitaminas.

—He estado en esa tiendecita, Ayer, comprando ropita de bebé para mi hermana, y me he acordado de que no le he comprado nada a Sara. ¿Crees que le gustarán unos pantaloncitos azules para sus niños?

—Le encantarán —aseguró Colin—, y es un detalle que te acuerdes de ella. Sara...

—Y luego está Joce. Puede que ya sea un poco tarde, pero se me ha ocurrido que podría comprarles algo a sus bebés. De hecho... —De la bolsa sacó uno de los trajecitos que había comprado y lo extendió sobre el papel de seda en la mesa. Le había dicho que era un trajecito de paseo, válido para un niño o una niña, confeccionado con batista suiza y decorado con diminutas abejas bordadas a mano—. ¿A que es bonito? —preguntó.

Colin tocó el bajo.

—Muy bonito. La señora Wingate tiene muchos modelos así. Vive cerca de Tris y... —La mención de Tris hizo que Colin se interrumpiera... e hizo que Gemma se diera cuenta de que por más desdichada que ella fuera, Colin se sentía peor. Tal vez eso debería alegrarla, pero no lo hacía.

Gemma envolvió de nuevo el trajecito y lo metió en la bolsa antes de darle un buen sorbo a su batido.

—Tengo que irme, de verdad. Estoy solicitando entrevistas en algunas universidades y tengo que informarme bien. En cuanto consiga que me aprueben el tema de mi tesis, empezaré a trabajar en ella por las noches.

Colin la vio recoger sus compras.

—¡Espera! No te he contado lo de Luke y lo de Mike.

—No pasa nada. Le pediré a Joce que me lo cuente o llamaré a Sara. De todas maneras, tengo que pedirle su dirección de Florida para enviarle el regalo.

—Se muda aquí.

—¡Es estupendo! —exclamó Gemma al tiempo que se levantaba—. Me ha gustado hablar contigo.

Con una sonrisa, salió del restaurante y dobló la esquina a toda prisa para entrar en la tienda de ropita de bebé.

—¿Se le ha olvidado algo? —preguntó la señora Wingate al verla entrar.

Para su más absoluta consternación, rompió a llorar.

—Ay, por el amor de Dios —dijo la señora Wingate, que se apresuró a salir de detrás del mostrador y ayudó a Gemma a sentarse en una silla. Le cogió las bolsas y le dio un pañuelo de papel de la caja que tenía en el mostrador.

—No suelo llorar —explicó Gemma—, pero últimamente es lo único que hago.

—La alteración hormonal suele tener ese efecto —repuso la señora Wingate.

—Eso no... —comenzó Gemma, pero miró a la mujer—. ¿Cómo lo ha sabido?

—Abrí la tienda poco después de que muriese mi marido y ni se puede imaginar todo lo que he visto. Muchas mujeres entran y fingen que quieren comprarle un regalo a un familiar, pero en realidad acaban de descubrir que están embarazadas y quieren a alguien con quien hablar.

—¿Qué hace con ellas?

—Primero, las escucho, y después las mando a un Aldredge. ¿El doctor Tristan es...?

—¿El padre? —terminó Gemma—. No.

—Aaah —musitó la señora Wingate—. ¿Se lo ha dicho ya a nuestro sheriff?

—Cuando las ranas críen pelo... —Inspiró hondo—. Quiero decir que no, que todavía no se lo he dicho. Discutimos y él... —Se encogió de hombros.

—Entiendo —dijo la señora Wingate—, y quédese tranquila, porque no se lo contaré a nadie. Aunque, querida, seguro que sabe que no podrá ocultarlo durante mucho tiempo.

—Sobre todo porque los gemelos parecen inundar el pueblo.

La señora Wingate sonrió.

—Pues eso parece, ya lo creo. De hecho, esta misma mañana una de las mujeres que cose para mí terminó unos trajecitos para gemelos. Tengo la sensación de que la buena suerte de Sara hará que varias personas vengan a mi tienda a comprarle regalos.

Gemma sorbió por la nariz y le devolvió la sonrisa.

—Tiene buena cabeza para los negocios.

—Tengo que adelantarme a los acontecimientos. Intento sobrevivir en un mundo donde impera la producción en cadena. Ahora, venga y le enseñaré unas cuantas cosas.

—¿Tiene cuarto de baño?

—Es requisito que lo tenga cuando tantas mujeres en estado de buena esperanza como usted vienen por aquí. Venga, se lo enseñaré.

Gemma sonrió al escuchar la anticuada expresión. Su abuela creía que «embarazada» era una palabra muy vulgar y que nadie con un mínimo de educación debía usarla.

Cuando Gemma salió del cuarto de baño, la señora Wingate había desplegado sobre el mostrador la ropa más bonita que había visto, y recibió otra lección, aunque de bordado en punto nido de abeja esta vez. Cuando Gemma le comentó que a Mike le gustaría algún motivo en el que se vieran dos personas practicando artes marciales en la ropita de sus hijos, la señora Wingate abrió su portátil, lo encendió y Gemma escogió algunas fotos que la mujer consideró realizables.

—Tendré dos trajecitos hechos para finales de semana —le dijo—. ¿Por qué no vuelve para entonces y hablamos... de todo?

Cuando Gemma salió de la tienda, se sentía muchísimo mejor, tan bien que había añadido un cuarto trajecito para el bebé que ella esperaba. ¡La señora Wingate era una vendedora excelente!

En cuanto Gemma volvió a la casa, encendió el ordenador y le mandó un mensaje de correo electrónico a Joce para preguntarle qué pasaba con Mike y con Luke. Joce le contestó:

Siento no habértelo contado, pero la casa está patas arriba ahora mismo. A Luke le han ofrecido hacer una película. Brad Pitt interpretará a Thomas Canon. Y no puedo creer que nadie te haya contado lo de Mike. Estaba en un restaurante en Fort Lauderdale y reconoció a un tío al que buscaban por el asesinato de cuatro mujeres. Mike lo detuvo y encontraron a otra mujer en la casa de ese desgraciado. ¡Mike le ha salvado la vida! Como recompensa, le van a permitir que se jubile anticipadamente con la pensión completa. Sara, los niños y él se van a mudar aquí de forma permanente a finales de verano.

Gemma se acomodó en la silla. Parecía que se estaban cumpliendo más deseos. Si la película de Luke era un éxito, podría conseguir la inmortalidad que había pedido. Y Mike había conseguido llevar ante la justicia a alguien que fuera «malo de verdad», tal como había querido. Le mandó un correo electrónico a Tris contándoselo todo, desde sus vomiteras de las siete de la tarde hasta todos los deseos que se estaban cumpliendo.

Esa noche se estaba preparando para acostarse cuando miró la polvera de plata que estaba con sus cosméticos. La abrió y miró el precioso colgante. Guiada por un impulso, dijo:

—No creo que seas mágico, pero, si lo eres, ¿te importaría lograr que Colin vuelva a mi vida?

Al ver que el colgante no reaccionaba, aunque tampoco esperaba que lo hiciera, cerró la polvera y se acostó.

25

—Cuéntaselo.

Las palabras sonaron tan fuerte que Colin se despertó sobresaltado. Se había quedado dormido en el enorme sillón de piel que había comprado con Gemma, y cuando escuchó el grito, bajó los pies al suelo, lo que hizo que el sillón se balanceara hacia delante. A punto estuvo de salir catapultado hacia el otro extremo de la estancia.

Estaba tan dormido que al principio ni siquiera supo dónde se encontraba. Había tirado unos papeles al suelo, que formaban un buen montón. Echó un vistazo a su alrededor, como si esperase ver a alguien más, pero sabía que debía de haberlo soñado.

—¿Que le cuente qué a quién? —susurró al tiempo que se ponía de pie.

Estaba lloviendo, pero las palabras que resonaban en su cabeza se imponían a todo lo demás.

«Cuéntaselo. Cuéntaselo. Cuéntaselo», escuchaba una y otra vez.

Un relámpago iluminó el cielo y al instante se escuchó un trueno, y el sonido estuvo a punto de hacerle sacar el arma. La noche anterior no se había desnudado. Se había comido un sándwich con una cerveza y después se había sentado en el sillón para repasar una vez más los informes acerca de Adrian Caldwell alias *John Caulfied*, alias... La lista era interminable, pero usara el nombre que usase, era el tío criminal de Jean.

A lo largo de los últimos días habían hablado a menudo del caso. No había sido fácil, pero se aseguraba de no aludir en ningún momento a temas personales y limitaba las conversaciones a lo que sabía acerca de su tío. Colin había ido a su apartamento de Richmond y ella había acudido en una ocasión a su despacho en Edilean.

A medida que Jean le contaba la relación que mantenía con su infame tío, la estupefacción de Colin por no haber sabido jamás de la existencia de ese hombre iba en aumento. Había vivido con Jean durante años y habría dicho que lo sabía todo de ella, pero en los últimos días había descubierto que prácticamente no sabía nada.

Jean le habló de su infancia y le contó que se colaba en su dormitorio pese al sistema de seguridad y a las rejas que su madre había mandado instalar en las ventanas.

—Cuando le preguntaba cómo entraba, se echaba a reír y me decía que si podía salir, podía entrar —le contó Jean.

Le habló de las dos ocasiones en las que su tío había vaciado la cuenta corriente de su madre.

—Mi madre no se recuperó de la última —dijo Jean con amargura—. Y ahora, por más medidas de seguridad que adopte el banco para proteger su dinero, sigue preocupándose. —Miró a Colin—. ¿Nunca te has preguntado por qué tengo el dinero en cuatro bancos distintos y por qué trabajo con tres agentes de bolsa?

Colin estaba demasiado avergonzado como para admitir que no lo sabía. Claro que él siempre había pagado las facturas. Una especie de código de honor masculino le había impedido preguntar acerca de la situación económica de Jean.

También le contó que su tío y ella habían hecho las paces mientras estudiaba Derecho en la universidad.

—Creía que si sabía más cosas de mi madre y de mí, si nos veía como a personas, no nos robaría.

—Pero no funcionó —replicó él.

—No, no funcionó. Creo que pensaba que estábamos en deuda con él por no hacernos daño. —Le contó que su madre había estado al borde de la depresión después de la segunda vez—.

Cuando te conocí, seguía manteniendo a mi madre, seguía pagando sus deudas. Hacía todo lo que estaba en mi mano para que se sintiera a salvo. No sé cómo habríamos sobrevivido si no me hubieras ayudado con las facturas.

A cada palabra que pronunciaba, la estupefacción crecía todavía más por lo poco que sabía de Jean. Le había ocultado sus secretos y jamás le había hablado de su pasado, ni tampoco de la vida que llevaba en ese momento.

Claro que en aquel entonces lo único que le preocupaba era lo mucho que detestaba el trabajo como vendedor de coches. No se había dado cuenta de lo que estaba viviendo Jean. Con razón siempre había estado preparada para una discusión, de modo que pudiera aliviar la tensión que sentía.

Y él nunca se había dado cuenta de que le estaba ocultando cosas espantosas, de que estaba soportando mucha presión y de que vivía con el miedo constante de que volviera a pasar.

Sin embargo, estaba intentando compensarla por su estrechez de miras. Le prestó muchísima atención y observó tanto su cara como sus gestos, de modo que ya sabía que le estaba ocultando algo. Con cada pregunta que respondía, tenía la sensación de que se callaba algo. No creía que estuviera mintiéndole abiertamente, pero desde luego que respondía con evasivas.

Suponía que Jean sabía dónde se ocultaba su tío y que se había puesto en contacto con él no hacía mucho. Y cuanto más hablaba Jean, más temía por Gemma a causa de ese secretismo. A lo largo de la semana anterior, Jean había hecho algunos comentarios acerca de su nueva novia, incluso había llegado a decir que la había dejado tirada por un «modelo más joven». Las palabras, así como el tono con el que las pronunció, le pusieron el vello de punta. Solo pensaba en que había acertado al proteger a Gemma a toda costa.

Sin embargo, saber que estaba en lo cierto no lo había ayudado cuando vio a Gemma en Edilean. Se había comportado con mucha frialdad con él, sonriéndole mientras le enseñaba la ropita de bebé. La había echado muchísimo de menos, pero ella no parecía resentirse por su separación.

Por supuesto, descubrió que Gemma no había pasado el día

entero con Tris. Sabía que debería haberla llamado para disculparse por sus acusaciones, pero una disculpa habría echado por tierra el propósito de la separación. En ese preciso momento, era mejor que Gemma y él estuvieran separados... y que Jean creyera que no iban a volver.

En cuanto a Gemma, cuanto menos supiera, mejor.

Sin embargo, las cosas habían cambiado desde la noche anterior. Había estado repasando los informes del caso y releyendo las transcripciones de las entrevistas grabadas con Jean. Una vez más, se maravilló por el hecho de haber convivido con ella y saber tan poco de su vida. De repente, se dio cuenta de que le estaba haciendo a Gemma lo mismo que Jean le había hecho a él.

Desde que era pequeño, lo habían machacado con el credo de que los Frazier eran diferentes, que debían mantener las distancias con los demás. Su padre nunca había hablado del tema, pero su abuelo paterno casi no hablaba de otra cosa.

—No somos como ellos, no somos iguales —solía decir su abuelo en referencia a los habitantes de Edilean.

—¿Por qué? —preguntaba él.

Su abuelo no podía ofrecerle una respuesta como tal.

—Siempre ha sido así y siempre lo será —contestaba el anciano—. Tú recuerda que no debes airear los asuntos de la familia.

La noche anterior, Colin se preguntó si las cosas no habrían sido muy distintas entre Jean y él de no haber seguido los dictados de su abuelo a pies juntillas. ¿Qué habría pasado de sentarse a hablar con ella para contarle lo mucho que odiaba su trabajo? Para contarle lo mucho que deseaba volver a Edilean y encontrar la manera de convertirse en el sheriff.

—Deberíamos haber roto hace años —dijo en voz alta. Con o sin tío, Jean detestaba con todas sus fuerzas el pueblecito.

—Todo el mundo sabe lo que hago —protestó ella en una ocasión, algo que solía repetir—. Ese hombrecillo que da tanta grima, Brewster Lang, no deja de dar vueltas a todas horas. ¿Te acuerdas de cuando me olvidé de cerrar el coche con llave? Cuando salí de la tienda, ¡había abierto la puerta y estaba mirando dentro!

—No sabía quién eras —replicó Colin, que salió en defensa del hombre que lo había ayudado en tantos casos.

El señor Lang podía pasar una hora en el pueblo y enterarse de más cosas que todas las cotillas juntas. Lo mejor de todo era que su información procedía de hechos. Colin había decidido hacía mucho tiempo no intentar averiguar cómo conseguía Lang enterarse de todo, una decisión que no quería meditar en profundidad.

El año anterior, Lang lo había ayudado a averiguar la verdad acerca del hombre con quien Sara pensaba casarse. El plan había sido presentarle los hechos y hacer todo lo que estuviera en su mano para evitar la boda. Sin embargo, Mike, que a la postre se convirtió en su marido, intervino antes de que Colin recabara toda la información necesaria.

Otro relámpago seguido de un trueno, que hizo que las luces parpadearan, sacó a Colin de su ensimismamiento. Miró el reloj de pared y se dio cuenta de que eran poco más de las dos de la madrugada. La palabra «Cuéntaselo» seguía resonando en su cabeza.

Tenía que acostarse, después, por la mañana, iría a ver a Gemma y le contaría la verdad acerca... acerca...

—Dile lo que sientes por ella —dijo al tiempo que se dirigía al dormitorio. «Al dormitorio de los dos», le dijo su mente.

No había llegado a la puerta cuando lo llamaron al móvil y al fijo al mismo tiempo... y casi se le paró el corazón. Solo una emergencia haría que le sonaran los dos teléfonos a la vez a esa hora.

Contestó los dos al unísono, con uno en cada oreja.

—¿Qué ha pasado?

Tenía a su madre al móvil y, a su padre, por el fijo.

—Shamus no ha vuelto a casa esta noche —dijo su madre, con la voz entrecortada por las lágrimas—. Rachel me ha llamado. —Su madre estaba en California, con Ariel.

—Tu hermano pequeño se ha pasado toda la noche fuera y no le ha dicho a nadie adónde iba —dijo su padre. Se encontraba en el apartamento que la empresa tenía en Richmond, donde siempre se quedaba cuando uno de los vendedores estaba inmerso en un buen trato—. Ojalá que esté con una chica.

—¿Escucho a tu padre de fondo? —preguntó la señora Frazier.

—Sí, mamá, me ha llamado por el fijo.

—¡Peregrine! —gritó la señora Frazier—. ¡Te has ido dejando a nuestro hijo solo!

Colin pegó los teléfonos.

—Ni que necesitara una niñera —replicó el señor Frazier—. Nadie va a secuestrarlo y a meterlo en el maletero de un coche. Si casi no cabe en el cajón de una camioneta.

—No puedes dejar de hacer chistes, ¿verdad? —preguntó la señora Frazier—. Mi hijo menor se ha perdido porque tú te fuiste y lo dejaste solo ante el peligro. Seguramente se esté muriendo de hambre...

—Rachel le...

—¡No vuelvas con lo mismo! Rachel y Pere se están enamorando. Todo el mundo menos tú se ha dado cuenta. Me he venido a California para ofrecerles intimidad.

—¡Ja! Te has ido a California para comerle el tarro a Ariel a ver si se queda embarazada.

—Yo no...

Colin dejó el móvil en la mesita de café y le puso el auricular del fijo encima para que sus padres pudieran seguir gritándose. Se duchó, se puso una camiseta y unos vaqueros limpios y, cuando regresó junto a los teléfonos, sus padres seguían discutiendo.

—Si dejaras a la pobre tranquila, a lo mejor tendría tiempo de quedarse embarazada —decía el señor Frazier—. Frank quiere tener hijos, así que ya está ganada media batalla.

—¿Desde cuándo importa lo que piense un hombre para tener bebés? Yo fui la que tuvo que llevar a tus hijos en el vientre. ¿Te olvidas de que Colin pesaba casi cinco kilos cuando nació?

Colin puso los ojos en blanco. Se lo habían repetido una vez por semana cuando era pequeño. Cogió los teléfonos.

—Tengo que ir en busca de mi indefenso y chiquitín hermano menor, así que necesito el móvil. A la cama. Los dos. —Cortó las llamadas en ambos teléfonos a la vez y se guardó el móvil en la funda de cuero que llevaba al cinturón, junto al arma.

Fue al garaje, se montó en su Jeep y abrió la enorme puerta del garaje. Cuando vio cómo azotaba la tormenta fuera de la casa, se alegró de contar con su casa nueva. En los últimos años, mientras vivía en su apartamento, había tenido que aparcar en la calle. En la mansión Frazier, su padre consideraba las plazas de aparcamiento de su propiedad y las usaba para sus coches, ya fueran las antigüedades o los coches que eran tan caros que no permitía que nadie condujera. Los coches que usaba la familia, que cambiaban anualmente, se aparcaban en el camino de entrada, lloviera, nevara o hiciera sol.

—Al menos Gemma tiene una estructura techada —dijo en voz alta, y, mientras, le gustaba la idea de imaginársela calentita y acurrucada en la cama.

Se hacía una idea de dónde estaba Shamus. No creía que ningún miembro de su familia supiera todo el tiempo que el chico pasaba con Gemma. Shamus solía ir andando, no usaba un coche ni vehículo alguno, ya que solía decir que hacerlo sería como apuntar con una flecha de neón hacia el lugar al que se dirigía.

Una tarde, Colin vio cómo Shamus llamaba una sola vez a la puerta y después entraba sin más. Eso le indicó que sus visitas eran tan frecuentes que no hacía falta que esperase a que ella le diera permiso para entrar. Dos horas después, Colin aparcó cerca, con la intención de visitar a Gemma, pero se detuvo a unos pocos pasos y echó un vistazo al interior de la casa. Shamus estaba en el sofá, inclinado sobre un cuaderno de dibujo, con los pies apoyados en la mesita de café, junto a un plato y un vaso vacíos.

Gemma estaba tirada en unos enormes cojines en el suelo, con un montón de papeles a su alrededor y sus adorados bolígrafos de colores dispuestos en fila junto a un tobillo.

Fue en ese momento cuando se dio cuenta de que la quería, y de que tal vez lo había hecho desde la primera vez que la vio. Sospechaba que, al principio, la atracción se debía a que encajaba en la imagen de lo que siempre había visto en su futuro. Pero fuera cual fuese el motivo, desde el primer momento había querido estar con ella. Jamás se había sentido tan cómodo con alguien como se sentía con Gemma. Jamás había sentido que quería competir con él, algo que sí que le había pasado con Jean.

Con Gemma jamás había sentido nada que no fuera el hecho de haber encontrado su sitio, de estar donde se suponía que tenía que estar llegado el momento... y era una sensación que le llegaba a lo más hondo.

Mientras conducía, con el limpiaparabrisas a toda velocidad, supo que había cometido un tremendo error al no confiar en Gemma y al permitir que sus celos salieran a relucir. Se preguntó si de forma inconsciente siempre había sabido que Jean le ocultaba algo y por eso había hecho lo mismo con ella. Tal vez se había dado cuenta de que demostrar vulnerabilidad con alguien tan agresivo como Jean sería como si un gladiador admitiera tener miedo.

Sin embargo, Gemma era distinta. Gemma era real, auténtica.

Colin enfiló el camino de entrada y, al ver su Volvo bajo el techado, suspiró de alivio. Sabía que, por segunda vez en la vida, iba a desnudar su alma ante otro ser humano. La primera vez fue cuando le contó a Gemma lo que Jean le había dicho aquel nefasto día en su apartamento. Había sobrevivido a dicha revelación. Y en ese momento sabía que si quería a Gemma, cosa que hacía, iba a tener que «contárselo» todo, incluida la verdad acerca de sus sentimientos. ¿Cómo había dicho el señor Lang? «Si la quieres, será mejor que te esfuerces por conservarla.» El anciano tenía razón.

Cuando llamó a la puerta y Gemma no contestó, tuvo la sensación de que el corazón se le iba a salir por la boca. ¿Había fracasado su estratagema y la había secuestrado el tío de Jean? ¿O estaba con Tris? ¿Acaso su estupidez la había arrojado a los brazos de otro hombre?

Le costó tranquilizarse. Cuando giró el pomo y la puerta se abrió, el miedo se apoderó de él. Ojalá que estuviera dormida y que no hubiera escuchado que llamaba a la puerta por la tormenta. Pero, de ser así, iba a recordarle que le había dicho sin rodeos que tenía que cerrar con llave siempre.

Sin embargo, la cama estaba vacía. Alguien había dormido en ella, pero ya no estaba. Examinó la estancia con el ojo experto de un policía, pero no vio indicios de forcejeo. El pijama estaba sobre la cama deshecha, por lo que parecía que se había vestido antes de salir. Sin embargo, su coche estaba allí y nunca había visto a Gemma conducir una de las camionetas, aunque Lanny le comentó que se había asegurado de que dispusiera de una. De modo que ¿dónde estaba?

—Está con Shamus —dijo en voz alta al tiempo que salía de la casa y volvía al coche.

Condujo por los serpenteantes caminos de gravilla que recorrían la propiedad de los Frazier hasta llegar al enorme almacén situado en el otro extremo en un tiempo récord. Aunque llovía tan fuerte que apenas si veía un par de metros por delante, se conocía el camino. El edificio alargado y de techo bajo se encontraba en lo más recóndito de la propiedad de su padre, junto a las hectáreas de propiedad estatal pertenecientes al parque natural. El almacén guardaba algunos de los objetos familiares más antiguos, incluido el carruaje amarillo que él creía que debería estar en un museo. Sin embargo, si cualquiera de sus hijos le decía algo al respecto, Peregrine Frazier replicaba que la familia conservaba lo suyo.

Al llegar a la puerta, vio luz por debajo. No había ventanas en el edificio, pero sí varios sistemas de seguridad. Shamus se conocía todos los códigos... aunque ninguno detendría al tío de Jean, pensó.

Aparcó junto al porche para no tener que mojarse. Cuando vio que la puerta del almacén no estaba cerrada con llave y que habían desactivado la alarma, desenfundó su arma, solo para curarse en salud, y la sostuvo delante de él mientras entraba en silencio y cerraba la puerta sin hacer ruido.

26

—Shamus —dijo Gemma, muerta de sueño—, ¿por qué no lo haces mañana?

Shamus estaba sentado en un enorme carromato Conestoga mientras dibujaba el carruaje amarillo situado a unos metros de distancia.

—No podía dormir —adujo el muchacho, sin levantar la mirada de su cuaderno—. Pero tú deberías irte a la cama.

—No voy a permitir que te quedes aquí solo. Tu familia está preocupada por ti. —Gemma estaba sentada detrás de él en la parte trasera del carromato, sobre un trozo de lona.

—Están enfadados con Colin, no conmigo.

—Lo sé —repuso Gemma—. Y yo también. Pero las buenas noticias son que está hecho polvo. —Escuchó un ruido que la hizo mirar a la izquierda, donde vio que Colin estaba enfundando su pistola—. Hablando del rey de Roma... Sheriff, ¿qué te trae por aquí en esta preciosa noche?

—La culpa la tiene mi hermano pequeño. Menudo follón has montado.

Shamus miró furioso a su hermano.

—¿Por qué has estado con Jean estos días?

Colin miró a Gemma de reojo. Parecía que no le había hablado a nadie del tío de Jean. Claro que después de haberle echado la bronca por haberse ido de la lengua con Tris, era lógico que no lo hubiera hecho.

Colin se subió al pescante del carromato y se sentó junto a Shamus, alejado de Gemma. La lluvia golpeaba con fuerza el almacén y aunque todas las luces estaban encendidas, las siluetas y formas de los antiguos vehículos, todos ellos fabricados por un Frazier, creaban un ambiente fantasmagórico en el interior del edificio. A Shamus le encantaba. A él jamás le había gustado. Tomó una honda bocanada de aire, dispuesto a contarle la verdad a su hermano.

—Jean me ha estado mintiendo durante todos estos años. Me dijo que no tenía tíos, tías, ni primos.

—Eso demuestra que no es de Edilean —comentó Gemma. Shamus resopló.

—Peor para ella —replicó Colin—. El padre de Jean, que en paz descanse, tiene un hermano que ha resultado ser un famoso ladrón que ha allanado sitios tan importantes como el Consulado de Estados Unidos en Rumanía para robar.

—¿Qué objetos ha robado? —Aunque Gemma conocía la historia, la curiosidad la estaba matando.

—Todo aquello que le encargaban a cambio de un precio. Ese hombre no tiene conciencia ni moral. Conseguí que Jean me contara la verdad sobre su vida, y ese cabrón desplumó a su madre en dos ocasiones. A estas alturas, o es asquerosamente rico o no tienen dónde caerse muerto.

—¿Te ha dicho Jean dónde está? —quiso saber Gemma.

—Dice que hace años que no lo ve.

—¿No te habías dado cuenta de que siempre miente? —terció Shamus, que les estaba dando la espalda mientras seguía dibujando.

—Sí, por fin lo sé —respondió Colin—. No me había contado nada sobre su tío.

—¿Sobre qué miente? —le preguntó Gemma a Shamus.

—No le ha sido fiel a Colin —contestó el muchacho—. Nunca —añadió con un deje furioso en la voz.

—Lo sé —reconoció Colin en voz baja—. He descubierto más cosas de las que me habría gustado saber. —Miró a Gemma con anhelo.

Shamus se volvió para mirarla con expresión interrogante y

ella supo lo que le estaba preguntando. Meneó la cabeza. No, no le había hablado a Colin del bebé y tampoco quería hacerlo en ese momento.

—¿Estás diciendo que Jean te ocultó cosas? —le preguntó a Colin con toda la inocencia de la que fue capaz.

—Ajá —respondió él—. Igual que yo te las oculté a ti.

Shamus soltó una carcajada.

—Gemma es más lista que tú.

Colin sonrió.

—Eso no es muy difícil que digamos. —En el exterior se escuchó un trueno—. Aunque me fastidia ponerle fin a la fiesta, creo que deberíamos ir a acostarnos. Y tú, hermanito, vas a llamar a nuestros padres y a decirles que estás bien.

Shamus no se movió.

—Has hecho llorar a Gemma.

—Lo sé —repuso Colin—, y me arrepiento. Pensaba que sería mejor que el tío de Jean oyera que Gemma y yo lo habíamos dejado. Me daba miedo que... me da miedo que... —La miró a la cara un instante y dejó que a sus ojos asomara todo lo que sentía y temía—. No volveré a hacerlo —dijo a modo de promesa.

Shamus cerró el cuaderno de dibujo y bajó del carromato.

Colin lo siguió y juntos rodearon el vehículo hacia la parte trasera, donde extendieron los brazos para ayudarla a bajar. Gemma se dirigió a Shamus, que la bajó del carromato y la dejó en el suelo, lejos de Colin.

—¿Cuánto tardarás en perdonarme? —le preguntó Colin.

—No lo sé —respondió ella—. Tris y yo tenemos que hablarlo.

Al ver que Colin gruñía, Shamus sonrió.

—Ojalá no te perdone en la vida —dijo.

Colin respiró hondo.

—Me esforzaré para que eso no pase —replicó, mirando a Gemma. Después, levantó la cabeza—. Hermanito, voy a llevarte a casa, y después de asegurarme de que llamas a mamá y a papá y les dices que sientes mucho haberlos preocupado, llevaré a Gemma a mi casa y empezaré a suplicar. A arrastrarme por el suelo. Lo que sea con tal de que me perdone.

Shamus asintió con la cabeza.

—Deberías escucharla con atención. Tiene muchas cosas que decirte.

—Y quiero escuchar cada palabra —dijo Colin.

Gemma no se atrevía a mirar a Shamus por temor a que su expresión delatara el secreto que guardaba. Si bien Colin se refería a un tema concreto, Shamus estaba hablando del bebé. Mientras miraba a Colin, comprendió que no sería fácil reponerse al dolor. Las cosas que había dicho sobre Tris y ella aún resonaban en sus oídos. Debían cambiar ciertos aspectos de su relación.

Por su parte, estaba dispuesta a renunciar a un poquito de su independencia. Necesitaban formar un equipo, no ser dos individuos que se unían cuando sus caminos se cruzaban.

Shamus y Colin la miraban en espera de su respuesta.

Miró a Colin y dijo:

—Creo que debemos hablar largo y tendido.

—Estoy de acuerdo —replicó él, y juntos salieron del almacén.

27

Colin esperó a Gemma mientras ella aparcaba el coche bajo el porche lateral de la casa de invitados. Tan pronto como estuvieron en el interior, se volvió para mirarla.

—He cometido errores —reconoció—. Debería haberte explicado el asunto de Jean desde el principio. De la misma manera que debería haberle hablado a ella sobre ti poco después de conocerte. No debería haber sentido celos de Tristan. No debería...

Dejó la frase en el aire porque Gemma extendió un brazo y le colocó los dedos sobre los labios.

—Si quieres que lo nuestro funcione, necesito saber qué está pasando. Necesito saber dónde estamos. No soporto pasar un día fantástico contigo y enterarme después de que estás con Jean. Necesito saber qué significo para ti.

Colin le acarició una mejilla.

—Te quiero —susurró—. He tardado un tiempo en darme cuenta, pero te quiero.

El dolor que le habían provocado sus palabras estaba aún demasiado fresco como para que ella se las devolviera. Tal vez se debiera a su amor por la investigación, pero necesitaba hechos.

—Quiero saber qué has estado haciendo. El pueblo entero sabe que has estado con Jean, y estoy cansada de que me miren con cara de lástima.

—Me parece justo —replicó él mientras se sentaban juntos en el sofá. Colin empezó a contarle la larga historia de todo lo que había descubierto durante su estancia en Washington D.C. y lo que había conseguido sonsacarle a Jean—. Todavía no sé qué busca ese hombre —concluyó—, y Jean asegura que tampoco lo sabe.

Cuando amaneció seguían hablando.

—¿Vas a ocultarme cosas en el futuro? —quiso averiguar Gemma.

—Jamás —le prometió él mientras la besaba.

Hicieron el amor con ternura y muy despacio, y Colin le contó que la idea de perderla había estado a punto de desquiciarlo.

—Nunca me había sentido así —confesó—. Me paso el día pensando en las cosas que quiero decirte, deseando estar a tu lado. He estado solo toda la vida. Durante la época en la que viví con mi familia y durante los años que pasé con Jean. Siempre me he sentido solo. Pero cuando estoy contigo...

—Lo sé —murmuró ella, que había apoyado la cabeza en su torso desnudo—. Yo siento lo mismo. Te quiero, Colin. Creo que me enamoré de ti nada más verte en el vano de la puerta. No sé qué habría hecho si tu madre no me hubiera dado el trabajo.

—Yo te habría perseguido.

Gemma levantó la cabeza para mirarlo.

—¿Habrías abandonado tu precioso Edilean? ¡Ja!

Colin le acarició el pelo y la miró a los ojos.

—Si no encuentras trabajo aquí o si no te gusta el pueblo, me iré a donde tú quieras.

Gemma bajó la cabeza mientras sonreía. Eso era lo que ella quería. Necesitaba que le dijera que la quería antes de hablarle del embarazo. No quería pasarse la vida preguntándose si estaba con ella porque se sentía obligado a quedarse a su lado.

—Tengo que decirte una cosa —anunció mientras le acariciaba el pecho.

Él le besó las puntas de los dedos.

—Lo que sea.

—Yo... —Guardó silencio al escuchar que lo llamaban al móvil. Sin embargo, Colin no hizo ademán de cogerlo—. ¿No deberías contestar? Puede ser importante.

—Prefiero escuchar lo que tienes que decirme.

—Puede esperar —replicó ella, ya que el teléfono seguía sonando.

Colin se inclinó por el borde de la cama y sacó el móvil del bolsillo de los pantalones.

—Es Roy. —Aceptó la llamada, escuchó lo que Roy le dijo y replicó que se reuniría con ella en breve—. Es un forastero. Dice que su hija de quince años no ha pasado la noche en su casa.

—¡Vete! —Lo instó Gemma, que se cubrió con la sábana mientras se incorporaba en la cama—. No te pares. Tienes que encontrarla.

—Tú y yo...

—Lo nuestro puede esperar —le aseguró ella al tiempo que le colocaba una mano en un hombro.

Él le besó la palma.

—¿Sabes que te quiero? —le preguntó en voz baja.

—Creo que me di cuenta cuando te vi tan triste en el restaurante —contestó ella.

Colin aún le sostenía la mano.

—¿Y tú?

—Sí —respondió Gemma—. Te quiero.

—Yo también —replicó él al tiempo que se inclinaba para besarla en los labios.

Sin embargo, Gemma se apartó.

—Tenemos que hablar de Tris y de cualquier otro hombre que tenga relación conmigo en el presente o en el futuro. No me gustan los celos.

—Es una emoción nueva para mí. No los había sentido antes —le aseguró él.

—¿Ni siquiera con Jean?

—Desde luego que no —contestó. Estaba a punto de besarla, pero otra vez lo llamaron al móvil. El sonido fue como un jarro de agua fría.

Gemma se apartó de él.

Colin miró el teléfono.

—Es Roy otra vez. Ya ha llegado, así que es mejor que me vaya. —La pegó a él—. Gemma, te quiero. Eres la mujer con la que he soñado durante toda mi vida. Si te digo que te he estado esperando, ¿pensarás que estoy loco?

—No —susurró ella, contenta de hallarse de nuevo entre sus brazos—. Sé exactamente a lo que te refieres.

—Creo que necesitaba a Jean... para distraerme hasta que tú aparecieras. —La besó en la frente—. Deseé encontrar el Amor Verdadero y lo he encontrado. —Su móvil sonó de nuevo, aunque en esa ocasión el tono de la llamada era un claxon—. Es mi padre.

—Tienes que irte —dijo Gemma—. Ya hablaremos después.

La besó con todo el anhelo que lo embargaba.

—Te quiero. Que no se te olvide.

—No se me olvidará —replicó ella.

Al cabo de un instante, Colin se marchó en su Jeep.

Gemma lo observó alejarse y después cerró la puerta de la casa de invitados. En su época universitaria solía quedarse toda la noche estudiando, pero el embarazo parecía haber aumentado su necesidad de sueño y podría dormir doce horas seguidas. La noche anterior, cuando la señora Frazier la había llamado para preguntarle si sabía dónde estaba Shamus, acababa de quedarse dormida. Tuvo que levantarse para comprobar si el muchacho estaba durmiendo en su sofá y después decirle a la señora Frazier que no sabía dónde estaba.

Aunque trató de dormirse de nuevo, le resultó imposible entre la tormenta y la preocupación. Se rindió una hora después, se vistió y tras subirse a una de las camionetas que siempre había por los alrededores, condujo hasta el almacén situado en el otro extremo de la propiedad. No le sorprendió encontrar a Shamus en el interior, dibujando los carruajes que habían construido sus antepasados.

Colin apareció minutos después. Desde entonces habían pasado horas, y estaba muerta de sueño. «¡Ay, el embarazo!», pensó mientras se tumbaba en la cama y se quedaba dormida al instante.

Cuando se despertó eran las seis de la tarde. ¡Se había pasado el día entero durmiendo! Se levantó adormilada y cogió el móvil. Tenía cuatro mensajes de correo electrónico y seis mensajes de texto. Su director de tesis le había dado el visto bueno al tema de las mujeres y la medicina en la Virginia de 1840. Un profesor le decía que conocía a ciertas personas en el William and Mary College.

—Bien —dijo Gemma, que sonrió mientras entraba en la cocina. Sería capaz de comerse todo lo que encontrara.

Cuatro de los mensajes eran de Colin. La adolescente perdida resultó estar con su novio, y sus padres la habían castigado durante los próximos veinte años. En dicho mensaje Colin le aseguraba que estaría con ella en menos de media hora, pero después le envió otro diciendo que alguien había hecho una pintada en la fachada trasera del supermercado de Ellie y que debía ir para echar un vistazo. «Te veré cuando pueda», añadió al final.

El último mensaje era de Tristan y lo había recibido una hora antes.

Necesito verte lo antes posible.

Gemma frunció el ceño mientras devoraba su segunda tostada. Los celos de Colin eran ridículos, pero no veía motivo alguno para empeorarlos, de modo que no pensaba acudir de inmediato.

¿Es importante?

Le preguntó.

Mucho. Necesito que vengas a mi casa ahora mismo.

Fue la respuesta, que no parecía propia de Tris. Tal vez se debiera al temor de Colin o quizás al hecho de llevar una vida en el vientre, pero decidió ser precavida.

Ya sabes lo que pasa a las siete, ¿o no?

Le respondió. Mientras esperaba la respuesta, vio que la caja de Shamus seguía en la mesa del sofá. Llevaba días en el mismo sitio. La cogió y le quitó la cinta adhesiva de la parte inferior para examinar el daño sufrido. La esquina estaba rota, pero Shamus había recuperado el trocito de madera, y, mientras trataba de recomponerlo, se percató de que en el interior había un papel. Más dibujos secretos, pensó, y se preguntó a quién habría retratado el muchacho con la absoluta precisión de la que era capaz.

Escuchó que el móvil vibraba y soltó la caja.

Te sostendré otra vez la cabeza. Por favor, ¡VEN AHORA MISMO!

Era innegable que se trataba de Tristan y ¿qué mejor que estar con un médico cuando la asaltaran las náuseas «matinales»?

Llamó a Colin, pero le saltó el buzón de voz, de modo que le envió un mensaje diciéndole que estaría en casa de Tris investigando. Y acabó escribiendo:

Reúnete conmigo allí, por favor.

Tras coger un huevo cocido del frigorífico y un bote de zumo de fruta, salió y se subió al coche.

Decidió no enfilar el camino de entrada a la propiedad de Tris. No le gustaban los celos de Colin, pero tampoco quería avergonzarlo, y tal vez en ese momento la estuviera observando medio pueblo. Pasó de largo hasta que vio otro camino de gravilla. A su derecha distinguió la parte superior de lo que parecía una enorme casa blanca y recordó que Colin le había dicho que la señora Wingate vivía cerca de Tris.

El camino desembocaba en un espacioso claro. Aparcó tras unos arbustos, convencida de que nadie vería el coche desde el camino.

Si su sentido de la dirección no fallaba, cosa que no era habitual, la casa de Tris estaba justo frente a ella. Le envió otro mensaje de texto a Colin para decirle dónde estaba, pero descubrió que no tenía cobertura. Se encontraba en la espesura y los árboles eran una barrera natural.

Al haberse acercado desde esa posición a la casa de Tris, vio que el Mercedes plateado de Jean estaba escondido detrás de unos árboles. Nada más verlo, supo que debía marcharse. Debería salir corriendo de ese sitio, subirse al coche y largarse.

Pero había sido Tris quien le había enviado el mensaje. Solo él sabía lo de las náuseas a las siete de la tarde y, al parecer, necesitaba su ayuda.

Se acercó con sigilo al coche de Jean. Estaba vacío, pero el hecho de que estuviera escondido aumentó sus sospechas de que algo andaba mal. Siempre había pensado que lo que sucedía estaba relacionado con la Piedra de los Deseos. Si el tío de Jean era un ladrón que actuaba a escala mundial, ¿no intentaría robar un objeto al que se le atribuían propiedades mágicas?

Intentó enviarle otro mensaje de texto a Colin y un mensaje de correo electrónico a Joce.

Por favor, enviad ayuda a la casa de Tris. Que venga la policía. Y que lleguen armados.

Si todo iba bien, quedaría como una tonta, pero prefería eso a que le pasara algo malo a Tris.

Atravesó la espesura sin más demora y se detuvo una vez que tuvo la casa de Tris a la vista. La fachada delantera estaba orientada al lago, de modo que la parte posterior contaba con pocas ventanas. A la derecha, se encontraba el enorme invernadero, y en su interior veía las orquídeas. A la izquierda había tres ventanas diminutas, correspondientes a un aseo y al cuarto de pila. En el centro estaban las puertas de cristal a través de las cuales se accedía a la enorme estancia que se había añadido al diseño original de la casa.

Si corría directamente hacia la puerta, la verían.

Tardó varios minutos, pero logró llegar hasta las puertas desde un lateral. Una vez junto a la casa, se pegó a la pared y, tras una breve pausa, se inclinó para mirar hacia el interior.

Lo que vio la dejó sin aliento. En la estancia había dos personas. Jean y un hombre mayor, que supuso que era su tío. Lo asombroso fue verlo sentado en una silla de respaldo alto situada en mitad de la habitación, con las manos atadas a la espalda. Jean se encontraba a unos metros del hombre, de espaldas a este mientras escribía un mensaje de texto en su móvil. Junto a ella había una mesa donde descansaba una pistola.

Gemma se apoyó de nuevo en la pared. Había reconocido al hombre. Se trataba del desagradable profesor que se había mostrado tan grosero en el supermercado de Ellie. Aunque había perdido parte del disfraz, saltaba a la vista que no era tan mayor como pretendía ni estaba tan tullido como había fingido estar el día que lo vio por primera vez.

No estaba segura de lo que hacer. Le echó un vistazo a su móvil. Como no tenía cobertura, los mensajes no se habían enviado. Parecía que Tris necesitaba cambiar de router para tener un mejor acceso a internet... o tal vez alguien hubiera cortado los cables.

Respiró hondo y miró de nuevo a través de la puerta de cristal. Jean estaba saliendo de la estancia, posiblemente en busca de algún lugar donde obtuviera cobertura. ¿Estaría tratando de ponerse en contacto con Colin? Vio que se llevaba el arma.

Gemma sabía que lo más inteligente era volver al coche y marcharse. Dejar que Colin se encargara de ese asunto.

Echó una última mirada al interior antes de alejarse, pero se quedó fría. El hombre estaba sentado con la espalda hacia ella, de modo que podía verle las manos. Estaba tratando de zafarse del esparadrapo con el que Jean se las había inmovilizado y parecía estar a punto de liberarse.

Gemma sabía que debía advertir a Jean, aunque estuviera implicada en los robos y aunque entre ellas existiera una agria animosidad.

Al otro lado de la esquina, estaba la ventana de la habitación que Tris usaba como consulta. Corrió hacia ella, con la esperanza de que no tuviera echado el pestillo. Tuvo suerte. Subió la ventana, pasó las piernas por el alféizar y entró. A la derecha se encontraba la sala de estar, y en el otro extremo, la cocina.

Al llegar a la puerta, vio que Jean estaba apoyada en la isla de la cocina, llevándose una taza a los labios. Su tío la acechaba por la espalda, sosteniendo en alto su cinturón, con el que pretendía estrangularla.

Gemma no se paró a pensar en lo que estaba a punto de hacer. Corrió en silencio unos metros y después gritó:

—¡Hola, profesor!

Cuando el hombre se volvió, le hizo lo mismo que le había hecho a Colin en el gimnasio. Se volvió sobre sí misma para asestarle una patada en el estómago. Una vez que el hombre se dobló por el dolor, le dio un puñetazo en el mentón con todas sus fuerzas. A diferencia de Colin, que había encajado los golpes sin caerse, el hombre se fue directo al suelo. Al hacerlo, se golpeó la cabeza con la esquina de la encimera y dejó un rastro de sangre en los armarios situados debajo. Cuando llegó al suelo, había perdido el conocimiento.

Jean apenas se había movido, seguía con la taza a medio camino de los labios y los ojos desorbitados.

—¿Dónde está Tris? —le preguntó Gemma.

Con mano temblorosa, Jean soltó la taza sin apartar la mirada de su tío. Un extremo del cinturón seguía envuelto en una de sus manos.

—Tris está en Miami, con su hermana.

—No, no lo está. Me ha enviado un mensaje de texto con una información que solo conocemos él y yo.

—Os estaba espiando —dijo Jean, señalando a su tío con la cabeza—. Os estaba siguiendo a Tris y a ti. Si ha escrito algo privado es porque os vio juntos. ¿Pasó en algún lugar donde pudiera veros?

Gemma sintió náuseas al pensar que ese hombre podía haber estado acechándolos desde las sombras aquella noche, pero seguía sin convencerse de que Tris estuviera bien.

—Tris no se habría subido a un avión sin su móvil.

—A lo mejor volvió y eso fue lo que trastocó los planes de mi tío. Yo he hecho lo que nadie había conseguido hasta ahora: pillarlo por sorpresa.

—Dime dónde está Tristan —ordenó Gemma mientras cogía la pistola de la encimera.

—No sé dónde está —le aseguró Jean al tiempo que se dejaba caer al suelo—. Iba a matarme —dijo con los ojos clavados en su tío.

Aunque su principal preocupación era Tris, Gemma no quería quitarle la vista de encima a Jean ni a su tío. Se sacó el móvil del bolsillo y comprobó que por fin se habían enviado sus mensajes. En ese momento, le llegaron las respuestas, una de Roy diciendo que Colin iba de camino, y otra de Joce, asegurándole que la policía se había puesto en marcha.

Jean empezó a hablar.

—Se enteró del asunto de los cuadros descubiertos en Edilean y recordó que yo tenía relación con la gente del pueblo. Estaba arruinado, y decidió venir para ver si descubría algo, si había algo de valor que pudiera robar. Si no encontraba nada, posiblemente su intención fuera la de robarme a mí. Se le da muy bien saltarse todas las protecciones para entrar en las cuentas de los bancos y dejarlas a cero. Quiero que desaparezca.

—¿Te habría matado? —le preguntó Gemma. Estaba nerviosa y quería buscar a Tristan, pero no podía darles la espalda a esos dos.

Jean siguió hablando con voz serena:

—¿Conoces el truquito que hace Colin con las manos?

Gemma no estaba segura de entenderla, pero después cayó en la cuenta de que estaba hablando de sexo. La idea de compartir con otra al hombre que amaba hizo que aferrara con más fuerza la pistola.

—Tranquila —siguió Jean—, no es necesario que me contestes. Yo se lo enseñé a Colin. ¿Sabes quién me lo enseñó a mí? —Miró a su tío—. Él. Yo solo tenía diez años.

Gemma jadeó.

—Colin no lo sabe, pero antes tenía un segundo nombre que después me quité. Willow...* Al tío Adrian le gustaba robar en casas donde había niñas de diez años y después dejaba unas ramitas de sauce atadas con una cinta rosa. Le parecía gracioso.

—Sin embargo, mantuviste una estrecha relación con él mientras estabas en la universidad.

---

* Willow significa «sauce». *(N. de las T.)*

—Sí —afirmó Jean con desdén—. Creí que de esa forma protegería a mi madre. Y nunca pensé que él llegara a sospechar hasta qué punto lo odiaba.

—¿Por qué empezó a robar en Edilean? —quiso saber Gemma—. Debería haber sabido que en el pueblo no hay objetos tan valiosos como los que acostumbraba a robar.

—Bueno... —respondió Jean.

Al ver que no enfrentaba su mirada, Gemma lo comprendió todo.

—Fuiste tú quien cometió los robos en el pueblo, ¿verdad?

—Sí —contestó—. Pensé que mi tío iba a marcharse del pueblo, pero después escuchó hablar de la dichosa Piedra de los Deseos y se quedó. Entonces fue cuando empezó a vigilaros a Tris y a ti. Estaba convencido de que habíais encontrado la Piedra y que por eso os mostrabais tan reservados. Se me ocurrió que si cometía algunos robos imitando su antiguo modus operandi, tal vez aparecieran los federales y se largara, asustado por su presencia. Pero mi tío sabía que era yo quien estaba detrás, y le resultó muy gracioso... Mis robos eran de principiante en su opinión, como los que él solía cometer durante su adolescencia.

Gemma estaba asqueada por lo que estaba descubriendo.

—Supongo que ya tenía un comprador.

—Varios —le aseguró Jean—. Si mi tío hubiera vendido la Piedra de los Deseos, ningún Frazier habría estado a salvo.

Escucharon que un coche se detenía en el exterior, derrapando sobre la gravilla.

—Ese es Colin —dijo Gemma.

Jean la miró con una expresión suplicante en los ojos.

—A ver, sé que fue un error cometer esos robos, pero no sabía qué otra cosa hacer. Lo estaba perdiendo todo. La noche que preparé la cena para los Frazier vi que Colin te deseaba. Y supuse que su madre lo había planeado todo. Es una víbora manipuladora.

Gemma estuvo a punto de protestar, pero sabía que Jean decía la verdad.

—Por favor —siguió Jean—, pongo mi vida en tus manos. Si le dices a Colin lo que he hecho...

Gemma miró al hombre que seguía tendido en el suelo. Comenzaba a espabilarse. Nadie había salido herido a consecuencia de los robos.

—¿Encontrarán alguna prueba que lo incrimine?

—En el último robo dejé un pelo y una huella dactilar.

Escucharon pisadas sobre la gravilla. Colin corría hacia la casa. Sin embargo, Gemma no podía tomar semejante decisión sin meditarla bien. Necesitaba tiempo.

—¿Cómo encontraste el anillo en el poste de la cama?

Jean soltó un resoplido desdeñoso.

—La cama era de fabricación artesanal. Al atornillarlo, el poste se había quedado torcido. Mi tío me enseñó a buscar los detalles más obvios.

Colin abrió la puerta con fuerza. Aferraba por la cintura a Tris, que estaba muy blanco y se agarraba el brazo izquierdo como si lo tuviera partido.

Gemma ansiaba abrazarlos a ambos y echarse a llorar por el alivio, pero en ese instante la asaltaron las náuseas y se llevó una mano a la boca.

Pese al obvio dolor que sentía, Tris le sonrió.

—Deben de ser las siete —comentó al tiempo que se alejaba de Colin, que la miraba aterrado.

—¿Estás bien? —le preguntó mientras la cogía por los hombros.

A modo de respuesta, Gemma le vomitó en los pies.

Colin exclamó, furibundo:

—¡Te mataré por haberle hecho daño! —Y se abalanzó sobre el tío de Jean, que en ese momento se estaba poniendo de pie.

—¡Colin, no! —gritó Tris—. Vomita por culpa de tu hijo.

Colin había aferrado al hombre por la pechera y ya tenía el brazo preparado para asestarle un puñetazo, pero al asimilar las palabras de Tris, dejó que el tío de Jean cayera al suelo.

—¿Gemma? —dijo, mirándola.

Ella sufría otra oleada de náuseas.

—¡Llévala al fregadero! —gritó Tris—. Esta vez te toca a ti sostenerle la cabeza.

En el exterior, ya se escuchaba el aullido de las sirenas. La policía había llegado.

—Y pensar que creíste necesario ocultarme esta noticia... —decía Colin mientras abrazaba a Gemma. Tras ellos, la policía y Roy estaban encargándose de esposar a Adrian, el tío de Jean—. Jamás me lo perdonaré.

—Ya no importa —lo tranquilizó ella.

Colin le acarició una mejilla.

—Sí que importa. Creí que Tris y tú...

—Lo sé. —Aunque era consciente de que ella también debía admitir sus celos por Jean, sabía que no era el momento oportuno para hacerlo. Entre los brazos de Colin se sentía muy bien, muy segura.

—Jamás volverá a suceder —le aseguró Colin—. Te prometo que me pasaré la vida compensándote por todo esto.

—Me encantaría —replicó ella mientras la besaba.

—Gemma, te quiero. Siempre te querré.

—Yo también te quiero —repuso antes de echarse a reír cuando Colin insistió en llevarla en brazos hasta el coche.

28

—¿Estás bien? —le preguntó Colin a Gemma por enésima vez.

Era el día siguiente al arresto del tío de Jean y Gemma se encontraba en el sofá de la casa de invitados, con una mantita sobre el regazo.

Solo atinaba a sonreír por el modo en el que los señores Frazier, e incluso Shamus, se preocupaban por su salud. La señora Frazier propuso que se acostara en la mejor habitación de invitados de la casa, pero Colin dijo que su casa, la de Gemma y la suya, era lo mejor para ella.

—No estoy enferma, solo embarazada —les recordó Gemma.

Esas palabras hicieron que la señora Frazier estallara en lágrimas… otra vez.

A la postre, llegaron a un compromiso. Gemma pasaría los siguientes tres días en la casa de los Frazier, bajo el cuidado de la señora Frazier, y después se mudaría a casa de Colin definitivamente.

—¿Seguro que estás bien? —preguntó Colin al tiempo que la miraba con una mezcla de orgullo y de asombro.

—Sí —contestó Gemma—. Por favor, vete a ocuparte del caso. Y averigua qué ha pasado con Tristan. Quiero saber cómo está y qué le ha pasado.

Roy entró en la habitación, teléfono en mano.

—Yo puedo decírtelo. El doctor Tris estaba de camino al

aeropuerto cuando se dio cuenta de que no llevaba el móvil, así que volvió a recogerlo. Sorprendió al tío de Jean mientras registraba su casa.

Gemma miró a Colin, quien le cogió una mano y asintió con la cabeza. Había acertado: Adrian buscaba la Piedra de los Deseos.

—Tris me ha dicho que el hombre escapó por una ventana y que lo persiguió —continuó Roy.

—Tendría que haberse quedado en la casa y llamarme —dijo Colin.

—Y lo sabe —prosiguió Roy—, pero temía que el hombre fuera a la casa de la señora Wingate, así que lo persiguió. Ese cretino se escondió entre los arbustos y golpeó a Tris con algo. No sabemos con qué fue, pero creemos que fue con un palo de golf. El doctor Tris ha dicho que se dio cuenta de que quería golpearlo en la cabeza, pero que lo oyó a su espalda y pudo volverse, de modo que le golpeó el brazo izquierdo.

—¿Qué tal está? —preguntó Gemma.

—Tiene el brazo roto, pero no es grave. Tendrá que llevarlo escayolado unas cuantas semanas. Sus padres han venido desde Sarasota y su padre se encargará de la consulta de Tris una temporada.

—¿Qué pasa con Jean? —preguntó la señora Frazier—. ¿Cómo está llevando todo esto?

Gemma contuvo la respiración. ¿Habían descubierto que fue Jean quien había cometido los robos en Edilean? Miró a Colin. Sabía que había pasado toda la noche interrogando a Jean, pero no había tenido oportunidad de contarle lo que había averiguado.

Colin fue el primero en hablar.

—Se enteró de que Tris se iba del pueblo, así que supuso que su tío intentaría registrar la casa. Parece que el hombre llevaba espiando a Tris desde hace tiempo. Estaba escondido en los arbustos cuando Gemma vomitó por primera vez.

Colin la miró y le dio un apretón en la mano, como reafirmando sus promesas. Jamás tendría que ocultarle secretos de nuevo.

—Cuando Jean llegó —les dijo Colin a los demás—, no vio a Tristan. A esas alturas, estaba inconsciente y a mitad de la colina, y su tío estaba de vuelta en la casa. Jean no sabía que su tío ya le había mandado un mensaje de texto a Gemma con el móvil de Tris para conseguir que fuera hasta allí. Jean tenía un arma y lo pilló desprevenido. Usó esparadrapo para maniatarlo. —Hizo una pausa—. Jean intentó llamarme, pero el servicio de internet de Tris estaba caído desde la tormenta. Si Gemma hubiera aparecido, creyendo que Tris la necesitaba, ese hombre seguramente la habría obligado a entregarle la Piedra y después la habría matado. —Tuvo que inspirar hondo varias veces antes de continuar—. Pero Gemma tuvo la sensatez de no llegar por el camino principal, sino por un lateral. A esas alturas, Jean ya tenía a su tío atado a una silla con el esparadrapo. Por desgracia, al hombre se le da muy bien deshacerse de las ataduras. Si Gemma no lo hubiera atacado, algo que no debería haber hecho, por cierto, habría matado a su sobrina.

—Y todo por una Piedra que concede deseos —dijo la señora Frazier con voz desdeñosa.

Todos los presentes la miraron. Como ya le había concedido su deseo más ansiado, podía permitirse el desdén.

—Por cierto, ¿dónde está esa cosa? —preguntó el señor Frazier—. Me gustaría verla.

Gemma hizo ademán de contestar, pero Colin la interrumpió.

—Eso queda entre Gemma y Tristan —dijo Colin—. Yo no la he visto ni quiero hacerlo. Sé dónde estuvo escondida en casa de Tristan durante muchísimos años, así que es suya de pleno derecho. Y cuando hable con él, creo que estará de acuerdo en permitir que sea Gemma quien la guarde. Si quiere quedarse en Edilean, claro.

El señor Frazier le puso una mano en el hombro a su hijo y miró a los presentes.

—¿Qué os parece si dejamos solos a los tortolitos? —Sin esperar respuesta, los fue echando hacia la puerta.

Una vez solos, Gemma se quitó la mantita del regazo y se puso en pie.

—No sé tú, pero yo me muero de hambre.

Se volvió hacia la cocina, pero Colin no la siguió. Cuando echó la vista atrás, lo vio con una rodilla hincada en el suelo y lo que era, sin lugar a dudas, el estuche de un anillo.

Despacio, volvió junto a él.

—¿Te casarás conmigo? —le preguntó él al tiempo que le ofrecía el estuche de terciopelo azul.

Gemma lo abrió y descubrió un anillo que debía de ser un tesoro familiar, con tres diamantes montados sobre un engaste un pelín desgastado.

—Supuse que preferirías algo antiguo a algo nuevo —dijo él en voz baja.

—Me encanta —contestó mientras le entregaba el estuche.

Colin sacó el anillo, tiró el estuche al sofá y le colocó el anillo en el dedo. Encajaba a la perfección.

—Tu madre me dijo qué talla tenías.

—¿Mi madre? —preguntó, alucinada.

—Creí que lo mejor sería presentarme, así que la llamé y le pedí su bendición.

Gemma se sentó en el sofá.

—¿Le has dicho que estoy...? —Se miró el abdomen.

—Cuando la llamé, no lo sabía.

Ella estaba sentada y él seguía con una rodilla en el suelo.

—¿Cuándo la llamaste?

—Justo después de vernos en el restaurante. Como le dijiste a mi hermano, estaba hecho polvo. —Se le iluminaron los ojos—. Compraste ropita de bebé para nuestro hijo, ¿verdad?

—Sí. —Le tomó la cara entre las manos y lo besó—. Quiero saber más cosas, pero tu hijo me está provocando tanta hambre que tus orejas empiezan a parecerme apetitosas. —Se puso en pie.

—¿Gemma? —dijo él con voz trémula—. No has contestado mi pregunta.

—¿Qué pregunta?

Colin enarcó una ceja y después se miró para evidenciar su extraña postura.

—¡Ah! —exclamó ella con una carcajada—. Pobrecillo, la rodilla tiene que estar matándote. Sí, me casaré contigo. Sí, sí, ¡sí!

—Genial —dijo Colin—. Ahora ayúdame a levantarme.

Le tendió los brazos, pero Colin no necesitaba ayuda, sino que la tumbó en el sofá. Despacio, llevados por las emociones que inundaban sus corazones, se tocaron y se abrazaron. Sus besos eran distintos, ya que las dudas y los miedos habían desaparecido y solo veían el futuro.

Oculta a ojos humanos, la Piedra de los Deseos parpadeó. Había concedido dos deseos más. Gemma por fin pertenecía a un lugar y a una familia, y Colin había encontrado el Amor Verdadero.

Epílogo

Gemma no pudo ponerse a restaurar la caja de las pinturas de Shamus en semanas. A esas alturas, ya habían extraditado al tío de Jean a Rumanía, donde se sometería al primero de varios juicios. Había unos cuantos países a la espera de poder interrogarlo.

También le contó a Colin la verdad acerca de los robos en Edilean y le habló a favor de Jean. Le dijo que Jean ya había tenido que pasar lo suyo por culpa de su tío y que no se merecía ir a la cárcel ni perder la licencia. Colin le dio la razón, pero le contestó que la ley era la ley.

Al final, el FBI resolvió el problema. Los agentes llegaron dos días después del arresto de Adrian Caldwell y apartaron a Colin del caso, como si fuera un paleto demasiado tonto como para darse cuenta de lo que tenía entre manos. Gemma sonrió al recordar cómo Colin se había quedado parado y había permitido que los agentes federales le dijeran, con sus ínfulas de superioridad, que solo alguien del calibre de Caldwell podría haber cometido los robos sucedidos en Edilean.

—Sheriff, con razón no podía averiguar quién los había cometido —le dijeron con sonrisillas de superioridad y actitud cosmopolita—. Nadie de aquí podría hacer algo así. Una lástima que pasara por alto las huellas dactilares y el cabello la primera vez. Lo relacionan con algunos golpes importantes y harán que Caldwell pase el resto de su vida encerrado.

Colin se limitó a sonreír con expresión afable y los invitó a realizar todas las compras de Navidad en Edilean. Los agentes le dieron unas palmaditas en la espalda y le aseguraron que lo harían.

Solo ella vio a Colin hablando con Jean con unos ademanes tan bruscos que le dio lástima la mujer. Pero después Jean la miró por encima del hombro de Colin y musitó un «Gracias» en su dirección.

Después de todas las emociones, pasó bastante tiempo antes de que la vida volviera a su cauce. Cuando la señora Frazier empezó a preguntarle a Gemma qué color quería para los vestidos de las damas de honor, Colin y ella se fugaron. Se casaron en una ceremonia muy sencilla e íntima y se mudaron a casa de Colin en un mismo fin de semana. Eran muy felices.

Fue durante la mudanza cuando Gemma vio la caja de las pinturas de Shamus y se dispuso a repararla. Shamus fue el único testigo de su boda, y le debía un favor por haberle sujetado el ramo mientras Colin y ella se intercambiaban los anillos. Supuso que los papeles eran los dibujos de Shamus, pero cuando empezó a sacarlos y vio la rigidez y el color amarillento que solo el tiempo podía conferir, casi se le paró el corazón.

Despacio y con cuidado sacó los papeles del fondo de la caja. Lo primero que hizo fue leer el nombre y la fecha: «Tamsen Frazier Byan, 1895.»

Se dejó caer en una silla y comenzó a leer.

12 de febrero de 1895

Mi historia comienza el verano de 1834, cuando unos buenísimos amigos de mis padres, a quienes considero mis tíos, Cay y Alex McDowell, decidieron marcharse a Inglaterra para comprar caballos. Pensaban alquilar una casa, pero mi madre le mandó una carta al hermano mayor de mi padre, Ewan, que era el conde de Rypton, y, de repente, se abrieron todas las puertas y nos llegó una invitación. Ojalá pudiera decir que fue por lealtad familiar, pero no era el caso. La avariciosa y plebeya, aunque rica, mujer de mi tío Ewan detestaba tanto a los familiares americanos que se negaba a utilizar el apellido Frazier. Pero sabía que la hija de la tía Cay se había casado hacía poco con Grayson Armitage, heredero de una de las mayores fortunas de América, y por eso invitaron a la tía Cay a quedarse con ellos.

En Edilean, la invitación causó sensación. Dado que el tío Alex viajaría por toda Gran Bretaña en busca de los caballos que tanto adoraba, la tía Cay estaría sola. La verdad era que a ella no le importaba, dado que adoraba tanto el arte como a su familia. Si disponía de papel, lápiz y algo que mirar, era feliz.

Pero yo, con veinticuatro años y recién plantada en el altar, creía que era la persona más infeliz sobre la faz de la Tierra, de modo que me empeciné y la convencí de que tenía que acompañarla. Me aproveché sin miramientos del hecho de que Ewan era mi tío. El hecho de que fuera un conde y de que su esposa se negara a que sus parientes americanos, burgueses por añadidura, pisaran su casa me daba igual. Solo pensaba en demostrarle al mundo entero (a Edilean, Virginia) que tenía mejores cosas que hacer que preocuparme por el hecho de que el hombre con quien estaba segura de que iba a casarme hubiera escogido a otra para ser su mujer.

No recuerdo cómo invité a una acompañante. Creo que fue cosa de Cay. Tal vez le diera miedo tener que cargar con una jovencita melancólica que necesitara que la entretuvieran, de modo que me animó a llevar conmigo a una amiga.

Fuera cual fuese el motivo, fuimos cuatro los que partimos la primavera de 1834. Éramos Cay y Alex (casados desde hacía años y tan enamorados como el primer día... tanto que cada vez que los veía cogidos de la mano, me echaba a llorar), y Winnie y yo.

Louisa Winifred Aldredge era mi prima y habíamos crecido juntas. Su padre y su hermano eran los médicos del pueblo, la tercera y la cuarta generación de médicos Aldredge de Edilean, y Winnie sabía mucho de medicina. Había ayudado a su padre desde pequeña. La de veces que nos asqueó a las amigas cuando acudía a nuestras delicadas reuniones para tomar el té con sangre en las enaguas. Algunas de las niñas casi se desmayaban por sus vívidas descripciones de cirugías e incluso de amputaciones.

Lo que más nos gustaba de Winnie era que siempre se mostraba muy práctica. Cada vez que alguna de nosotras hacía algo impropio, normalmente porque alguna de las rebeldes Welsch nos desafiaba, era Winnie quien nos tranquilizaba y nos ayudaba a averiguar qué era lo que debíamos hacer.

Elegí a Winnie de entre mis muchas amigas para ir a Inglaterra debido a que no me tenía lástima porque el hombre a quien amaba de todo corazón me hubiera abandonado. Winnie era muy tajante sobre la humillación que había padecido. Me dijo: «Robert Allandale está a la altura de lo que sale del trasero de un caballo.» Me lo dijo una sola vez, no se regodeó en el tema, no lo adornó, pero bastó con eso. Sabía lo que ella sentía y no pensaba cambiar de opinión. Winifred Aldredge era tan fiable como yo voluble en aquella época.

Cuando por fin zarpamos hacia Inglaterra, me había recuperado lo suficiente para despedirme de las amistades que habían ido a acompañarnos. Semanas más tarde, cuando atracamos en Southampton, no dejaba de pensar en que mi tío tenía dos hijos en edad casadera. El mayor, Julian, sería el conde. ¡Si volviera de su brazo, Robert Allandale se moriría de la envidia!

Creo que tengo que confesar que fui yo quien robó la Piedra de los Deseos. Aunque solo tenía ocho años cuando murió mi abuelo Shamus, yo era quien sabía más acerca de su vida en Escocia. En las frías noches de invierno, me sentaba en su regazo y me contaba sus historias. Mis preferidas eran las de la Piedra de los Deseos. Me contó cómo una bruja la creó como muestra de gratitud hacia un joven y fuerte Frazier que salvó la vida de varias personas. El abuelo Shamus me dijo que la Piedra le concedía a cada miembro de la familia un deseo siempre y cuando lo deseara de todo corazón.

Me contó cómo su padre, Ursted, había malgastado su deseo. Cuando Ursted era joven, lo único que deseaba, lo único que ansiaba, era casarse con la guapísima Mary McTern, la hija del *laird* del clan. Ursted creía que semejante matrimonio le daría más poder dentro del clan y obligaría a los demás a considerarlo importante. Estaba harto de que considerasen a su familia poco más que mulas de carga. «Lleva esto, Frazier», solían decir. «Mueve esta roca.» Con el ansia de alcanzar la respetabilidad, Ursted cogió la Piedra y la sacó de su cajita de plomo para pedir un deseo.

Tuvo que salirle del corazón, porque al día siguiente, encontró a Mary McTern sola y la tomó por la fuerza. No me gusta pensar en lo que tuvo que pasar la pobre muchacha. Todos los Frazier son grandes y fortísimos. Mary sabía que si le contaba a su padre lo que le había pasado, se produciría una lucha en el clan, de modo que guardó el secreto. Cuando tuvo una falta, acudió a su padre y le dijo que estaba enamorada de Ursted Frazier y quería casarse con él. Todo el clan se quedó espantado. ¿La dulce, hermosa y educada Mary iba a entregarse al patán, ignorante y violento Ursted Frazier? Se decía que los chillidos de su madre pudieron escucharse a un kilómetro de distancia.

Sin embargo, Mary sabía que la verdad causaría la muerte de varias personas, de modo que, a sus dieciséis años, se casó con Ursted Frazier, de veintidós. Más tarde y al ver que seguían riéndose de él, que seguían creyéndolo un zoquete, Ursted ventiló su rabia con su mujer. Ella ocultó los moratones lo mejor que pudo y le dijo a sus padres que era feliz con su vida. Era una buena mujer que dio a luz a ocho varones grandes y fuertes. Cuando fueron lo bastante grandes, Ursted también descargó su rabia con ellos, además de seguir haciéndolo con su esposa.

Uno a uno, su madre les habló a los cuatro mayores de la Piedra de los Deseos y ellos pidieron un deseo nacido de su corazón. Eran jóvenes sencillos y solo querían alejarse de su padre y encontrar un buen trabajo en otra parte. Y eso hicieron. Sin embargo, cuando mi abuelo, Shamus, llegó a una edad en la que también podría haberse ido, no lo hizo. Se quedó para cuidar y proteger a su madre y a sus tres hermanos pequeños.

Una noche, su padre, borracho, no volvió a casa. El abuelo Shamus nunca me detalló lo sucedido, y nunca quise imaginar lo que había pasado aquella vigilia. Pero el resultado fue que Shamus, su madre y sus tres hermanos pequeños por fin tuvieron paz. Sin embargo, su derrochador padre solo les había dejado un montón de deudas y una casa apenas habitable. La familia era tan pobre que no sé cómo consiguieron sobrevivir.

El abuelo Shamus me dijo que, en su opinión, peor que la pobreza eran las burlas que recibía su familia. Su mayor enemigo era su primo, Angus McTern, que estaba llamado a ser el siguiente *laird* del clan. De niños, solían pelearse a menudo y el clan siempre se ponía de parte de Angus. Cuando las propiedades del clan se perdieron por el juego, Shamus dijo regocijarse por el que hecho de que el poder y la riqueza que iba a heredar Angus desaparecieran. Sin embargo, los hombres del clan seguían considerando a Angus como su líder... y seguían burlándose de los Frazier. «Tan grandes como un toro, pero sin los sesos de uno», oyó que un hombre decía cuando era pequeño.

Mi abuelo me dijo que «le había dado lo suyo», pero no me explicó qué había hecho.

Shamus no usó la Piedra de los Deseos hasta que una joven inglesa llamada Edilean Talbot fue a vivir al castillo de los McTern. Mientras sostenía la Piedra en las manos, dijo que deseaba tener oro, y mucho.

Su madre, Mary, había visto cómo la Piedra tenía el perverso placer de conceder los deseos, pero de hacerlo de un modo que no fuera agradable. Había pasado años llenos de desdicha analizando el deseo de su difunto marido y no quería que sus hijos pasaran por lo mismo. No sabía si podía ser considerada una Frazier para conseguir su deseo, pero intentó contrarrestar el irreflexivo deseo de su hijo. Le quitó la Piedra y dijo que deseaba que consiguiera el oro, pero que también deseaba que tuviera una vida mejor. Con eso, quería decir que deseaba que encontrase el amor. El hecho de que ninguno de sus hijos deseara encontrar el amor le dolía más que todas las palizas de su marido. Ni uno solo de sus hijos había presenciado el Amor Verdadero, desde luego que nunca lo habían sentido, y deseaba con toda su alma que lo encontraran.

El abuelo Shamus solía reírse cuando me contaba el resto de la historia, cómo había venido a América y cómo había acabado rescatando a Angus McTern de una muerte segura. «Fue un día de gran regocijo», me dijo. Sabía que quería decir que se alegraba de la humillación de su primo.

Me encantaba oír cómo cortejó a la abuela Pru. Me dijo que ella fue al antiguo castillo de los McTern en busca del tío de Edilean, y que cuando la vio, se enamoró de ella allí mismo. «Montaba un caballo tan grande como para tirar de una carreta llena», solía decir con los ojos vidriosos por el amor. «Y, cuando desmontó, casi era tan alta como yo.»

Había oído a la abuela Pru contar la misma historia, pero ella era más pragmática. Decía que la primera vez que vio a Shamus Frazier tuvo ganas de tirarlo sobre una bala de heno y darse un buen revolcón. «¡Estaba harta de hombres afeminados!» Cada vez que oía la historia, me maravillaba de que se hubieran encontrado el uno al otro. Ella era la hija de un conde, mientras que él era poco más que un mozo de cuadra. Mi abuela era una mujer corpulenta, que no gorda, pero alta y de huesos anchos. E incluso de joven, su cara no fue bonita. «La belleza está en el ojo de quien la mira», solía decirme ella con una carcajada antes de darle una palmada tan fuerte a su marido en la espalda que, de ser un hombre más delgado, se habría caído de boca.

Cuando tenía siete años, mis abuelos ya eran muy mayores, pero el abuelo Shamus decía que no dejaría este mundo antes de que muriera su primo Angus. La mujer de Angus, Edilean, murió en 1817, y, después de eso, Angus perdió las ganas de vivir. Murió al año siguiente. El abuelo Shamus solía decir que se frotó las manos, encantado, cuando Angus murió («mi viejo enemigo», solía llamarlo), pero no era verdad. Después de que Angus muriera, la salud de Shamus se deterioró deprisa, y cuando la abuela Pru murió, el abuelo

Shamus la siguió tres meses después. «Todos se han ido ya», me dijo mientras le sujetaba la mano en lo que acabó siendo su lecho de muerte. «Los enemigos, los amigos, la familia, todos se han ido. Creo que me iré a verlos. ¡Me gustaría jugarle una mala pasada al viejo Angus y ver cómo se enfurece!», me dijo con una carcajada. Murió tres días después. Se durmió una noche y ya no despertó. Mi madre me dijo que sonreía cuando lo encontraron. Mi padre, Colin, dijo que estaba con Prudence, así que debía de ser muy feliz. «No eran nada sin el otro.»

La tarde que murió mi abuelo, fui yo quien pidió la Piedra de los Deseos, ya que siempre la guardaba en su cajita dentro de la Biblia familiar. Mi padre me había dicho que era una leyenda, pero a él nunca le habían interesado las viejas historias. Era un hombre que vivía el día a día, y su mayor pasión era todo lo que tuviera ruedas. Su empresa construía carretas y carruajes, los mejores del país. El presidente Madison incluso encargó uno para su uso. (Mi padre se echó a reír porque dijo que tendría que hacer los asientos más altos, de modo que cuando la gente lo viera, creyera que el hombrecillo era más alto.)

«¿Puedo quedarme con la Piedra de los Deseos para recordar al abuelo?», pregunté, y él masculló algo que podría haber sido un «sí». Había descubierto que si le preguntaba cualquier cosa a mi padre cuando estaba muy atareado, me decía que sí con tal de librarse de mí. Por el contrario, mi madre tenía un ojo avizor y un oído muy agudo, además de que sabía cuándo tramaba yo algo, por lo que no le mencioné la Piedra. Esperaba que mi padre tampoco lo hiciera. No tuve tanta suerte con eso. Mi madre se dio cuenta de que faltaba y supo quién la había cogido. Me la quitó y hasta que no llegué a la edad adulta no volví a encontrar la cajita en el fondo de su baúl. (El plomo mantenía su magia contenida. Si la sacas, la Piedra comienza a parpadear cuando hace su trabajo.) La segunda vez no pedí permiso a nadie, sino que cogí la Piedra, la sostuve en mi mano y deseé con todas mis fuerzas que Robert Allandale me quisiera.

Supongo que el deseo no salió del fondo de mi corazón, porque Robert me traicionó de todas maneras. Encontró a una mujer cuyo padre había muerto, legándole tres casas. Cuando mis padres murieran, yo heredaría una buena suma, pero hasta que eso pasara estaba a merced de su generosidad, cosa que Robert sabía.

La leyenda de la Piedra asegura que solo concede un deseo a cada Frazier, y dado que el de Robert no había salido bien, eso quería decir que todavía tenía mi deseo. Con eso en mente, escondí la Piedra en la bolsa de viaje que me llevaba a Inglaterra. Cuando mi madre descubrió que la Piedra había desaparecido, supo que yo la había cogido. A mi hermano le importaba tan poco como a mi padre. Que Dios me perdone, pero le juré que no la había cogido y que no sabía quién la tenía. Dado que era el mismo día que Robert se casaba, supuse que Dios me perdonaría la mentira.

Me llevé la Piedra de los Deseos a Inglaterra conmigo, con la idea de usarla para volver a casa con un hombre del brazo. Sin embargo, fue Winnie quien necesitó la Piedra, no yo.

El guapísimo Julian y ella se enamoraron y querían casarse. Sin embargo, su madrastra, la mujer que detestaba a todos los familiares americanos de su marido, no soportaba la idea de que Julian heredase el título. Ansiaba que su gordo y feo hijo, Clive, se quedara con todo.

Nunca se lo dije a Winnie, pero vi cómo la madrastra de Julian los observaba desde una ventana. Julian y ella estaban riéndose juntos. Aunque no se estaban tocando ni hacían nada impropio, era evidente que estaban enamorados. Yo era la única que sabía que planeaban fugarse al día siguiente. Algo en el modo en el que la mujer los miraba me dio miedo. Esa noche saqué la Piedra de los Deseos de su cajita de plomo y deseé de todo corazón que Julian y Winnie pudieran estar juntos para siempre.

No tenía ni idea de que mientras yo pedía ese deseo, Julian ya estaba muerto.

Al día siguiente, cuando le dijeron a Winnie que habían encontrado el cuerpo sin vida de Julian, aceptó las noticias con estoicismo. No lloró. Solo aquellos que la queríamos sabíamos que lloraba por dentro.

Su madrastra fue quien derramó todas las lágrimas. Jamás creí que la caída de Julian desde el tejado fuera un accidente. Cuando su odiosa madrastra lloró tanto que tuvieron que ayudarla a entrar en la iglesia para el funeral, desdeñé sus lágrimas. Le dije a la tía Cay que creía que esa mujer había asesinado a Julian.

La tía Cay no me dijo nada, pero creo que también lo sospechaba. Nos fuimos de Inglaterra poco después y, en la travesía de vuelta a casa, Winnie descubrió que estaba embarazada de Julian. En ese momento sí que lloró, pero de alegría y de felicidad.

Para mí, las noticias de Winnie eran la prueba de que la Piedra de los Deseos funcionaba. Había hecho todo lo posible para concederme el deseo, pero siempre me he preguntado si Julian seguiría vivo de haberlo pedido antes.

No le hablé a Winnie de mi deseo, ya que se habría reído de él y me habría contado cómo se hacían los bebés. Además, no quería estropear su felicidad.

Quiso contárselo a la tía Cay y al tío Alex de inmediato. Mientras atravesábamos el barco a toda prisa para llegar a su camarote, temía que la pareja montara en cólera, pero no fue así. No hubo sermones acerca del pecado de la fornicación. De hecho, se miraron entre sí con expresión pícara, como si conocieran de primera mano la pasión de la juventud.

Aun así, me preocupaba la reacción de los padres de Winnie. Ella accedió a que fuera el tío Alex quien hablara con ellos en primer lugar. Fuera lo que fuese lo que les dijo funcionó, porque solo hubo reacciones felices a las noticias de Winnie. Sus padres lo arreglaron todo para que en el registro de la iglesia apareciera el niño, llamado Patrick Julian Aldredge, como hijo de su hermano y de su mujer. Esa legitimidad le evitaría problemas al pequeño.

Winnie utilizó la herencia recibida de sus abuelos para construir una preciosa casita a las afueras del pueblo, junto a un lago, donde crio a su hijo. Nunca obtuvo un título oficial como médico, pero había aprendido lo suficiente de su padre y de su abuelo como para llevar una consulta bastante lucrativa.

El joven Patrick creció y resultó ser tan guapo como su padre, y se convirtió en el médico del pueblo.

En cuanto a Winnie, nunca superó la muerte del hombre a quien amaba, y nunca se casó. La tía Cay talló el perfil de Julian y lo colocó en la repisa de la chimenea de la casa que Winnie había mandado construir para ella y para su hijo. El tío Alex inventó un ingenioso método de apertura del perfil. Detrás, escondimos la Piedra de los Deseos, y ojalá que sus secretos nunca se descubran. Al final, no necesité poderes mágicos para encontrar a un hombre que me quisiera y al que yo pudiera corresponder. He tenido una buena vida. Sin embargo, no era mi intención ponerme melancólica, aunque después de estos años, sigo echando de menos a Winnie todos los días.